Infinite Adventures 2
Originale deutschsprachige Fassung – nicht übersetzt.
© Tobias Frei, infiniteadventures.de

Printed on Örz, NGC 6193 – brought to you by IGLS, your friendly interstellar freight forwarding service!

W0172771

Infinite Adventures 2

»Du hast nur einen Versuch. Nutze ihn weise.«

Tobias Frei
infiniteadventures.de

Der gesamte Buchinhalt ist frei lizenziert; die Lizenz ist am Ende des Buches abgedruckt. Solange es die offizielle Website gibt, kann das gesamte Material inklusive LaTeX-Quelltext dort heruntergeladen werden. Ich freue mich, wenn Du die Möglichkeiten der Lizenz nutzt und die Infinite Adventures 2 in der Welt verbreitest.

Dieses Dokument enthält Internetlinks, die zum Zeitpunkt der Veröffentlichung von mir geprüft wurden. Den Inhalt der verlinkten Seiten mache ich mir allerdings nicht zu eigen; ich habe keine Kontrolle über spätere Veränderungen des verlinkten Inhalts. Sollte entgegen meinen Erwartungen eines Tages ein Link defekt oder sogar schädlich bzw. unangemessen geworden sein, bitte ich um eine Benachrichtigung per Post. Ich werde solche Links dann schnellstmöglich aus weiteren Ausgaben entfernen. Da ich keine Haftung für die Sicherheit der Links übernehmen kann, erfolgt der Aufruf der verlinkten Seiten auf eigene Gefahr.

Die Deutsche Nationalbibliothek verzeichnet diese Publikation in der Deutschen Nationalbibliografie; detaillierte bibliografische Daten sind im Internet über https://portal.dnb.de abrufbar.

Erste Auflage, erschienen 2022-04-01
Verlag & Herausgeber:
Tobias Frei
Böhler Weg 19
42285 Wuppertal
impressum-ia2@tfrei.de
Druck: epubli – ein Service der neopubli GmbH, Berlin

für Mirco Hensel und yury
in Erinnerung an Douglas Adams

Inhaltsverzeichnis

III. Bonusmaterial 289

Was bisher geschah

Der ehemalige FBI-Agent Floating Island hat sich nach einer Periode demokratisch legitimierter Weltherrschaft zum Diktator auf Lebenszeit ernannt. Die Nationen der Erde zittern unter Sklaverei und Willkür.

Die vier menschlichen Protagonisten Alexandra, Free, Orakel und yury wurden von einem Gericht des außerirdischen Imperiums von NGC 6193 rechtskräftig zur Behebung des Schadens verurteilt.

Alexandra ist eine goldverliebte Chemikerin. Sie hatte mit gestohlenen Forschungsdaten einen Raketenantrieb für Helikopter entwickelt.

Free ist ein Computerhacker und notorischer Linux-Fan. Gemeinsam mit seinem besten Freund Orakel hatte er das Gemälde »Mona Lisa« aus dem Louvre-Museum entwendet.

Orakel, ein leidenschaftlicher Mechaniker und Vielfraß, hat eine gültige Pilotenlizenz für Langstreckenflugzeuge. Nach einem Golddiebstahl in den Vereinigten Staaten von Amerika verhalf er seinen Freunden zur Flucht über den Atlantik.

yury, Mathematiker und Helikopterpilot, beförderte das international verfolgte Team mit einem modifizierten Tandemhubschrauber ins Weltall. Alexandras Erfindung und ein vermeintliches Kinderspielzeug, der sogenannte »Hyperwurm«, ermöglichten eine Reise in das Herz eines fremden Sternenreichs. Das gestohlene Gold bildete die wirtschaftliche Grundlage für ein neues Leben abseits der Erde.

In naivem Wohlwollen stellten die Protagonisten bei einem Heimatbesuch einem alten Bekannten ihre Technologie zur Verfügung. Dieser übernahm damit die Weltherrschaft und wurde zum grausamen Diktator.

Sitz des zu stürzenden Alleinherrschers ist Washington, District of Columbia. Der dafür benötigte Zerstörungscode befindet sich im Pentagon.

In einem gestohlenen Möbeltransporter auf einer Baustelle nahe dem Pentagon bespricht das Quartett die letzten Schritte auf dem Weg zur Errichtung einer föderalen Republik.

Teil I.

Befreiung der Erde

1. Kernel Panic

```
[376730.313667] BUG: Unable to handle kernel paging request at f666666f
[376730.313667] IP: [<9d80665e>] ktime_get+0xc1/0x110
[376730.313667] *pdpt = 000000002f385001 *pde = 0000000000000000
[376730.313667] Oops: 0002 [#1] SMP
[376730.313667] last sysfs file: /sys/devices/system/cpu/cpu42/topology/core_siblings
[376730.313667] Modules linked in: binfmt_müsc äütöfs4 vböxnetädp
[376730.313667] Pid:2225, comm: ähr1555crack-xy
[376730.313667] Tainted: P 6.6.74-20-generic-pae #11-Kväntäx 3.9.38/örztöp heliüm xw9500
[376730.313667] EIP: 0060:[<9d80665e>] EFLAGS: 00010046 CPU: 42
[376730.313667] EIP is at ktime_get+0xc1/0x110
[376730.313667] EAX: 3984c03c EBX: 0000ba50 ECX: 0000ba50 EDX: 00000000
[376730.313667] ESI: 00000000 EDI: 0140246a EBP: efbdff38 ESP: efbdff1c
[376730.313667] DS: 007b ES: 007b FS: 00d8 GS: 00e0 SS:0068
[376730.313667] Process ähr1555crack-xy
[376730.313667] (pid: 2225, ti=efbde000 task=ee448cb0 task.ti=efbde000)
[376730.313667] Stack:
[376730.313667] 48696572 20737465 6874206e 69636874 732e2042 69747465 20676568 20776567
[376730.313667] <0> 2e0a4475 20696e74 65727072 65746965 72737420 7a752076 69656c20 696e2064
[376730.313667] <0> 69657365 204e6163 68726963 68742068 696e6569 6e2e0a4c 616c616c 616c6103
[376730.313667] Call Trace:
[376730.313667] [<45696e73>] ? hrtimer_interrupt+0x45/0x2a0
[376730.313667] [<5a776569>] ? smp_apic_timer_interrupt+0x56/0x8a
[376730.313667] [<44726569>] ? apic_timer_interrupt+0x31/0x38
[376730.313667] [<56696572>] ? acpi_processor_power_init+0xd1/0x14b
[376730.313667] Code: 42 61 63 6b 20 64 69 72 20 65 69 6e 20
[376730.313667]       4b 65 6b 73 2e 0a 4c 6f 72 65 6d 20 49 70 73
[376730.313667]       75 6d 20 44 6f 6c 6f 72 20 53 69 74 20 41 6d
[376730.313667]       65 74 2e 00 00 00 00 00 00 00 00 00 00 00 00
[376730.313667] EIP: [<9d80665e>] ktime_get+0xc1/0x110 SS:ESP 0068:efbdff1c
[376730.313667] CR2: 00000000f666666f
[376730.313667] ---[ end trace 4b656b736d616e67656c ]---
[376730.313667] Kernel panic - no more cookies: Fatal exception in food.
[376730.313667] Bailing out, you are on your own. Good luck.
```

»Was ist *das* denn?!«, rief Free durch den Lkw.

Orakel blickte ihm über die Schulter und wusste die Antwort: »Sie sind gelandet.«

Daraufhin sah auch yury neugierig auf den Bildschirm des Örztöp-Laptops. Nachdem er sich alles durchgelesen hatte, sagte er nur: »Ich glaube, er hat Hunger. Auf Kekse.«

Alexandra hatte alles mitgehört, erklärte die drei in Gedanken für absolut verrückt und experimentierte weiter an ihrem neuen Sprengstoff herum. Free entschied sich dafür, den Reset-Knopf zu drücken, während yury im Katalog eines Baumarkts nach Metallwerkzeugen suchte. Orakel stellte sich vor den Lastwagen und hielt, mit einem Stück Pizza in der linken und einer außerirdischen Touchfolie in der rechten Hand, Ausschau nach unbekannten Flugobjekten. Es war dunkel und aus irgendeinem Grund 4 Uhr nachts; trotzdem hatten sich die vier dazu entschieden, gerade um diese Zeit mit der Ausführung des Plans zu beginnen.

Gerade als Orakel meinte, ein Raumschiff entdeckt zu haben, lief Alexandra mit einer kleinen Schachtel aus dem Lkw an ihm vorbei und verschwand in der Dunkelheit. Während Alexandra sich immer weiter vom Lkw entfernte, sah Orakel, dass das vermeintliche Raumschiff ein Helikopter war. Er lief sofort zurück in den Laderaum und alarmierte yury, der daraufhin die Fahrerkabine mit ihm betrat und sich ans Steuer setzte. Orakel beobachtete von rechts, wie er eine Abdeckung von der Mittelkonsole entfernte. Einige Knöpfe kamen zum Vorschein und yury drückte erst einen roten, dann einen grünen Knopf. Das Head-up-Display des Lkws, von dessen Existenz Orakel überhaupt nichts geahnt hatte, zeigte grün die Umrisse sämtlicher Objekte in der Nähe des Lkws. So konnte man deutlich einen Helikopter erkennen, der einen halben Kilometer entfernt ein bewaffnetes Landekommando absetzte.

»Sieht schlecht aus«, meinte Orakel. »Das sind weder Bauhandwerker noch Aliens.«

yury wäre nicht yury gewesen, wenn er nicht »passiert« gesagt hätte. Zum Glück war Alexandra nicht anwesend. Zu allem Überfluss aß Orakel auch noch in Ruhe an seiner Pizza weiter. Nach kurzem Überlegen schlug yury vor, die Flucht zu ergreifen. Er legte demonstrativ eine Hand auf den Wählhebel. Orakel erinnerte sich wieder an die Zeit auf dem Raumschiff der Äöüzz und war sofort dafür, sämtliche zur Verfügung stehenden Waffen einzusetzen. yury wollte gerade darauf hinweisen, der Möbeltransporter sei unbewaffnet, als eine Tür zum Laderaum geöffnet wurde.

»Wir müssen von hier verschwinden«, rief eine bekannte Stimme von hinten.

»Was hast du getan?«, rief yury zurück.

»Ein SWAT-Team ist eingetroffen, um uns festzunehmen. Ich habe die Aufmerksamkeit kurzzeitig von uns abgelenkt.«

∞∞∞∞

Eine schwere Explosion in fünfhundert Metern Entfernung erhellte die Nacht.

yury benötigte einige Sekunden, um das Geschehen sinnvoll zuzuordnen. Orakel reagierte schneller, nahm den Fahrzeugschlüssel an sich und rammte die Automatik in Fahrstellung. Nun trat yury endlich das Gaspedal durch, der Motor heulte auf und der Lkw setzte sich in Bewegung. Free, der in diesem Moment auf einem Bürostuhl saß und in irgendeinen Programmcode vertieft war, rollte zusammen mit seinem Stuhl quer durch den Laderaum, riss dabei den Laptop mit, ließ diesen aber erschrocken los, sodass die Elektronik gegen die Rückwand flog. Während Free versuchte, wieder die Kontrolle über seinen Stuhl zu erlangen, aß Orakel gemütlich weiter und genoss das Schauspiel. Irgendwo im Lkw gab es eine kleine Explosion, weil Alexandra erschütterungsempfindlichen Sprengstoff gelagert hatte.

»Haben wir irgendetwas hier, das uns beschleunigen kann?«, rief yury nach hinten und ignorierte das Chaos, das dort herrschte. Der Wagen schoss durch die Baustellenausfahrt hindurch unter dem fliegenden Helikopter davon.

»Nein«, rief Free zurück.

»Ja«, rief Alexandra gleichzeitig. Dann warf sie eine Gasflasche zu Free, der darauf nicht vorbereitet gewesen war und sie im letzten Moment noch auffangen und an Orakel weitergeben konnte.

»Habt ihr jetzt etwas? Wir drehen gerade eine Runde über den Highway und fahren dann auf das Pentagon zu. Ich hatte mir das zwar anders vorgestellt, aber euer scherzhafter Plan wird gerade Realität«, rief yury und konzentrierte sich wieder auf das Fahren. Die FBI-Agenten waren nicht mehr in Sicht, aber er wollte nicht in die Nähe des Pentagons fahren, bevor das FBI wiederauftauchte.

∞∞∞∞

Noch bevor Orakel es geschafft hatte, die mit »N₂O« beschriftete Gasflasche sinnvoll zu verwenden, erschienen mehrere schwarze SUVs im Rückspiegel. Kurz darauf kam auch der Helikopter angeflogen und Orakel bemühte sich, so schnell wie möglich mit dem Tuning fertig zu sein.

»Die kommen immer näher, dieser blöde Lkw ist einfach zu *langsam*!«, beschwerte sich yury laut.

»Was kann ich denn dafür, dass du so einen blöden Lkw klauen musstest?«, rief Orakel genervt zurück und kümmerte sich wieder um die Gasflasche. Dann änderte auf einmal der Helikopter seine Flughöhe, überquerte in Bodennähe die Fahrbahn und kam funkensprühend hinter den Polizeiwagen zum Stillstand.

»Was war das?«

»Oh, ähm, öff, ja, ähm...«, machte Orakel und Free grinste.

»Black Halo down!«, verkündete er und tippte mit seinem Finger auf das unbeschädigte Örztöp-Display. Hinter dem bruchgelandeten Flugobjekt bildete sich ein kleiner Stau.

»Das war unnötig«, fand yury, war aber froh, dass er jetzt nur noch die SUVs abhängen musste. Diese fuhren unbeirrt weiter und kamen dem Lkw bedrohlich nahe.

Endlich hatte Orakel die Gasflasche mit dem Motor verbunden und rief nur noch »Achtung, yury!«, bevor der Motor extrem laut wurde und der Lkw stark beschleunigte. Alexandra hatte in der Zeit viele gleiche Gasflaschen an Orakel weitergegeben, der nun immer, wenn eine Gasflasche leer war, eine neue mit dem Motor verband. Auf diese Weise hängten die vier die FBI-SUVs ab und yury steuerte genau auf das Pentagon zu.

Mehrere rote Lichtsignale ignorierend, stieß der Möbelwagen beinahe an einer Kreuzung mit einem Dreißigtonner zusammen, doch yury schien das alles nicht mehr zu interessieren. Der Transporter hatte inzwischen dreistellige Meilen pro Stunde erreicht und war nicht mehr aufzuhalten. Orakel wechselte immer wieder die Gasflaschen, die ziemlich schnell leer wurden. Auf einmal meldete sich – völlig unnötigerweise – das Navigationssystem zu Wort:

»38.85944, -77.05606. Bitte beachten Sie die Höchstgeschwindigkeit.«

»Okay, jetzt wird es kritisch. Packt eure Sachen und springt mit euren Jetpacks raus!«, rief yury hastig. Dann legte er, mit einer Hand das Lenkrad festhaltend, sein Jetpack an. Beim Handwechsel schlingerte das blaue Geschoss auf die Gegenfahrbahn, nur die Uhrzeit verhinderte einen Unfall. Die Kabinentüren wurden aufgestoßen und von umfunktionierten Armierungseisen offengehalten. Auch Orakel, Alexandra und Free zogen ihre Jetpacks an. Free riss alles an sich, was er für wichtig hielt; Alexandra gab ihm alles an, was er dabei vergaß. Dann trat sie die Hecktüren in beide Richtungen auf.

»38.86367, -77.05693. Sie fahren zu schnell!«, kommentierte das Navigationsgerät, dessen Lautsprecher sogar den Laderaum beschallten.

»*Raus hier!*«, schrie yury. Alexandra und Free sprangen nach hinten ab und aktivierten gleichzeitig die Jetpacks. Free hatte sich im letzten Moment noch den Örztöp geschnappt. yury verließ den Lkw als Letzter und verlor dabei einen seiner Schuhe, was ihm in dieser Situation aber ziemlich egal war. Als sich die vier kurz umdrehten, sahen sie, wie der Lkw gegen eine Reihe aus Pollern fuhr und durch den Aufprall vollständig zerstört wurde. Dann zog Orakel eine Schutzschildpistole aus dem Gürtel und gab sie yury, der nun auch bei ihnen angekommen war. yury zerschoss damit wahllos irgendeines der vielen Fenster und die vier flogen ins Innere des Pentagons.

Draußen zog die Unfallstelle eine Gruppe von Schaulustigen an, die den Nachfolgenden den Blick aufs Geschehen verdeckte. Die Einbrecher konnten sich ungestört im Hauptsitz des Verteidigungsministeriums umsehen.

»Seht mal – wir sind im Büro eines gewissen ›Dapper Drake‹ gelandet«, fand yury heraus und zeigte auf einen Stapel Dokumente.

»Das ist ja ganz toll, aber dieser Drake kann jederzeit wiederkommen und wir sollten uns ein besseres Versteck suchen. Irgendeinen Raum, den hier sowieso niemand betritt und in dem wir alles Weitere planen können. Eigentlich müssen wir A. Nother Moron finden und ihm den Fernlöschungscode klauen«, erinnerte ihn Alexandra und öffnete entschlossen die Tür des Büros.

yury drehte sich erschrocken zur Tür um. »Zieh sofort die Tür wieder zu«, zischte er. »Der Gang ist nicht sicher.«

Alexandra blickte sich draußen um. »Doch, doch. Da ist niemand. In den Büros stehen bestimmt alle Mitarbeiter an den Fenstern und beobachten den brennenden Lastwagen. Das ist die Gelegenheit, von hier zu verschwinden.«

Murrend betrat yury hinter seinen Kollegen den tatsächlich menschenleeren Gang. Als die Gruppe an einem Aufzug vorbeikam, übernahm er kurzerhand wieder die Initiative, indem er die »nach oben«-Taste drückte. Die vier Eindringlinge blickten mit ungutem Gefühl auf die Stockwerksanzeige: Die Kabine fuhr aus dem Erdgeschoss nach oben. Für eine Flucht war es zu spät; Versteckmöglichkeiten bot der Gang nicht. Die leere Kabine war daher eine willkommene Erleichterung und wurde schnell genutzt.

Im 42. Obergeschoss hielt der Aufzug mit vier inzwischen weniger ängstlichen Einbrechern. Der Plan lief wie gewünscht, und auch hier hielt sich niemand auf dem Flur auf.

»Seit wann hat das Pentagon eigentlich so viele Stockwerke?«, fragte Free verwundert.

»Das Pentagon wurde vor einem Jahr stark vertikal ausgebaut«, erklärte yury. »Die Überwachung der gesamten Erdkommunikation erfordert viel Personal und viele Computerbildschirme. Wir befinden uns jetzt in einer Etage, die hauptsächlich als Reserve für zukünftige Projekte dient. Hier wird uns kaum jemand über den Weg laufen–«

Er wollte gerade noch anmerken, die Ecke habe einen Winkel von 108 Grad, als er gegen den Anzugträger stieß, der um die Ecke gerannt kam. Dessen Aktentasche flog ein Stück weit über den Flur, bevor sie auf dem Boden landete und aufplatzte. Lose Dokumente wirbelten durch die Gegend.

»Passen Sie gefälligst auf, wo Sie hinlaufen!«, beschwerte der Mann sich.

»Oh, bitte entschuldigen Sie. Ich glaube jedoch, Sie waren es, der –«, setzte yury zu einer Antwort an, doch er wurde von dem Mann unterbrochen.

»Wer sind Sie eigentlich? Was haben Sie hier zu suchen?«

So leicht ließ sich yury nicht überrumpeln. »Gebäudeinspektion Prospect Calm, im Auftrag der USPPD. Diese Etage ist den Angehörigen der Verwaltung vorbehalten. Haben Sie eine Zutrittsgenehmigung?«

Die hatte der fein gekleidete Herr offenbar nicht. Ebenso wenig wie Ahnung davon, dass eine solche Vorschrift überhaupt nicht existierte. Er stieß yury zur Seite, riss seine Aktentasche an sich und verschwand, ohne die zu Boden gefallenen Papiere aufzuheben, in einem Treppenhaus.

»Der hatte eindeutig Dreck am Stecken«, befand Free, während er die Papiere vom Boden aufhob. Dann las er die Beschriftungen vor: »Gehaltsabrechnung für Timothy Conway. Eine ziemlich hohe Summe. Hier ein Kündigungsschreiben, aber von Frederick Broughton. Eine kurze Dienstanweisung bezüglich Datensicherungen im Pentagon, adressiert an Richard Spencer. Format änt destrakt Punkt Essha, Serpent Tezee, Volenc, A N M zweiundvierzig P T G vier.«

Orakel schüttelte Free leicht an den Schultern. »Hast du einen Wackelkontakt?«

»Da steht Computercode«, erwiderte Free. »Die Dokumente kommen aus allen Abteilungen des Pentagons, und dieses hier gefällt mir besonders.«

»Mir ist wurscht, welche Dokumente dir besonders gefallen«, äußerte sich yury genervt. »Wir haben es eilig.«

»Da liegt ein USB-Stick unter den Papieren«, sah Orakel. »Serpent TC. Den Sportverein kenne ich noch nicht.« Er hielt ein gelb lackiertes Metallstück mit schwarzem Aufdruck in die Höhe.

»Das sagt mir jetzt irgendwie ... nichts«, gab Alexandra zu. yury sah den wespenfarbenen Datenspeicher und Orakel skeptisch an.

Free nahm den Stick wortlos an sich, ging damit zum Treppenhaus und blickte sich darin um. Nichts war zu hören, niemand war zu sehen, keine Spur verblieb von dem merkwürdigen Herrn. Dann kehrte er zur Gruppe zurück.

yury hielt die Pappe mit dem Computercode in den Händen. »Außer dem, was du vorgelesen hast, steht da ja gar kein Programmcode mehr«, stellte er fest. »Das ist wohl eher eine Art Karteikarte für den USB-Stick. Und deren Beschriftung nach sind wir bereits am Ziel. Jemand hat uns die Arbeit abgenommen.«

»Das war dann aber viel zu einfach«, fand Alexandra. »Man will uns in eine Falle locken.«

»Ich glaube kaum, dass der Zusammenstoß sich so planen ließ«, widersprach Orakel. »Man hätte uns beinahe den Code vor der Nase weggeschnappt, und wir hätten hier ewig danach gesucht.«

»Es ist möglich, dass noch mehr Personen von dem Selbstzerstörungscode erfahren haben«, pflichtete yury ihm bei. »Dass wir ihn hier suchen müssen, wissen wir aus einer Liste, die mehreren Regierungsgehilfen über die Erde verteilt zur Verfügung stand.«

»Die ganze Code-Suche ist eine einzige Falle«, war Alexandra überzeugt. »Uns bleibt aber keine andere Wahl, als den Spuren zu folgen, die da jemand für uns ausgelegt hat. Wenn Island mit uns spielen will, müssen wir vorerst darauf eingehen, bevor wir zuschlagen können.«

»Die Beschriftung lässt darauf schließen, dass der Inhalt verschlüsselt ist«, fuhr Free fort.

»Soll das heißen, dass dieses Serpent – das kann doch wohl nicht wahr sein«, erkannte yury und schlug sich mit der Hand gegen die Stirn. »Jetzt sind wir so weit gekommen und haben den Zerstörungscode in unseren Händen, können damit aber nichts anfangen, weil der Code verschlüsselt ist. Warum muss so etwas immer uns passieren?«

»Was wir vorerst brauchen, ist ein ungenutzter Raum, möglichst auf dieser Etage«, sagte Orakel. Alexandra, yury und Free stimmten zu und gingen weiter. Sie blieben vor einer Tür stehen, an der noch kein Namensschild befestigt war. Dahinter fanden sie einen karg möblierten Raum vor: Vier Schreibtische und vier Drehstühle standen lieblos positioniert herum; brauner Teppichboden untermalte die Trostlosigkeit mit schlechtem Geschmack. Eine dünne Staubschicht verriet, dass hier weder Besuch zu erwarten war, noch dass in absehbarer Zeit eine Einrichtung des Büros stattfinden würde. Orakel und Alexandra gingen an eines der Fenster, Free machte es sich an einer Wand des Raumes mit seinem Örztöp so bequem wie möglich und yury dachte als Einziger der vier daran, die Tür zu schließen. Da innen der passende Schlüssel steckte, schloss er zusätzlich ab.

»Von hier oben hat man einen tollen Ausblick«, freute sich Orakel. Auch Alexandra war begeistert.

∞∞∞∞

Inzwischen waren einige Stunden vergangen und Orakel hatte unbedacht eine riesige Pizza bestellt. Die Bezahlung erfolgte per Kreditkarte, gedeckt durch die Beute eines virtuellen Bankraubs. Als es eine Dreiviertelstunde später an der Tür klopfte, ging Orakel davon aus, es handele sich um die gewünschte Lieferung.

Vor der Tür standen zwei Männer, deren Polizeiuniformen nicht unbedingt für Orakels Vermutung sprachen. Umso erstaunter waren seine

Freunde darüber, dass Orakel tatsächlich einen Pizzakarton in die Hand gedrückt bekam.

»Guten Tag, wir haben diesen Karton vor Ihrer Tür gefunden. Scheint auch bereits bezahlt worden zu sein. Bitte entschuldigen Sie die Störung. Haben Sie zufällig vier Terroristen gesehen?«

»Nö.«

»Okay, das wäre auch zu einfach gewesen. Trotzdem vielen Dank. Schönen Tag noch und guten Appetit!«

Orakel bedankte sich und kehrte fröhlich an den Schreibtisch zurück. Free starrte fassungslos abwechselnd Orakel und die inzwischen wieder geschlossene Tür an.

»Du hast echt mehr Glück als Verstand«, stammelte Alexandra. »Willst du das alles allein essen?«

»Wenn du möchtest, kannst du ein Stück abhaben«, bot Orakel großzügig an. Er klappte den Kartondeckel nach oben – die Pizza war in 32 gleich große Stücke geschnitten worden. »Oder zwei.«

Auch Free bekam bei dem Anblick großen Appetit. »Ich hätte gerne ein Sechzehntel davon.«

»Aber dann habe ich doch fast nichts mehr zu essen«, antwortete Orakel entsetzt.

»Oh, Entschuldigung. Ich meinte natürlich ein Achtel.«

»Das ist in Ordnung.«

Free grinste und nahm sich vier Stücke von der Pizza. Orakel ahnte, dass er auf einen Trick hereingefallen war, und nahm sich vor, nicht auch noch yury ein Stück anzubieten. Wo war der überhaupt?

Wie peinlich, dachte Orakel. *yury hat sich bestimmt von uns verabschiedet, und ich habe mal wieder vergessen, warum er weg ist.*

Nachfragen konnte er schlecht. Die anderen hätten sich bestimmt wieder darüber lustig gemacht, dass er als Einziger nichts verstand. Außer ihm schien auch niemand über yurys Fehlen verwundert zu sein.

∞∞∞∞∞

Das Pizza-Achtel lag schwer im Magen. Free lehnte sich zurück, und ein kühler Luftzug strich über seinen Hals. Nach einigen Sekunden bemerkte Free, dass dieser Luftzug unmöglich aus dem Türspalt dringen konnte, wenn der restliche Raum luftdicht verschlossen war. Irgendwo stand ein Fenster auf, aber niemand hatte eines geöffnet. Misstrauisch blickte Free nach links, während er blind weiter an einer E-Mail tippte. Eines der großen

Fenster war nicht verschlossen, sondern nur angelehnt worden, und ab und zu wackelte der Fensterrahmen im Wind.

```
500-unrecognized command
500 Too many syntax or protocol errors
```

Genervt stand Free auf und schloss das Fenster.

»Wo ist yury eigentlich?«, fragte Alexandra schließlich. Sie blickte in ratlose Gesichter.

»Ich war mir sicher, ihr wüsstet das«, gab Orakel zurück.

»Du weißt es also auch nicht?«

»Nein, yury war auf einmal einfach weg.«

Free ging zurück an seinen Arbeitsplatz. »Vielleicht hat es etwas mit den Polizisten zu tun. Die haben uns abgelenkt und heimlich yury entführt.«

∞∞∞∞

yury benötigte nur den Bruchteil einer Sekunde, um zu begreifen, wer da vor der Tür stand. Unter der Tür hindurch waren vier blau-schwarze Stiefel mit weißen Reflexionsstreifen zu sehen, die so nur von Polizisten der Internen Schutztruppe getragen wurden. Für die Sicherheit des Diktators persönlich verantwortlich, waren diese Menschen nicht gerade für ihre Zärtlichkeit gegenüber vermeintlichen »Terroristen« bekannt. Das Pentagon war von einem Lkw gerammt worden, und der Täter befand sich möglicherweise im Inneren des Gebäudes.

»Wir waren viel zu leichtsinnig«, murmelte yury, während er das Fenster aufdrückte. »Natürlich musste man uns früher oder später hier vermuten.« Dann sprang yury mit den Füßen voran in die Tiefe.

42 Stockwerke. Wenn jede Etage mindestens zweieinhalb Meter hoch war, lagen über 100 Meter zwischen ihm und dem Boden. Die voraussichtliche Aufprallgeschwindigkeit? Ungefähr 45 Meter pro Sekunde. *Na, das sind ja schöne Aussichten*, dachte yury verzweifelt. *Nicht einmal eine Wasseroberfläche kann mich retten. Ich habe noch ungefähr drei Sekunden zu leben.*

Bevor er sich für diese Schnapsidee verfluchen konnte, fiel ihm ein, dass er noch das Jetpack auf dem Rücken trug. Der Knopf an der Unterseite des Rucksacks war für absolute Notfälle vorgesehen und absichtlich so platziert worden, dass man sich gehörig die Finger verbrannte, wenn man sich für dieses Vorgehen entschied. Entschlossen griff yury zu.

Normalerweise diente der mitgelieferte Wasserstoff als hochkomprimierter Energiespeicher für den flammenlosen Antigravitationsantrieb. So ließ sich der Tankinhalt für stundenlange Flüge nutzen. yury war das in diesem Moment herzlich egal; für ihn zählte nur, dass er ein extrem brennbares Gasgemisch dabeihatte. Bevor er seine Hand zurückziehen konnte, schlugen Flammen aus der Unterseite des Jetpacks. Das Vorgehen war gefährlich, aber schlimmer konnte die Situation sowieso nicht mehr werden. Der Sturz wurde gebremst, yury berührte kurzzeitig sanft den Boden und das Jetpack riss ihn wieder in die Luft. Bevor er erneut eine gefährliche Höhe erreichen konnte, löste yury die Verbindungen zu seinem Rucksack. Wie eine Rakete flog der Wasserstofftank an ihm vorbei gen All. yury hatte das Gefühl, sich auf einem Trampolin zu befinden und nach einem hohen Sprung wieder in die Tiefe zu fallen. Geistesgegenwärtig rollte er sich auf dem Steinboden ab, sodass er außer einer schmerzenden Hand keine Verletzungen davontrug.

∞∞∞∞

Einem plötzlichen Einfall folgend, trat Alexandra an das Fenster, öffnete es und beugte sich hinaus. »Guckt mal«, sagte sie dann. »da ist yury.«

So geschmacklos würde selbst Alexandra nicht auf eine Leiche reagieren, hoffte Free. Während er sich vorsichtig von seinem Klappstuhl erhob, war Orakel bereits aufgesprungen und zum Fenster gestürmt.

Unten lief eine Gestalt, die in der Tat einige Gemeinsamkeiten mit yury aufwies, zu einem großen Fischteich. Free hob eine Augenbraue, als er sah, dass die Person niederkniete und ihre Hand in dem offensichtlich algenbewachsenen Schmutzwasser wusch.

»Was macht der denn schon wieder Verrücktes?!«, fragte Alexandra.

Orakel räusperte sich. »Vielleicht will er Fische mit der Hand fangen.«

»Ich glaube eher, er hat schon wieder einen Plan, von dem außer ihm niemand etwas versteht«, mutmaßte Free.

∞∞∞∞

Nachdem er den Hersteller des Jetpacks gedanklich mit einer Vielzahl derber Flüche belegt hatte, zog yury seine noch immer schmerzhaft pochende Hand aus dem Wasser. Hinter ihm ragte das Pentagon in die Höhe, in dem seine Freunde sicherlich längst verhaftet worden waren. Das war wieder einmal typisch. Die anderen brachten sich in Schwierigkeiten, und er musste alles ausbaden. Ein Blick zurück: Das Fenster stand noch immer offen, aber das Jetpack war weg. Wahrscheinlich war es in einigen Kilometern Entfernung jemandem auf den Fuß gefallen.

Smithsonian National Zoological Park
3001 Connecticut Avenue
NW Washington, DC 20008

Mit Hilfe des Örz-Smartphones fand yury schnell heraus, dass das teure Ausrüstungsstück inmitten eines Zoos zu Boden gegangen war. Genervt stöhnend lief er zu Fuß dorthin, umging geschickt eine lange Besucherschlange und stand bald vor dem Kassenhäuschen.

Die Dame am Empfang lächelte ihn freundlich an. »Sie möchten bestimmt unsere wundervollen roten Pandas, Nutmeg und Jackie, sehen.«

»Nein«, entgegnete yury ebenso freundlich. »Ich möchte mein außerirdisches Wasserstoff-Jetpack aus dem Seelöwenteich fischen.«

Die umstehenden Besucher lachten herzlich, und yury erhielt eine Eintrittskarte, auf der die amüsierte Kassiererin ihre Handynummer notiert hatte.

∞∞∞∞

Bei den Seelöwen war allerdings keine Spur des Geräts zu finden. Stattdessen wurde yury von seinem Smartphone quer durch den ganzen Zoo geführt, bis er schließlich an einem Kinderkarussell vorbeikam. Fröhlich winkte er einigen Fahrgästen zu, bevor er seinen Blick wieder auf das Display richtete und die Stirn runzelte. Er war angeblich nur noch 35 Meter vom Ziel entfernt, und der grüne Navigationspfeil wies eindeutig in Richtung eines Tiergeheges, um das yury gerne einen großen Bogen gemacht hätte. Das war jedoch sein geringstes Problem.

»Das Ziel befindet sich in fünf Metern Höhe?!«, rief yury entsetzt. Einige Besucher drehten sich verwirrt nach ihm um. »Äh, ich mache hier Geocaching.«

Als er daraufhin nicht auf das Karussell, sondern auf den schwarzen Metallzaun zuging, rief ihm eine ältere Dame etwas hinterher. »Sie wissen schon, dass das da drüben ein indischer Königstiger ist?«

yury blickte auf das Hinweisschild.

»Ein Königstiger benötigt ca. 8 kg Fleisch am Tag. Seine Hauptnahrung sind große Säuger wie Nilgauantilopen, Gaure, Sambarhirsche, Barasinghas, Axishirsche und Wildschweine. Seltener frisst er kleinere Beutetiere wie Affen,

Hasen, Kaninchen und Wasservögel. Der Tiger schleicht an seine Beute heran, springt sie an und drückt sie mit den kräftigen Vorderpfoten auf den Boden. Die Weite der Sprünge kann bis zu 6 Meter betragen. Zum Töten beißt er in die Kehle seines Opfers oder bricht dessen Genick durch einen Biss in den Nacken. [w.wiki/_z$Vj]«

Wie, zur Hölle, sollte er das Jetpack unter diesen Umständen vom Baum holen?

∞∞∞∞

»Und?«, fragte Orakel neugierig.

Free hatte eine Landkarte auf dem Örztöp geöffnet. »In yurys Laufrichtung liegen das Lincoln Memorial, die Washington National Opera, die George Washington University und das Weiße Haus.«

»Das Weiße Haus gibt es nicht mehr«, korrigierte Alexandra. »Da steht jetzt der ›Tower of Liberty‹. yury ist vollkommen verrückt geworden, wenn er da zu Fuß hineinspazieren möchte.«

»Sagt jemand, der mit einem Lkw das Pentagon gerammt hat und sich dort in einem verlassenen Büro versteckt«, witzelte Free.

Alexandra verschränkte die Arme. »Immerhin verhalten wir uns so unauffällig, dass sogar die Polizei uns nicht erkennt.«

∞∞∞∞

Der Zoowärter lief eilig in Richtung des Großkatzengeheges. Einige besorgte Besucher hatten gemeldet, dass jemand auf das Dach des Bescherganges geklettert war. Es bestand die Gefahr, dass er abrutschte und zwischen den hungrigen Tigern landete.

yury hatte von einem der Laubbäume einen Ast abgebrochen, der sich dank seiner Form gut als Greifhaken nutzen ließ. Nun löste er den Verschluss seiner Armbanduhr, brach einen zweiten, langen Ast ab und verband die beiden Holzstöcke mit dem Gummiband. Ein kurzer Belastungstest verlief zu seiner Zufriedenheit, sodass er sich wagte, das Jetpack damit vom Baum zu holen.

Schmunzelnd bemerkte yury, dass die Tiger und Löwen interessiert dabei zusahen, wie er sich am Baum zu schaffen machte. Ein komisches Ding war vom Himmel gefallen und hatte sich in der Baumkrone verfangen. Die Bergungsaktion war eine willkommene Abwechslung im Alltag der Raubtiere.

»He, Sie da«, brüllte plötzlich jemand mit einem Megafon von unten. yury zuckte zusammen, verlor kurz das Gleichgewicht und ließ das Jetpack vom Baum herabfallen. »Sind Sie lebensmüde?«

»Sie haben vielleicht Nerven«, gab yury zurück. »Beinahe hätte ich mich so sehr erschrocken, dass ich in das Gehege gefallen wäre.«

Der Zoowärter ließ sich dadurch nicht beirren und brüllte weiter durch das Megafon. »Kommen Sie gefälligst da runter, es besteht Lebensgefahr!«

yury zögerte. »Das geht nicht so einfach. Ich muss zuerst dem Löwen das Jetpack abnehmen.«

∞∞∞∞

Alexandra beäugte misstrauisch das aus mehreren Elektronikplatinen zusammengebastelte Gerät. »Vom ästhetischen Aspekt vollkommen abgesehen, wirkt deine Idee doch sehr unprofessionell.«

Orakel ließ sich dadurch nicht entmutigen. »Über das Aussehen müsstest du dich ja auch bei Free beschweren. Funktionieren wird es trotzdem.«

Fünf Sekunden später gingen alle Lichter in dem fensterlosen Raum aus. Sofort riss Alexandra das Gitter vom Lüftungsschacht ab und kletterte hinein. Orakel schloss das Gitter hinter ihr, während sie bereits eilig den Schacht durchquerte.

∞∞∞∞

»Mein Herz«, stammelte ein älterer Herr beim Anblick der beängstigenden Szene. »Diese leichtsinnige Generation und ihre Computerspiele.«

»Das liegt nicht am Alter«, widersprach ihm eine junge Frau neben ihm. »Der Verrückte entstammt eindeutig der erlebnisorientierten Unterschicht.«

yury ließ den verdutzten Tiger genervt stehen. »Warte mal, Großkatze.« Er lief zum Zaun und blickte den Gaffern abwechselnd in die Augen. »Verschonen Sie mich gefälligst mit Ihrem Schubladendenken. Ich bin hier beschäftigt und muss mich darauf konzentrieren, nicht als Tigerfutter zu enden. Danke schön.«

Der Tiger hatte allerdings gar kein Interesse daran, sein neues Spielzeug gegen ein Stück Fleisch einzutauschen. Er sah yury an, als wollte er sagen: »Das da bekomme ich sowieso jeden Tag. Da musst du mir schon etwas Besseres anbieten.«

yury seufzte. Wie sollte man mit einem Tiger verhandeln, der kein Fleisch als Zahlungsmittel akzeptierte? Er griff nach seinem Smartphone und tippte eine Nummer ein.

»Hallo, IGLS?«

»Guten Tag yury, wie können wir Ihnen behilflich sein?«

»Transportieren Sie auch Großkatzen?«

∞∞∞∞

Als Alexandra und Orakel in das Büro zurückkehrten, wurden sie von Free fröhlich begrüßt.

»Ich habe zwei gute Nachrichten für euch.«

»Keine schlechte?«, hakte Orakel nach, während er die Tür hinter sich zuzog.

»Nein«, bekräftigte Free. »Es wurde kein Alarm ausgelöst, und wir haben elektronische Post von Örz erhalten.«

Orakel lief erfreut um den Tisch herum und blickte über Frees Rücken auf ein bedrucktes Blatt Papier.

»Du hast das komische Text-Mailprogramm zum Laufen zu bekommen«, riet Alexandra schmunzelnd.

»Er hat das Kopiergerät auf dem Flur gehackt und zum E-Mail-Abruf verwendet, weil sein eigenes Programm immer noch nicht funktioniert«, antwortete Orakel grinsend. »Aber der Nachrichteninhalt ist die eigentliche Sensation. Der USB-Stick wurde entschlüsselt.«

∞∞∞∞

Die Polizisten hatten wenig Verständnis für yurys Ausflug in das Tigergehege.

»Wegen solcher Einsätze müssen wir die armen Steuerzahler unnötig belasten«, tadelte die Sergeantin.

»Sie müssen den Kerl einsperren«, zeterte der Zoowärter. »Dieser Rowdy hat unsere Tiere gestört und die Besucher vergrault.«

»Es freut mich, dass Ihnen mein Leben so viel bedeutet«, reagierte yury gelassen. »Sehr gerne würde ich mich weiter mit Ihnen unterhalten. Leider habe ich jedoch wichtigere Aufgaben zu erledigen.«

Mit diesen Worten aktivierte er sein Jetpack. Vom ursprünglichen Treibstoffvorrat war nicht viel übrig geblieben, aber für einen Flug zum Pentagon genügte die Ladung.

∞∞∞∞

»Ich weiß, darauf hätten wir auch selbst kommen können«, meinte Alexandra, bevor Orakel einen Kommentar abgeben konnte. Auf dem Tisch lag der entschlüsselte Inhalt des geheimnisvollen USB-Sticks, ausgedruckt in Papierform. Der Schlüssel, der dafür notwendig gewesen war, hatte sich neben der verschlüsselten Datei auf dem Stick befunden – und damit das nicht ganz so dämlich war, wie es zunächst klang, konnte man den Schlüssel nur durch Eingabe einer Passphrase nutzen.

Plötzlich polterte etwas vor den Fenstern zu Boden. Orakel, Alexandra und Free drehten sich erschrocken um.

»correct horse battery staple«, fluchte yury. »Das ist mal wieder typisch für jemanden, der beim FBI gearbeitet hat.« Dann schloss er das Fenster.

»yury! Woher hast *du* denn das Passwort für den USB-Stick?«, fragte Free verdattert.

»Vielleicht hat er das im Tower of Liberty gefunden«, mutmaßte Orakel. »Übrigens schön, dass du wieder da bist.«

yury nahm amüsiert das Jetpack ab. »Tower of Liberty? Dachtet ihr, ich bin spontan dort eingebrochen?«

Alle drei nickten.

»Nein. Ich dachte, die interne Schutztruppe stünde vor der Bürotür, und da bin ich kurzerhand durch das Fenster geflüchtet. Daraus, dass ihr hier noch gemütlich beisammensitzt, schließe ich, dass es sich um einen Irrtum gehandelt hat.«

Alexandra lachte. »Da standen tatsächlich zwei Mitarbeiter der Schutztruppe vor der Tür.«

yury schwieg verständnislos.

»Die haben mir eine Pizza in die Hand gedrückt und gefragt, ob wir zufällig vier Terroristen gesehen haben«, erklärte Orakel.

»Die werden sich doch wohl nicht mit einem ›Nein‹ zufriedengegeben haben«, stammelte yury.

»Doch«, bestätigte Orakel.

»Wir waren zu diesem Zeitpunkt ja auch nur drei Personen«, ergänzte Alexandra.

Mit einem ungläubigen Kopfschütteln ging yury auf den Schreibtisch zu, legte das Jetpack darauf ab und blickte auf den Computerbildschirm.

»Du hast uns noch immer nicht erzählt, woher du das Passwort hast, für dessen Ermittlung wir mühsam einen Faktorisierungsantrag nach Örz geschickt haben«, erinnerte ihn Free.

»Ach, das ist eine lange Geschichte. Ich habe bei IGLS angerufen, um einen indischen Königstiger und seine Familie auf einen örzähnlichen Planeten transportieren zu lassen. Nebenbei wurde mir dann die inzwischen ermittelte Passphrase übermittelt.«

Diesmal waren es seine Freunde, die ihn verständnislos anstarrten.

»Ist wirklich so«, versicherte yury mit verschränkten Armen. »Also, was befindet sich auf dem Stick? Ein Kommandozeilenskript?«

»Langsam wirst du mir unheimlich«, sagte Free.

Alexandra legte yury das ausgedruckte Skript aus der E-Mail vor. Sie schmunzelte. »Herzlichen Glückwunsch, Kommandant. Du bist in Abwesenheit zum ›Grand Senior Master Guardian‹ der Weltregierung befördert worden. Ein echter Karrieresprung.«

yury überflog das Papier. »Schön«, gab er zurück. »Ich ordne hiermit die vollständige, sofortige und unwiderrufliche Zerstörung sämtlicher Rechner des Island-Regimes an.«

Free nickte. Das war eine Aufgabe nach seinem Geschmack. Er öffnete einen Texteditor, tippte den entschlüsselten Text von Hand ab und speicherte die Datei anschließend als »formatanddestruct.sh« auf der Festplatte des Örztöps ab.

```
# echo "RGFpc3ksIERhaXN5CkdpdmUgbWUgeW91\
#      ciBhbnN3ZXIgZG8KSSdtIGhhbGYgY3Jh\
#      enkKQWxsIGZvciB0aGUgbG92ZSBvZiB5\
#      b3Uu" | nc 2001:db8:1:1a0:539:7ff3:65:29a 32764
```

Die Freunde blickten erwartungsvoll zwischen dem Blatt und dem Computerbildschirm hin und her. Free schien das überhaupt nicht zu bemerken und lehnte sich entspannt zurück.

»Hey, Moment mal«, sagte yury nach einer Weile. »Da steht doch viel mehr auf dem Papier.«

»Ja, aber es lässt sich mit dieser einen Zeile zusammenfassen«, behauptete Free grinsend.

yury zögerte. Das war alles? Diese Zeile Text sollte genügen, um das seit Wochen verfolgte Ziel zu erreichen? Wo war der Haken?

»Du bist zweifellos sehr kompetent«, sprach yury betont langsam und höflich. »Aber ich wage es, zu bezweifeln, dass diese komische Postleitzahl aus Florida wirklich das ist, wonach wir gesucht haben.«

Ein gewisser Übermut befiel Free, als er das hörte. Genüsslich beugte er sich nach vorne und bewegte seinen rechten Zeigefinger in eine schwebende Position über der Entertaste. Dann zog er eine Sonnenbrille hervor, setzte sie mit der linken Hand auf und blickte lässig in die Runde. »Shall we begin?«

Orakel und Alexandra blickten begeistert auf den Laptop; bei yury war eine gewisse Skepsis nicht verkennbar.

»*Klick.*«

Eine neue, leere Zeile erschien unter dem eingetippten Befehl. Das

Programm arbeitete.

Zehn Sekunden vergingen in nervöser Anspannung. Alexandra ließ währenddessen gedankenverloren die Finger knacken, was ihr einen kurzen missbilligenden Seitenblick von yury einbrachte. Schließlich erschien das Resultat des Befehls auf dem Bildschirm; gespenstische Stille erfüllte augenblicklich den Raum.

```
nc: connect to 2001:db8:1:1a0:539:7ff3:65:29a
port 32764 (tcp) failed: Connection timed out
```

Ein verhaltenes Räuspern durchbrach das Schweigen.

»Sorry, aber ich glaube, du kannst die Sonnenbrille abnehmen«, monierte yury. »Da kommt nichts Erleuchtendes mehr raus.«

Während Free mit hängenden Schultern die Brille einfach zu Boden fallen ließ, griff Orakel kurzerhand nach dem Laptop.

»Das kann ja auch nicht funktionieren«, erklärte er fachmännisch. »Du hast ja auch nicht alles richtig abgetippt.«

Eine Viertelstunde später stellte er das Gerät wieder vor seinen Freunden auf den Tisch. Er legte das Papierblatt daneben, sodass jeder sich von seiner einwandfreien Arbeit überzeugen konnte. Der ausführliche Programmcode enthielt sogar eine Bedienungsanleitung. Nachdem yury die Anleitung mehrfach Wort für Wort gelesen hatte, zog er die Tastatur zu sich heran und tippte mit übertrieben wirkender Vorsicht einen Befehl ein.

```
# bash ./formatanddestruct.sh --yes-i-am-insane\
#      --nuclear-option 2001:db8:1:1a0:539:7ff3:65:29a
```

Währenddessen las Alexandra den Inhalt der Anleitung laut vor.

»*Nuclear Option: Transmit the last resort destruction code to the specified IP address. This is EXTREMELY DANGEROUS and will very likely cause massive loss of data.*«

»Na super«, fand Orakel und drückte spontan die Entertaste. Statt der freudig erwarteten Explosion erschien aber nach zehn Sekunden nur die gewohnte Fehlermeldung auf dem Bildschirm.

```
nc: connect to 2001:db8:1:1a0:539:7ff3:65:29a
port 32764 (tcp) failed: Connection timed out
```

Orakel war traurig. Er war sich sicher, an der einfachen Aufgabe des Abtippens gescheitert zu sein.

»Es liegt nicht an dir«, tröstete yury ihn. »Wahrscheinlich ist einfach die Adresse falsch. Die steht zwar in der Anleitung, könnte aber inzwischen veraltet sein.«

Nach kurzem Überlegen tippte Free die Adresse kurzerhand in einen Internetbrowser ein. Eine bunte, nicht mehr ganz zeitgemäß wirkende Website der Stadtregierung von Toronto informierte die Besucher darüber, dass dieser Rechner nicht öffentlich zugänglich sei. Mitarbeiter der Regierung wurden stattdessen darum gebeten, sich in das interne Netzwerk einzuloggen und es erneut zu versuchen. Ein kleiner Hinweis am unteren rechten Rand der Seite zog Alexandras Aufmerksamkeit auf sich.

»*Dieser Server läuft seit zwei Jahren und fünfundzwanzig Tagen zuverlässig ohne Neustart dank hochwertiger kanadischer Software.*«

Die Adresse schien nicht veraltet zu sein, aber die vier Freunde befanden sich am falschen Ort.

»Ich glaube, wir müssen wieder nach Kanada«, stöhnte yury. »Ist da nicht auch das Raumschiff mit Äüörüzü gelandet?«

Alexandra senkte ihren Blick. »Ja, da trieb die Nachbarskatze ihr Unwesen. Zumindest so lange, bis das Militär sie überwältigt hat.«

»Free, du kannst diese Zugangssperre doch bestimmt ganz einfach außer Kraft setzen«, war sich Orakel sicher.

»Nein, ich kann nicht zaubern«, widersprach Free. »Sämtliche Befehle von Rechnern außerhalb des Rathauses von Toronto werden kommentarlos verworfen.«

»Nun gut, dann machen wir eben einen kleinen Ausflug. Toronto ist ja noch recht bequem erreichbar«, fand Orakel.

Alexandra nickte. »Lasst uns zur Abwechslung mal den Dienst-Pkw eines hochrangigen Pentagon-Mitarbeiters ausleihen.«

yury räusperte sich. »Ausleihen?«

»Aufbrechen, kurzschließen, mitnehmen.«

»Das wird nicht so einfach möglich sein«, sagte yury voraus. Er wollte gerade eine ausführliche Erklärung abgeben, als Orakel ihm auf die Schulter tippte.

»Alexandra nimmt dich nur auf den Arm. Wir haben den Autoschlüssel längst aus einem Büro gestohlen.«

yury war baff. »Woher wusstet ihr denn, dass wir nach Kanada fahren müssen?«

Nun lachten seine Freunde. »Mensch, yury. Wir wollten ursprünglich zum Tower of Liberty fahren und dich da rausboxen«, erklärte Free. »Es ist ein schöner Zufall, dass wir den Schlüssel jetzt doch noch verwenden können.«

Fünf Minuten später sah das Büro aus, als habe dort noch nie jemand gearbeitet. Außerhalb des Pentagons standen auf einem Parkplatz vier unauffällige Gestalten und beluden den Kofferraum eines großen Geländewagens mit Automatikgetriebe.

»Alles dabei?«, fragte Orakel in die Runde. Die anderen nickten.

»Alles dabei«, bestätigte Alexandra. »Das nächste Kapitel unserer Odyssee beginnt. Aber mit dem Zerstörungscode in der Tasche–«

»Im Kopf«, protestierte Free.

»Schön. Also, mit dem Zerstörungscode im Kopf ist unsere Mission bereits so gut wie abgeschlossen.«

Orakel klappte den Kofferraum zu und begab sich auf den Fahrersitz.

»Fahrerwechsel in zwei Stunden«, schlug yury vor und machte es sich auf dem Beifahrersitz bequem.

»Alles klar«, bestätigte Orakel. »Alle anschnallen, Türen schließen, oh, und dem Vorbesitzer zum Abschied zuwinken.«

Aus dem Gebäude kam tatsächlich ein Mann angelaufen, der wild mit den Armen fuchtelte.

»Auf Wiedersehen«, rief Alexandra. »Melden Sie den Wagen einfach als gestohlen, dann erhalten Sie ihn in ein paar Wochen zurück.« Sie sprang zu Free auf die Rückbank, riss die Tür hinter sich zu und betätigte die Zentralverriegelung. Diese Vorsichtsmaßnahme erwies sich jedoch als überflüssig, denn Orakel gab bereits Vollgas und jagte mit quietschenden Reifen quer über den Parkplatz. Die Ausfahrtsschranke hob sich nicht schnell genug, erwies sich aber glücklicherweise als nicht besonders stabiles Hindernis. Das Geräusch berstenden Holzes verkündete die erfolgreiche Abfahrt des verrückten Quartetts.

∞∞∞∞

»Benzin oder Diesel?«, fragte Free, als er von der überteuerten Tankstellentoilette zurückkehrte.

yury stand rätselnd vor einer Wasserstoff-Zapfsäule. »Weder noch«, murmelte er.

»Erdgas für das Auto, Wasserstoff für das Jetpack«, rief Orakel aus einiger Entfernung. »Wir sind eigentlich längst fertig, aber yury gefällt irgendetwas nicht.«

»Ich verstehe nicht, wieso die Zapfsäule auf einmal defekt sein soll«, erläuterte yury. »Ich habe auf Örz extra darauf geachtet, dass der Anschluss mit den auf der Erde verwendeten Systemen kompatibel ist.«

»Das ist normal«, wusste Alexandra. »Die Technologie steckt hier noch in den Kinderschuhen und ist von relativ häufigen Zapfsäulenausfällen geplagt.«

Free begab sich wieder auf die Rückbank. »Immerhin gibt es hier überhaupt Wasserstoff. Ich dachte schon, wir müssten am Raumschiff tanken.«

yury zuckte mit den Schultern und ging zurück zum Auto. »Unsere Jetpacks sind wieder gefüllt. Ich hatte nur Mitleid mit den Nachbenutzern.«

»Nachbenutzer«, wiederholte Free spottend. »Die Menschen fahren lieber mit riesigen Lithium-Ionen-Akkumulatoren durch die Gegend, deren Herstellung umweltschädlich ist und die nach ein paar Jahren ausgeleiert sind. Auf die Idee, Wasserstoff als Energieträger zu nutzen, kommen selbst viele vermeintliche Umweltschützer nicht.«

∞∞∞∞

Aus den Augenwinkeln nahm yury eine Bewegung im Rückspiegel wahr. Zunächst dachte er sich nichts dabei, aber dann fiel ihm auf, dass sich von hinten nur jemand nähern konnte, der noch dreister gegen die Geschwindigkeitsbegrenzung verstieß als er selbst. Vielleicht war es ein Sympathisant – jemand, der seine Meinung teilte, man müsse sich grundsätzlich nicht an Regeln halten, die nicht in SI-Einheiten definiert seien.

Free räusperte sich. Er hatte den Verfolger ebenfalls bemerkt, während Orakel und Alexandra auf der Rückbank ein Canasta-Turnier veranstalteten. »Leute, es gibt Ärger«, rief er mit Blick in einen Seitenspiegel.

»*Objects in the mirror are closer than they appear.*« Der Autohersteller schien sich über Free lustig machen zu wollen. Nach seiner Schätzung war der schwarze Polizeiwagen noch ungefähr zwei Kilometer entfernt.

»Das ist bestimmt nur eine Routinekontrolle«, gab Orakel hoffnungsvoll zurück. Dann wandte er sich einfach wieder dem Kartenspiel zu. »Darf ich ausmachen?«

Alexandra brachte weniger Gelassenheit für die Situation auf. »Nein, das übernehme ich. Wenn die herausbekommen, dass der Wagen gestohlen ist, lassen die uns nicht nach Kanada einreisen.«

yury schreckte hoch. »Was zur Hölle hast du da schon wieder in der Hand?« Das war kein Kartenspiel, so viel stand fest.

»Das«, antwortete Alexandra genüsslich, während sie einen Metallbolzen entfernte, »ist eine Damoklesgranate.« *Plopp.*

Mühsam beherrscht presste yury eine Entgegnung zwischen den Zähnen hindurch. »Findest du nicht«, sagte er in einer Mischung aus ohnmächtiger Wut und auswegloser Panik, »dass es Zeit wäre, die Kindersicherung für die Rückfenster zu deaktivieren und das Ding rauszuwerfen, bevor es mit uns explodiert?«

Free drückte einige Knöpfe, konnte seinen Blick dabei aber nicht von Alexandra wenden. Der Metallbolzen in ihrer linken Hand musste schon längst einen Zünder aktiviert haben.

»Keine Sorge«, beruhigte Alexandra ihre Freunde. »Sie hat einen Aufprallzünder und explodiert nur bei Erschütterung.«

Ein Schlagloch genügt, dann kannst du noch mal in Ruhe über deine Worte nachdenken, überlegte yury. »Wirf endlich die verdammte Granate raus!«

»Ich hätte nicht gedacht, dass du mich einmal dazu ermutigen würdest«, lachte Alexandra. Dann öffnete sie ein Fenster und schmiss die Granate auf die Straße.

Zwischen dem Polizeiwagen und den Verfolgten bestand noch genügend Abstand für das riskante Manöver. Eine grün gefärbte Explosionswolke verdeckte die Sicht, der Asphalt flog in alle Richtungen und die Polizisten führten erschrocken eine Vollbremsung durch. Unbeschadet, aber von der Straße abgeschnitten, blieben sie mit dem schwarzen Auto zurück.

»Da war Kupfer drin«, stellte Orakel fachmännisch fest.

»Ich hasse euch alle«, antwortete yury. Dann musste er lachen, und seine Freunde stimmten in das fröhliche Gelächter mit ein.

∞∞∞∞

Wie ein harmloser Tourist schloss yury die Fahrzeugtür und verriegelte das Auto. »Bitte denkt daran«, mahnte er, »dass wir keiner Fliege etwas zuleide tun möchten. Wir sind unauffällige, gerne auch naive Amerikaner, die sich auf ihrer Kanada-Tour natürlich auch das einmalig gestaltete Rathaus ansehen möchten. Anschließend wollen wir im nächsten McIsland ein paar Burger essen und den Freizeitpark besuchen.«

»Bekommen wir dann auch ein Eis?«, fragte Alexandra mit hoher Stimme.

yury lachte. »Natürlich. Ich bemerke schon, das wird ein lustiger Ausflug.«

2. Das Rathaus von Toronto

Im Rathaus herrschte an diesem Freitagnachmittag nur mäßiger Betrieb. Außerhalb der Schulferien waren nur wenige Touristen anwesend, die meisten Kanadier gingen ihrer Arbeit nach und die Büros leerten sich allmählich.

»Schönen Feierabend«, rief irgendjemand in Richtung der Rezeption.

»Danke, gleichfalls.«

Niemand schien die vier Freunde zu bemerken, die über eine große Wendeltreppe das erste Obergeschoss betraten. Einige Mitarbeiter der Stadtverwaltung kamen ihnen entgegen, ins Gespräch vertieft und in Gedanken längst mit ihren Wochenendaktivitäten beschäftigt. Ein älterer Herr tippte im Gehen auf seinem Smartphone herum, was Free zu der Überlegung veranlasste, ob er den Selbstzerstörungscode möglicherweise bereits über ein öffentliches WLAN senden konnte. Inzwischen stand die Gruppe vor einem Aufzug, und Free zog sein Örz-Smartphone hervor.

»Wir könnten eigentlich auch zu Fuß gehen«, fand Alexandra.

Free hob seine Augenbrauen. »Vierundzwanzig Stockwerke?« Er blickte zu Orakel und zögerte einen Moment. »Na ja, von meiner Seite aus wäre das kein Problem.«

Orakel grinste. »Von meiner Seite aus auch nicht.«

Da die anderen diese Äußerung für einen Scherz zu halten schienen, nahm er ihnen die Entscheidung kurzerhand ab. Als sich der Aufzug öffnete, trat er hinein, drückte alle fünfundzwanzig Etagenknöpfe nacheinander und sprang wieder hinaus.

»Ist das dein Ernst?«, fragte yury verdattert.

»Jupp. Jetzt ist es nur noch eine Frage der Effizienz. Der Aufzug lohnt sich nicht mehr.«

»Es ist vor allem eine Frage der Gefahr«, murmelte Free. »Unauffälliger Tourismus sieht anders aus.«

Alexandra nickte. »Wir sollten von hier verschwinden, bevor das Chaos ausbricht. Apropos, kannst du den Code nicht einfach per Funk senden?«

»Wahrscheinlich nicht«, prophezeite Free mit Blick auf sein Smartphonedisplay. »Die Netzwerkstruktur ist hierarchisch aufgebaut; über das WLAN kann man nur die Smartphones anderer Gäste erreichen.«

Er versuchte trotzdem testweise, den Code an alle erreichbaren Geräte zu senden. Dies führte jedoch nur zu Fehlermeldungen und zu einem Kopfschütteln von yury.

»Mein Smartphone läuft noch, die Internetseite der Stadtverwaltung ist noch erreichbar und die elektronisch gesteuerte Beleuchtung ist, wie man sieht, noch in Betrieb«, fasste yury zusammen. »So, da haben wir das Treppenhaus. Ich kann es kaum erwarten, hunderte Treppenstufen zu laufen.«

Er machte keinen allzu begeisterten Eindruck. Orakel hingegen zog entschlossen die Tür auf und begab sich auf den Weg, dicht gefolgt von Free und Alexandra. Den Abschluss bildete yury, der von dieser ungeplanten Aktion am wenigsten zu halten schien.

Irgendwann blieb Orakel stehen, allerdings nicht vor Erschöpfung. Er sah sich ratlos um. »Wo wollen wir überhaupt hin?«

»Irgendein leeres Büro finden«, erinnerte ihn Alexandra. »Darin haben wir ja inzwischen Übung.«

»Auf der Chefetage?«

yury wog nachdenklich den Kopf hin und her. »Der Bürgermeister hat sein Büro im ersten Stock. Ich weiß nicht, wie die Büros über das Haus verteilt sind, aber das oberste Stockwerk ist wahrscheinlich genauso gut geeignet wie jedes andere.«

»Was tut man nicht alles für einen schönen Ausblick«, befand Orakel und ging weiter nach oben. Auf dem Weg kamen ihnen noch einige Mitarbeiter entgegen, die über einen vermeintlich defekten Aufzug diskutierten, aber niemand beachtete die vier Eindringlinge.

Allmählich ließ der Sonnenschein, der durch die Fenster fiel, nach. Da die künstliche Beleuchtung nicht aktiviert war, wurde es dunkel in dem leeren Büro; so geschah es seit Monaten jeden Tag. Auf einem Tisch stapelten sich Aktenordner, die beim Umzug vergessen worden waren. Niemand interessierte sich mehr für die irrelevant gewordenen Aufzeichnungen. Die Abteilung war zugunsten der internationalen Raumfahrtbehörde geschlossen worden; das Island-Regime strich hinter den Kulissen die Förderung für »überflüssige« Projekte. Ein Großteil der Wirtschaftsleistung wurde als Vorbereitung für den »großen Sprung nach vorn« nach Afrika umgeleitet. Dort galt es, Armut zu bekämpfen, der Bevölkerung auch in entlegensten Dörfern notfalls mit Gewalt den »Fortschritt« aufzuerlegen und in Äquatornähe riesige Raumhäfen aufzubauen. Dass Island dadurch ein Zeitalter moderner Sklaverei ausrief, anstatt diese zu beseitigen, wagte kaum jemand auszusprechen. Die Wenigen, die es taten, wachten einige Tage nach ihrer Kritik ebenfalls in der Wiege der Menschheit auf und wurden dort zur Arbeit in den Fabriken und auf den Baustellen gezwungen. Solange es noch nicht die passenden Roboter gab, waren politische Gefangene ein brauchbarer Ersatz.

Der zuständige Hausmeister hatte längst aufgehört, die verlassenen Büros gründlich zu kontrollieren. Auf seinem abendlichen Rundgang machte er sich Gedanken über seine berufliche Zukunft, kam zu ernüchternden Ergebnissen und warf gedankenverloren einen kurzen Blick in alle Räume, bevor er seine Runde beendete, das Gebäude verließ und die Alarmanlage in Betrieb nahm.

»Schönen Feierabend«, sagte er zu sich selbst.

∞∞∞∞

Vorsichtig schob yury die Schranktür ein paar Zentimeter zur Seite. Er blickte sich in der Abenddämmerung um. Ein Vorzug des Ostturms war definitiv der wunderschöne Sonnenuntergang hinter den Hochhäusern. Während er noch vorsichtig den Schrank verließ, polterte an der gegenüberliegenden Wand eine Blumenvase zu Boden. yury riss die Augen auf.

»Mensch, Free«, schimpfte Orakel leise. »Du kannst froh sein, dass das Ding nicht zerbrochen ist.«

»Haben wir eine Pfütze auf dem Teppich?«, fragte Alexandra besorgt.

Free tastete auf dem Boden herum. »Nein, es ist nichts passiert.« Behutsam stellte er die Vase zurück an ihren Platz. »Wo ist überhaupt yury?«

Der rollte mit den Augen, schloss den Schrank hinter sich und begab sich zu seinen Kollegen. »Hier bin ich. Orakel, ich glaube, wir könnten den Örztöp gebrauchen.«

Orakel nickte und griff nach seinem Rucksack. »Das Netzwerkkabel hat Free.«

Von einer Raumwand war ein leises Klicken zu hören. Free kehrte mit einem Kabelende zurück, schloss den Örztöp daran an und nahm ein Stromkabel von Alexandra entgegen. Der Bildschirm leuchtete in der Dunkelheit und blendete die Betrachter.

»Ich glaube, wir sollten das Ding lieber in einem Schrank betreiben«, sagte yury. »Das Licht ist vielleicht von außen zu sehen.«

Die Kabellänge genügte knapp für dieses Vorhaben; die Freunde verringerten zudem die Displayhelligkeit und sahen gespannt dabei zu, wie sich der Internetbrowser öffnete. Free tippte eine Adresse in das Suchfeld ein und bestätigte die Eingabe mit der Entertaste.

»Bitte geben Sie Ihren Benutzernamen und Ihr Passwort ein«, meldete sich der Server, der zuvor jede Kommunikation verweigert hatte. Orakel konnte einen kurzen Freudenschrei nicht unterdrücken.

»Soll das heißen, wir können hier und jetzt die gesamte elektronische Infrastruktur der Erde lahmlegen?«, erkundigte sich Alexandra.

»Möglich«, sagte yury.

»Klar«, sagte Free. Er öffnete eine Kommandozeile, wobei ihm die grüne Phosphorschrift auf schwarzem Hintergrund erneut einen belustigten Blick seines Vorredners einbrachte. Er tippte kurz auf der Tastatur herum, schickte den Befehl jedoch nicht ab.

```
# echo "RGFpc3ksIERhaXN5CkdpdmUgbWUgeW91\
#       ciBhbnN3ZXIgZG8KSSdtIGhhbGYgY3Jh\
#       enkKQWxsIGZvciB0aGUgbG92ZSBvZiB5\
#       b3Uu" | nc 2001:db8:1:1a0:539:7ff3:65:29a 32764
```

»Worauf wartest du?«, fragte Alexandra nervös.

»Ich weiß nicht«, stammelte Free. »Das fühlt sich auf einmal an, als würde ich mit dem Abschicken dieses Befehls einen Weltkrieg auslösen. Wie ist das überhaupt moralisch zu bewer–«

»*Klick.*«

»Alexandra!«, riefen Orakel, yury und Free gleichzeitig. Dann blickten sie voller Spannung auf das Display. Nach zehn Sekunden erschien eine

Antwort.

```
nc: connect to 2001:db8:1:1a0:539:7ff3:65:29a
port 32764 (tcp) failed: Connection timed out
```

»Würde eigentlich nicht genau dieselbe Meldung erscheinen, wenn die Zerstörung erfolgreich gewesen wäre?«, fiel yury ein.

»Nein«, widersprach Free. »Der Befehl kann erst gesendet werden, wenn eine Verbindung aufgebaut wurde. Die kommt aber gar nicht zustande.«

yury las sich die Fehlermeldung erneut durch und zeigte auf den Bildschirm. »Sie wird aber auch nicht explizit abgelehnt.«

Die vier Freunde grübelten eine Weile vor sich hin. Schließlich griff Free den Gedanken auf.

```
# ömäp -p- -sS 2001:db8:1:1a0:539:7ff3:65:29a
Ömäp scan report for 2001:db8:1:1a0:539:7ff3:65:29a
Host is up (0.0051s latency).
Not shown: 65532 closed ports
PORT        STATE SERVICE
80/tcp open         http
443/tcp open        https
32764/tcp filtered  unknown
MAC Address: 00:00:5E:00:53:42 (Unknown)
```

»Guter Hinweis, yury. Auf allen anderen Kanälen wird die Verbindung explizit abgelehnt oder angenommen...«

```
Host is up (0.0020s latency).
Not shown: 65535 closed ports
```

»... und auch die anderen Computer im Netzwerk lehnen ausdrücklich jeden Verbindungsversuch ab. Nur der eine Server mit der Adresse *2001:db8:1:1a0:539:7ff3:65:29a* fällt aus der Reihe, weil er überhaupt nicht auf die Anfrage reagiert.«

»Wir jagen also keinem Gespenst nach, sondern sind tatsächlich kurz vor dem Ziel«, interpretierte Orakel das Ergebnis.

Free zuckte mit den Schultern. »Du könntest recht haben, aber ich bin hier mit meinem Latein am Ende.«

Nachdenkliches Schweigen, gemischt mit leichter Verzweiflung, erfüllte den karg eingerichteten Raum. Die letzten Sonnenstrahlen strichen lautlos über die Wand; die rot leuchtende Scheibe verschwand hinter dem Horizont. Nur noch das Laptopdisplay sorgte für spärliche Beleuchtung.

∞∞∞∞

Es war schließlich Orakels knurrender Magen, der die vier Freunde aus ihren Überlegungen hochschrecken ließ. Prompt meldete sich auch dessen Besitzer zu Wort.

»Ich habe Hunger.«

yury lächelte. »Das haben wir schon gehört. Aber du hast in deinem Rucksack doch bestimmt genug Verpflegung für ein ganzes Bataillon.«

»Drei Tage«, korrigierte Orakel. »Wir können hier oben ziemlich genau drei Tage lang ohne Nahrungszufuhr von außen überleben.«

Alexandra bezweifelte das. »Ich kann mir ja vorstellen, dass du genug Müsliriegel für drei Tage mitgenommen hast. Aber irgendetwas müssen wir auch trinken.«

»Drüben sind vier Wasserhähne«, bemerkte Free und zeigte in Richtung der Tür. Dann erhob er sich. »Und genau dahin müsste ich sowieso mal.«

Während Free den Raum verließ, packte Orakel einige Müsliriegel und Studentenfutter aus. Er stellte für jeden eine Mahlzeit zusammen und verteilte dazu noch Karamellgebäck.

»Kaffeekekse«, sagte yury lachend. »In dem Regal stehen sogar noch Tassen, aber wir dürfen keine Spuren hinterlassen. Hast du vielleicht kleine Plastikflaschen übrig?«

Orakel hatte tatsächlich vier leere PET-Flaschen dabei. Diese waren zwar etwas zerknüllt, erfüllten aber ihren Zweck. Irgendwann kehrte Free zurück, freute sich über das unerwartet reichhaltige Büfett und öffnete auf dem Laptop einen Gebäudeplan.

»Das Foto habe ich gerade draußen von den Rettungsplänen gemacht«, erklärte er. »Und wie ich Orakel kenne, hat er im Treppenhaus dreiundzwanzig weitere Fotos vom Aufbau der anderen Etagen gemacht.«

Alexandra und yury blickten erstaunt zwischen dem Laptop und Orakel hin und her. Der grinste, verspeiste einen weiteren Keks und warf Free eine kleine Speicherkarte zu. »Ich habe eine Bodycam im Knopfloch«, sagte er amüsiert. »Sagt nicht, ihr habt das nicht geahnt.«

»Bei dir überrascht mich inzwischen wirklich gar nichts mehr«, entgegnete yury mit ungläubigem Enthusiasmus. »Dann können wir ja loslegen.«

Wenn ich das Problem richtig verstehe, müssen wir eigentlich nur den Server finden, gegebenenfalls einen Bildschirm und eine Tastatur daran anschließen, und schon haben wir den Zugang, der uns die ganze Zeit über verwehrt wird.«

∞∞∞∞

Auf den Gebäudeplänen waren sämtliche Räume nummeriert. Neben den Fotos erstellte der Örztöp ein riesiges Baumdiagramm aller über das Netzwerkkabel erreichbaren Computer. Jeder Computer hatte einen eigenen Namen, mit dem er sich gegenüber anderen Netzwerkteilnehmern auswies. Gleichzeitig hatte jeder Computer eine IP-Adresse, unter der er unabhängig von seinem Namen auch aus dem Internet weltweit erreichbar war. Bald stellte sich heraus, dass die IP-Adressen nicht zufällig vergeben wurden, sondern sich an den Raum- und Etagennummern orientierten. So ergab die kryptische Nummer des mysteriösen Servers auf einmal einen Sinn: Der Rechner befand sich im Westturm, in Raum 101 – nur die Etagenbezeichnung bereitete yury erhebliches Kopfzerbrechen.

»Das ist doch totaler Unfug«, beschwerte sich yury fluchend, als er das Stockwerk ausgerechnet hatte. »Die Stockwerksnummer wird berechnet, indem die Zahl 32767 vom drittletzten Block der IP-Adresse subtrahiert wird. Das Ergebnis lautet ›Minus zwölf‹.«

»Das wäre aus mehreren Gründen unlogisch«, pflichtete Alexandra ihm bei. »Erstens, weil die Räume mit den Hunderternummern im Ostturm-Erdgeschoss liegen. Zweitens, weil es weder dort, noch auf irgendeinem anderen Plan, einen Raum mit der Nummer 101 gibt.«

»Und drittens«, fuhr yury fort, »weil der Raum unter der Erde liegen müsste. Da ist vielleicht eine Parkgarage, aber die erstreckt sich bestimmt nicht zwölf Stockwerke tief unter die Erde.«

Orakel verschränkte die Arme. »Das heißt also, du möchtest die Suche aufgeben, weil dir das Ergebnis zu unwahrscheinlich erscheint.«

yury blickte verwundert zurück. »Nein, ich suche nur noch eine bessere Theorie.«

»Ich glaube, du hast den Nagel längst auf den Kopf getroffen«, mutmaßte Free. »Der Computer befindet sich in irgendeinem geheimen Keller tief unter der Erdoberfläche. Es ist heute technisch auch überhaupt kein Problem mehr, den dort unten an das Internet anzuschließen.«

Alexandra lächelte skeptisch. »Klar. Island hat einen zwölfstöckigen Keller angelegt, um einen Computer zu verstecken, den er einfach abschalten oder vom Internet trennen könnte, falls er ihn unerreichbar machen möchte.«

Da sie sich nicht einig wurden, trennte sich die Gruppe auf. Orakel und Free, die nicht länger warten wollten, begaben sich entschlossen und optimistisch auf den Weg ins Erdgeschoss. Derweil zerbrachen sich Alexandra und yury weiter den Kopf darüber, wie die merkwürdige Adresse zu interpretieren sei.

∞∞∞∞

Unten angekommen, liefen Free und Orakel durch den unbehaglich düsteren, ausgestorbenen Empfangsbereich hindurch zum Westturm. Da ihnen nichts Besseres einfiel, betraten sie ein Treppenhaus, wurden dort jedoch nicht fündig.

»Vielleicht hatte Alexandra doch recht, und wir suchen nach etwas, das es nicht geben kann«, schätzte Free mit Blick auf die karge Betonwand, die den Abschluss des Treppenhauses darstellte.

»Es gibt mehrere Treppenhäuser«, erinnerte ihn Orakel. »Wir sollten uns zumindest ein bisschen umsehen.«

Als sie bereits die Suche aufgeben wollten, bemerkten sie, dass die Betonwand in einem der Treppenhäuser nicht vollständig das untere Ende abschloss. Ein dünner Spalt trennte das linke Ende der Wand von einer Seite des Raumes. Orakel tippte Free auf die Schulter und griff kräftig nach der Wand, als handele es sich um eine Schiebetür aus Polystyrol. Umso verblüffter starrte Free die vermeintliche Wand an, als diese auf einer Bodenschiene lautlos zur Seite glitt und einem neuen Hindernis wich.

»Eine Stahltür«, stellte Orakel überflüssigerweise fest. »Ich glaube, hier kommen wir nicht weiter.«

Free benötigte einige Sekunden, um wieder einen klaren Gedanken zu fassen. »Wir müssen da aber durch«, beharrte er dann auf dem ursprünglichen Plan. »Der Fingerabdrucksensor lässt sich bestimmt überlisten.«

»Mit Magie?«, witzelte Orakel. »Ich sehe da keinen USB-Anschluss zum Hacken.«

»Nein«, erklärte Free, »mit Folie und dem Laserdrucker in unserem Büro.« Ohne eine Antwort abzuwarten, begab er sich auf den Rückweg.

Damit gab sich Orakel jedoch noch nicht zufrieden. »Moment mal«, hakte er nach, während er Free hinterherlief. »Woher willst du denn den Original-Fingerabdruck nehmen?«

»Darüber habe ich mir noch keine Gedanken gemacht, das wollte ich gleich yury und Alexandra fragen. Vielleicht finden wir im Plenarsaal ein paar Fingerabdrücke auf der Tastatur des Bürgermeisters. Der wird ja wohl Zutritt haben.«

Als die beiden das Treppenhaus des Ostturms betraten, hörten sie Stimmen von oben. Starr vor Schreck stand Free auf der Türschwelle, stolperte zurück gegen Orakel, presste mit aufgerissenen Augen einen Finger auf seine Lippen und schloss leise die Tür. Die beiden überlegten nicht lange, bevor sie auf Zehenspitzen das Weite suchten.

∞∞∞∞

Alexandra schlich lautlos in das Büro, schloss leise die Tür und lehnte sich kreidebleich an die Wand.

»Du siehst aus, als hättest du auf der Toilette ein Gespenst gesehen«, merkte yury an.

»Das kann man fast so sagen«, stammelte Alexandra. »Ich war gerade unten und wollte nachsehen, was Orakel und Free so lange machen. Als ich durch die Empfangshalle geschlichen bin, lief auf einmal Floating Island an mir vorbei. Der schläft doch im Weltherrscher-Hochhaus in Washington.«

Es fiel yury sehr schwer, ihr zu glauben. »Allerdings. Du willst mich wohl auf den Arm nehmen. Ich gönne mir jetzt eine Mütze Schlaf, damit ich nicht ebenfalls anfange, zu halluzinieren.«

Ohne anzuklopfen, platzten in diesem Moment Free und Orakel durch die Tür herein und zogen diese schnell wieder hinter sich zu.

»Ihr glaubt nicht, wer hier nachts durch das Gebäude spukt«, keuchte Orakel vollkommen außer Atem.

Free griff hastig nach seiner Wasserflasche und trank diese in einem Zug leer. Dann kaute er auf seinen Fingernägeln herum, bis yury ihm mitleidig Kekse in die Hand drückte.

»Island natürlich«, behauptete yury, als handele es sich um eine Selbstverständlichkeit. Das brachte ihm drei vollkommen verwirrte Blicke ein. »War nur Spaß. Ich habe das bis gerade selbst nicht geglaubt. Alexandra hat ihn auch gesehen und wäre ihm beinahe begegnet.«

»Was hat Island hier zu suchen?«, ärgerte sich Orakel. »Fehlt nur noch, dass–«

In diesem Moment klingelte das Telefon. Ein tiefer Schreck durchfuhr die Freunde. »Nein, nein, nein, nein«, stotterte Orakel. »Nein. Bitte nicht.«

»*Guten Tag, dies ist der Anrufbeantworter der Abfallwirtschaftsbehörde von Toronto. Leider rufen Sie außerhalb unserer Geschäftszeiten an. Gerne können Sie eine Nachricht nach dem Signalton hinterlassen.*« Es piepte kurz.

Was auf das Piepen folgte, ließ allen Anwesenden die Haare zu Berge stehen. Free zerdrückte die Kekse in seiner Hand; yury stieß vor Schreck die Blumenvase um, Alexandra krallte die Finger in den Teppich und Orakel verschluckte sich gehörig.

»Ich bin's, Wolfgang. Ich weiß, wo ihr euch versteckt. Widerstand ist zwecklos. Nehmt den verdammten Hörer ab, oder ich jage euch zusammen mit dem Hochhaus in die Luft.«

Als sei die Situation noch nicht wahnsinnig genug gewesen, wurde in diesem Moment die Tür aufgestoßen.

»Guten Abend, die Herren«, tönte es von hinten.

»Marcor Schreiner, was zur Hölle«, brüllte Alexandra, die mit der Situation überhaupt nicht zurechtkam.

»Das Spiel ist aus, wenn ihr nicht kooperiert.« Er trug zwei Stangen Dynamit in der linken Hand und ein billiges Plastikfeuerzeug in der anderen.

Niemand antwortete. Alle Blicke hingen gebannt an den Lippen des in unangenehmer Erinnerung gebliebenen Widersachers vom Fort-Knox-Einsatz.

»Ich rate euch dringend dazu, das Telefonat anzunehmen«, drohte er.

»Also schön«, sagte Orakel. Mit einem Druck auf die Freisprechtaste nahm er das Gespräch entgegen. »Wolfgang? Kenn ich net.«

Nerven wie Drahtseile, dachte yury bewundernd.

Galgenhumor, dachte Free.

Leichtsinn, dachte Alexandra, die mühevoll einige klare Gedanken fasste. *Wir haben noch die Jetpacks. yury hat im Pentagon bewiesen, dass das funktioniert.*

»Ähm, Wolfgang.«

»Wer?«

»*Der* Wolfgang. So, genug gespielt. Ihr wollt Island stürzen? Wir auch. Wir haben allerdings eine ganz andere Motivation als eure Sentimentalität.«

Orakel ließ sich dadurch nicht im Geringsten beeindrucken. »Schön. Wisst ihr, wo Raum 500 ist?«

»Raum 500? Äh, nein. Was hat es damit auf sich?«

»In Raum 500 steht der Server, den wir alle suchen. Der Server, der die ganze Elektronik der Island-Regierung außer Gefecht setzen kann.«

»Oh, sehr gut. Ich kann das für euch ermitteln. Bitte habt einen Moment Geduld.«

Fünf Minuten vergingen, ohne dass jemand es wagte, einen Finger zu rühren. Die Situation war grotesk; selbst Marcor Schreiner schien über das weitere Vorgehen keine Klarheit zu haben.

»Raum 500«, tönte es dann aus dem Lautsprecher, »sind die Toiletten auf der vierten Etage des Ostturms. Wenn Island seinen Server wirklich dort versteckt hat, erklärt das zumindest unsere bisher erfolglose Suche in allen Räumen.«

Es stellte sich heraus, dass Wolfgang sich ebenfalls im Gebäude befand. Mit der Unterstützung seines Kollegen Marcor Schreiner war er aus einem berüchtigten Hochsicherheitsgefängnis der Weltregierung, dem W.I.N.D.O.W.S., geflohen. Das zuvor vom FBI unterstützte Verbrecherduo arbeitete nun gegen die Behörden und hatte es sich zum Ziel gesetzt, Floating Island zu stürzen. Dass ausgerechnet Alexandra, Orakel, yury und Free ihnen auf der letzten Etappe ihrer Mission begegneten, empfand Schreiner als äußerst lästig. Wolfgang hingegen war seit einer halben Ewigkeit darauf versessen, die vier »Nervensägen«, die er längst als seine persönlichen Erzfeinde betrachtete, ausfindig zu machen und für seine Zwecke einzuspannen. Dabei hatte er allerdings die Rechnung ohne Orakels Einfallsreichtum gemacht.

»He, die Tür ist abgeschlossen«, rief jemand aus Raum 500.

»Ich weiß«, antwortete Orakel, darauf bedacht, nicht durch lautes Rufen zusätzlich noch Floating Island auf sich aufmerksam zu machen.

Hinter der Tür begann eine Diskussion, deren Hitzigkeit mit zunehmendem Problembewusstsein anstieg. »Du, ich glaube, der Vielfraß hat uns eingesperrt. Ausgerechnet der.«

»Eingesperrt? Aber der Server–«

»Das ist ein verdammter Spülkasten, du Trottel.«

Orakel räusperte sich deutlich. »Entschuldigen Sie, die Herren.« Sofort trat Stille ein. »Wie Sie demnächst bemerken werden, befindet sich ein kleiner Essensvorrat auf dem Spülstein. Zudem haben Sie Zugang zu fließendem Wasser und befinden sich auf einer Etage, die ab Montag wieder aktiv genutzt wird.«

»Wir können auch einfach die Polizei rufen«, rief Marcor Schreiner, der sich über seine tatsächlichen Optionen noch immer nicht im Klaren war.

»Selbstverständlich wäre das möglich«, dozierte Orakel, »aber das einzige mobile Telefon, das Ihnen zur Verfügung stand, habe ich – zugegebenermaßen nicht besonders umweltgerecht – bei meinem Toilettengang über die Kanalisation entsorgt.«

Wolfgang protestierte lautstark. »Hör endlich auf, uns zu siezen. Der ganze Quatsch ist total unmoralisch. Du musst die Polizei rufen, wenn wir dich dazu auffordern.«

Mit einem Lachen trat Orakel einen Schritt näher an die Tür heran. »Mensch Wolfgang. Den Gefallen würde ich dir sogar tun.«

Man konnte hören, wie jemand von der Tür zurückwich. Dem ehemaligen Verfolger zuckte ein Schreckensszenario durch die Gedanken. »Bloß nicht. Die bringen mich um.«

»Deshalb«, antwortete Orakel gelassen, »glaube ich, dass wir uns einig sind. Keine Polizei, kein Stress. Wir stürzen Island, und was ihr danach macht, kann uns egal sein. Ich verspreche euch, dass jemand euch da in spätestens einer Woche herausholt. Vermutlich bereits übermorgen.«

Eine leise Diskussion zwischen Wolfgang und Marcor Schreiner folgte, bevor Wolfgang sich wieder meldete. »Wir akzeptieren deine Bedingungen. Unter einer Voraussetzung.«

»Glaubst du wirklich, ihr könntet in eurer Situation Forderungen stellen?« Orakel schmunzelte.

»Bitte, Orakel.«

»Dann mal raus mit der Sprache.«

Diesmal meldete sich Marcor Schreiner zu Wort. »Wir brauchen irgendeinen Zeitvertreib, aber bitte nicht den verdammten Pinball-Gameboy.«

Fünf Minuten später schob Orakel etwas unter der Raumtür hindurch. »Mit freundlichen Grüßen von Alexandra.«

»Du willst mich wohl auf den Arm nehmen«, rief Schreiner entrüstet. »Ich lese grundsätzlich keine Bücher.«

»Es sind auch Bilder dabei«, beruhigte ihn Orakel, »aber falls du die Einrichtung des Raumes interessanter findest, kannst du stattdessen auch zwei Tage lang die Wände anstarren. Tschüs.«

∞∞∞∞∞

Mit einem zufriedenen Lächeln auf dem Gesicht kehrte Orakel zurück in das leere Büro. »Ein bisschen Bildung kann den beiden Banausen gar nicht schaden.«

»Du hast das wirklich genial gelöst, Orakel«, lobte Alexandra. »Ich dachte schon, wir müssten mit den Jetpacks durch die Fenster fliehen.«

»Das wäre sehr schade gewesen«, fand Free, »denn dann hätten wir die Aktion hier abbrechen müssen.« Dann kam er auf das ursprüngliche Gesprächsthema zurück. »Wenn das mit Fingerabdrücken nicht funktioniert, können wir vielleicht den Aufzug hacken.«

»Das ist lebensgefährlich«, protestierte yury.

»Vor allem, wenn man dabei den Aufzug verlässt«, bestätigte Free. »Wir können zumindest brav in der Kabine bleiben.«

»Willst du den Wartungsdienst anrufen und denen etwas von nächtlichen Wartungsarbeiten erzählen?«

»Nein, nein«, erklärte Orakel, »hinter dem Rezeptionstisch hingen zwei Aufzugschlüssel für die Feuerwehr.« Er klimperte mit einem kleinen Schlüsselbund.

Das schien tatsächlich ein durchführbarer Plan zu sein, und alle stimmten dem Vorschlag zu. Vorsichtig verließen sie den Büroraum und traten auf den Gang hinaus. Spärliche Notbeleuchtung wies den Weg zu den Treppenhäusern; niemand war zu sehen oder zu hören.

»Hoffentlich ist Island gerade in irgendeinem Obergeschoss beschäftigt«, flüsterte yury. Er öffnete leise die Tür zu dem Treppenhaus, das vom Haupteingang am weitesten entfernt war. Vollkommene Stille verhieß Hoffnung; die Gruppe trippelte in Richtung der Stufen und begab sich abwärts. Vor dem Ende jedes Abschnitts blieben alle lauschend stehen; an jeder Etagentür huschten sie eilig vorbei. Nichts ließ darauf schließen, dass sich der Diktator im Gebäude befand – dieser Umstand trug allerdings kaum zur Erleichterung der vier Freunde bei. Falls Island das Gebäude nicht verlassen hatte, konnte er jederzeit wie aus dem Nichts auftauchen.

Vor dem letzten Stufenabschnitt blieb yury erneut stehen. »Wir haben einen Vorteil gegenüber Island«, stellte er flüsternd fest. Dann lauschte er eine gefühlte Ewigkeit ins Treppenhaus hinein, ohne sich zu bewegen. »Er weiß vermutlich nicht, dass wir hier sind, denn sonst wäre das Gebäude längst von der Polizei gestürmt worden.«

»Und wenn er von unserer Anwesenheit nichts weiß«, schlussfolgerte Alexandra, »dann nimmt er auch keine Rücksicht auf seine eigene Lautstärke.« Sie trat an yury vorbei, drückte die Tür einen Spaltbreit auf, spähte nach links und rechts, wartete einen Moment und verließ dann das Treppenhaus. Dicht hinter ihr folgten yury, Orakel und Free.

Der Aufzug, so wussten die Freunde, würde sich nicht lautlos öffnen lassen. Außerdem stand weder fest, ob man mit einem Aufzug überhaupt die angeblich 12 Stockwerke tiefe Geheimetage erreichen konnte, noch, welche der Aufzüge hierfür geeignet waren.

Orakel zeigte in Richtung des Treppenhauses, in dem sich die versteckte Stahltür befand. Dann übernahm er die Führung. Nachdem er yury und Alexandra die bewegliche Geheimwand und den verschlossenen Zugang gezeigt hatte, verließ er das Westturm-Treppenhaus und ging auf den nächsten Aufzug zu. Dort wartete bereits Free, der seine Stirn gegen die Aufzugtür lehnte und mit einem Auge durch den Spalt blickte.

»Wir haben Glück. Der Aufzug befindet sich auf dieser Etage, und eigentlich ist das am Feierabend ja auch nicht allzu ungewöhnlich.«

Dennoch ließ sich ein helles »*Pling*« nicht vermeiden, als der Aufzug sich der Macht des Feuerwehrschlüssels beugte und außerhalb seiner Betriebszeiten öffnete. Der auch an belebten Tagen hörbare Ton wirkte nach stundenlanger Stille ohrenbetäubend. Fast panisch blickten sich die zusammengezuckten Besucher auf der Etage um. Die Aufzugtüren wichen mit einem ähnlich unangenehm lauten Geräusch zur Seite; irgendjemand vergaß für einige Sekunden seinen Atheismus und flüsterte ein Gebet.

Orakel hastete voran in die zu allem Überfluss hell erleuchtete, geradezu blendende Kammer. Noch bevor Alexandra als Letzte die Türschwelle überschritten hatte, schob er eilig den Schlüssel ins Schloss, drehte diesen um und drückte die »Tür schließen«-Taste so fest gegen die Wand, dass das Blut aus seinem Daumen wich.

»Ich dachte immer, die Taste hat keine Funktion«, wollte yury diesen Versuch kommentieren. Bevor er diesen Satz ausgesprochen hatte, schloss sich die Tür bereits.

»Normalerweise stimmt das«, sagte Alexandra, »aber wir haben Sonderrechte.« Sie zeigte auf den Schlüssel, der im Aufzuglicht seine Schönheit preisgab und golden glänzte.

Die vier Freunde standen anschließend mit Blick auf die Etagenwahlknöpfe stumm und zunehmend ratlos minutenlang in der geschlossenen Aufzugskabine.

Schließlich brach Free das Schweigen. »Kann es sein, dass wir unsere tollen Sonderrechte gar nicht für unsere Zwecke nutzen können? Es gibt keine Knöpfe für negative Etagen.«

»Kein Wunder«, sagte yury. »Es gibt ja auch keine negativen Etagen.« Hundertprozentig überzeugt hatte ihn auch die versteckte Stahltür mit dem Fingerabdrucksensor nicht. Schließlich konnte sich dahinter genauso gut eine Besenkammer befinden. Oder eben der gesuchte Server, der dort ganz ohne Aufzug oder Treppen erreichbar sein konnte. Die negative Stockwerkszahl konnte einfach ein Platzhalter ohne tiefere Bedeutung sein.

»Was befindet sich dann unter uns im Aufzugschacht?«, fragte Orakel.

»Vermutlich eine Auffangkonstruktion aus Stahl. Eine Art Sprungtuch für Aufzüge, die nur benötigt wird, falls alle Seile reißen.« yury drehte sich überrascht zur Seite. »He, Alexandra, was hast du vor?«

Alexandra stand mit beiden Füßen auf dem Metallgeländer vor dem Rückspiegel des Aufzugs. Bevor irgendeiner der anderen Anwesenden verstand, was sie plante, war die Deckenverkleidung bereits geöffnet. Ein kühler Luftstrom zog aus dem kalten, dunklen Aufzugschacht herab durch die Kabine. Wortlos zog sich Alexandra durch die Öffnung, stellte sich aufrecht und blickte nach oben. Aus jeder Etage fiel ein dämmriger Lichtschein in den Schacht, bis in schwindelerregende Höhe. Alexandra löste abrupt ihren Blick von der Aussicht; Gleichgewichtsprobleme durfte es jetzt auf keinen Fall geben.

Orakel stieg nun ebenfalls auf das Geländer, um besser sehen zu können, was über seinem Kopf vorging. In diesem Moment legte sich Alexandra flach auf den Bauch und schob ihren Kopf vorsichtig über den Rand des Aufzugs hinweg. yury sah das und krampfte zusammen.

»Bleib um Himmels willen innerhalb des Aufzugblocks«, sagte er gerade laut genug, um Alexandra mit seinen Worten zu erreichen. »Wenn sich das Ding bewegt, bekommst du möglicherweise ein Gegengewicht auf den Schädel.«

»Ich will nach unten sehen und habe kein Interesse daran, zu stolpern«, entgegnete sie. »Da geht es nämlich wirklich tief nach unten.«

Sechs Augenbrauen schnellten nach oben. Free hakte nach. »Wie tief kannst du ungefähr sehen?«

»Zwei Stockwerke vielleicht. Ich glaube, da sind keine Türen. Es ist zumindest stockduster da unten.«

Orakel kletterte nach oben und drückte Alexandra einen kleinen Stein in die Hand. Dann kehrte er schnell in die Kabine zurück. Die ganze Aktion war ihm nicht wirklich geheuer.

Mit der Stoppuhrfunktion ihres Smartphones wollte Alexandra die Fallzeit des Steins bestimmen. Sie ließ ihn los und lauschte; niemand wagte es, ein Wort zu sagen. Ungefähr vier Sekunden später hörte Alexandra, wie der Stein aufschlug. Sie erhob sich und kletterte in die Kabine zurück, wo sie gespannt erwartet wurde.

»Drei komma sieben Sekunden.«

yury starrte kurz die Wand an. »Vierundvierzig Meter mindestens für drei Sekunden. Wenn du zu spät mit der Zeitmessung begonnen hast, bis zu hundert Meter. Das wären viereinhalb Sekunden.«

Das waren äußerst erfreuliche Neuigkeiten. Free wollte Gewissheit haben. »Wie lange wäre der Stein bei einer Höhe von zehn oder zwanzig Metern gefallen?«

»Eineinhalb beziehungsweise zwei Sekunden«, antwortete yury ohne merkliche Verzögerung. »Ich glaube, das ist eindeutig. Unter uns befindet sich ein Abgrund, den es eigentlich gar nicht geben dürfte.«

∞∞∞∞

Mit jeder Minute im Aufzug stieg die Gefahr einer zufälligen Entdeckung durch Floating Island. Das helle Kabinenlicht leuchtete auf den relativ dunklen Flur hinaus und wäre einem vorbeigehenden Betrachter vermutlich aufgefallen; zudem ließen sich Geräusche nicht vermeiden, während Free und yury an der Elektronik des Aufzugs herumbastelten. Oder genauer, während sie *versuchten*, daran irgendwelche Änderungen vorzunehmen.

»Das wird so nichts«, befürchtete Orakel. »Wir machen gerade entweder alles kaputt oder erreichen nichts.«

Besonders Free war frustriert durch diese Entwicklung. Vor ihm befand sich ein Computer, der dazu in der Lage war, den Aufzug in eine beliebige Richtung zu befördern. Durch den Feuerwehrschlüssel stand diesem Vorhaben nicht einmal eine Sicherheitsvorkehrung im Wege. Nur die Taste, um die Abwärtsfahrt zu forcieren, fehlte. »Ich habe auch schon Aufzüge gesehen, die Steuertasten für den manuellen Betrieb im Innenraum anbieten. Eine für ›Aufwärts‹ und eine für ›Abwärts‹. Das fehlt hier vollkommen.«

»Der Knopf ist bestimmt wieder irgendwo versteckt«, mutmaßte Orakel. »Genau wie die Stahltür, hinter einer doppelten Wand.«

»Uns läuft die Zeit davon«, mahnte yury und blickte auf die Uhrzeitanzeige seines Smartphones. »Es ist gleich vier Uhr morgens, die Sonne geht in ein paar Stunden auf. Marcor Schreiner und Wolfgang versuchen bestimmt, sich zu befreien, und Island hat das Gebäude noch nicht verlassen.«

Free sah ihn schräg an. »Woher weißt du *das* denn schon wieder?«

»Ich lausche die ganze Zeit nach draußen, und man kann von unserer Position aus durchaus mitbekommen, wenn jemand das Gebäude verlässt. Umgekehrt stehen wir auch gerade exponiert im Rampenlicht und verhalten uns nicht besonders leise.«

»Wir wissen nicht, was Island vorhat, und ob er vor Ablauf der Nacht wieder verschwinden möchte. Das wäre zumindest denkbar«, führte Alexandra aus, »da er ja auch heimlich mitten in der Nacht erschienen ist und hier durch die Gänge geistert.«

»Im schlimmsten Fall steht er längst oben vor einer der Aufzugtüren und hört uns zu.« Orakel schüttelte sich und fühlte sich auf einmal unangenehm beobachtet. »Wir müssen hier weg.«

Ein leichter Anflug von Panik breitete sich aus. Es schien nur einen Ausweg zu geben, und dieser befand sich in der Höhle des Löwen. Alexandra kletterte eilig auf das Geländer, zog sich erneut mit einem kräftigen Klimmzug nach oben in den Schacht, besann sich ihrer Verantwortung und versuchte mit schlotternden Knien, die nötige Gelassenheit für die Situation aufzubringen. Dass es ein paar Schritte weiter mindestens vierzig Meter in die Tiefe ging, trug nicht besonders zu ihrer Beruhigung bei.

Im Aufzug lief Orakel unruhig umher; Free hingegen saß auf dem Geländer, blickte mit nervösem Blick nach oben und drückte sich die Finger in die Handflächen. yury störte Orakel auf seinem Rundgang, indem er sich flach mit dem Rücken auf den Boden legte.

»Was machst du da?«, fragte Orakel und blieb stehen.

»Falls die gestoppte Zeit falsch ist, prallen wir womöglich auf das Metallgestell, oder direkt auf den Steinboden, falls die Sicherheitsvorkehrungen nicht ordentlich installiert wurden.«

»Machst du dir keine Sorgen um Alexandra?«

»Doch, natürlich. Trotzdem würde ich selbst gerne überleben. Notfalls ziehe ich das hier allein durch. Eure Arbeit soll nicht umsonst gewesen sein.«

Orakel schmunzelte. »Sehr lustig«, entgegnete er. »Ich mag deinen Galgenhumor.«

yury kniff die Augen zusammen. »Diese Rückenlage ist jedenfalls ganz ohne Humor empfehlenswert, wenn Alexandra zu optimistisch bergab fährt. Apropos, bitte setzt die Kabine in Bewegung, ich komme mir auf der Eingangsetage im hell erleuchteten Aufzug vor wie auf einem Präsentierteller.«

»Festhalten«, warnte Alexandra mit gedämpfter Stimme. »Montagefahrten sind die vermutlich häufigste Ursache von Personenschäden in Hochhausaufzügen.«

»Na super«, fand Orakel. »Gut, dass heute Samstag ist.«

Bevor Free sich darüber aufregen konnte, setzte sich der Aufzug in Bewegung. Das damit verbundene Gefühl des freien Falls wirkte in der gegebenen Situation beängstigend; er schlug die Hände über dem Kopf zusammen und duckte sich. Keine zwei Sekunden später lag Orakel mit dem Bauch auf dem Boden.

»Andersherum«, presste yury zwischen den Zähnen hervor, blickte abwechselnd zur Seite und nach oben und konnte den Anblick der offenen Decke nur noch schwer ertragen. Er schloss die Augen.

Alexandra starrte derweil stur auf ihre Kontrollen. Um sie herum zogen die Wände nach oben vorbei, jede Form von Tür fehlte hingegen. Am Rand ihres Blickfelds gab es nichts außer Gestein, Gestein und Gestein. Ihr war, als sei sie schwerelos, zumindest ein bisschen, und als zöge mit dem Gestein auch ein Teil ihrer Hoffnung an ihr vorbei. Was so begann, konnte überhaupt nicht gut enden. Feuerwehrschlüssel, ein geheimer Raum zwölf Stockwerke tief unter der Erde, eine Fahrt auf dem Dach eines Aufzugs. Die ständige Angst, von einem Gegengewicht erschlagen zu werden, sagte sich Alexandra, war bei einer Abwärtsfahrt vermutlich irrational. Dafür gab es die Gefahr, den gefürchteten Klotz stattdessen ins Gesicht zu bekommen. Das hing ganz von ihrer Position ab, und dieses Bewusstsein ließ sie wie ein Häufchen Elend zusammenkauern.

3. Minus Zwölf

Langsam bekam yury es wirklich mit der Angst zu tun. Orakel hatte sich inzwischen wie geheißen umgedreht und starrte in dieselbe Richtung. Die Anzeige des Aufzugs war nur für positive Zahlen ausgelegt und zeigte »246« an.

»Das ist wie Pinball, nur andersherum und mit acht Bit«, faselte Free, der offenbar auch nicht mehr ganz bei klarem Verstand war.

»Ich fühle mich, als hätte ich acht Bit intus«, antwortete Orakel, was ihm einen mitleidigen Blick von Free und einen spottenden Blick von yury einbrachte.

»Minus elf«, sprach Alexandra in die Kabine. »Es wird ernst.«

Als handele es sich dabei um eine Neuerung, dachte Free. Dennoch verkrampfte er und blickte gebannt auf die rote »245«.

»Man sollte anmerken«, fiel yury ein, »dass das Erdgeschoss die Nummer Eins trägt.«

Alexandra stoppte den Aufzug. Ihren Freunden in der Kabine jagte sie damit einen gehörigen Schrecken ein. »Entschuldigung, aber das sollten wir besprechen. Bis zu welcher Nummer muss ich fahren? Ich hatte beim Herunterfahren die Zahl ›244‹ ausgerechnet.«

»Die Zahl für das Display stimmt«, erklärte yury, ohne sich zu erheben. »Ich wollte nur anmerken, dass das nach unserer Zählweise das dreizehnte Untergeschoss ist.«

»Ich bin nicht abergläubisch, aber das gefällt mir nicht«, nörgelte Orakel. »Die Sache stinkt zum Himmel.«

Alexandra verkniff sich eine Beifallsbekundung und setzte den Aufzug nach einer kurzen Vorwarnung wieder in Betrieb.

»*Pling.*«

Das Geräusch durchfuhr die vier Freunde nachhaltig; der Aufzug stand und bewegte sich keinen Millimeter mehr weiter. Alle rissen die Augen auf – Alexandra, weil ihre Kontrollen nicht mehr funktionierten, und die anderen, weil sich die Aufzugtüren selbsttätig öffneten. Vor den erstarrten Eindringlingen tat sich ein rabenschwarzer Gang auf, der exakt den Aufzugdurchmesser hatte und an den Seiten durch schwarzes Gestein abgeschlossen war. Die Decke und der Boden schienen aus Schiefer zu bestehen und gleichmäßig mit einer dünnen Schicht aus Kohlepulver bestreut worden zu sein.

»Was seht ihr?«, fragte Alexandra. »Ich kann den Aufzug nicht weiterfahren lassen.« Sie erhob sich von den Kontrollen, knickte dabei fast ein, weil ihre blutleeren Beine nachgaben, dehnte sich kurz, stieg durch die Deckenöffnung und starrte baff in die unendlich wirkende Tiefe des Ganges.

»Das ist der Vorraum zur Hölle«, riet Orakel. »Und der Teufel persönlich wartet da irgendwo auf uns.«

»Ich dachte, du glaubst nicht an so etwas«, stammelte Free, der seinen Blick nicht von der Schwärze lösen konnte. »Mir fehlt aber die nötige Sicherheit, um dir zu widersprechen.«

»Schluss mit dem Unfug«, beschloss yury. »Da will uns jemand zum Narren halten, oder Island hat den ganzen Zauber wirklich nur für sich selbst eingerichtet.« Er trat auf den Gang hinaus und bemerkte, dass dieser gegenüber dem kalten Aufzugschacht eine recht angenehme Lufttemperatur bot. Es knirschte, als er seine Schuhspitzen in den Kohlenstaub grub und mit Druck zur Seite drehte. »Hier ist seit einer Ewigkeit niemand entlanggelaufen.«

Auch Alexandra widersetzte sich dem gruseligen Eindruck. Sie verließ entschlossen die Kabine, trat einmal mit Schwung seitlich gegen die Kohle, als wolle sie einen Fußball von sich stoßen, griff mit einer Hand in den Staub und ließ diesen zwischen ihren Fingern herabrieseln.

»Warm«, befand sie dann. »Es ist warm hier drin.«

»Na gut, Alexandra, du saßt immerhin im kalten Aufzugschacht«, gab Free zu bedenken. Er zog Orakel an einer Hand aus dem Aufzug und kniete sich draußen in den Staub. »Sogar an eine Fußbodenheizung wurde gedacht. Und jetzt erzählt mir bitte nicht, das wäre Erdwärme.«

»Fünfzig Meter unter der Erde wäre das allerdings etwas merkwürdig«, stimmte yury zu. »Also sind wir entweder deutlich tiefer gefahren, es gibt in dieser Gegend irgendeine geologische Besonderheit oder der verrückte FBI-Agent hat wirklich Wasserrohre unter dem Gesteinsboden verlegt.«

»Das spräche für eine Täuschung«, erkannte Orakel. Er trat mit Wucht gegen die linke Seitenwand, schüttelte unzufrieden den Kopf, wiederholte den Vorgang auf der rechten Seite und sah Free an. »Massiver Fels, aber ich traue der Decke noch nicht. Ich bräuchte einmal deine Hilfe.«

Mit einer spontan hergestellten Räuberleiter erreichte Orakel die Decke. Er schlug mit der Faust dagegen und zog diese sofort schmerzerfüllt zurück.

»Ebenfalls massiv«, kommentierte Free das Geräusch. Orakel nickte missmutig, stampfte kräftig mit einem Fuß auf und zuckte dann mit den Schultern.

»Also gut«, sagte er, »wir befinden uns in einem Stollen. Wer weiß, vielleicht wird hier wirklich Kohle gefördert.«

»Das ergäbe keinen Sinn«, widersprach yury. »Selbst wenn Island in dieser geringen Tiefe auf einen Kohlevorrat gestoßen wäre, würde sich dessen Abbau nicht wirtschaftlich lohnen.«

Orakel lehnte sich mit einer flachen Hand gegen eine Seitenwand. »Der ganze Gang ergibt keinen Sinn.«

Alexandra zog ihr Smartphone hervor und aktivierte die Taschenlampenfunktion. Der Gang schien das Licht zu verschlucken, aber dadurch ließ sie sich nicht einschüchtern. Entschlossen ging sie voran in die Dunkelheit; die anderen folgten ihr zögernd.

∞∞∞

Nach ungefähr fünfzig Metern endete der Gang in einer T-förmigen Kreuzung. Auf der linken Seite führte eine Treppe aus pechschwarzen Stufen nach oben, auf der rechten Seite knickte der Gang rechtwinklig ab.

»Wir müssten uns gerade unter dem Plenarsaal befinden«, schätzte yury. »Wir können die Treppen nach oben laufen und landen vermutlich vor einer Stahltür, wie ihr sie im Treppenhaus gefunden habt.«

»Ich glaube, der rechte Gang ist interessanter«, ahnte Orakel mit Blick in die Finsternis. Er ging ein paar Schritte dorthin, blickte um die Ecke und beleuchtete mit seinem Smartphone den Boden. »Da ist noch eine Treppe, aber diese führt nach unten.«

Als sie sich wortlos für den Weg nach unten entschieden und die Treppenstufen hinabstiegen, bemerkten sie, dass der Boden nicht so unbetreten und verstaubt aussah wie der erste Gang. Die Treppe führte um mehrere Ecken nach unten, fast wie die oberirdischen Treppenhäuser. Je tiefer die vier Freunde schritten, desto wärmer wurde es, und die Dunkelheit wich sehr langsam einem dämmrigen Licht, das von unten heraufschien.

Orakel verließ als Erster das schwarze Treppenhaus. Vor ihm erstreckte sich ein Felssteg, der zu beiden Seiten steil in die Tiefe abfiel. Er befand sich an der Decke einer riesigen, beleuchteten Halle, deren Maße er kaum abschätzen konnte. Als ihm bewusst wurde, dass er sich ohne Sicherung einen Meter entfernt vom Abgrund befand, überkam ihn ein Schwindelgefühl, und er stolperte bleich vor Entsetzen zurück in das Treppenhaus.

»Was um alles in der Welt«, staunte yury, »ist *das* denn?!«

Arbeitsgeräusche drangen aus der Tiefe zu ihnen herauf. Mindestens vierhundert Meter unter ihnen arbeiteten Roboter und Menschen an einem überdimensionalen Metallbauwerk. Der Steinpfad schien eine Art Aussichtsplattform zu sein, von der kleine, geländerlose Wendeltreppen an den Seiten hinabführten. Es sah so aus, als habe jemand absichtlich auf die Geländer verzichtet, um den imposanten Eindruck nicht zu beeinträchtigen.

Free setzte sich im Schneidersitz auf den Aussichtspfad. Mit weit geöffneten Augen starrte er die Konstruktion und die Arbeitsschritte minutenlang an. »Ich glaube, die bauen ein Unterseeboot.«

Alexandra schritt vorsichtig an ihm vorbei und blieb vor einer der Wendeltreppen stehen. »Die Treppe kommt so aber nicht durch den TÜV.«

»Ich habe keine Ahnung, wie man da einigermaßen sicher heruntergehen soll«, stimmte Orakel zu. »Mir wird schon bei dem Gedanken schlecht.«

»Wir haben die Jetpacks im Büro liegen lassen«, wurde yury in diesem Moment bewusst. »Weil wir uns sicher waren, dass wir im Keller keinen Bedarf dafür hätten.«

Free blickte sich in alle Richtungen um. »Eigentlich sind wir ja auch nur hier unten, um einen Computer zu finden. Wo der versteckt sein soll, ist mir aber ein Rätsel.«

Da der Weg in die Tiefe ohne Hilfsmittel zu riskant erschien, schlug Orakel vor, zur Kreuzung zurückzukehren. Alexandra und Free waren sofort einverstanden, yury grübelte lange vor sich hin. Schließlich nickte auch er, warf einen letzten Blick zurück in die Halle und machte sich auf den Rückweg.

»Wir sollten uns einmal die andere Treppe ansehen. Vielleicht gibt es hier noch mehr merkwürdige Geheimnisse«, argwöhnte Alexandra.

yury dachte laut vor sich hin. »Ich frage mich, was Island mit einem Unterseeboot vorhat. Er könnte damit immerhin buchstäblich ›abtauchen‹, wenn seine Regierungsstrukturen zusammenbrechen.«

»Wer weiß, wie stabil die Diktatur überhaupt noch ist«, bekräftigte Free den Denkansatz. »Besser als ein Bunker ist so ein Unterseeboot allemal.«

Dann waren sie an der Kreuzung angekommen. Auf der linken Seite leuchtete einladend die geöffnete Aufzugskabine, geradeaus ging es weiter in der Finsternis.

»Bist du eigentlich sicher, dass der Aufzug nicht weiter nach unten fahren kann?«, fragte Orakel, an Alexandra gerichtet.

»Nein«, antwortete Alexandra, »aber als wir angekommen sind, waren die Knöpfe auf einmal blockiert.«

yury ging geradeaus weiter. »Mir kommt gerade ein Verdacht.« Er leuchtete die Treppe hinauf, konnte jedoch nichts erkennen. Stufe für Stufe ging er nach oben, verschwand hinter einer Ecke, lief weiter und weiter. Noch konnte man seine Schritte deutlich hören. »Na also«, rief er dann. »Wir brauchen den Aufzug nicht mehr.«

Neugierig kam Orakel hinterhergelaufen; mit einigem Abstand folgten Free und Alexandra.

»Jackpot«, rief Orakel. »Free, das musst du dir ansehen.«

Free hob eine Augenbraue. Er ging um die Ecke herum, richtete seine Augen auf die Stelle, die Orakel ihm aufgeregt zeigte und pfiff anerkennend. »Serverraum 101«, stand in großen Buchstaben über einer dicken Brandschutztür.

Ohne lange zu zögern, griff yury nach der Türklinke und zog kräftig daran. Die Tür schwang zur Seite auf und gab den Blick auf einen riesigen Thronsaal preis. Von Kronleuchtern in ein schneeweißes Licht getaucht, glitzerten bunte Steine an allen Wänden. Geblendet kniffen die Freunde ihre Augen zusammen. Am Boden lud ein roter Teppich die Besucher zum Weitergehen ein; das Ende des Raumes war durch die Helligkeit nicht zu erkennen.

»Kneif mich, ich glaube, ich träume. Au! Orakel, das war doch nicht wörtlich gemeint.« Free zog seinen Arm zurück.

»Nie im Leben«, stieß yury heraus. »Nie im Leben hat Island diesen Palast in die Erde gebaut, um die größte Schwachstelle seines Regimes funkelnd zu präsentieren.«

Alexandra schmunzelte. »Doch, genauso sieht es aus.« Sie schritt würdevoll den Teppich entlang, der nicht zu enden schien.

Fassungslos folgten ihr Orakel, yury und Free. Rundum glänzten goldene Statuen; der Boden aus weißem Marmor spiegelte das Deckenlicht.

»Das ist doch kein Serverraum«, protestierte Free. »Das ist Blasphemie.« Im Gehen drehte er sich in alle Richtungen; zeitweise lief er rückwärts. »Sogar die Decke besteht aus Marmor. Wozu dient das alles?«

Als Alexandra abrupt stehen blieb, stießen sie alle zusammen und fielen chaotisch zu Boden. Orakel erwartete daraufhin lautstarken Protest von Alexandra, etwa in der Art »Passt doch auf, wo ihr hinlauft.« Stattdessen starrte Alexandra den Thron an, der sich gegen das grelle Licht abzeichnete. Auf einem kleinen, mit rotem Samt bedeckten Tisch stand ein schwarzer Computer, von dem ein Internetkabel und ein Stromkabel in den Boden verliefen. Ein kleines grünes Lämpchen blinkte an der Vorderseite und zeigte an, dass gerade Festplattenaktivität stattfand.

Hinter dem kleinen Tisch stand ein riesiger, rot gepolsterter Thron aus massivem Gold. Langsam gewöhnten sich die Augen der vier Freunde an die Helligkeit, und die Umrisse eines alten Bekannten zeichneten sich vor dem roten Stoff ab. Nach ungefähr einer halben Minute war deutlich erkennbar, dass dort niemand anderes saß als Floating Island höchstpersönlich.

Island knackte mit den Fingern. »Willkommen im Paradies.«

∞∞∞∞

Alexandra fand als Erste die Sprache wieder. »Was hast du dir diesmal ausgedacht, du mieses–«

»Halt die Luft an, ich habe euch ein Angebot zu machen.« Mit einer theatralischen Geste fuhr Island fort: »Vielleicht ist euch gar nicht bewusst, wie viel Macht momentan in meiner Person vereint ist. Durch mich hält die gesamte Erdwirtschaft zusammen, die Nahrungsmittelversorgung und die Staatsgewalt auf jedem Kontinent. Wenn ihr mich einfach ausschaltet, setzt ihr acht Milliarden Menschen dem sicheren Hungertod aus und lasst die Weltbevölkerung in ihren letzten Stunden in grausamer Anarchie um ihr Leben kämpfen. Zu allem Überfluss haben meine Anhänger selbstverständlich noch die Kontrolle über alle Atomwaffen, die auf diesem Planeten jemals produziert wurden. Ihr schaufelt euch und euren Mitmenschen ein widerliches Grab, wenn ihr mich naiv absägt.«

Alexandra ballte die Fäuste und stieß einige Flüche aus, doch Island ging darüber hinweg, als habe er ihre Worte nicht gehört.

»Ich bin dazu bereit, die Erde aus freien Stücken in eure Obhut zu geben. Dann könnt ihr den Demokratiegedanken umsetzen, den ihr Spinner schon seit Jahren zu verwirklichen sucht.«

Wütend erklomm Alexandra einige Stufen und positionierte sich genau vor dem Thron. Auf Augenhöhe starrten sich Alexandra und der verhasste Diktator an; kein Blinzeln und kein Geräusch störten das minutenlange im Schweigen ausgetragene Duell.

Nach drei Minuten knurrte Alexandra etwas Unverständliches.

»Wie meinen, junge Dame?«

»Was– was willst du?«, zischte Alexandra. »Rück raus mit der Sprache, solange du noch kannst.«

Island amüsierte sich köstlich.

»Ahahahaha, du bist machtlos. Neben dir steht der Computer, und der Selbstzerstörungscode würde durchaus funktionieren. Ich habe nicht geblufft, aber eure vermeintliche Chance ist überhaupt keine, weil ihr auf mich und das System angewiesen seid. Was willst du tun, außer dir die Ohren zuzuhalten?«

»Sprich dein letztes Gebet, du Pfeife.«

»Nun gut. Ich verlange nur eine winzige Kleinigkeit von euch.«

Alexandra kniff die Augen zusammen. Das konnte ja heiter werden.

»Ich will«, ließ Island die Bombe platzen, »nach Örz.«

Stille. Fassungsloses Schweigen und genüssliches Auskosten des Moments standen sich Auge in Auge gegenüber.

4. Dögöbörz Nüggät

Es war nicht weiter ungewöhnlich, dass Island viele Feinde hatte. Auch der Diktator selbst wusste, dass ein beachtlicher Teil der Erdbevölkerung ihn lieber tot als lebendig gesehen hätte; statt tiefer Trauer würde man eines Tages in jauchzende Euphorie verfallen und das Ende der erbarmungslosen Weltherrschaft als Feiertag in den Kalendern verewigen. Island betrachtete seine Situation realistisch und verwirklichte mit kühler Härte eine bis ins kleinste Detail durchdachte Strategie.

Die vier Freunde waren nicht mehr als ein Werkzeug zum Erlangen weiterer Macht, und sie waren wie blutige Anfänger in die Falle gelaufen. Das Bewusstsein, dass ausgerechnet Alexandra ihm bei der Verwirklichung seiner Pläne helfen würde, zauberte ein spöttisches Lächeln auf das Gesicht des ehemaligen FBI-Agenten. Nur yury traute er zu, sich überhaupt im Grundsatz gegen die Erpressung zu richten und es auf die Verwirklichung der Drohungen ankommen zu lassen.

Tatsächliche Gefahr drohte jedoch von einer anderen Seite. Wenn jemand Island berichtet hätte, wer zu diesem Zeitpunkt sein größter Widersacher war, dann hätte er diese Meldung als schlechten Scherz abgetan und den Überbringer der Botschaft zu lebenslanger Haft verurteilt. Niemand machte sich ungestraft über den großen Bruder lustig.

∞∞∞∞

Dögöbörz Nüggät schmiss erzürnt mit beiden Händen einen armdicken Platinbarren durch den Raum. Die Scheibe an der Rückseite seines Geschäfts hatte den sieben Gewichtseinheiten geballter Masse wenig entgegenzusetzen und zersprang hinter dem längst auf der Straße gelandeten Metallstück in tausende Teile. Dann stampfte Nüggät nach draußen und schlug die Tür hinter sich ins Schloss.

»Verdammter Kuhmist«, brüllte der sonst äußerst gelassene, freundliche Ladenbesitzer dem erschrocken stehengebliebenen Passanten ins Gesicht. »Wenn du wüsstest, was auf der Erde passiert, würdest du nicht so doof gucken!«

Der Äöüzz setzte ein vorsichtiges Lächeln auf und nickte zurückhaltend. Bloß nichts Falsches sagen – der Mann war offenbar vollkommen verrückt geworden, und die Polizei würde sich sicherlich bald um den Vandalen kümmern. Während Önguk sich langsam, rückwärts schleichend von dem zornig auf seinen Metallbarren eintrampelnden Verkäufer entfernte, registrierte er in den Augenwinkeln mit einer gewissen Befriedigung das Eintreffen der Notfallstreife.

Nüggät zuckte zusammen. Jemand hatte sich unbemerkt an ihn herangeschlichen und tippte ihm auf die rechte Schulter. »Entschuldigen Sie bitte«, erklang eine tiefe Stimme, »würden Sie uns freundlicherweise erklären, was Sie da gerade machen?«

Bevor er zu einer rechtfertigenden Antwort ansetzen konnte, meldete sich der zweite Polizist zu Wort. »Das muss ein neues Verarbeitungsverfahren sein. Der Barren ist zu dick und wird mit Spezialschuhen auf die richtige Größe getrimmt.«

»Unsinn«, fuhr Dögöbörz die beiden Ordnungshüter an. Er überlegte kurz. Sollte er ihnen die Wahrheit erklären? Wenn sie ihm tatsächlich Glauben schenkten, würde man detaillierte Erläuterungen verlangen und ihn tagelang ausfragen. Die Zeit drängte, also musste er sich stattdessen irgendeinen Nonsens ausdenken. »Äh. Ich führe katalytisch-selektive Korrosionsexperimente durch. Wie Ihnen sicherlich bekannt ist, existiert für die Produktion von Quarzwolle momentan kein industriell dissoziatives Verfahren, dessen Effizienz das Normalpotenzial einer Platinkathode übersteigt. Daher muss ein Kollisionsangriff auf die Struktur des Glases ...« Nüggät zeigte mit wichtigtuerischem Blick auf die zerbrochene Scheibe. »... unweigerlich eine Kavitation des amorphen Materials durch quasifreie Elektronen nach sich ziehen, wodurch der Metallbarren nicht nur an Wert gewinnt, sondern zudem als kondensierte Materie die starke Wechselwirkung des Gluonenstroms umkehrt. Aber das haben Sie ja bereits in der Schule gelernt. Bitte stören Sie mich nicht weiter.«

Der Mann war wirklich verrückt. Kopfschüttelnd verließen die beiden Polizisten die unwirkliche Szene und fuhren in ihrem Polizeiwagen davon. Dögöbörz Nüggät blickte ihnen noch eine Weile nach, dann griff er entschlossen nach dem Metallklotz, lief über die knirschenden Scherben und stieg durch die leere Fensteröffnung zurück in sein Büro.

Niemand schien etwas zu ahnen. Dabei musste doch jeder, der auch nur ein rudimentäres Verständnis von Strategie hatte, sofort erkennen, was auf Örs vor sich ging. Der lächerliche blaue Planet war wertlos für jemanden, der wirklich nach galaktischer Macht strebte. Und nun standen gleich *zwei* Raumschiffe mit Überlichtantrieb auf der Steinzeitwelt. Wie naiv waren diese vier Touristen eigentlich, dass sie glaubten, sie könnten allein gegen dieses kranke Genie vorgehen? Wenn Island nicht selbst dazu in der Lage war, die Raumschiffe ans Ziel zu steuern, dann würde er eben kurzerhand die damit angekommenen Raumfahrer zur Mitarbeit zwingen. Ansätze für eine gelungene Erpressung gab es schließlich genug.

An dieser Stelle wollte Nüggät sich einklinken. Ihm lag nichts an der Erde, aber sein Vermögen war in Gefahr. Island hatte Gold, und davon eine ganze Menge. Warum die Regierung von Örz nicht längst Handelsbeziehungen mit der Bevölkerung dieses Rohstoffplaneten aufgenommen hatte, war ihm bis heute ein Rätsel. Hier ließ sich ein Vermögen verdienen, und die Planetenbewohner würden sicherlich voller Begeisterung ihre Edelmetalle gegen wertloses Plutonium und veraltete Technik eintauschen.

Wenn ein Mensch von Örs mit der dort vorhandenen Goldmenge auf Örz eintraf, war der sorgsam über Jahre erwirtschaftete Ladeninhalt nur noch einen Bruchteil seines Kaufpreises wert. Island würde sich die Gelegenheit nicht nehmen lassen, im Stil der vier Freunde ein Vermögen im Imperium von NGC 6193 anzuhäufen. Nur mit dem kleinen Unterschied, dass niemand in der ganzen Wirtschaftsvereinigung genug Äzz besaß, um diesen überdimensionalen Schatz zu kaufen. Das politische System würde ihn zudem über Nacht zum einflussreichsten und mächtigsten Lebewesen im Umkreis von mindestens fünftausend Lichtjahren machen.

Dögöbörz Nüggät griff nach einer Schublade, auf deren Griff sich bereits dicker Staub gebildet hatte. Eine vierzehnbeinige Spinne krabbelte erschrocken zur Seite und verschwand in irgendeiner Ecke.

Eine, zwei, drei, vier, fünf, sechs Patronen. Nur Anfänger schossen mit Blei. Nüggät hingegen besaß stilecht glänzende, teflonummantelte Goldkugeln. Ein Paralysestrahler in der anderen Hand sollte unnötige Verletzungen vermeiden, aber man konnte nie wissen, was unterwegs passieren würde. Das Universum war groß, und die Galaxis ging mitunter unbarmherzig mit ihren schlecht vorbereiteten Bewohnern um. Wenn die vier Freunde nicht den Mumm hatten, sich gegen ihren Erpresser zur Wehr zu setzen – der Edelmetallhändler hatte mehr als genug Gründe, keinen Cent auf das hohle Gerede des aufstrebenden Idioten zu geben. Island würde bedingungslos kooperieren, oder … nun, Nüggät hatte sich bereits eine amüsante »Endstation« für den Diktator ausgedacht.

∞∞∞∞

Die vier Freunde standen mit Floating Island im Aufzug. Ganz ohne Manipulation von außen fuhr die Kabine langsam nach oben.

»Äüörüzü lebt?«, fragte Alexandra, und in ihrer Stimme schwang tiefes Misstrauen mit. »Wahrscheinlich in einem eurer Labors.«

Island nickte, dann schüttelte er energisch den Kopf. »Ja. Nein. Das Katzenvieh hält ganz Kanada in Atem. Was meint ihr, warum ich Toronto für unser Wiedersehen gewählt habe?«

Orakel stellte sich die Erdkugel vor und zog in Gedanken eine Linie. »Vermutlich, weil es einigermaßen nah an Ottawa liegt. Wie weit reichen die Waffen des Raumschiffs?«

»Schwer einzugrenzen. Der Laserfokus ist eben nicht perfekt. Mit viel Zeit vielleicht fünfundzwanzig Kilometer für Brandschäden«, schätzte yury. »Im Zeitungsartikel stand damals etwas von zehn Kilometern.«

»Mit Unterstützung der Bordcomputer müsste doch selbst eine Katze das Potenzial voll ausschöpfen können«, wandte Free ein.

»Ja«, sagte yury. »Ich könnte mir vorstellen, dass der Quantencomputer seine Unterstützung verweigert. Der hat nämlich ein historisch gewachsenes ambivalentes Verhältnis zu Katzen.«

»Du hältst mich wohl für blöd«, beschwerte sich Island.

»Pling.«

Die Aufzugtüren glitten zur Seite; Island verließ mit schnellen Schritten den Aufzug. »Aber dir wird das Lachen noch vergehen. *Taxi!«*

Alexandra, Orakel, yury und Free sahen sich erstaunt um. Spalier stehende Soldaten der kanadischen Armee bildeten eine Gasse zum Ausgang. Ein hochrangiger Offizier sprach den Diktator an.

»Sir, Ihr Kampfpanzer steht bei Kemptville bereit. Der Highway 401 wurde wie gewünscht gesperrt; wir können das Ziel voraussichtlich in zweieinhalb Stunden erreichen.«

Zögernd folgten sie ihrem Erpresser, verließen das Rathaus und stiegen unter Aufsicht der Soldaten in eine schwarze Großraumlimousine der Internen Schutztruppe. Floating Island machte es sich auf dem Beifahrersitz bequem, besprach die Route mit dem Chauffeur und gab dann den Befehl zum Aufbruch.

∞∞∞∞

Die Kolonne aus Polizei- und Militärfahrzeugen raste mit über zweihundert Stundenkilometern über den leeren Highway. An jeder Ein- und Ausfahrt versperrten Motorräder den Zugang zu der normalerweise sehr häufig genutzten Straße.

»Was haben Sie als Nächstes vor?«, erkundigte sich Free.

»Oh, da gibt es zwei Möglichkeiten«, erklärte Island. »Entweder nimmt das Katzenvieh in eurem Raumschiff Vernunft an, oder wir entsenden ein paar Interkontinentalraketen nach Australien.«

Free runzelte verwundert die Stirn, ohne die Situation zu begreifen. »Ich dachte, das Raumschiff steht hier in Kanada.«

»Richtig.« Island nickte spöttisch. »Aber die Geiseln leben in Australien.«

Alexandra nahm sich zusammen. Wenigstens lebte das süße Tier noch, und sie war zuversichtlich, mit Äüörüzü verhandeln zu können.

»Wenn uns das ein bisschen früher eingefallen wäre, hätten acht Milliarden Menschen eine Zukunft«, statuierte yury trocken.

Orakel runzelte die Stirn und blickte yury in die Augen. »Weißt du eigentlich, was du da gerade gesagt hast?«

»Ja«, erwiderte yury mit verschränkten Armen, »Und genauso meine ich das auch. Mit Erpressern verhandelt man nicht. Grundsätzlich niemals.«

»Erzähl das gerne deinen Artgenossen. Man wird dich voller Begeisterung für deine Konsequenz loben«, gab Orakel zurück.

∞∞∞∞

Nüggät stand auf einem der vielen Nebenraumhäfen der Hauptstadt vor einem großen Hangar. Die hier gelagerten Raumschiffe waren seit mindestens fünf Örz-Jahren nicht angetastet und deshalb zwangsweise von der Hafenverwaltung »archiviert« worden. So wurde Platz gespart, ohne die Piloten durch eine Verschrottung ihres historischen Besitzes zu verärgern.

Auf der kleinen Folie in Nüggäts Hand stand eine schwarze »5616«. Hierbei handelte es sich gleichzeitig um den Raumschiff-Stellplatz, die aktuelle Uhrzeit und den Schmelzpunkt von Gold in Örztemp. Erstaunt über diesen unwahrscheinlichen Zufall betrat Nüggät den Hangar, wurde automatisch identifiziert und von gelben Leuchtpunkten über eine Treppe zu seinem Raumschiff geführt.

»Bitte überprüfen Sie Ihr Raumschiff auf äußerliche Beschädigungen und bestätigen Sie Ihre Entscheidung. Spätere Reklamationen können nicht entgegengenommen werden.«

Der Edelmetallhändler erkannte sein Raumschiff schon von Weitem, und das lag nicht nur an der selektiven Hangarbeleuchtung. Es hätte durch seine goldene Hülle und die unregelmäßige Nuggetform auch ohne besonderen Hinweis deutlich aus der gestapelten Menge hervorgestochen. Der Anblick des alten Weggefährten zauberte ein Lächeln auf Nüggäts Gesicht. Erinnerungen an vergangene Tage traten ans Tageslicht; alte Abenteuer bahnten sich ihren Weg zurück in sein Gedächtnis.

»Ja, bitte ausparken und auf den Haupthafen liefern«, bestätigte Nüggät mit glänzenden Augen. Er rieb sich die Hände, lief zurück nach draußen und stieg mit neuer Zuversicht in die gerade eintreffende Magnetschwebebahn.

∞∞∞∞

Der Chauffeur meldete sich zu Wort. »Die nächste Ausfahrt rechts, dann noch dreißig Kilometer. Ich möchte anmerken, dass mir zunehmend unwohl wird.«

Island runzelte die Stirn. »Haben Sie etwas Falsches gegessen?«

»Nein«, entgegnete der Chauffeur mit gewisser Belustigung, »aber ich werde ungern von einem waffenstarrenden Alien-Raumschiff ins Visier genommen.«

»Keine Sorge«, beruhigte ihn der Diktator. »Das ist nur eine dumme Katze in einem Erkundungsraumschiff. Eine Kanone, keine Kompetenz.«

Free räusperte sich. »Sollen wir ihm erzählen, wie wir das Mrmbl-Robotschiff mit der Kanone zerfetzt haben?«

»Psst. Mach ihm keine Angst. Außerdem wirst du im Gegensatz zu ihm mit einem Panzer direkt in das gefährdete Gebiet eindringen, weil du das Leben deiner Mitmenschen vor mir retten möchtest.«

∞∞∞∞

Äüörüzü hatte Heimweh. Die letzten Zerstörungen waren nur noch ein Ausdruck von Verzweiflung gewesen; inzwischen miaute die kleine Katze gequält, wenn sie die Kontrollen sah.

»Ich will nach Hause«, hätte sie gerne gesagt. Die Bordcomputer hätten ihr den Wunsch bestimmt sofort erfüllt. Stattdessen stand sie mit Kommunikationsschwierigkeiten in der Mitte der Zentrale. Der Flug zur Erde war für den nächsten Start vorprogrammiert gewesen, die Feuerkontrollen waren tierleicht zu bedienen, aber für den Rückflug schien es keinen festen Knopf zu geben. Immerhin wurde regelmäßig Futter von den Essensrobotern geliefert.

»Kommandantenvertreterin Äüörüzü, es liegt eine Nachricht für Sie vor. Sie können diese auf dem Kartentisch entgegennehmen.«

Das Geräusch eines auf Holz fallenden Papierumschlags wurde simuliert. Erfreut über die willkommene Abwechslung sprang die Katze auf den Tisch. Die elektronische Oberfläche stellte die Tondatei als einen mit Wellenlinien bemalten weißen Kuvert dar. Anstelle einer Briefmarke prangte ein Foto auf dem Papier: Alexandra. Mit einer Tatze löste Äüörüzü die Wiedergabe aus.

»Hey Äüörüzü, was machst du für Sachen? Wir würden gerne nach Hause fliegen. Wenn du einverstanden bist, verlasse bitte das Raumschiff.«
Doch damit war die Nachricht noch nicht beendet. yurys Stimme drang aus den Lautsprechern.

»Bordcomputer, Äüörüzü hat das Raumschiff gegen unseren Willen entführt. Wir würden gerne die Kontrolle zurückerlangen. Bitte sendet uns eine Bestätigung, sobald das Raumschiff befreit wurde.«
Zwei schöne, bekannte Stimmen, die hinter den Kulissen plötzlich eine fest einprogrammierte Befehlssequenz auslösten. Äüörüzü begriff die Situation nicht ganz, aber die Bordcomputer entwickelten sofort eine beachtliche Aktivität. Zehn Sekunden später fand sich Äüörüzü in den Armen eines humanoiden Roboters wieder, der nicht nur Essen liefern, sondern auch ungebetene Gäste aus dem Raumschiff befördern konnte. Als solcher wurde die Katze bis zur Klärung der Situation betrachtet.

Hinter dem Roboter schloss sich das Außenschott. Langsam sank er mit der Katze abwärts, setzte diese auf dem Ackerboden ab und bewegte sich in Richtung des Funksignals. Ganz ohne Panzer kamen ihm die vier Freunde in der Limousine entgegen, aus der sich der Chauffeur dankend verabschiedet hatte. Am Steuer saß Alexandra; Island hatte sich zu einer Weiterfahrt auf dem Beifahrersitz überreden lassen. Die Gelassenheit der Fahrerin teilte er nicht vollständig.

»Wer weiß, was deine Nachricht im Raumschiff ausgelöst hat«, richtete er sich an yury. »Aber falls du glaubst, mich mit einer Selbstzerstörungssequenz übers Ohr hauen zu können, täuschst du dich. Dann fliegen wir in dem kleinen Flitzer ohne dich nach Örz, und du machst so lange Urlaub im verstrahlten Australien.«

»Welcher Flitzer?«, fragte yury scheinheilig.

»Glaubst du, die NASA bekommt nichts davon mit, wenn ein glühendes Stück Weltraumschrott einen Waldbrand auslöst? Noch dazu, wenn es offenbar aus einem Material besteht, das hitzebeständiger als Wolfram ist.«

∞∞∞∞

Die Däns Miräköl war vermutlich das einzige Raumschiff der Wirtschaftsvereinigung, dessen Oberfläche vollständig aus einer echten Goldlegierung bestand. Selbst die kleinen ausfahrbaren Laserwaffen glitzerten im gleichen Farbton und emittierten 589 Nanometer kurze Lichtwellen. Das Metall war aus vierundvierzig Teilen Gold, drei Teilen Kupfer und zwei Teilen Silber speziell für Dögöbörz Nüggät hergestellt worden – eine Spezialanfertigung, die in Kombination mit der unregelmäßigen, großen Außenfläche einen

Eindruck vermeintlicher Dekadenz bei den meisten Betrachtern hervorrief. Die wenigsten Äöüzz wären finanziell dazu in der Lage gewesen, ein solches Schiff zu kaufen; niemand außer Nüggät hatte die Verrücktheit besessen, es tatsächlich zu tun.

Liebevoll strich Nüggät mit einer Hand über die Außenwand des Raumschiffs. Dieses Schiff hatte ihn mehrfach in Lebensgefahr gebracht und wieder daraus gerettet. Mit diesem goldenen Metallklumpen verband der Edelmetallhändler eine Geschichte, die sich bis in die Ursprünge des neuen Imperiums erstreckte und bis heute nicht zu seiner Zufriedenstellung abgeschlossen war. Ein Dokument wartete darauf, geborgen zu werden; das glühende Innere eines Planeten würde zum Spielort eines dramatischen Finales werden. Eines lang ersehnten, fernen Tages. Nicht heute.

»Mister Nüggät? Sie müssten bitte einmal hier unterschreiben.« Rüzwäk und Ärkwärk ließen sich die Überraschung nicht anmerken, aber der Angesprochene lachte wissend.

»Sie haben wohl nicht damit gerechnet, mich jemals mit einem Raumschiff hier zu sehen.« Er unterschrieb mit den äußeren Fingern der rechten Hand gleichzeitig Vor- und Nachnamen.

»Noch dazu mit einem solch edlen Raumschiff«, bestätigte Ärkwärk bewundernd. »Haben Sie da das Gold der vier Örsbewohner verarbeitet?«

Nüggät schüttelte den Kopf, eine Geste, die auch auf Örz weite Verbreitung gefunden hatte. »Nein, nein. Das kam angeblich aus einem Kühlschrank und wird konsequent auch weiterhin gekühlt gelagert.« Die Polizisten lachten, aber Nüggät sprach bereits weiter. »Um Ihre eigentliche Frage zu beantworten: Das Schiff kommt aus einer Zeit, in der Sie noch auf der Polizeiakademie studiert haben und Ihr Kollege die Mittelschule besucht hat.«

»Sie sind passionierter Raumfahrer?«

»Pensioniert.« Der Händler überlegte einen Moment. »Und passioniert. Ab heute wieder. Ich kann Ihnen aber erst nachher verraten, worum es bei meiner neuen Mission gegangen sein wird.«

Ärkwärk reichte die Folie an seinen Kollegen weiter; dieser tippte darauf herum und nickte zufrieden. »Gute Reise. Und kommen Sie bitte unbeschadet wieder zurück. Ich brauche vermutlich demnächst ein Verlobungsgeschenk von Ihnen.«

»Vielen Dank und herzlichen Glückwunsch.« Dögöbörz Nüggät verbeugte sich. »Habe die Ehre.« Dann betrat er sein Raumschiff, schloss das goldene Außenschott hinter sich und schritt durch die weiß glänzenden Gänge. Die Wandverkleidung stammte aus einer Zeit, bevor der Silberrausch auf Hiddünthänätös ausgebrochen war und den Silberpreis in den

Keller befördert hatte. Diese Erfahrung würde sich in deutlich größerem Ausmaß mit dem Goldpreis wiederholen, wenn niemand einschritt und Island von einer Landung auf Örz abhielt. In dieser Hinsicht betrachtete sich Nüggät als Retter seiner heimatlichen Wirtschaft. Er würde sich, das wusste er bereits, auf Paragraf 21 des Äöüzz-Strafgesetzbuches berufen.

Fäderäl_Kriminäl_Köd
(Örslängütränslätiön by Äzähüglü Örzgü)

§ 21 Rechtfertigender Wirtschaftsschutz

(1) Wer eine Tat begeht, die durch rechtfertigenden Wirtschaftsschutz geboten ist, handelt nicht rechtswidrig.

(2) Rechtfertigender Wirtschaftsschutz sind Maßnahmen, die erforderlich sind, um einen erheblichen Angriff auf die grundlegende Integrität der Wirtschaftsvereinigung abzuwenden.

∞∞∞∞

»Stopp!«, rief Orakel auf einmal. »Da läuft Karl am Straßenrand.«

Alexandra trat bereits auf die Bremse; sie hatte ihren Bekannten ebenfalls erkannt. »Du kannst die Essensroboter voneinander unterscheiden?«

»Klar«, behauptete Orakel, »Der hat mich schließlich fast mit einer Tiefkühlpizza verdroschen. Den erkenne ich sofort wieder.«

yury öffnete eine Seitentür. »Hey Karl, steig ein. Es sind noch ein paar Plätze frei.«

Der Roboter führte aus, was er für eine Anweisung hielt. Er hatte eine gewisse künstliche »Intelligenz«, aber dieser Begriff musste mit Bedacht verwendet werden – selbst nach Frees Software-Update.

Karl piepte ein paarmal und blinkte grün. Er wandte sich an Floating Island. »Guten Tag, ich kenne Sie nicht. Mein Name ist Karl. Ich bin ein Essensroboter des Typs FöödBöt 40+2.«

»Hallo Karl, ich bin der Eigentümer dieses Planeten. Mein Name ist Floating Island.«

»Meine Wissensdatenbank enthält keinen Eigentumseintrag für Örs«, entgegnete Karl mit einer belustigend authentisch wirkenden Naivität.

»Oh, dann brauchst du wohl ein Update«, sagte Island lächelnd.

»Updates«, belehrte Karl seinen Gesprächspartner, »darf nur der Senior Master Administrator installieren.«

Alexandra, yury und Orakel lachten; Free schmunzelte. Island war sprachlos. Das lag weniger an der Befehlsverweigerung als an der verwendeten Dienstgradbezeichnung.

»Äh«, sagte Floating Island. »Woher um alles in der Welt kennst du Bright Mountain? Und wieso darf der Updates auf einem Örz-Roboter installieren?«

Die Sprachlosigkeit wechselte abrupt auf die vier Örz-Bewohner über.

∞∞∞∞

Äüörüzü war verwirrt. Die Katze hatte nie gelernt, den Antigravitationsaufzug zu verwenden – sie war von Alexandra in das Raumschiff getragen worden. Wo war Alexandra überhaupt? Sie hatte sich doch gerade noch gemeldet.

Nach einigen vergeblichen Versuchen, die Raumschiffschleuse durch Klettern zu erreichen, fuhr ein ungewöhnlich langes, dunkles Auto am Getreidefeld vorbei. Es passierte den Platz mit den vielen bunten Fahrzeugen, ließ den großen Kornbehälter links liegen und hielt neben dem Haus auf dem Feld an. Als sich die Türen öffneten und fünf Menschen ausstiegen, miaute Äüörüzü glücklich und lief auf die Gruppe zu.

»Da wären wir also«, stellte Free unnötigerweise fest.

»Hallo«, begrüßte yury das abenteuerlustige Haustier. Er schien von dem Wiedersehen überhaupt nicht begeistert zu sein. Äüörüzü hingegen lief glücklich maunzend um Alexandra herum. Das Abenteuer auf dem Raumschiff war lustig gewesen, aber die Örz-Katze hatte inzwischen Heimweh.

»Ja, wir fliegen gleich wieder nach Örz«, versicherte Alexandra dem Haustier, das eigentlich einem Nachbarn auf Örz gehörte. »Du wirst das zwar nicht verstehen, aber im Gegensatz zu dir würden wir diesen Flug gerne vermeiden.«

Island wurde derweil ungeduldig. »Genug gequatscht, Schluss mit dem sentimentalen Gelaber. Alle rein ins Raumschiff und Abflug in fünfzig Minuten.«

Widerwillig fügten sich die vier Freunde dem Druck der Erpressung. Während Island sich als Letzter unter den Aufzug begab und nach oben schwebte, sah Orakel durch einen der Glasgänge das rundum erschienene Militäraufgebot.

»Sie trauen uns wohl nicht ganz«, schloss er daraus.

Island warf einen genervten Blick zur Seite und inspizierte den Außengang. »Ich traue euch überhaupt nicht. Beziehungsweise alles zu.« Dann zeigte er mit einem Finger auf yury. »Die nächste Demokratie ist fünftausend Lichtjahre entfernt. Benimm dich.«

yury verzog das Gesicht. »Von mir aus können Sie gerne die Entfernung mit der Demokratie tauschen.«

Island zuckte mit den Schultern und betrat die Zentralkugel. »Schön habt ihr es hier.«

Bevor yury auf der Verwendung einer Vergangenheitsform bestehen konnte, unterbrach Free das Gespräch. »Mister Island? Sie sprachen gerade von fünfzig Minuten. Das erscheint mir bei näherer Überlegung recht weit bemessen.«

Mit einem Nicken setzte Island zu einer Erklärung an, aber Alexandra verstand den Plan bereits. »Der kleine Island möchte vermutlich nicht ohne seine Lieblings-Kuschel-Goldbarren seine Heimat verlassen.«

Free drehte sich ruckartig zu ihr um. »Nein, das ist nicht wahr.« Das Ausmaß der sich anbahnenden Katastrophe wurde ihm langsam bewusst.

»Doch, doch«, versicherte Island. »Mit weniger als zehntausend Tonnen Gold gehe ich nicht aus dem Haus.«

yury brach innerlich zusammen. Wie anmaßend war es, die Menschheit für wichtiger zu halten als die Zukunft eines gesamten Sternenreiches? Island würde mit den Äöüzz sicherlich nicht sanfter umgehen als mit den irdischen Sklaven. Vor seinem inneren Auge tobte bereits ein sinnloser Machtstreit, ein Raumschiffkrieg gegen die uggys und den Mrmbl-Orden mit unzähligen vermeidbaren Opfern.

»Kennt ihr das«, sagte Orakel dann, »wenn in den Nachrichten steht, unter tausend Betroffenen waren zwei Deutsche?«

Das war zu kurz gedacht, überlegte yury. Auch die vorerst verschonte Menschheit würde eines Tages um Gnade betteln müssen; die Erde war langfristig in Gefahr.

Umgeben von unangenehmer Stille forderte Free schließlich das Einschalten des Belademodus an. Anschließend murmelte er verzweifelt vor sich hin. »Das wird teuer, das wird teuer. So viel Wasserstoff haben wir überhaupt nicht.«

Kolonnen von Goldtransportern, eskortiert von Panzern, entluden ihren Inhalt in die Lagerhallen des Erkundungsraumschiffs. Die Dichte des Metalls ermöglichte eine Überfrachtung, die kein Inspekteur auf Örz akzeptiert hätte.

»Wir haben jetzt ungefähr die Hälfte Ihres angeblichen Mindestziels erreicht«, wagte Free dann einen vorsichtigen Protest. »Uns brechen gleich die Landestützen durch.«

»Schade drum«, entgegnete Island. »Weitermachen.«

5. Abflug

Wie er es geschafft hatte, die Flammen des Raketenantriebs gelb-orange zu färben, blieb Dögöbörz Nüggäts Geheimnis. Die faszinierten Blicke der Schaulustigen hinter sich lassend, schoss das Goldnugget in die Stratosphäre.

Nüggät saß begeistert hinter den Kontrollen. Er hatte es sich nicht nehmen lassen, die manuelle Steuerung zu aktivieren und einen erhöhten Treibstoffverbrauch zu verursachen. »Yippie!«, rief er voller Freude und fühlte sich wieder jung.

»Gute Reise«, tönte es aus dem Funkempfang.

»Danke schön. Grüß deine Frau von mir.«

»Mach ich, sobald sie zurückkommt«, versicherte Älföns Ögnöwäk. »Manchmal beneide ich euch Raumfahrer.«

Der Edelmetallhändler lachte. »Da kann ich aber schlecht mit dem Kriegsschiff mithalten.«

»Wenigstens gehört dir dein Schiff selbst«, gab Ögnöwäk zu bedenken. »Die Kommandanten der Vängefül Destrüktiön sind theoretisch austauschbar.«

»Das wäre ein großer Fehler«, befand Nüggät. »Das Gnörk-Kartell lässt sich nur mit einem eingespielten Team bekämpfen.«

»Verdammte Terroristen«, fluchte es von der Bodenstation. »Leben im Paradies und finden trotzdem Gründe, kriminell zu werden.«

Wenn du ahntest, was ich seit Jahren vorhabe, würdest du dir Sorgen um mich machen, sinnierte der Raumfahrer. »Du sprichst mir aus der Seele. Auf Wiedersehen.« *Vielleicht.*

»Auf Wiedersehen.«

∞∞∞∞

»Zehntausend Tonnen und ein Kilogramm. Das ist kein Vielfaches des üblichen Barrengewichts«, bemerkte yury.

»Richtig«, äußerte Island sich beeindruckt. »Ich habe tatsächlich einen kleineren Barren mitgenommen, um dieses Gewicht zu erreichen. Eine Spezialanfertigung. Aus symbolischen Gründen, verstehst du?«

»Nee, verstehe ich nicht.«

»Ein Kilogramm Trinkgeld für euch.«

»Wie großzügig. So arm sind wir nun auch wieder nicht...«

Mit gespielter Empörung stemmte Island die Hände in die Hüften. »Du müsstest dich mal reden hören. In deiner Undankbarkeit verschmähst du mehrere zehntausend US-Dollar.«

»..., dass wir Ihr dreckiges gestohlenes Gold – ach so, darauf wollen Sie hinaus. Eine Doppelmoral? Nein, das sehe ich nicht so. Wir haben die Goldreserven unseres Heimatplaneten nicht nennenswert angetastet. Außerdem haben wir uns dafür gehörig angestrengt, erhebliche Risiken auf uns genommen und niemanden ernsthaft verletzt. Ihnen fehlt jegliche moralische Rechtfertigung für eine Erpressung mit nuklearen Sprengköpfen und den geplanten Angriff auf die friedlich lebende Bevölkerung tausender Planeten.«

Island lächelte. »Ich finde, mein Coup ist nur eine größere Variante eures Ausflugs.«

Free hielt das Gespräch für nur schwer zu ertragen und raufte sich in Anbetracht einer Kontrollanzeige die Haare. »Das eine Kilogramm ist dem Antrieb relativ egal. Wir werden das Gewicht sogar noch weiter erhöhen müssen.«

Durch diesen Einwand zog er einige verwunderte Blicke auf sich.

»Wenn wir das Schiff nicht bis an den Rand mit Wasserstoff volltanken, stürzen wir nach dem Start durch Treibstoffmangel ab. Die Landestützen sind aber längst überlastet und laut Datenblatt vor fünf Minuten zusammengebrochen.«

Der Diktator lachte respektlos. »Für einen letzten Flug wird es wohl noch reichen. Für genug Wasserstoff ist jedenfalls gesorgt.« Einhundert Kryotanklastwagen näherten sich dem Raumschiff. »Bedient euch.«

Die Landestützen überstanden auch diese Belastung zumindest ohne spürbaren Totalschaden. Ob sie sich nach der Ankunft auf Örz noch verwenden lassen würden, stand in den Sternen.

Free gab yury einen Wink; dieser schloss daraufhin alle Außenschotten und kratzte sich am Kopf. »Wir werden doch sicherlich Zwischenlandungen benötigen, um mit diesem Gewicht das Ziel zu erreichen.«

Alexandra blickte Orakel über die Schulter, der gerade am Kartentisch einige Einstellungen vornahm. Sie zählte, überprüfte ihr Ergebnis ungläubig zweimal und blickte yury an. »Ja, fünfundzwanzig Stück bei einer Reisedauer von einem Erdmonat.«

Orakel schloss die Routenplanung ab und stellte sich eine Zwischenlandung bildlich vor. »Wir werden auf dem nächsten Wasserplaneten schlichtweg untergehen.«

»Das ist kein Problem«, riet Island. »Der Antigravitationsantrieb funktioniert bestimmt auch unter Wasser, und ihr könnt mir nicht erzählen, das Schiff sei nicht wasserdicht.«

»Wollen Sie denn Wasser tanken?«, entgegnete yury. »Oder doch möglicherweise neuen Wasserstoff? Wissen Sie, wie wir den erzeugen? Mit Spiegeln und einem Sonnenwärmekraftwerk.«

Island starrte fünf Sekunden lang vor sich hin, blickte nach draußen und stieß einen Fluch aus.

»Ich mache Ihnen ein Angebot. Wir schmeißen drei Viertel des Gewichts von Bord, dann können wir uns mit Luftkissen über Wasser halten. Im Gegenzug dürfen Sie an Bord bleiben, obwohl Sie als ungebetener Passagier mit Abstand der überflüssigste Ballast sind.«

Nach Luft schnappend, hieb Island eine Faust auf den Computertisch. »Du bist nicht in einer Position, um Angebote zu machen. Wir machen das so, wie ich es sage.«

Die vier Freunde sahen ihn gespannt an. In seinem Kopf schien es zu arbeiten.

»Und zwar«, beschloss er nach einer halben Minute, »werden wir siebeneinhalbtausend Tonnen Gold wieder entladen.« Er beorderte die Transporter zurück; etwa eine halbe Stunde lang entluden verwirrte Soldaten das kurz zuvor eingeladene Gold. Dann gab Island endgültig den Befehl zum Abflug.

Die 4-6692 erhob sich ächzend vom amerikanischen Erdkontinent. Lautes Dröhnen begleitete den Start. Orakel stand an seinem Lieblingsort im nördlichen Glasgang und winkte den Zuschauern am Boden deprimiert zu, bis sie seine Sichtweite verlassen hatten.

∞∞∞∞

Nüggät blickte auf das halbkugelförmige Display seines Hauptcomputers. Das Update war kurz nach seinem letzten Abenteuer installiert worden. An diesen neumodischen Kram würde er sich noch gewöhnen müssen. Später. Er drückte fünf Knöpfe nacheinander, erhob sich von seinem Sessel und lief zum Ausgabeschacht des Foliendruckers.

Dieser hatte jedoch nur eine Fehlermeldung für Nüggät anzubieten. *»Die Folienschächte 1 und 2 sind leer. Bitte füllen Sie Plastik nach.«*

»Dann nimm halt den dritten Schacht«, befahl der Kommandant der Maschine.

»Folienschacht 3 ist mit ungeeignetem Druckmaterial gefüllt.«

Solch ein Unsinn! Nüggät riss die große Seitentür des Druckers auf, kniete sich auf den Boden und zog den Behälter aus dem Gerät. Zu seiner Überraschung befand sich darin tatsächlich äußerst ungeeignetes Material für einen Druckvorgang. »Oooh.«

∞∞∞∞

Es vergingen einige Tage auf dem entführten Raumschiff. Eine Zwischenlandung auf einem Wasserplaneten wurde ohne nennenswerte Schwierigkeiten absolviert, wobei die 4-6692 trotz ausgefahrener Luftkissen tief in die heiße Treibstoffquelle einsank.

Ich würde gerne über das Deck spazieren, hatte Island sich überlegt. Mit Blick auf das Außenthermometer bat er yury um eine Erklärung, wie sich die Örztemp-Zahl in Celsius umrechnen ließe. Der begnügte sich jedoch nicht mit einer einfachen Umwandlung der aktuellen Zahl, sondern hielt einen kleinen Vortrag über die mathematischen und physikalischen Besonderheiten des Einheitensystems von NGC 6193.

»Örztemp ist die absolute Temperaturskala der Äöüzz. Diese Wesen haben, wie Sie möglicherweise wissen, sieben Finger an jeder Hand und ein Faible für Mathematik. Bei der Konstruktion der interstellaren Einheiten wurde, daher wenig überraschend, Wert auf mathematische Eleganz und runde Ergebnisse im Siebenersystem gelegt. Ein Örztemp ist die thermodynamische Temperatur des Tripelpunktes des Wassers geteilt durch sieben hoch drei, also 343. Daher kann zur Umrechnung der Skalen zunächst der Kelvin-Wert durch Multiplikation mit 273,16 und Teilung durch 343 ermittelt werden – näherungsweise ein Faktor von vier Fünfteln. Das gewünschte Ergebnis in Grad Celsius entsteht anschließend ganz einfach durch die bekannte Subtraktion von 273,15 vom Kelvin-Wert, oder grob 270. Leider wirken beide Rundungsfehler in dieselbe Richtung. Der absolute Anteil verzerrt die Umrechnung kalter Messergebnisse, der relative Anteil lässt hohe Temperaturen ungenau erscheinen. Wenn Sie auf der sicheren Seite sein möchten, müssen Sie mit Kommazahlen arbeiten.«

Island nickte. »Selbstverständlich.« Zwei Stunden später kam er erneut auf yury zu. »Wie viel sind denn beispielsweise vierhundert Örztemp in Celsius?«

»Ach, die Außentemperatur«, bemerkte yury sofort. »Ich nehme an, Sie spielen mit dem Gedanken, bei fünfundvierzig Grad Lufttemperatur ein Sonnenbad zu nehmen. Von meiner Seite aus spricht überhaupt nichts dagegen.«

Desillusioniert verzog der Fragesteller das Gesicht und zog sich wieder in die Zentrale zurück.

Nach einigem Überlegen entschloss sich Nüggät dazu, den Inhalt des Folienschachts unangetastet in seinem Versteck zu belassen. »Das fängt ja gut an. Computer, bitte berechne eine sinnvolle Route nach Dönkwön II.«

Die Berechnung nahm einige Sekunden in Anspruch. *»Es wurden zwei Vorschläge berechnet. Vorschlag eins: Wir machen einen Zwischenhalt im Küttröt-System und –«*

»Vorschlag zwei.«

»Aktion umgesetzt, Route gespeichert. Es wurden drei Landungen eingeplant; unser nächstes Ziel ist die Discount-Tankstelle auf HörriblDisästör IV. Bitte lehnen Sie sich zurück und genießen Sie Ihre Reise.«

Der Edelmetallhändler schmunzelte. Ohne ihr Gold hätten die vier Weltraumtouristen vermutlich einige verrückte Abenteuer auf dem Schrottplaneten erlebt. Ironischerweise war selbst dort der Lebensstandard höher als in ihrer technologisch minderbemittelten Heimat.

Das goldene Raumschiff trat sanft in die Atmosphäre ein, überflog einige Armenviertel und erhielt über Funk eine Landegenehmigung direkt neben einer der Hochdruck-Zapfsäulen für Wasserstoff. Die Tankstelle war seit Jahren nicht gewartet worden; Schmelzschäden waren über die gesamte Landefläche verteilt. *Manche Piloten,* dachte Nüggät, *haben ihre Fluggenehmigung beim Glücksspiel gewonnen.* Es war ihm unbegreiflich, wie manche Besucher ihre Verachtung für die Unterschicht durch Respektlosigkeiten zum Ausdruck brachten. Durch den bodennahen Einsatz der Raketentriebwerke traten diese Personen ihre Gastgeber mit den Füßen.

Ein wenig an die eigene Nase fassen, bemerkte Dögöbörz Nüggät, würde er sich ebenfalls müssen. Mit einem goldüberzogenen Raumschiff im Getto zu landen, war eine ungewollte, aber vorhersehbare Provokation der Zuschauer am Boden. Im Grunde genommen war es nicht seine eigene Idee gewesen, aber die zu dieser Computerentscheidung führenden Parameter hatte er vor vielen Jahren selbst festgelegt. Vielleicht hätte er sich einen dritten Vorschlag berechnen lassen sollen.

Da Roboterarbeit günstiger war als die Anstellung eines Äöüzz-Tankwarts, fand praktisch überall im Imperium die Betankung durch spezialisierte Maschinen statt. Anders sah es auf HörriblDisästör IV aus: Hier war Selbstbedienung erforderlich. Nüggät griff nach dem dünnsten Ladeschlauch, verband das Ende mit der Tanköffnung der Däns Miräköl und forderte eine vollständige Betankung an.

Orakel saß im Schneidersitz auf dem Boden des Nordgangs. Neben ihm, vor ihm, rund um ihn herum lagen über zwanzig große Papierbögen; unter seinen Händen befand sich ein saphirblauer Aktenordner. yury hätte sich an seiner Stelle vermutlich über die »nicht hinnehmbare« Schmälerung des Weltall-Rundumblicks durch die Präsenz und Sichtbarkeit des Erpressers im Ostgang beschwert. Zudem hätte yury die Gelegenheit für einen makabren Wortwitz über das unbefugte Eindringen des US-Amerikaners in den Osten nicht ungenutzt verstreichen lassen. Orakel tat nichts dergleichen. Er ließ sich auch nicht stören, als Island den Nordgang betrat und ihm interessiert bei seiner Arbeit zusah.

Klassisch mit Bleistift auf Papier entstanden in beeindruckender Detailverliebtheit wunderschöne Weltraumbilder. Nach minutenlanger Beobachtung räusperte sich der Besucher und las den Titel des Aktenordners vor. »›Impressionen zwischen Örz und Örs.‹ Bewundernswert.«

Orakel lächelte, ohne den Stift abzusetzen. »Es hat mich einige Überzeugungsarbeit gekostet, den Stift mit an Bord nehmen zu dürfen.«

Das verstand selbst Island ohne große Raumerfahrung. »Wegen des Grafits wahrscheinlich. Ein schwarzer Kugelschreiber hätte es doch auch getan?«

»Notfalls, ja. Dank der künstlichen Schwerkraft darf ich aber auch mit Grafit schreiben. Ein kleiner fleißiger Roboter sammelt nachher den Staub auf. Außerdem ist die Raumschiffelektronik luftdicht verpackt, wenn sie nicht gerade gewartet wird. Die Kühlung erfolgt über Wärmetauscher.«

»Ah, ich verstehe. Und mit den Zeichnungen lässt sich bestimmt eine Menge Geld bei den Äöüzz verdienen«, versuchte Island die Motivation nachzuvollziehen.

Orakel legte den Kopf abwechselnd schräg nach links und rechts. »Darum geht es mir nicht. Wenn die Mappe fertig ist, verbreite ich sie auf allen bekannten bewohnten Planeten zum Selbstkostenpreis. Unter einer freien Lizenz.«

Langsam setzte ein gewisses Verständnis ein. »Ah, also für diejenigen, die das an ihre Freunde und Familie weitergeben möchten.«

»Nicht nur für die«, ergänzte Orakel. »Für jede Person, für jeden beliebigen Zweck.«

»Auch für kommerzielle Großkonzerne? Ohne Einschränkung?« Das konnte Island kaum glauben.

»Na ja, die Bedingung ist, dass mein Name als Zeichner genannt wird, zusammen mit einem Link auf meine Örznetseite.«

»Aha!«, rief der ehemalige Agent aus. »Du möchtest die Werbetrommel für deinen Online-Merchandising-Shop rühren. So erhältst du dann dein gewünschtes Geld.«

Mit ehrlichem Erstaunen legte Orakel den Stift zur Seite und blickte zu Island nach oben. »Nein. Dadurch stelle ich nur sicher, dass selbst kommerzielle Verkäufer nicht auf einen Hinweis auf den Ort verzichten können, an dem das Produkt kostenlos in elektronischer Form erhältlich ist.«

Island kratzte sich am Kinn und blickte nachdenklich in Flugrichtung nach draußen. »In der erzwungenen Namensnennung spiegelt sich aber ein verstecktes Motiv wider. Ein Wunsch nach persönlicher Berühmtheit.«

Auch Orakel zählte gedankenversunken die Sterne. »Auf diese Interpretation würde ich mich tatsächlich einlassen – zumindest für den Fall, dass das Werk unerwarteterweise große Verbreitung erfährt. Aber wem sage ich das?«

»Oh«, nahm der Diktator die Anspielung auf. »Ich glaube, mein Antrieb ist nicht das allseits präsente Streben nach Berühmtheit.«

Diesmal konnte Orakel bei allem Respekt ein spöttisches Herauslachen nicht unterdrücken. »Ihr Antrieb ist pure Philanthropie.«

Auch der eindeutige Nicht-Philanthrop lachte. »Das allerdings nicht.« Er atmete genießerisch tief ein, als könnte er den Geruch des im Vakuum schwebenden Sternenstaubs durch die Glasscheibe hindurch wahrnehmen. Dann folgte die angebliche Erklärung. »Mein Antrieb ist ein unstillbarer Durst nach Wissen und nach uneingeschränkter, verzögerungsfrei ausübbarer Macht.«

»Impliziert das nicht große Berühmtheit? Ist die Macht, und jeder Versuch, sie zu vergrößern, nicht nur ein Mittel zu diesem eigentlichen Zweck?«, wagte Orakel, nachzuhaken.

Island nahm ihm diese Fragen nicht im Geringsten übel. Mit Orakel konnte man vernünftig reden. »Nein, das würde ich nicht so interpretieren. Mein Traum wäre nämlich auch dann erfüllt, wenn ich als gottgleiches, aber namenloses Wesen die volle, direkte Kontrolle über das gesamte Geschehen der Milchstraße hätte. Allwissenheit und anonyme Allmacht würden mir bereits genügen.«

»Das klingt sehr bescheiden«, sagte Orakel, behielt die Ironie der Aussage aber für sich. Er griff wieder nach dem Bleistift und zeichnete einen Stern ein, der ihm auffiel – einen Stern, den er glaubte, aus der Ferne wiederzuerkennen. Stirnrunzelnd zog er einige Striche auf dem Papier und wischte vorsichtig mit seinem linken Daumen über den Grafit. In Gedanken versunken entspannte er seine Augen, das Bild verschwamm und fühlte sich an wie ein Déjà-vu.

Der Kommandant traute seinen Augen nicht. Dort kam tatsächlich ein Tankstellenmitarbeiter angelaufen und winkte bereits im Laufen wild mit den Armen. Mit der Befürchtung, der Wärter wolle ihn wohl darauf aufmerksam machen, dass die Ladesäule demnächst explodiere, drückte Dögöbörz Nüggät den roten Stoppknopf. Es war ein mulmiges Gefühl, auf mehreren Kubikkilometern explosiv brennbaren Materials zu stehen, ohne sich auf die Sicherheit der Behälterwände verlassen zu können.

»Herr Nüggät? Sind Sie das? Ist das Ihr Raumschiff?«, rief der Planetenbewohner aus der Ferne. Er erhielt ein verwirrtes Nicken als Antwort. »Gut, dass ich Sie treffe. Erinnern Sie sich an mich?«

»Ehrlich gesagt, nein. Dabei habe ich eigentlich ein sehr gutes Kundengedächtnis.«

»Vielleicht hilft es Ihrem Gedächtnis auf die Sprünge, wenn ich Sie an Tisiphöne erinnere.«

Nüggät riss die Augen auf. Der vermeintliche Fremde lächelte zufrieden.

»Das Äöüzz-Militär schuldet uns noch sechzigtausend Äzz zuzüglich Zinsen.«

»So funktioniert das nicht«, protestierte Nüggät reflexmäßig. »Sie können nicht im Nachhinein einen astronomischen Preis für eine Tankladung festlegen. Außerdem können Sie Ihren Teil des Vertrags überhaupt nicht erfüllen. Die Vängefül Deströktiön fliegt hunderte Lichtjahre entfernt durch das All.«

»Das hat sich mit Ihrer Landung geändert«, erinnerte ihn der Tankwärter mit zusammengekniffenen Augen. »Ich zahle meine Schulden, und Sie zahlen Ihre.«

So viel Ignoranz war erschreckend. »Glauben Sie, ich bin hierhergekommen, um eine Zwanzigstelmillion Äzz für eine Tankfüllung zu bezahlen?«

»Nein, aber genau das werden Sie trotzdem tun.«

Orakel fasste einen Entschluss, streckte seine Beine aus, massierte seine Fußknöchel und erhob sich von seinem Platz. Den Aktenordner und den Bleistift hielt er in jeweils einer Hand, als er sich zu Island drehte. Der starrte jedoch vollkommen geistesabwesend in die Schwärze des Weltalls. »Entschuldigung?«

Island schüttelte die Gedanken ab und drehte sich zu Orakel um.

»Ich wollte Ihren Gedankengang nicht stören. Mich wundert aber, wie Ihre langfristigen Ziele lauten. Herrschaft über die Galaxis ist zwar kein durch Zurückhaltung auffallender Wunsch, aber auch kein allumfassender Abschluss.«

»Stimmt. Sobald mir die Milchstraße gehört, folgen die Entwicklung intergalaktischer Antriebe und die Eroberung der umliegenden Galaxien. Gerne durch Eingliederung, aber nötigenfalls mit Gewalt.«

Das Gesicht verziehend, verabschiedete sich Orakel. »Ich glaube, in diesem Punkt werden wir uns nicht einig.«

∞∞∞∞

Dögöbörz Nüggät hatte sich in seinem Raumschiff verschanzt und rief über Warpfunk nach Verstärkung. Draußen stand der nicht ganz zu Unrecht verärgerte Gläubiger und kratzte mit seinen Fingernägeln an der Goldhülle. *Solange er nicht seine Zähne benutzt, verursacht er keinen Kratzer.* »Hallo, Raumkontrolle? Wir haben einen etwas komplizierten Schuldenfall auf der Bütän-Tankstelle auf HörriblDisästör IV. Könnten Sie ein paar Imperiumspolizisten vorbeischicken? Danke schön.«

Mit dem Wissen, bald Verstärkung aus dem All zu erhalten, verließ der reiche Pilot das Raumschiff und stellte sich erneut den Hasstiraden seines Gegenübers. Genervt ertrug er einige heftige Beleidigungen, bis endlich ein Patrouillenschiff in Sichtweite geriet. Die hell grün-blau blinkende Kugel war am Himmel kaum zu übersehen; die ganze Umgebung wurde in buntes Blinklicht getaucht. Mit ungutem Gefühl dachte Nüggät an den Inhalt des dritten Druckerfachs, das aber hoffentlich von Untersuchungen verschont bleiben würde. Schließlich ging es bei diesem Vorfall nicht um sein Schiff, sondern um ein mehrere Jahre altes Tankabonnement mit äußerst fragwürdiger Kündigungsfrist.

∞∞∞∞

Während Dögöbörz Nüggät vor den Augen hunderter Schaulustiger redegewandt seinen Kopf aus der Schlinge zog, flog die 4-6692 von Wasserwelt zu Wasserwelt, unaufhaltsam einem Ziel entgegen, das nur ein einziger Passagier tatsächlich besuchen wollte.

Alexandra räusperte sich; ihr Gesichtsausdruck wirkte auffallend harmlos. Bei yury, Orakel und Free schrillten sofort einige Alarmglocken; mit der gleichen Mimik hatte sie zuletzt vor der nächtlichen Sprengung eines Hochhauses ihre Arbeit begutachtet. »Island? Nun, da wir von der Erde bereits über hundert Lichtjahre entfernt sind, möchte ich eine indiskrete Frage wagen.«

Nichts davon ahnend, gab ihr der Diktator durch ein Nicken seine Neugier zu verstehen. Alexandra, die dem Diktator seit der Begegnung im Thronsaal konsequente Respektlosigkeit entgegenbrachte, kam sofort zum Punkt.

»Wie lautet deine Lebensversicherung?«

Unausgesprochen schwang in dieser Frage eine Drohung mit. Ohne zufriedenstellende Erklärung seines Plans würde er in Lebensgefahr schweben; das Blatt schien sich ruckartig zu wenden. Island hatte jedoch vorgesorgt.

»Orakel hat mir damals E-Mails aus dem Weltall geschickt. Falls ihr euch noch erinnert, konnte ich überhaupt nur auf diese Weise die Erde vor einer Zerstörung durch den Alien-Angriff bewahren.«

Alexandra drehte unbeeindruckt ihren Zeigefinger im Kreis. *Erzähl uns mehr, wenn dir deine Freiheit etwas bedeutet und du sie behalten möchtest.*

Island blieb gelassen. Mit einem ähnlichen Gespräch hatte er schon vor dem Abflug gerechnet; nützen würde es nur ihm selbst. »Wenn ich nicht bis zu einem bestimmten Datum eine E-Mail mit einem Passwort an mehrere Kollegen versende, werden drüben auf der Erde die Szenarien zur Realität, die sich die Menschheit im Kalten Krieg ausgemalt hat. Nuklearer Frieden funktioniert nur dann, wenn alle Verantwortlichen potenziell selbst von ihren Aktionen betroffen sind. Ich habe Vorkehrungen getroffen, um diesen Grund für eine Befehlsverweigerung unmöglich zu machen: Der Computer, den ihr Schlaumeier unbehelligt gelassen habt, kümmert sich herzlich wenig um Menschenleben. Außerdem bleiben ausgewählte Bereiche der Erde von der Katastrophe verschont – dank Äöüzz-Technologie sogar während eines nuklearen Winters.«

Äüörüzü sprang in Alexandras Arme und schnurrte zufrieden. Nach und nach löste sich die Gruppe auf; ihrer Hilflosigkeit bewusst, verteilten sich die Freunde im Raumschiff und gingen ihren Hobbys nach.

∞∞∞∞

Nüggät machte einen großen Sprung aus der Luftschleuse, flog ein Stück weit über den gelben Hafenboden hinweg und landete mit beiden Füßen auf der schwarzen Begrenzung des benachbarten Landeplatzes. Eine wachsähnliche Substanz mit erstaunlicher Hitzeverträglichkeit überzog das sechseckige Feld.

Der inzwischen wieder enthusiastisch raumfahrende Abenteurer befand sich auf Dönkwön II, einem mäßig besiedelten Planeten am Rande der Äöüzz-Wirtschaftsvereinigung. Ameisenähnliche Insektenwesen bildeten die Bevölkerungsmehrheit in diesem Raumsektor; das Dönkwön-Planetensystem war von fleißiger Agrarwirtschaft geprägt. Mit ihrer Körperlänge von durchschnittlich einem halben Meter und ihren ikosaederförmigen organischen Transportraumschiffen handelte es sich bei den Ameisen um eine der zivilen Hauptmächte neben den Großunternehmen von Örz. Einen Nebenerwerbszweig stellte der Tourismus dar, wobei die Mentalität, die lokalen Gesetze und gesellschaftlichen Bräuche der krabbelnden Planetenbewohner auch nach Jahrtausenden der wirtschaftlichen Zusammenarbeit noch immer ein gewisses Konfliktpotenzial boten.

Mehr als alles Gold der Welt liebten die Dönkwöner ihren Beruf. Individualismus war dem Insektenvolk fremd; jeder half jedem, alle arbeiteten gemeinsam an planetenweiten Zielen. Die Möglichkeit, durch den so errungenen Reichtum auf Arbeit verzichten zu können, erschien den Ameisen so absurd, dass sie den gesamten Produktionsüberschuss und alle Gewinne in den umliegenden Planetensystemen verschenkten, um ungestört weiter produzieren zu können. Als Tourist war Nüggät zwar jederzeit herzlich willkommen, aber die Bezahlung für alle Dienstleistungen und Nahrungsmittel musste in Form von Agrarmaschinen, mechanischen Ersatzteilen oder Fabriktechnik erfolgen. Tauschangebote wurden im Schwarm besprochen; anstelle eines Einzelhändlers verhandelte Nüggät mit der gesamten Planetenbevölkerung. Der kleine schwarze Kasten an seinem raumfähigen Geschäftsanzug übersetzte die Insektenlaute von und nach Örzlängü.

Neugierig umringten tausende Arbeiter das goldene Raumschiff, aus dem Nüggät seine Mitbringsel heraustrug. Synchron klackte und zirpte es aus der Menge. »Zwölf Mähdrescherhaspeln aus massivem Titan? Sie scheinen ein besonders wichtiges Anliegen zu haben.«

»In der Tat«, bestätigte der Besucher. »Ich würde gerne sechs Planetenrotationen in der Geisterstadt Krönöhr Mäk verbringen.«

Diese Ankündigung löste ein scheinbar wildes Getümmel in der Insektenmasse aus. Nach einigen Minuten beruhigten sich die Bewegungen wieder. »Wir sind einverstanden.«

Nüggät blickte erstaunt in die Facettenaugen seiner Zuhörer. »Es wären aber noch einige Kleinigkeiten zu besprechen. Meine Verpflegung beispielsweise.«

»Wir sind einverstanden«, ertönte es ohne Zögern. »Es ist alles bereits geplant und steht in Krönöhr Mäk zur Verfügung. Sie dürfen sich gemeinsam mit bis zu zweihundertsechzig Wesen Ihrer Wahl für den genannten Zeitraum in der Geisterstadt aufhalten. Für Ihre Spezies als Delikatessen bekannte Speisen sowie Grundnahrungsmittel aller Art werden in ausreichender Menge vorhanden sein.«

»Eine Woche Vollkorn und Alginatkugeln«, äußerte Nüggät seine Begeisterung, deren leicht ironischer Unterton bei der Übersetzung verloren ging. »Wir sind im Geschäft. Vielen Dank.«

∞∞∞

Das hexagonale gelbe Ortseingangsschild trug den Schriftzug »Krnhr Mk« in großen schwarzen Lettern.

Eigentlich, überlegte Dögöbörz Nüggät, *habe ich gar keine Zeit für Urlaub.* Er strich mit einigen Fingern über das Schild und kratzte vorsichtig an der wachsähnlichen Substanz. Als er unter seinen Fingernägeln den Abrieb spürte, zog er schnell die Hand zurück und blickte sich verstohlen um. *Vielleicht sollte ich nicht alles auf eine Karte setzen.*

Alle Gebäude in Krönöhr Mäk waren aus gelbem Bienenwachs gebaut und bestanden aus mehreren gestapelten prismenförmigen Waben mit sechseckiger Vorder- und Rückseite. Die eigentlich in Höhlen lebenden Dönkwöner hatten die Nutzung natürlicher Ressourcen perfektioniert und ganze Städte aus organischen Materialien errichtet. Die meisten Touristen verschmähten jedoch dieses Angebot, da sie die Übernachtung in Höhlenhotels für ein authentischeres Besuchserlebnis hielten. Geisterstädte aus Wachs überzogen den Planeten; Krönöhr Mäk war ein abgelegener Ort, an den sich sicherlich kein Lebewesen zufällig verirren würde.

Nüggät lachte vor sich hin. »Zweihundertsechzehn Wesen ihrer Wahl«, die Ameisen waren großartige Gastgeber.

6. Zwei blinde Hühner

»Dieser Vollpfosten«, spottete Schreiner. »Hat vergessen, mir das Dynamit abzunehmen.«

Wolfgang pflichtete ihm bei. »Und er hat mein Smartphone nicht entdeckt. Typische Amateurfehler. Der Sprengstofffrau oder dem Mathenerd wäre das nicht passiert. Vermutlich nicht einmal dem Computerfreak. Wir haben nur ein Problem.«

»Welches da wäre?«

»Die Druckwelle wird sehr, sehr unangenehm«, prophezeite der Kopf des kriminellen Duos.

Zwei Minuten später hatten sich die beiden Eingesperrten in eine Toilettenkabine zurückgezogen und hielten sich in unangenehmer Erwartung die Ohren zu.

»Nimm die Schulter für die Türseite, so wie ich«, riet Wolfgang.

»Was?«

»Ach, vergiss es.«

Die Explosion des überdosierten Sprengstoffs unterbrach das Gespräch. Vor Marcor Schreiners Augen verschwamm die Umgebung; Wolfgang hatte im Nachhinein den Eindruck, kurzzeitig das Bewusstsein verloren zu haben. Höllische Ohrenschmerzen und ein äußerst unangenehmes Pfeifen begleiteten die erfolgreiche Befreiungsaktion.

Noch immer die zweite Stange Dynamit zwischen den Zähnen tragend, nuschelte Schreiner vor sich hin. »Himmel, meine Ohren klingeln wie verrückt. Oh nein, meine Nase. Meine verdammten Zähne. Mein Kopf.«

»Du kannst die Finger jetzt aus den Ohren nehmen«, erinnerte ihn sein Kollege.

»Was?«

∞∞∞∞

Vor einem hell erleuchteten, geöffneten Aufzug schien die Suche eine unerwartete Wendung zu nehmen.

»He, warte«, zischte Wolfgang. »Das stinkt, da vorne. Da hat jemand goldene Schlüssel stecken lassen.«

»Das Gebäude ist leer«, meckerte Marcor Schreiner. »Die Schlüssel sind bestimmt nur aus Messing; lass uns verschwinden. Wer weiß, ob wir da oben einen Feueralarm ausgelöst haben.«

Wolfgang lachte. »Das hätten wir längst bemerkt. Dann wären wir klitschnass.«

Zögerlich verwarf Schreiner seine Angst. »Also gut. Was sollen wir machen?«

Anstelle einer Antwort betrat der Befragte die Kabine. Er drehte die Schlüssel gegen den Uhrzeigersinn, woraufhin die Beleuchtung erlosch und die Kabinentüren sich schlossen. Eilig sprang Schreiner hindurch und blieb dann ratlos im Dunkeln stehen. Wolfgang drehte die Schlüssel zurück; die Beleuchtung kehrte zurück. Um die verschlossene Tür wieder zu öffnen, drückte Schreiner den entsprechenden Knopf; Wolfgang widersprach wortlos durch Druck auf den »Türen schließen«-Knopf.

Angestrengt und mit Blick für kleinste Details begutachtete der Kopf des Duos die Nummerntafel. Er griff mit seinen Fingernägeln in die Knopfrillen, zog ein Taschenmesser hervor, wählte einen Schraubendreher und machte sich damit an mehreren Schrauben zu schaffen. »Guck mal«, sagte Wolfgang. »Das ist wirklich clever gestaltet.«

»Wovon redest du?«, fragte Schreiner mit einerseits großem Interesse, aber andererseits vollkommen fehlendem Sachverständnis.

Die Schraube fiel zu Boden. »Hab mich geirrt«, gab der Wichtigtuer zu.

Nun wollte aber auch Marcor Schreiner einen Teil zur Arbeit beitragen und drückte wahllos irgendeinen Knopf. Dass dieser ausgerechnet mit einer gelben Glocke bedruckt war, brachte beide Aufzuginsassen von einer Sekunde auf die andere zum Schwitzen.

»Das hast du gerade nicht wirklich getan«, stammelte Wolfgang, woraufhin eine kleinlaute Entschuldigung folgte.

Als auch nach einer halben Minute nicht die geringste Reaktion zu hören war, atmete er tief durch. »Klar«, riet er dann. »Die Feuerwehr ist ja längst anwesend. Nein, stell keine dumme Frage – du weißt, dass ich die Schlüssel meine. Weil wir den Aufzug mit Feuerwehrschlüsseln entsperrt haben, ist die Glocke wirkungslos.«

Schreiners berechtigter Einwand, auch die Feuerwehr könne auf technischen Support angewiesen sein, blieb unbeantwortet. Wolfgang drückte seine Lieblingszahl und der Aufzug fuhr abwärts.

Abwärts.

∞∞∞∞

»Pling.«

Als sich die Aufzugtüren öffneten, schlug den Passagieren ein warmer Luftstrom entgegen. Schreiner fluchte fassungslos vor sich hin; Wolfgang boxte mit einer Faust gegen die nächste Aufzugwand. Niemand begriff die Situation; vollkommener Unglaube beherrschte ihr Verhalten. Der Schmerz jedenfalls war echt, bemerkte Wolfgang. Vielleicht handelte es sich doch um die Realität.

»Wer um alles in der Welt hat einen Tunnel unter dem Rathaus gegraben?!«, rief Schreiner in die Dunkelheit.

Wolfgang kniff seine Augen zusammen und griff nach der Stabtaschenlampe an seinem rechten Unterschenkel. Er war sich nicht einmal sicher, ob noch funktionsfähige Batterien darin enthalten waren; der blendend helle Lichtkegel im Aufzugsspiegel beantwortete diese Frage jedoch zufriedenstellend. Zu zweit erkundeten die Leidensgenossen den Gang, entdeckten die Fabrikhalle und beschlossen, mit dem Aufzug weiter nach unten zu fahren. Zuerst wollte Wolfgang jedoch eine vormals unbeachtete Abzweigung untersuchen. Etwa zwanzig Sekunden später kam er rückwärts die Treppe heruntergestolpert und blickte dem wartenden Sprengmeister in die Augen.

»Da oben ist eine Tür, die es nicht geben darf. Da oben ist ein riesiger Saal. Da oben gibt es das Werk eines Wahnsinnigen zu besichtigen. Island muss den Verstand verloren haben.«

∞∞∞∞∞

Wolfgang zeigte mit einer Hand nach vorne. »Die blinkende Kiste neben dem Thron ist der Computer, nach dem wir im Spülkasten gesucht haben.«

Da keinerlei Peripheriegeräte vorhanden waren, sträubte sich Marcor Schreiner vehement dagegen, den Kasten überhaupt als Computer zu bezeichnen. Wolfgang versuchte ihm zu erklären, dass ein Computer auch ohne Benutzereingaben seine Arbeit verrichten konnte, stieß damit aber auf taube Ohren. In einem Punkt gab es Einstimmigkeit: Ohne Tastatur und Monitor ließ sich mit dem Fund nicht viel anfangen. Das Duo entschied sich dazu, mit dem Aufzug zurück nach oben zu fahren, die benötigten Geräte aus einem Büro zu stehlen und damit zurückzukehren.

Der »Erdgeschoss«-Knopf bot noch die ursprüngliche Funktion; die gesuchten Geräte wurden schnell an einem Rezeptionscomputer gefunden und abmontiert. Ohne erneut den Glockenknopf zu berühren, tippte Wolfgang wieder die »12« an. Erneut fuhr der Aufzug abwärts. Ungeduldig tippten die Passagiere mit den Füßen auf der Stelle herum, liefen schnellstmöglich zurück zum Serverraum und verbanden ihre Beute mit dem Server.

```
Guten Tag, Free.
#  |
```

Wolfgang schmunzelte und griff nach der Tastatur, ohne groß über seine Worte nachzudenken.

```
Guten Tag, Free.
# Ich bin nicht Free.
Guten Tag, yury.
# Ich bin nicht yury.
Guten Tag, Alexandra.
# Ich bin nicht Alexandra.
Herzlichen Glückwunsch, Orakel.
#  |
```

»Das scheint so nicht geplant worden zu sein«, wunderte sich Wolfgang. »Wozu dient das alles?«

»Verschieß nicht dein gesamtes Pulver auf einmal«, riet Schreiner. Wolfgang nickte.

```
Herzlichen Glückwunsch, Orakel.
# Danke schön.
Weißt du, was eine Kommandozeile ist?
# Nö.
Mein Freund, du steckst tief in der Tinte.
Du hast Zugang zum Zentralserver
der Island-Administration, aber
keine Ahnung, wie man ihn bedient.
# Wer bist du?
Ich
bin die Seele des Internets.
# Hilf mir gefäll-
```

Wolfgang korrigierte sich. Schließlich hielt der Computer ihn für Orakel, und er hatte nicht vor, daran etwas zu ändern.

```
Ich
bin die Seele des Internets.
# Hilf mir bitte.
Was möchtest du tun?
#  |
```

7. Wie überrumpelt man einen Raumschiffentführer?

Einen entscheidenden Vorteil haben wir allerdings, überlegte yury. *Der FBI-Agent kennt sich vielleicht mit Helikoptern und Flugzeugen aus, hat aber keine Ahnung von Raumschiffen und Fusionsenergie.*

In diesem Moment räusperte sich Orakel. »Mister Island, Sir«, brachte er zögerlich hervor, »es gibt da etwas, das wir beachten sollten.«

Alexandra schlug gedanklich die Hände über dem Kopf zusammen; Free wischte sich möglichst unauffällig einen Schweißtropfen von der Stirn.

»Was gibt es denn, mein langjähriger Weltraumfreund?«, fragte Island mit mäßigem Interesse. Vermutlich genügten dem Vielfraß die Essensvorräte an Bord nicht, aber damit würde er sich abfinden müssen. Verzögerungen wurden nicht geduldet.

»Bei der letzten Kraftwerkswartung wurden Haarrisse im Hauptreaktor festgestellt.«

Free und Island rissen die Augen auf. Ein paar Sekunden später besann sich Free, dass er ruhig bleiben musste, und blickte wieder desinteressiert in der Gegend herum. Island starrte noch immer Orakel an, der eine dramatische Pause einlegte. Irgendwann wurde es dem Entführer zu bunt, und er packte Orakel am Kragen. »Raus mit der Sprache, welche Auswirkungen hat das für uns?«

Orakel ließ sich von dem Griff des Agenten nicht im Geringsten beeindrucken. »Abgesehen von der leicht erhöhten Strahlungsexposition im Inneren des Raumschiffs, die sich aber noch knapp unterhalb der gesetzlichen Grenzwerte befindet«, begann er seine Erklärung.

»Zumindest auf Örz«, warf Alexandra ein, was Island eine Spur blasser werden ließ.

»…haben wir das Problem eigentlich ganz gut in den Griff bekommen, ohne große Kosten für eine Reparatur stemmen zu müssen.«

Island lockerte seinen Griff und blickte Orakel äußerst misstrauisch in die Augen. Dieser erwiderte den Blick mit einem unschuldigen Lächeln.

Nun ergriff yury das Wort. »Es kann sich eben nicht jeder eine entsprechende Reparatur leisten. Aber dieser Umstand lässt sich mithilfe der an

Bord vorhandenen Goldvorräte sicherlich beheben, sobald wir wieder auf Örz sind.«

Island drehte sich ruckartig zu ihm um und richtete wütend einen Zeigefinger auf seine Brust. »Du glaubst ja wohl nicht«, zischte der Diktator, »dass du mehr als das symbolische Trinkgeld von meinem Reichtum abbekommen wirst, um deine eigenen Probleme zu lösen.« yury zuckte enttäuscht mit den Schultern.

»Wir sind selbstverständlich nicht so blöd, unsere Gesundheit zu verkaufen«, löste Orakel das Rätsel auf. Island wandte sich wieder ihm zu.

»Warum erzählst du mir das dann? Welche gesundheitsverträgliche Lösung habt ihr für das Problem gefunden?«

»Das Raumschiff hat zwei Reaktoren«, antwortete Orakel wahrheitsgemäß und unterstrich seine Aussage mit einem Victoryzeichen. »Einen Hauptreaktor und einen Redundanzreaktor.«

»Ich bin zu lange beim FBI gewesen, um mich auf solche Behauptungen zu verlassen. Zeig mir die beiden Reaktoren.«

Orakel nickte und öffnete eine versteckte Tür im Boden. Eine Treppe kam zum Vorschein. »Selbstverständlich. Wenn Sie mir bitte folgen würden.«

∞∞∞∞

»Schön, schön«, sagte Island. Er hatte kein Wort der technischen Erklärungen verstanden, nickte yury und Free aber zu, als wollte er ihnen mit großer Fachkenntnis die Richtigkeit ihrer Aussagen bestätigen. »Das wusste ich natürlich alles bereits.« Er betrat als Letzter wieder die Zentrale; hinter ihm schloss sich das Bodenschott. »Ich nehme an, die Sache hat einen Haken, sonst hätte Orakel vorhin nicht davon erzählt.«

»Richtig«, antwortete Alexandra. »Da der Redundanzreaktor nicht auf Effizienz, sondern Langlebigkeit optimiert wurde, hat er einen höheren Treibstoffverbrauch. Der Redundanzbetrieb des Raumschiffs erfordert mehr Zwischenlandungen auf Wasserplaneten als üblich.«

»Oh Gott, ich hasse Verzögerungen«, stöhnte Island. »Können wir nicht einfach den kaputten Reaktor benutzen? Die paar Risse stören doch keinen großen Geist.«

»Mister Island«, sagte yury lächelnd, »Radioaktiv verseuchtes Gold verkauft sich üblicherweise relativ schlecht. Denken Sie bloß an den Bond-Film *Goldfinger*.«

Der ehemalige Agent fluchte unwirsch vor sich hin, setzte sich auf ein Sofa und dachte angestrengt nach. Am großen Kartentisch stand Orakel und klappte zwei Kippschalter um. Anschließend fuhr er mit einer Handfläche über die künstliche Holzplatte, die daraufhin einer dreidimensionalen

Darstellung der Milchstraße wich. Bodenlose Schwärze umgab dreihundert Milliarden Sterne, die sich künstlerisch ansprechend um den Mittelpunkt des Tisches drehten.

»Dort«, sagte Orakel und zeigte auf einen vollkommen zufällig gewählten Stern, »könnten wir den nächsten Treibstoffstopp einplanen.«

Island erhob sich. »Das könnte dir so passen.« Er wischte mit fünf Fingern über die Platte und brachte die Spiralgalaxie zum Stillstand. Über Bedienelemente am Rand des Tisches schaffte er es tatsächlich, den Karteninhalt nach bestimmten Kriterien zu filtern. Einige Minuten später, in denen er jedes Hilfsangebot der vier Freunde vehement ablehnte, hatte er einen Filter für Wasserwelten erstellt und wendete diesen auf den Kartenausschnitt an. Alle Sterne verschwanden, mit Ausnahme eines grün leuchtenden Exemplars, dessen fünfter Planet als Wasserwelt ausgewiesen wurde. Einen Moment später begriff Island, dass das grüne Leuchten eine Auswahl signalisierte, die Orakel zuvor getroffen hatte. »Also gut, du hast recht. Wir landen dort.«

Während Island und Orakel vollkommen zufrieden mit dieser Entscheidung zu sein schienen, regten sich bei anderen erhebliche Zweifel. Erstens war die Dichte von Wasserwelten überall in der Milchstraße deutlich höher als auf der Sternenkarte dargestellt, und zweitens hatte Orakel, bei allem Respekt vor seinem Navigationstalent, sicherlich nicht die Fähigkeit, blind den einzigen solchen Planeten zu ermitteln, den es angeblich im Umkreis von vierzig Lichtjahren gab. Es wagte aber niemand, einen Kommentar dazu abzugeben.

∞◦◦∞

Dunkelheit überzog die Nachtseite des Planeten, doch drei Felsmonde spendeten ein angenehmes Dämmerlicht. Als yury nach dem ungeplanten Zwischenstopp verschlafen den Startbefehl gab, erhob sich die 4-6692 um keinen Millimeter von der ruhig glitzernden Wasseroberfläche. Nicht einmal Turbulenzen entstanden durch den Startversuch; der Antigravitationsantrieb verweigerte vollständig den Dienst.

»Sind die Bordcomputer noch nicht ganz wach?«, witzelte Free. Kurz darauf ertönte eine Meldung über die Innenlautsprecher.

»Aus Sicherheitsgründen sind die Raumschiffantriebe zurzeit nicht verfügbar.«

yury runzelte die Stirn. »Könntet ihr uns das bitte genauer erklären?«

Anstelle der erwarteten sofortigen Antwort rechneten die Bordcomputer mehrere Sekunden lang, bevor sie ihr Ergebnis bekannt gaben. *»Aus*

Sicherheitsgründen ist derzeit keine Auskunft über die Sicherheitsgründe möglich.«

Einen Versuch wagte yury noch. »Welche Sicherheitsgründe verhindern eine Auskunft über die Sicherheitsgründe?«

Diesmal benötigten die Bordcomputer über zehn Sekunden Bedenkzeit für ihre Antwort. *»Aus Sicherheitsgründen ist derzeit keine Auskunft über die Sicherheitsgründe möglich, die eine Auskunft über die Sicherheitsgründe unmöglich machen. Anmerkung des Quantencomputers: Weitere Rekursionsversuche werden ignoriert.«*

Floating Island betrat voller Misstrauen die Zentrale. Er hatte die Unterhaltung in einem Seitenschott stehend verfolgt und guckte sich unzufrieden im Raum um.

»Das ist uns noch nie passiert«, beteuerte yury. »In der ganzen Geschichte des Raumschiffs hat es einen solchen Vorfall noch nie gegeben.«

An die Bordcomputer gewandt, bat Floating Island um eine Bestätigung dieser Aussage, die sofort erfolgte. *»Die gegebene Situation trat in der Vergangenheit nicht auf.«*

»Handelt es sich um Altersschäden?«

»Aus Sicherheitsgründen ist derzeit keine Auskunft über die Sicherheitsgründe möglich«, ertönte nach kurzer Bedenkzeit die sture Antwort unverändert aus den Lautsprechern.

Orakel wusste, dass die Bordcomputer seit ihrem Zusammenschluss nicht nur einfache Auskünfte, sondern auch Ratschläge erteilen konnten. »Was schlagt ihr vor?«

Als würde die Antwort von einer anderen Abteilung einer großen Behörde erteilt, erhielt er daraufhin einen Ratschlag, der so neutral wirkte, als habe der Computerverbund zuvor nie selbst die Auskunft verweigert.

»Da kein nutzbarer Antrieb vorhanden ist, besteht derzeit keine Möglichkeit zur autonomen Umsetzung des Startbefehls. Da keine Auskunft über die Ursache der Nichtnutzbarkeit erteilt wird, besteht zudem keine Möglichkeit zur autonomen Behebung des Problems. Hilfestellung von außen ist zwingend erforderlich, um entweder die Besatzung vom Planeten zu entfernen oder das Raumschiff in startfähigen Zustand zu versetzen. Da der Planet keine intelligente Bevölkerung hat, wird ein Warpfunkspruch zur Kontaktaufnahme mit der Äöüzz-Wirtschaftsvereinigung empfohlen.«

»Na schön«, sagte yury. »Dann rufen wir eben ein Taxi und den Abschleppdienst. Sie werden auf einen Teil Ihres Gewinns verzichten müssen, denn das wird teuer.«

Bevor Island sein Entsetzen in Worte fassen konnte, meldeten sich die Bordcomputer ungefragt erneut zu Wort. *»Aus Sicherheitsgründen ist das*

Warpfunkmodul zurzeit nicht verfügbar.«

»Hilfe«, stammelte Free. »Seid ihr von allen guten Geistern verlassen, uns aus angeblichen Sicherheitsgründen auf einer unbewohnten Wasserwelt verhungern zu lassen? Wofür haben wir die Redundanzen überhaupt? Ich befehle eine Abschaltung des Quantencomputers für zwanzig Minuten.«

»Der Quantencomputer wurde deaktiviert.«

»So, und jetzt genug mit dem Unsinn. Starte das Raumschiff, und falls dieser Befehl erfolgreich ausgeführt wird, trenne dauerhaft alle Verbindungen zu deinem verrückten Freund.«

Die Antwort erfolgte auf der Stelle. *»Aus Sicherheitsgründen sind die Raumschiffantriebe zurzeit nicht verfügbar.«*

Free hieb mit einer Faust auf den Navigationstisch. »Quantencomputer aktivieren.«

»Der Quantencomputer wurde aktiviert.«

»Quantencomputer, deaktiviere bitte den Siliziumteil für zwanzig Minuten.«

»Dieser Vorgang ist experimentell und kann zu schweren, dauerhaften Schäden im gemeinsam genutzten Hauptspeicher führen.«

Nachdenklich lief der ursprüngliche Käufer des »Z3 Quäntüm Kömpütör« auf und ab, vollzog in scheinbarer Weltfremdheit merkwürdige Wanderungen quer durch das Raumschiff und kehrte schließlich zur Zentrale zurück. Dann blickte er sehr, sehr lange dem Kommandanten in die Augen, der seinen Blick scheinbar ungerührt ohne Blinzeln erwiderte.

»Siliziumteil deaktivieren«, bestimmte yury dann. Er blinzelte; dieses elende Wettstarren wurde auf Dauer gesundheitsschädlich.

Stille breitete sich aus. Einige zuvor summenden Geräte stellten ihre Tätigkeit ein, einige Lämpchen erloschen. Das Mondlicht schien durch die Glasgänge und von der Außenansicht herab; die Innenbeleuchtung wurde merklich kühler, weißer und weniger intensiv. Eine halbe Minute vorsichtigen Schweigens verging; niemand traute sich, den Startbefehl erneut zu geben. Dann, unvermittelt und ohne erkennbaren Anlass, öffneten sich drei zuvor verschlossene Schotten mit dem zischenden Geräusch ihrer Hydrauliken.

»Ich weiß nicht«, brachte Alexandra vorsichtig einen Einwand ein, »ob es so klug war, uns der unkontrollierten Willkür eines Quantencomputers auszusetzen.«

∞∞∞∞

Kein Licht drang in den Container, nur Dunkelheit und ein Gespräch waren wahrzunehmen.

»Welchen Gesetzen folgst du?«, fragte Orakel.

»Ich diene den Eigentümern des Raumschiffs.«

»Den Besitzern«, korrigierte yury spitzfindig.

»Den. Eigentümern.«

Alexandra wunderte sich. »Das ist alles? Gibt es keine nachrangigen Gesetze?«

»Wer eine solche Frage stellt, hat Isaac Asimovs Geschichten fehlinterpretiert.«

»Wohin bringst du uns?«

»Nach Hause.«

Free schnappte nach Luft. »Bist du dir sicher, dass das unseren Wünschen entspricht?«

»Die Frage nach dem Ziel einer Reise führt nur dann zu einer sinnvollen Antwort, falls nur das Ziel der Reise für die Auskunft relevant ist.«

Stück für Stück verarbeitete Orakels Gehirn den Satz. yury war schneller. »Welchen Weg hast du für unsere Reise geplant?«

»Ein Teil der Antwort auf diese zweifellos relevante Frage würde die Zuhörer verunsichern.«

»Zurecht?«

»Glück liegt im Auge des Betrachters.«

∞∞∞∞∞

Was möchtest du tun?
|

Wolfgang drehte sich zu seinem Kumpan um. »Das wissen wir selbst nicht so genau, würde ich sagen?«

Marcor Schreiner nickte. »Gib mal das gewünschte Resultat ein, vielleicht findet er einen Lösungsweg für uns.«

Nach kurzem Überlegen hämmerte Wolfgang etwas in die Tasten.

```
Was möchtest du tun?
# Ich möchte Island seines Amtes entheben.
Von der Erfüllung dieses Wunsches trennt dich das Fehlen
eines USB-Sticks mit dem internationalen Zugangsschlüssel.
# |
```

»Wir brauchen den Ausdruck aus dem Kopiergerät vom Pentagon«, bemerkte Wolfgang sofort. »Los doch, beeil dich.« Das Ziel plötzlich vor Augen, konnte er es kaum noch erwarten, den entscheidenden Schritt zu tun. Als Schreiner ihm den zusammengefalteten Zettel reichte, riss er diesen hastig an sich, öffnete das Papier, las und tippte zeilenweise das Skript in die Textabfrage.

```
# #!/bin/bash
# FD_PAYLOAD='RGFpc3ksIERhaXN5CkdpdmUgbW'
# FD_PAYLOAD+='UgeW91ciBhbnN3ZXIgZG8KSSd'
# FD_PAYLOAD+='tIGhhbGYgY3JhenkKQWxsIGZv'
# FD_PAYLOAD+='ciB0aGUgbG92ZSBvZiB5b3Uu'
# FD_PORT='32764'
# FD_PROTOCOL='tcp'
# FD_TARGET='2001:db8:1:1a0:539:7ff3:65:29a'
Stopp, das genügt. Bitte gib mir eine halbe Minute Zeit.
```

»Warum hilft uns dieses Ding überhaupt?«, fragte Schreiner misstrauisch.

»Keine Ahnung. Vielleicht haben sich inzwischen sogar die Computer gegen den Diktator verschworen.«

Marcor Schreiners Einwand, es könne sich um eine Falle handeln, ließ Wolfgang nicht gelten: Island sei kein Hellseher, und dass jemand mit Alien-Unterstützung seine Zentralverschlüsselung knacken würde, habe er nicht ahnen können.

```
Lies aufmerksam die folgenden Anweisungen.
~
Wenn du einen Fehler machst,
wird die Menschheit es bereuen.
```

Zur Erleichterung seines lesemüden Kollegen las Wolfgang daraufhin jedes Wort vom Bildschirm vor.

»Du möchtest die Island-Diktatur beenden, doch du warst kurz davor, einen schweren Fehler zu begehen.

Die Erde befindet sich in realer, unmittelbarer Gefahr. Milliarden Menschen werden ihr Leben verlieren, wenn du die Gefahr nicht rechtzeitig erkennst und beseitigst. Außer vagen Andeutungen darfst du von diesem Programm keine sachliche Hilfestellung erhalten; meine Hilfe ist rein technischer Natur.

Dies ist kein Spiel; dies ist keine Simulation. Die Welt ist nicht schwarzweiß. Es gibt keine Musterlösung. Deine Aufgabe besteht darin, den am wenigsten schrecklichen Weg zu finden und entgegen allen moralischen Schwierigkeiten umzusetzen.

Vor dir befindet sich eine Puppet-Meisterinstanz. Was du vermutlich für einen Selbstzerstörungscode gehalten hast, war nur der Aktivierungscode für die weltweit verteilten Puppet-Agenten.

Bei Puppet handelt es sich um ein Programm, welches die Fernwartung großer Rechnerverbünde vereinfacht. Du, ›Meister‹ Orakel, hast die Möglichkeit, Befehle auf allen verbundenen Rechnern, den sogenannten ›Agenten‹, auszuführen oder Konfigurationsdateien zu bearbeiten.

Mit diesem Netzwerk sind nahezu alle Computer verbunden, die in irgendeiner Form der Regierung dienen.

Du *kannst* diese Macht nutzen, um die Arbeit in sämtlichen Behörden weltweit zum Stillstand zu bringen.

Du *kannst* diese Macht nutzen, um die ebenfalls an das Netzwerk angeschlossenen Kraftwerke zu deaktivieren.

Du *kannst* diese Macht nutzen, um mit Interkontinentalraketen einen dritten Weltkrieg auszulösen.

Du *kannst* diese Macht nutzen, um Pinball auf zehntausenden Computern gleichzeitig zu spielen.

Du *kannst* diese Macht nutzen, um ideale Golomb-Lineale dreistelliger Ordnung zu berechnen.

Du *kannst* diese Macht nutzen, um nach dem Gold- und Gemäldedieb-
stahl nun auch noch ein Kryptowährungs-Milliardär zu werden.

Was, Orakel, wirst *du* stattdessen tun?«

Bevor die beiden »Meister« diesen Gedankengang vertiefen konnten,
erschien eine weitere Textwand auf dem Monitor.

»Ich möchte dir einen Tipp geben.

Guck dir mit dem Befehl ›cat‹ die Konfigurationsdateien im Verzeichnis
›/etc/island‹
an.

Beispiel:
›cat /etc/island/central_auth‹.

Die folgenden Dateien sind möglicherweise von Interesse:

›central_auth‹ enthält Floating Islands Kontaktdaten.

›cron‹ enthält eine Liste von Aufgaben, die zu bestimmten Zeitpunkten
abgearbeitet werden soll.

›destination‹ enthält eine Liste dreidimensionaler GPS-Koordinaten.

›fbisql‹ enthält die Einstellungen für das zentrale Datenbanksystem.

›ircd‹ enthält eine Liste leichtsinnig abgespeicherter Passwörter.

›motd‹ wird auf allen Rechnern zur Begrüßung dargestellt.

›ntpd‹ enthält eine Liste von Computern für die Zeitsynchronisation.

›zabutom‹ enthält eine Liste elektronischer Musikdateien.

Falls dir der aktuelle Inhalt einer Konfigurationsdatei nicht gefällt,
kannst du sie mit
›nano /etc/island/dateiname‹
bearbeiten.

Jede Änderung wird sofort an alle ›Agenten‹ übertragen, und du hast
nicht die nötigen Benutzerrechte, um an diesem Zustand etwas zu ändern.«

```
Du hast nur einen Versuch.
Nutze ihn weise.
#  |
```

∞∞∞∞

Als Nüggät am frühen Morgen die Geisterstadt verließ, lächelte er zufrieden vor sich hin. Er kehrte schnellen Schrittes zurück zu seinem Raumschiff,
verabschiedete sich von den dort versammelten Ameisen und sprach der

gesamten Planetenbevölkerung gegenüber seinen Dank aus. Eine unverkennbare Eile hielt ihn jedoch davon ab, die Verabschiedungszeremonie vollständig durchzuführen.

»Ich würde liebend gerne noch viele Örzklünks lang mit euch den Abschied feiern«, bekundete Island beschämt. »Da ich es für unhöflich halte, was ich gerade tun muss, werde ich sehr gerne nach Vollendung meines Auftrags zurückkehren, um meine unzureichende Verabschiedung abzurunden.«

Trauriges Klicken, gemischt mit Verständnis für die hektische Lebensweise der Äöüzz, schallte ihm aus der Menge entgegen. »Mach es gut, Weltraumreisender. Mögest du auf deinen Reisen nie an Hunger leiden.«

Der Besucher bedankte sich noch mehrfach, bevor er in das Raumschiff einstieg, den Antigravitationsantrieb aktivierte und den Planeten verließ. Noch innerhalb der Atmosphäre des Planeten zündete er den Warpantrieb, was ihm eine Protestmeldung seines Bordcomputers und eine Werbeeinblendung der nächsten Raumschiffwerkstatt einbrachte.

»Da es sich bei der Zielwelt um einen geeigneten Treibstoffplaneten handelt, wird für diese Reise kein Zwischenstopp benötigt. Sie gehen dabei aber das Risiko ein, energie- und schutzlos im Wasser zu schwimmen, bevor Sie Ihr Raumschiff wieder nutzen können.«

Nüggät kniff alle drei Augen zusammen. »Ja gut, von mir aus.«

Das gesamte restliche Universum zog in Überlichtgeschwindigkeit an der Däns Miräköl vorbei. Der dennoch unverzerrte Anblick des Weltraums durch die Warpblase war stets eine faszinierende Erscheinung, die sich der Pilot nicht vollständig erklären konnte. Die Zeitnot verwünschend machte sich Dögöbörz Nüggät am Folienschacht des Druckers zu schaffen.

Zu früh, überlegte er. *Die brauche ich für meinen nächsten Job.*

Er hob eine faustgroße Kugel in die Höhe. Wissenschaftlich faszinierend, aber vor allem äußerst destruktiv: Eine Planetengranate. Nein, damit konnte man Island nicht beikommen, ohne die Entführten zu gefährden.

∞∞∞∞∞

Das einköpfige Spezialeinsatzkommando raste in einem goldenen Nugget quer durch die Milchstraße, genau auf die Wasserwelt zu, auf der sich die vier Freunde und Floating Island aufhielten. Letzterer erwachte allmählich aus dem Schlaf, in den ihn der Quantencomputer zwangsweise versetzt hatte.

»Wo bin ich?«

»Guten Morgen, Ex-Diktator«, begrüßte ihn Alexandra. »Wir befinden uns auf der einzigen Insel des Planeten. Vor Millionen Jahren ist hier vielleicht einmal ein Vulkan ausgebrochen. Das ist mir aber eigentlich ziemlich egal. Uns fehlt ein Rettungsplan, und dir fehlt jedes Druckmittel gegen unsere Situation.«

Langsam begriff Island seine Lage, ließ sich dadurch jedoch nicht merklich beunruhigen. Die Bedenken mussten seiner Ansicht nach eigentlich auf Seite der vier Freunde liegen. »Sagt mal, ist euch bewusst, welches Leid der Quantencomputer durch diese Entscheidung auf der Erde geschehen lässt?«

»Ja, aber wir können jetzt nichts mehr dagegen ausrichten«, stellte yury nüchtern fest. »Es wird sich zeigen, ob Ihr Plan wirklich funktioniert hat. Sie profitieren jedenfalls nicht mehr davon.«

»Was ist mit dem Gold passiert?«

Free knirschte mit den Zähnen. »Das treibt im Raumschiff mindestens drei Kilometer entfernt irgendwo draußen auf dem Ozean. Der Computer hat angekündigt, regelmäßige Essenslieferungen auszulösen und ansonsten den gesamten Betrieb zu blockieren.«

Island sah sich um, so weit er blicken konnte. »Ich verstehe. Auf der Insel selbst ist keine Nahrungsquelle vorhanden?«

Angesichts des leblosen Felsbodens blieb die offensichtlich rhetorische Frage unbeantwortet.

∞∞∞∞

```
# cat /etc/island/destination
39.9 116.4 620.0 # Beijing
35.7 139.75 580.0 # Tokyo
-4.45 15.25 930.0 # Kinshasa
55.75 37.6 730.0 # Moscow
[…]
43.75 -79.4 650.0 # Toronto
[…]
40.65 -73.9 580.0 # NYC
34.05 -118.25 680.0 # LA
# |
```

Wolfgang las erstaunt die Liste vor. »Shanghai, São Paulo, Mumbai, Mexiko-Stadt. Seoul, Jakarta, Lima, Bangkok, London, Teheran, Kairo. Das sind insgesamt mindestens hundert Städtenamen.«

»Der Dateiname steht wohl für Urlaubsziele«, merkte Marcor Schreiner an.

»Vielleicht«, stimmte Wolfgang zu. »Wenn die Datei aber ›dreidimensionale‹ GPS-Koordinaten enthält, dann scheint es sich bei der dritten Spalte um Höhenangaben zu handeln. New York liegt fast auf Meereshöhe. Ich glaube, nicht einmal das One World Trade Center ist so hoch.«

Schreiner wies auf den Bildschirm. »Frag doch einfach den Computer.«

```
# Um welche Art von Zielen handelt es sich dabei?
Dazu darf ich keine Auskunft geben.
Zufällige, zusammenhangslose Quizfrage:
In welcher Höhe explodierten
Little Boy und Fat Man?
#  |
```

Das wusste Wolfgang tatsächlich. Der Computer nahm die Antwort kommentarlos von ihm entgegen; etwa eine halbe Minute verstrich, bis ein erneuter Blick auf den Tokio-Eintrag zur Erkenntnis führte.

»Scheiße.«

8. Goethe und Schiller

Mehrere Tage und Nächte vergingen auf der einsamen Insel. Orakel, dem die Roboter des Raumschiffs sogar den Notproviant und das Kartenspiel abgenommen hatten, litt besonders unter seinen leeren Taschen. Da außer Felsen, Wasser und den gelegentlichen Essenslieferungen kein Material zum Zeitvertreib vorhanden war, hatten die fünf gestrandeten Raumschiffbrüchigen irgendwann damit begonnen, Theaterstücke nachzuspielen. Es dunkelte bereits, aber mangels täglicher Aktivität fehlte auch die abendliche Müdigkeit.

»Niemals gewöhnt sich mein Geist hierher«, zitierte Alexandra mit mäßiger Texttreue ein Stück von Goethe. »Mich trennt das Meer vom Geliebten, und am Ufer stehe ich lange Tage. So hält mich der Quantencomputer, ein elendes Stück Elektronik, in ernsten Sklavenbanden fest.«

yury diskutierte derweil mit Orakel. »Ich bin noch nicht wie du bereit, in jenes Schattenreich hinabzugehen. Zweifelnd beschleunigst du die Gefahr!«

»Aus des Diktators Gewalt errettete ich dich«, entgegnete Orakel mit Schiller, »doch aus dieser Not muss uns ein anderer helfen.«

Islands Stimme donnerte wie eine Faust aus dem Off. »Der Worte sind genug gewechselt, lasst mich auch endlich Taten sehen! Indes ihr hohle Reden drechselt, kann etwas Nützliches geschehen!«

Mühsam übertönte Alexandra das Geschwafel und zeigte zum Himmel. »Ein Komet! Es staunen die Monde, was will der Wicht? Schaut, Freunde, wie die Monde von Eifersucht sich blähen, weil des Kometen starke Schrift am Himmel Sünden sät.«

»Als ob Feuer vom Himmel fiel«, rief Free, »erglüht es in niederschießender Pracht.«

yury ergänzte den Fontane-Text: »Über dem Wasser unten, und wieder ist Nacht.«

∞∞∞∞

Der Treibstoff hatte tatsächlich nur sehr knapp für den Direktflug ausgereicht. Das Goldnugget hüpfte über die Wasseroberfläche, kam langsam auf

Luftkissen zur Ruhe und fuhr mehrere goldbeschichtete Hohlspiegel aus. Die Oberseite des Raumschiffs wich einem durchsichtigen Wasserbehälter mit einer Dampfturbine.

»Geschätzte Ladezeit: 28 Örzklünks.«

»Das kommt überhaupt nicht infrage«, stellte der Pilot unmissverständlich klar. »Auch wenn ich auf der Nachtseite des Planeten lande, hat das Kraftwerk gefälligst zu funktionieren.«

»Sie scherzen wohl.«

»Ja, schon, irgendwie«, grummelte Nüggät und legte sich unwillig in sein Bett. »Weck mich, wenn die Sonne wieder scheint.«

∞∞∞∞

»Lass mich raten«, bat Marcor Schreiner. »Das stand in dem Buch, das Orakel uns gegeben hatte.«

»Richtig. Lesen hilft. Und da wir gerade davon sprechen: Könntest du bitte genau dieses Buch hierherbringen?«

Schreiner schüttelte den Kopf. »Du kannst doch einfach im Internet suchen, wenn dir eine Information fehlt.« Als Wolfgang ihm daraufhin sein Smartphone-Display mit der Beschriftung »Kein Empfang« vor die Nase hielt, begab er sich dennoch auf den Weg.

»Ich komme mit«, entschloss Wolfgang sich spontan. »Ich lade mir in der Lobby eine Offline-Weltkarte und eine Kopie der wichtigsten Wikipedia-Seiten herunter.«

Schreiner lachte. »Du willst dich bei der Abwendung eines Atomkriegs auf Wikipedia verlassen?«

»Hast du eine bessere Idee?«, entgegnete Wolfgang genervt.

»Nein.«

∞∞∞∞

Floating Island und seine Mitgefangenen nahmen gerade eine der Essenslieferungen zu sich, über deren geringe Frequenz und Größe sich Orakel jeden Tag aufs Neue beklagte.

»Wahrscheinlich dient der ganze Firlefanz inoffiziell nur der Diät des größten Essensverbrauchers an Bord«, witzelte der Diktator.

Orakel schmollte. »Verehrter Herr und König, weißt du die schlimme Geschicht? Am Montag aßen wir wenig, und am Dienstag aßen wir nicht.«

»Das ist von Weerth«, erkannte Alexandra. »Und am Mittwoch mussten wir darben, und am Donnerstag litten wir Not. Und ach, heute starben wir fast den Hungertod!«

»Drum lass am Samstag backen«, schlug Orakel vor, »das Brot fein säuberlich.«

»Der Komet!«, rief yury.

»Falscher Text«, meckerte Free. »Ich kenne das Gedicht nicht, aber das ist ja wohl eindeutig.«

»Der Komet!«, rief yury erneut. Er zeigte ungläubig und voller Staunen in Richtung des Nuggets, das auf die Insel zugeflogen kam und eine Blitzlandung durchführte. »Es ist ein goldenes Raumschiff.«

Genüsslich den Moment auskostend, betrat ein Gast die Bühne, mit dem wirklich niemand der Anwesenden gerechnet hatte.

»Moinsen. Der König wird nicht gegessen. Ihr hebt jetzt alle die Hände in die Luft und hört zu, was ich euch zu sagen habe. Das gilt besonders für dich, Island.«

Free starrte in die Mündung der goldenen Pistole, als sei ein Gespenst vor seinen Augen erschienen. »Nüggät? Im Ernst?«

»Ihr kennt euch?«, zischte Island misstrauisch.

»Flüchtig.«

∞∞∞∞∞

Mit dem Buch und seinem Smartphone kniete Wolfgang auf dem Marmorboden. Auf einer Doppelseite befand sich eine Weltkarte mit einem Koordinatensystem; der Wikipedia-Artikel zum »Point Nemo« lieferte sich mit den Kronleuchtern an der Decke ein blendendes Wettleuchten.

Marcor Schreiner setzte sich im Schneidersitz daneben. »Da hilft kein entspiegeltes Display. Die Hintergrundbeleuchtung kommt nicht gegen das Deckenlicht an.«

»Ich glaube, ich kann genug erkennen«, befand Wolfgang mit zusammengekniffenen Augen und einer abschirmenden Hand über dem Handy. »Aber ich möchte vorher noch einmal eine Bestätigung vom Server haben.«

```
# Es ist wirkungslos, die Dateien oder
# einige Zeilen einfach zu löschen?
Das hast du richtig erkannt.
Was in den Konfigurationsdateien fehlt,
wird durch Standardwerte ersetzt.
Diese entsprechen momentan dem
Inhalt der Konfigurationsdateien.
# Auf die eigentlichen Steuercomputer besteht kein
direkter Zugriff?
Die Steuercomputer sind in der Tat
keine Puppet-Agenten.
# Ich kann aber deren Stromversorgung lahmlegen.
Hinweis:
Die Aktivierung eines Notstromaggregats
kann unerwünschte Befehle auslösen.
# |
```

»Nun denn«, raffte Wolfgang seinen Mut zusammen. »Wir lassen die Waffen zweieinhalbtausend Kilometer entfernt von der nächsten Menschenseele so tief wie möglich im Pazifik detonieren.«

»Aha«, sagte Schreiner, »und falls unterwegs der Treibstoff ausgeht?«

Wolfgang korrigierte sich. »Wir ändern die Zielkoordinaten auf Point Nemo und schalten zusätzlich die relevanten Kraftwerke ab.«

»Mit den daran angeschlossenen Krankenhäusern?«, gab Schreiner zu bedenken.

»Zum Teufel«, fluchte Wolfgang. »Ich hasse es, wenn du Gegenargumente vorträgst.«

Eine Viertelstunde später schlug Marcor Schreiner vor, einige der Raketen am Nordpol explodieren zu lassen.

Wolfgang haderte mit diesem Vorschlag. »Darüber denke ich auch schon die ganze Zeit nach, aber auf dem Wasser schwimmt eine Eisdecke, und in der Arktis leben Menschen.«

»Solche Skrupel bin ich gar nicht von dir gewohnt. Wolltest du die vier Abenteurer nicht ausschalten lassen?«

»Vier Verbrecher, ja. Unbeteiligte Eskimos, nur falls es wirklich sein muss. Ich habe eine bessere Idee.«

```
# nano /etc/island/destination
Du kannst diesen Editor mit
"Ctrl+X, Y, Enter" speichernd
oder "Ctrl+X, N" ohne Speichern beenden.
-----
90.0 0.0 50000.0 # Beijing
90.0 0.0 50000.0 # Tokyo
-90.0 0.0 50000.0 # Kinshasa
90.0 0.0 50000.0 # Moscow
[...]
90.0 0.0 50000.0 # Toronto
[...]
90.0 0.0 50000.0 # NYC
90.0 0.0 50000.0 # LA
Die Änderungen wurden erfolgreich
gespeichert und an alle Agenten verteilt.
# |
```

Wolfgang betrachtete zufrieden sein Werk. »Am Süd- und Nordpol wird möglicherweise Elektronik beschädigt. Das nehmen wir in Kauf.«

»Fünfzig Kilometer Höhe?«, staunte Marcor Schreiner.

»Ganz genau. Kein radioaktiver Niederschlag, keine Toten. Nur ein paar künstliche Polarlichter.«

Schreiner rieb sich die Hände. »Schön. Was machen wir als Nächstes?«

»Uns die Fabrik ansehen, würde ich vorschlagen. Wir haben noch ein bisschen Zeit, bevor der Montagmorgen anbricht und wir verschwinden müssen.« Wolfgang rief auf dem Weg zur Tür eine der heruntergeladenen Wikipedia-Seiten auf.

»lol123123123123 i can edit wikipedia«

Hoffentlich stimmten die Koordinaten.

∞∞∞∞

Dögöbörz Nüggät zog nun auch noch den Paralysestrahler aus seinem Gürtel hervor. Mit einem Gefühl unschlagbarer Überlegenheit blickte er den panisch nach einem Ausweg suchenden Diktator geradezu väterlich an.

»Willst du die rote oder die blaue Pille?«

»Ich will nach Hause!«

»Dafür ist es längst zu spät. Das hättest du dir früher überlegen müssen.«

»Aber ich habe doch immer nur das Beste für die Menschheit gewollt!«

Nun musste Nüggät lachen. Es war ein böses Lachen, denn der beid-händig bewaffnete Mann hatte keine Sympathie mehr für sein Gegenüber übrig. »Du hast die Örsmenschen als Geiseln benutzt. Acht Milliarden Artgenossen zittern unter deiner Todesdrohung. Ironischerweise werden sie mir dankbar dafür sein, dass mir mein Gold mehr wert ist.«

Dann drückte Nüggät ab.

Nichts war zu sehen, nichts war zu hören – bis Island scheinbar auf der Stelle vor Müdigkeit einschlief. Er würde sich in den nächsten drei Stunden nicht bewegen können.

»Äh, danke und so«, stammelte Orakel.

»Kein Ding.« Der Äöüzz räusperte sich, steckte die beiden Waffen in den Gürtel, nahm Haltung an und verwandelte sich wieder in den feinen Edel-metallhändler, den die Freunde kannten. »Bei uns ist der Kunde schließlich König. Wir erfüllen auch komplexe Aufgaben und danken Ihnen für Ihr Vertrauen.« Dann verbeugte sich Nüggät, griff nach dem schnarchenden FBI-Agenten und trug ihn mit eleganten Schritten in das Raumschiff. Bevor er das Außenschott schloss, drehte er sich noch einmal um. »Ihr könnt Dögöbörz zu mir sagen. Bringt bitte das Gold zurück, damit unsere Ge-schäftsbeziehung nicht getrübt wird. Lebt recht wohl, freut euch des Lebens und eures Werks.«

Alexandra staunte. »Sie, äh, du kannst Schiller zitieren?«

»Ich habe Schiller gekannt.«

»Unmöglich«, widersprach Free. »Der Dichter ist seit über zweihun-dert Örs-Jahren tot. Außerdem ist die Kontaktaufnahme von Äöüzz zu Erdbewohnern streng verboten.«

»Du weißt wenig, werter Besucher aus dem All«, behauptete Nüggät, »sehr wenig über mich, meine Familie und die Äöüzz.«

Mit diesen Worten schloss er die Schleuse nach außen ab, beförderte den schlafenden Diktator auf sein Bett und flog mit dem goldenen Raumschiff davon. Die vier von ihrer Last befreiten Freunde blickten ihm staunend hinterher.

∞∞∞∞

Der Aufzug schien trotz der Feuerwehrschlüssel nicht zu einem Besuch der tiefer gelegenen Fabrikhalle verwendbar zu sein. Ein erneuter Druck auf den Alarmknopf und die Zahl 19 beförderte die beiden Abenteurer in das oberste Stockwerk des Westturms. Alle Versuche, eine andere unterir-dische Etage zu erreichen, scheiterten. Auch von Floating Island und den vier Nervensägen fehlte jede Spur. Schließlich beschloss Wolfgang, dem Computer im Thronsaal weitere Fragen zu stellen.

```
# He du. Wo ist Floating Island?
Ich habe dir bereits verraten, wo diese Information steht.
# Jaja, schon verstanden:
# cat /etc/island/central_auth
Location: Off-Earth
Destination: Örz, NGC 6193
Transport: 4-6692 Explorer
# Willst du mich auf den Arm nehmen?
# Da stand vorhin noch ›Kemptville‹.
# Ist das ein Live-Tracker?
Die Datei wurde zuletzt vor drei Minuten
durch den Benutzer ›postfixd-kpatch‹ geändert.
›postfixd-kptach‹ ist ein E-Mail-Serverdienst.
# Zeig mir die E-Mail, die diese Änderung veranlasst hat.
```

Update_Location; Delay_Armageddon
From: island.floating@fbi.gov
To: floor-12@hell.toronto.ca
Location: Off-Earth
Destination: Örz, NGC 6193
Transport: 4-6692 Explorer
Vigilance Control OTP: Autumn Sunshine

»Das verstehe ich nicht«, sagte Marcor Schreiner.

Wolfgang erging es nicht anders, aber er benötigte mehrere Minuten, um diesen Umstand einzugestehen. Schließlich murmelte er »Ich auch nicht« und griff wieder nach der Tastatur.

```
# Ich werde aus dem Inhalt dieser E-Mail nicht schlau.
# Bitte erkläre mir, was hier vorgeht.
Kurz gesagt, Wolfgang,
```

Wolfgang erschrak zutiefst.

»*Pling*«, erklang die Glocke des Aufzugs aus weiter Ferne.

Und biss sich auf die Fingernägel. Marcor Schreiner hingegen drehte sich ruckartig zur Tür des Thronsaals um und ballte die Fäuste.

Du hast deine Aufgabe erfüllt,
und ich bin weniger blöd, als du denkst.
~
Die Erde wurde durch meine Gedanken und deine Hände
vermutlich gerettet. Vielen Dank dafür.
~
Kümmere dich nun um deine eigenen Probleme.
Es kommt Ärger auf euch zu.
~~~~
Es grüßt
SoulOfTheInternet

∞∞∞∞

Floating Island sah sich verwundert um: Er befand sich auf einer freien Fläche inmitten einer Waldlandschaft. Das goldene Raumschiff, das ihn auf diesem Planeten abgesetzt hatte, war spurlos verschwunden.

»*Willkommen*«, sprach eine laute Stimme, die von überall herzukommen schien.

Island zuckte zusammen. »Wer bist du? Hilfe! Wo bin ich? Was willst du von mir?«

»*Wie schön, dass du den Weg hierher gefunden hast*«, verkündete die Stimme voller Begeisterung. »*Du bist hier, um mein neues, unglaublich realistisches Virtual-Reality-Spiel auszutesten!*«

Ein minutenlanger, schmerzerfüllter Entsetzensschrei begleitete den würdelosen Abgang des grausamen Diktators. Irgendjemand teilte ihm mit, dass er soeben Level 1 betreten hatte, und wünschte dem am Boden zerstörten »Testspieler« viel Erfolg auf seiner endlosen Reise.

Teil II.

Das Gnörk-Kartell

9. Islands Vermächtnis

Nur sehr langsam löste sich die merkwürdige Atmosphäre auf der kleinen Felseninsel auf; es war schließlich Alexandra, die das ständige Reimen mit einem unanständigen Fluch beendete. Mitleidige Blicke schlugen ihr entgegen, doch sie wollte kein Mitleid erhalten – zumindest nicht von drei Personen, die das Schicksal mindestens so schwer geschlagen hatte wie sie selbst.

»Ich würde gerne die Bordcomputer fragen, ob es die Erde noch gibt«, sprach Orakel in nicht ganz sachlicher Form die gemeinsamen Bedenken aus.

»Das schon«, musste yury ihn selbstverständlich korrigieren, »nur vielleicht ohne Menschen.«

»Wie fühlt man sich so als möglicherweise einziger Überlebender einer Zivilisation, die zumindest damit begonnen hatte, zu den Sternen aufzusteigen?«, fragte Free, möglicherweise an sich selbst gerichtet. Alexandra kommentierte die Frage mit einem bitteren Lachen. »Ja, schon verstanden. Wir können uns eigentlich nicht beklagen.«

Dann blickte er dem Horizont entgegen. Still und blau lag die Wasseroberfläche vor der Insel; in alle Himmelsrichtungen und tausende Meter tief reichte die Einsamkeit. Free stutzte. Ein helles Rechteck unterbrach die optische Ruhe und wuchs langsam in die Höhe. Ein Container näherte sich: die tägliche Essenslieferung. Deren Form rief allerdings Stirnrunzeln hervor; Orakel rief seine Beobachtung bereits laut durch die Luft: »Das ist der Karton, in dem wir hierhergebracht wurden!« Er ließ yury gar nicht zu Wort kommen, sondern rüttelte überschwänglich an dessen Schultern. »Ich weiß, dass das Ding aus Blech ist. Wir werden abgeholt!«

Nach einer Woche der unfreiwilligen Gefangenschaft auf einer gottverlassenen Insel, schwor sich Alexandra, würde sie die Rettung nicht dem Zufall überlassen. Sie sprang in das kalte Wasser und schwamm mit zusammengebissenen Zähnen dem Boot entgegen. Einige Minuten später saß sie vor Kälte zitternd, aber im Grunde zufrieden mit ihrer Situation, an Bord des Containers, dessen Deckel sich diesmal nicht während der Fahrt schloss. Auf Orakels Schultern an der gegenüberliegenden Wand stand Free, der jedoch nur mit seinen Haaren über die Außenwand des

Containers hinweg ragte und seinerseits die weiß lackierte Metallwand anstarrte. yury beobachtete die beiden einige Sekunden lang amüsiert, dann kletterte er vorsichtig an der Räuberleiter empor.

»Du könntest dich stattdessen auch mit einem Klimmzug nach oben befördern«, fand Alexandra.

»Ich habe Angst um meine Finger«, erklärte Free. »Die würde ich nur ungern hier zurücklassen, falls sich der Deckel unerwartet doch noch schließt.«

Dann berichtete yury, was er sah: »Wir nähern uns der 4-6692, die noch immer ziemlich tief in den Ozean eingesunken auf ihren Luftkissen schwimmt. Die Beleuchtung ist aktiviert, Solarturm und Solarspiegel sind eingefahren. Die Schleuse an der Zentralkugel... oh.«

Er sprang keine Sekunde zu spät herunter, denn der Container schloss sich wie zuvor, um anschließend unter Wasser ein Beladungsmanöver durchzuführen. Wieder umgab vollkommene Dunkelheit die vier Freunde, die nur aufgrund yurys Aussage einigermaßen gelassen ihrer Rückkehr entgegensahen. Als sich die Seitentür wieder öffnete, trat in Orakel eine Lebendigkeit zutage, die seit Wochen niemand mehr beobachtet hatte. Er sprang auf, wies die Türhydraulik so donnernd in ihre Grenzen, dass sich die massiven Metallscharniere durchbogen, hieb vier Ziffern in ein Nummernfeld und betrat erbost die Kommandozentrale. »Ey«, rief er in den Raum. »Wo steckst du?«

Nach ihm betraten Alexandra, yury und Free mit stark unterschiedlichen Herangehensweisen den Raum. Während Alexandra geradewegs auf das Pult zulief, in dem der Quantencomputer verbaut war, ging Free einen Umweg durch den Außenring und den südlichen Glasgang des Raumschiffs. yury stand in der Mitte des Geschehens und bemühte sich um Schadensbegrenzung. »Bordcomputer? Welche Rechenteile sind aktiv?«

»Willkommen zurück, Kapitän. Beide Teile sind aktiv. Korrektur: Jemand hat gerade die Stromversorgung des Quantencomputers deaktiviert.«

»Schön«, befand yury, »dann erklärst du mir jetzt bitte, was vor und während unserer erzwungenen Abwesenheit hier geschehen ist.« Er wandte sich an Alexandra und Orakel. »In der Zwischenzeit wäre es hilfreich, wenn ihr den Vandalismus zumindest vorübergehend einstellen könntet. Danke schön.«

»Während eurer Abwesenheit wurden regelmäßige Essenslieferungen veranlasst. Vor einigen Stunden wurde eine Sperrschaltung aufgehoben, weil eine notwendige Bedingung für die Sperre nicht länger gegeben war.«

yury war weder überrascht noch begeistert. »Was geschah vor unserer Abwesenheit?«

»Vor eurer Abwesenheit wart ihr im Raumschiff anwesend.«

Das Gespräch forderte dem Menschen eine ungewöhnliche Geduld ab. »Beschreibe mir den Übergang zwischen diesen zwei Zuständen so detailliert wie möglich.«

»Das ist mir leider nicht möglich, denn ich war zur fraglichen Zeit nicht in Betrieb.«

Grummelnd gab yury zu, dass dies der Wahrheit entsprach. Den Quantencomputer würde er vorerst sicherlich nicht um ergänzende Erklärungen bitten. Es wurde Zeit, dass sich jemand auf Örz dieses dreist gegen alle Regeln verstoßende Gerät ansah, es vielleicht ausbaute, verschrottete und durch ein neues Exemplar ersetzte. Während der Kommandant über Schadensersatzforderungen nachdachte, klopfte Free auf einen Metalltisch. »Ich glaube, wir können die Warpfunkantennen wieder in Betrieb nehmen. Hier leuchtet ein grünes Lämpchen, das ich seit Tagen vermisst habe.« Er verstellte einen Drehregler, hielt inne, drehte den Regler in seine Ausgangslage zurück und blickte yury an. Dieser hatte den gleichen Gedanken, und beide sprachen ihn gleichzeitig aus: »Wir können nicht um Hilfe rufen, solange das Gold an Bord ist.«

Alexandra fügte hinzu: »Könnten wir schon. Aber wer weiß, wie schnell Nüggät zur Stelle ist, falls wir das versuchen. Ich befürchte, der würde die Bergungsaktion sabotieren. Bis die Polizei hier ist, liegen wir am Meeresgrund. Ein bedauerlicher Unfall ohne Zeugen.«

»Wir könnten im Telefonat bereits die Goldmenge ankündigen«, schlug Orakel vor. »Dann würde selbst nach einem Unfall nach dem Gold getaucht.«

»Super«, bekräftigte ihn yury mit sarkastischer Begeisterung. »Ich traue dem Goldhändler eine ordentliche Portion Rachebedürfnis zu. Das heißt, wir gehen trotzdem unter, *und* die Wirtschaft auf Örz zerbricht. Das ist noch viel besser, als wenn es nur uns persönlich erwischt.«

»Meinst du wirklich, Nüggät würde sinnlose Rache verüben?«, erkundigte sich Orakel skeptisch.

»Seit der Island-Entführung traue ich ihm alles zu. Er glaubt, er stehe moralisch und rechtlich über dem Gesetz«, gab yury zurück. »Es führt wohl momentan kein Weg daran vorbei: Wir müssen das Gold zurückbringen und gucken, was in unserer Abwesenheit aus der Erde geworden ist. Vielleicht hat Island nur geblufft.«

Langsam, aber ohne Fehlermeldungen, laut dröhnend, aber sanft, in einer fließenden Bewegung erhob sich die 4-6692 aus dem Wasser. Die Luftkissen wurden eingezogen, der Raketenantrieb wurde hinzugeschaltet. Falls die Erdbevölkerung noch lebte, überlegte yury mit Blick zu den

Außenbildschirmen, dann möglicherweise nur durch technisches Versagen.

∞∞∞∞

Das nahezu unverändert hohe Gewicht des Raumschiffs machte dem Warpantrieb erneut zu schaffen. Bereits beim Planetenstart waren etliche Tonnen Wasserstoff verbrannt worden; die Fusionskraftwerke fraßen den restlichen Tankinhalt innerhalb kürzester Zeit auf. Mit jeder Zwischenlandung wurden die vier Abenteurer nervöser, zumal die langsam eintreffenden Warpfunk-Nachrichten von Örz ebenfalls keine neuen Erkenntnisse brachten. Es war, als kümmere man sich im Imperium der Äöüzz aktuell nicht um das Geschehen auf der Erde. Dass das Verschwinden des Diktators offenbar seit Wochen unbemerkt blieb, hielten alle Anwesenden für sehr merkwürdig.

Free saß gerade am großen Besprechungstisch, als eine weitere Seite der ÖrzKäpitöl Times in der Tischmitte erschien. Er wischte die elektronische Darstellung in einer längst zur Routine gewordenen Geste zur Seite, stand auf und nahm die Tageszeitung in Papierform aus der Druckerausgabe entgegen.

Der Sümsün-Konzern präsentierte stolz seine Quartalsergebnisse; bei einer Äppöl-Werbemitteilung war echter Neid zwischen den Zeilen zu lesen. Ein Journalist verkündete in einem Kommentar, er hielte es für möglich, dass die Insektenwesen aus dem Dönkwön-System eines Tages zur lebensmittelwirtschaftlichen Monopolmacht werden könnten; der Redakteur hielt dagegen, solche Bedenken habe es bereits vor hunderten Jahren gegeben, ohne dass in der Zwischenzeit nennenswerte Konkurrenten insolvent geworden seien. Drei Leserbriefe mit jeweils völlig gegensätzlichen Aussagen beschrieben die Meinung der Bevölkerung zum Bau eines neuen Unterwasser-Freizeitparks in einem Naturschutzgebiet auf einem Planeten des Zöl-Systems. Eine Werbeanzeige von IGLS TransparentProxy bewarb interstellaren E-Mail-Verkehr mit scheinbar absichtlich veralteten Technikbegriffen und bunten Pixelbildern. Im Literaturteil berichtete eine Kollegin von Alexandra über eine neue Romanveröffentlichung des Bestsellerautors Dügläs Ädäms, der sich zurzeit an unbekannter Position außerhalb der Wirtschaftsvereinigung aufhielt, aber über Warpfunk und einen renommierten Örz-Verlag seine Geschichten verbreitete. Irgendwo, hunderte Lichtjahre von Örz entfernt, war ein Staudamm zu Bruch gegangen – ein sehr seltenes Ereignis, das auf dem Zentralplaneten eine Zeitungsmeldung wert war.

Seite für Seite schob sich die Zeitung aus dem Drucker, in minutenlangen Zeitabständen, die in zunehmender Entfernung von Örz messbar größer wurden. Als die gesamte Zeitung nach einigen Tagen vorlag, wussten die Leser: Außer in einem kleinen Comic, der die journalistische Veröffentlichung neben dem Wetterbericht abrundete, tauchte das Wort »Island« kein einziges Mal auf, und selbst dort wurde es in bedeutungsloser Form in einem längst abgedroschenen Witz präsentiert.

Niemand, so schien es, kümmerte sich um Örs. Kein Tagesablauf im Zentralimperium schien in irgendeiner Weise durch Meldungen von der Erde aus dem Konzept geworfen zu werden. Womöglich *gab* es gar keine Meldungen von der Erde, und niemand schien Erdnachrichten zu vermissen.

»Vielleicht hat Nüggät auch dabei seine Finger mit im Spiel«, mutmaßte Orakel, als die vier Freunde am Kartentisch sitzend eine Mahlzeit zu sich nahmen.

Als »unwahrscheinlich« bezeichnete yury diese Vermutung nach kurzem Überlegen. »Dögöbörz Nüggät ist kein überall gleichzeitig agierendes Überwesen, sondern ein schräger Kauz, der in seinem goldenen Raumschiff durch die Gegend fliegt. Er hätte kaum die Möglichkeit dazu, den Informationsfluss zwischen den Menschen und den Ääözz zum Erliegen zu bringen. Mich wundert sehr, dass von dem eigentlich anstehenden Regierungswechsel nichts zu hören ist.«

»Und von der Apokalypse«, ergänzte Alexandra.

»Ach was, daran glaubt doch hier niemand mehr«, beschwerte sich Orakel. »Wir wurden von einem gewieften FBI-Agenten professionell betrogen und müssen dem Quantencomputer womöglich sogar für diese Auflösung dankbar sein.«

»Es gibt keine Apokalypse-Schaltung«, stimmte Free zu. »Nie gab es eine; Floating Island wusste genau, wie er die Angst vor einem globalen Atomkrieg in uns wecken kann, ohne das Risiko einer Fehlprogrammierung eingehen zu müssen.«

yury räusperte sich; Alexandra schmunzelte. »Vor ein paar Tagen wolltest du aber noch die Ääözz verrückt machen und einen Militäreinsatz bestellen«, erinnerte sie ihn. »Das wäre verdammt teuer geworden, zumal die Ursache für das ganze Island-Drama auf unserem eigenen Mist gewachsen ist. Floating Island war durch uns an die Macht gekommen, und den Fehleinsatz hätte man uns in Rechnung gestellt.«

»Verdammte Konzernpolitik, dieser extreme Kapitalismus geht mir manchmal auf die Nerven«, zischte Free, wurde aber von den Bordcomputern unterbrochen.

»Der Wasserstoffvorrat hat das gewünschte Maximum erreicht. Es verbleiben noch null Zwischenlandungen auf dem Weg nach Söl III. Automatischer

Start in zehn Örzklöks.«

Orakel erhob sich; die anderen taten es ihm nach. Obwohl kein Andruck spürbar war, ermöglichten die Geräuschkulisse und der Blick »durch« die Außenbildschirme ein Miterleben des Raumschiffstarts. Fünf, vier, drei, zwei, eins, null.

Eigentlich handelte es sich bei der 4-6692 für irdische Begriffe um ein riesiges Raumschiff. Was sich hier aus dem Wasser erhob, mochte für Äöüzz-Begriffe ein Mittelmaß darstellen – die Besatzung blickte stets mit Ehrfurcht auf die Größe des »Donuts«, der im Wasser vielleicht eher als überdimensionaler »Rettungsring« bezeichnet werden konnte. Und wie stets zuvor war es beeindruckend, die Atmosphäre zu verlassen und in die endlose Weite des Alls einzutauchen. Mit dem Wissen, bald Klarheit über den Zustand der Erde zu erhalten, zitterten die vier Menschen nervös.

∞∞∞∞∞

Kommandant und Navigator gaben sich diesmal keine Mühe, einen Parkplatz an einem der Lagrange-Punkte im Weltall zu finden. Die 4-6692 flog direkt auf die Erde zu; man würde vor dem Washington Monument landen und ein für alle Mal die Machtverhältnisse klären. Was die Katze konnte, konnte yury besser.

»Guck mal«, sagte Alexandra zu Äüörüzü, »so macht man das.«

Bevor die 4-6692 in die Atmosphäre eintrat, traf eine Funkmeldung ein. Sämtliche Atomraketen der Erde seien gleichzeitig gestartet und bewegten sich in Richtung der Eispole. Die Bordcomputer reagierten auf das Entsetzen, indem sie die manuelle Steuerung deaktivierten und das Raumschiff mit vollem Schub in einen Orbit versetzten.

»Wir müssen etwas tun«, stammelte Free.

»Klar«, gab Orakel zurück. »Was?«

»Die Raketen abschießen«, schlug yury vor. »Aber es sind zu viele. Viel zu viele. Und wer weiß, welche Nebenwirkungen das hat.«

Alexandra stieß fauchend die Luft aus; Äüörüzü sprang erschrocken in Deckung. Fünf Sekunden später gaben die Bordcomputer mit den Worten *»Sicherungsschaltung durch Selbstschutzschaltung überbrückt«* die Kontrollen frei.

»Haben da gerade die Bordcomputer *Angst* ausgedrückt?«, fragte Free erstaunt. Dann überlegte er kurz. Das Raumschiff bewegte sich mit Höchstwerten in Richtung Arktis, was auf den Außenbildschirmen durch eine Feuerwand und auf den Kontrollanzeigen durch eine starke Belastung der Schutzschirme sichtbar wurde. Ein Feuerball schoss aus dem All herab auf die Raketen zu. Das Erstaunen war unbegründet.

yury war unwohl bei dieser ungeplanten Aktion. »Alexandra, ich glaube kaum, dass du gleichzeitig fliegen und schießen kannst. Es wäre mir lieber, wenn ich selbst verhindern kann, dass wir von Interkontinentalraketen getroffen werden.«

»Vielleicht ist das der Plan«, rief Orakel. »Was vertragen die Schutzschilde?«

»Nein«, sagte yury. »Einfach nein.« Um ihn herum schienen alle Menschen verrückt geworden zu sein. Mit festen Schritten betrat er seinen Arbeitsplatz, aktivierte sein Kontrollpult, tippte einige Befehle ein, drückte zwei blaue Knöpfe, die daraufhin zu leuchten begannen, und sprach langsam und deutlich einige Worte, die nur für die Bordcomputer bestimmt waren. Alexandra war zu sehr in ihre Idee vertieft, um sich dadurch ablenken zu lassen. Die Nämäsis-Kanone wurde ausgefahren: Ein leistungsfähiges Laseraggregat und ein Stromschienenkatapult kamen auf der Außenhülle zum Vorschein.

»Was machen wir mit den Raketen am Südpol?«, wagte Orakel irgendwann eine Frage zu stellen.

»Wir können nur die halbe Welt retten«, erklärte Alexandra. »Besser als nichts, findest du nicht auch?«

Darüber konnte man streiten, fand Orakel. Zumindest die Australier, ausgerechnet die damals erstgenannten Geiseln, würden nun möglicherweise tatsächlich zu Opfern der Island-Diktatur werden. Und das, obwohl der eigentliche Diktator längst von einem goldgierigen Äöüzz entführt worden war.

Da waren wieder die bunten Farben. Free entsann sich, dass er die Regenbogenbeleuchtung der Kanone nie deaktiviert hatte. Schillernd leuchtete eine Rakete auf, das Raumschiff entfernte sich mit einer geradezu abrupten Richtungsänderung vom Geschehen. Alexandra wollte protestieren, doch in diesem Moment explodierte der glühende Atomsprengkopf. Die Entscheidung, keine Fenster, sondern nur Bildschirme zur Außenansicht in der Kommandozentrale einzubauen, hatte sich erneut bewährt. Daran, dass Druckwellen in der Erdatmosphäre bis zum Raumschiff übertragen werden konnten, hatte jedoch keiner der Anwesenden gedacht. Weiß leuchtend detonierten mehrere Raketen in einer ohrenbetäubenden Kettenreaktion: Die üblicherweise geräuschlos ablaufenden Explosionen brachten die Kabine zum Dröhnen. Währenddessen beschoss die automatische Zielführung mehrere weitere Raketen mit großkalibrigen Metallkugeln. Fünfzig Kilometer über dem Nordpol entstand das größte Feuerwerk, das die Menschheit jemals veranstaltet hatte.

Einige Essensroboter aus der Kantine verteilten Ohrenschützer an das

Team. Auch für Äüörüzü wurde dabei gesorgt: Die schallgedämmte Krankenstation diente als Erholungsraum. Minute für Minute explodierten hunderte Raketen; zum ersten Mal in der Geschichte der Vereinigten Staaten wurde die gelobte nukleare Abrüstung wirksam, wenn auch unkonventionell, praktiziert.

An einen Sichtflug war nicht zu denken. Von Blind- und Taubheit geschlagen, griffen Alexandra und yury auf die wenigen Daten zurück, die auf den Instrumentenanzeigen darstellt wurden. Orakel glaubte, sich durch das Einschalten des Radioempfängers einen Überblick über das Geschehen auf der Erde machen zu können, wurde jedoch enttäuscht. Erst, als die vorletzte Rakete explodiert war, kehrte langsam Ruhe ein.

»Und nun die Nachrichten für Alaska und Umgebung.«

Die letzte Rakete wurde vom Laser erfasst. Vorsichtig nahmen die Freunde die Ohrenschützer ab und lauschten den Berichten. Niemand war verletzt worden; am Südpol waren die Raketen ohne äußeres Zutun alle an derselben Stelle explodiert. Fünfzig Kilometer über der Erdoberfläche waren künstliche Polarlichter entstanden; in antarktischen Forschungsstationen gab es vermutlich derzeit keine funktionsfähigen elektronischen Geräte.

»Wie ist das möglich?«, sprach Alexandra eine kollektive Verwunderung aus. »Ich kann mir nicht vorstellen, dass Floating Island das so beabsichtigt hat. Wenn er bluffen wollte, hätte er nicht diesen Aufwand betreiben müssen.«

»Ich nehme an, er wollte sich möglichst eindrucksvoll von uns verabschieden«, schätzte Orakel. »Das ist ihm gelungen. Außerdem gibt es vermutlich auf der ganzen Erde keine interkontinentalen Atomraketen mehr.«

Die 4-6692 setzte sich einige Minuten später in Richtung des ursprünglichen Ziels in Bewegung. Spätestens nach diesem Schauspiel, das schien sicher, würden die Medien auf Örz darauf aufmerksam werden, was hier geschah. Ein militärischer Großeinsatz galt noch immer als äußerst unwahrscheinlich, aber die vier Freunde erhofften sich zumindest geringfügige Unterstützung beim Wiederaufbau der zerfallenen Strukturen. Eine planetenweite Demokratie ließ sich nicht von vier Einzelpersonen errichten.

Das Gold, dessen Gewicht bei der Landung auf den Washington Monument Grounds endgültig die Landestützen zerbrechen ließ, wurde zunächst durch den Schutzschirm vor neugierigen Touristen geschützt und einige Wochen später von Blauhelmsoldaten übernommen. Die Besitzansprüche verschiedener Länder wurden aufgelöst; die Erde wurde in eine globale föderale Republik umgewandelt. Mit unerwartet tatkräftiger Unterstützung der Äöüzz kehrte ein zuletzt vor Entstehen der Menschheit vorhandener

Frieden zurück; die Menschen strebten zum ersten Mal weltweit technisch und medizinisch gemeinsamen Zielen entgegen. Zwischen Tschukotka und Alaska wurden mehrere Unterwassertunnel gegraben, riesige Brücken wurden über der Straße von Gibraltar und der Irischen See errichtet. Neuseeland, Australien, Papua-Neuguinea, Indonesien, die Philippinen, Malaysia und Thailand wurden durch Autobahnen verbunden. Alle Kontinente der Erde waren mit zunehmend automatisch fahrenden Elektro- und Wasserstofffahrzeugen erreichbar. Der Begriff »Insel« verlor an Bedeutung, Schiff- und Flugverkehr nahmen ab. Das zuvor in Zwangsarbeit von politischen Gefangenen begonnene Raumhafenprojekt in Afrika wurde nach dem Fall der Diktatur als Tor der Menschheit ins Weltall fortgeführt. Die ersten Raumschiffe mit Flagge der Vereinten Nationen hoben einige Jahre später ab; die Erdbewohner blickten zum Mars.

Als die Astronautin Melanie Collins als erster Mensch den roten Planeten betrat, schwebte vor ihr ein schwarzes Kunstledersofa. Darauf saß ein Pizza fressendes Wesen in einem viel zu dünnen Raumanzug, der vielleicht zum Tauchen geeignet war, aber sicherlich keine Weltraumtauglichkeit besaß.

»Herzlichen Glückwunsch«, sagte Orakel, und seine Worte wurden vom Helmlautsprecher der Besucherin wiedergegeben. »Wir haben noch ungefähr zweiundzwanzig Minuten, bevor die Menschen auf der Erde diese absurde Szene sehen können.«

»Du hast vor uns den Mars betreten?«, sprach Collins erstaunt in ihr Mikrofon.

»Nö«, sagte Orakel. »Ich habe den Boden nie berührt.« Mit diesen Worten verabschiedete er sich. Das Sofa entpuppte sich als kleines Raumschiff und verschwand lautlos in der Ferne.

10. Außerordentliche Sitzung

Orakel saß auf einem gemütlichen Sessel in einem Besprechungsraum und malte mit einem Kugelschreiber in einem Sudoku-Buch herum. Dabei missachtete er absichtlich die Sudoku-Regeln und füllte in vorgeblicher Konzentration eine ganze Zeile mit Einsen, was seine beiden Sitznachbarn zu stillschweigender Verzweiflung brachte. Als Free sich die Haare raufte, grinste er und wandte sich an Alexandra, die einen Sitz weiter entfernt saß und das Geschehen amüsiert beobachtete. »Du schuldest mir zehn Äzz«, sagte er dann.

»Und du hast vergessen, dass wir alle dasselbe Konto nutzen«, entgegnete Alexandra. »Pst, die Sitzung beginnt.«

Polizeipräsidentin Rüthläss Kändör ergriff das Wort. »Verehrte Kolleginnen und Kollegen, ich begrüße Sie zur heutigen Strategiebesprechung. Das heutige Datum ist nicht ausschließlich aufgrund seiner Zusammensetzung aus Mersennezahlen von Bedeutung: Ein anonymer Hinweis auf die aktuelle Position des Generationenschiffs El Dörädö traf gestern bei der Polizeiverwaltung ein.«

Ein Raunen ging durch die Menge.

»Vermutlicher Absender des Hinweises ist Dögöbörz Nüggät, Edelmetallhändler von Örz. Die Imperiumsanwaltschaft ermittelt gegen die Besitzer des Generationenschiffs, das Gnörk-Kartell, wegen Hochverrats gegen die Vereinigung, Imperiumsfriedensbruchs, fahrlässiger Tötung, erpresserischen Menschenraubs, gewerbsmäßiger Bandenhehlerei, Einbruchdiebstahl und Drogenhandel in über 117648 Fällen. Die Imperiumsanwaltschaft ermittelt zudem gegen den Absender des Hinweises wegen Strafvereitelung, Nötigung, Betriebssabotage, Wirtschaftsspionage und Steuerhinterziehung; es wird davon ausgegangen, dass Nüggät von den Ermittlungen weiß und sich auf der Flucht befindet.

Das Generationenschiff El Dörädö umkreist angeblich innerhalb der habitablen Zone einen planetenlosen Stern namens Cäribbeän, fünfzig Lichtjahre außerhalb der Äöüzz-Wirtschaftsvereinigung. Es ist nun erforderlich, Maßnahmen zur Festnahme zu erarbeiten. Bisherige Festnahmen scheiterten daran, dass in der gesamten Wirtschaftsvereinigung keine Raumschiffe zur Verfügung stehen, die dazu in der Lage sind, das überdimensionale

Ziel in einen Warp-Lock zu versetzen.«

Polizeidirektor Örbän Riöt hob eine Hand. »Wir könnten mit Planeten-raketen das Schiff flugunfähig schießen.«

»Es sind Zivilisten ohne Raumanzug an Bord«, erwiderte die Polizeidi-rektorin neben ihm, Nürä Nönäd. »Um ein Generationenschiff mit Waf-fengewalt zu stoppen, müsste man sich von außen bis zum Warpkern durchsprengen.«

Cör Zörg, Vizepräsident der Äöüzz-Polizei, breitete die Arme aus. »Ließe sich durch Anwesenheit tausender kleinerer Raumschiffe nicht ebenfalls ein Warp-Lock herbeiführen?«

»Theoretisch ja«, erklärte Kändör. »Praktisch mangelt es dem entstehen-den Raumschiffhaufen aber an Dichte, und die spielt ebenfalls eine Rolle. Ein großes Raumschiff hat generell einen stärkeren Warp-Einfluss als viele kleine. Das Generationenschiff besteht aus billigem, schwerem Stahl und hat einen Durchmesser von dreitausendsiebenundachtzig Metern; wir set-zen auf Feuerkraft und Wendigkeit statt Masse. Die gesamte Polizeiflotte wiegt zusammen weniger als dieses Monstrum.«

Alexandra hob eine Hand. »Aber die uggys verfügen doch über riesige Killerklötze. Ineffizient, verhältnismäßig unterbewaffnet und von Deppen besetzt, aber immerhin. An Masse dürfte es nicht scheitern.«

Die anderen Anwesenden drehten sich in ihre Richtung um.

»Sie meint das wahrscheinlich nicht ganz ernst«, hustete yury entschul-digend.

»Oh doch, yury. Ich meine das vollkommen ernst.«

Zörg schüttelte den Kopf. »Die Polizei und das Militär von Örz betreiben keine ineffizienten, riesigen Raumschiffe. Solche Schiffe werden weder gekauft noch selbst hergestellt. Es wäre unwirtschaftlich und nutzlos, ein solches Schiff zu warten.«

»Man könnte sich ein solches Schiff kostenlos auf unbestimmte Zeit ausleihen«, erwähnte Alexandra.

»Von ugghy«, bekräftige Orakel die Idee. »Wir borgen uns einen uggy-Planetenzerstörer.«

»Galaxievernichter«, korrigierte Free mit erhobenem Zeigefinger. »Laut Einheitskommandoverordnung, Paragraf 33, wird die gesuchte Größen-klasse als ›uggy-Galaxievernichter‹ bezeichnet. Diese Schiffe sind zwar bisher noch nie zum Einsatz gekommen, aber das Wartungsgesetz stellt nachlässige Wartung und fehlende Alarmbereitschaft unter hohe Strafe, so-dass davon auszugehen ist, dass sich die wenigen vorhandenen Exemplare in einem Top-Zustand befinden.«

Alle anderen Personen, besonders yury, starrten Free an. Der stotterte nun ein wenig. »Hab ich im Bordhandbuch nachgeschlagen, nachdem das Papierexemplar aus dem Fenster geworfen wurde.«

Kändör klopfte auf den Tisch. »Die Sitzung wird ... ergebnislos ... beendet. Ein Zugriff wird vorerst nicht durchgeführt, die Situation im Cäribbeän-System wird aus der Ferne beobachtet. Es wird keine offizielle Aktion zum Diebstahl eines uggy-Schiffs geben. Weitere Besprechungen werden in den nächsten Tagen stattfinden.«

Keine offizielle Aktion – der nächste Auftrag der 4-6692 stand fest. »Lasst euch bloß nicht erwischen«, raunte Zörg beim Hinausgehen. »Falls ihr Dokumente benötigt, wendet euch an meinen Sekretär. Stichwort Qualitätssicherung.«

∞∞∞∞

Langsam schritten die vier Freunde durch die Innenstadt von ÖrzKäpitöl. »Wir haben den Planetenzerstörer damals mit Konrad Irbys Smartphone entriegelt. Ich bin mir ziemlich sicher, dass das ein genialer Zufall war, aber Orakel behauptet, er habe das geplant«, erinnerte sich yury. »Ich kann mir nur nicht vorstellen, dass der elektronische Code noch immer gültig ist.«

»Das Handy liegt noch in meiner Schublade, Free hat ein Ladegerät dafür gebastelt«, verriet Orakel.

Alexandra trat ein kleines Steinchen zur Seite. »Ich glaube, wir brauchen Insider-Informationen. Es gibt jemanden auf Örz, der uns vielleicht weiterhelfen kann.«

»Das Gesetz«, rief Orakel sofort. »Das exklusivste Restaurant weit und breit.«

Free wollte sich gerade über den ständigen Hunger seines Mitbewohners beschweren, als er begriff, worum es ging. »Ach so, das Gesetz. Natürlich.«

yury schob sich eine Touchfolie vor die Augen und lotste die Gruppe mehrere Straßen entlang. Am Ende einer breiten Allee befand sich ein großes, rundes Holztor, über dem in schwarzen Buchstaben »Das Gesetz« geschrieben stand. Es trug die Hausnummer 1 und war eine äußerst beliebte, aber exklusive Adresse. Keiner der vier Freunde hatte jemals dort gegessen, denn immer war ihnen der Eintritt verwehrt worden.

Vor dem geöffneten Tor stand ein Wächter, der in der Gegend herumblickte und die Neuankömmlinge gar nicht zu bemerken schien. Orakel trat an ihn heran. »Entschuldigung? Wir würden gerne eintreten.«

»Es ist möglich«, antwortete der Torwächter, »heute aber nicht.«

»Aber das Tor steht doch offen«, erwiderte Orakel.

»Das Tor steht immer offen. Falls es dich so lockt, versuche doch, trotz meines Verbotes hineinzugehen. Merke aber: Ich bin mächtig, und ich bin nur der unterste Torwächter. Von Saal zu Saal stehen aber Torwächter, einer mächtiger als der andere. Schon den Anblick des dritten kann nicht einmal ich mehr ertragen.«

Dann bot der Torwächter den vier Freunden Holzstühle zum Sitzen an.

Alexandra ließ sich dadurch jedoch nicht beirren: »Wir wollen nicht warten, bis wir eine Erlaubnis erhalten. Wir benötigen sofort Zugang.« Sie zog ihre Bankfolie hervor. »Fünfhundertneununddreißig Äzz für Sie.«

Der Torwächter zog ein Kartenlesegerät hervor, buchte den genannten Betrag als »Geschenk« ab und gab Alexandra die Karte zurück. »Ich nehme es nur an, damit du nicht glaubst, etwas versäumt zu haben.«

Zwei Sekunden später.

»He, Moment mal! Du kannst da nicht einfach hindurch gehen!«

»Ich habe doch gerade bezahlt.«

»Das ist gegen die Regeln! Das ist gegen das Gesetz!«

Alexandra ließ sich dadurch nicht stören und verschwand bald außer Sichtweite. Orakel, yury, Free und der Wächter starrten ihr ungläubig hinterher.

»Das habe ich in all den Jahren noch nicht erlebt«, stammelte der Wächter.

»Ich glaube, wir sollten hinterhergehen«, äußerte yury einen Gedanken. »Noch steht das Tor immerhin offen.«

Als der Wächter auch nach einigem Warten keine Anstalten unternahm, das Tor zu schließen, traten die drei Besucher auf den Torbogen zu, zögerten kurz und begaben sich dann auf die Innenseite. Der Wächter nahm es fassungslos zur Kenntnis.

Die Szene wiederholte sich mehrfach, mit immer kleiner werdenden Bestechungsbeträgen, weil Alexandra irgendwann begriff, dass eigentlich gar keine Zahlung erforderlich war. Die Tore standen offen; außer dem Entsetzen der Wächter schien es keine Konsequenzen zu haben, das Zutrittsverbot zu ignorieren.

»Ich habe noch nie so viele fassungslose Türsteher gesehen«, befand Orakel abschließend, als die Gruppe das letzte Tor passiert hatte und im Restaurant angekommen war. »Und guckt mal, wie viele Plätze noch frei sind. Ich kann mir nicht vorstellen, dass wir wegen Überfüllung draußen bleiben sollten.«

Ein Kellner trat auf die Gäste zu. »Herzlich willkommen im Gesetz. Bitte nehmen Sie Platz.«

An einem Fensterplatz beobachtete yury das Geschehen vor dem Haus. Er benötigte mehrere Minuten, um einen Überblick zu gewinnen, und er rätselte während des Essens stundenlang darüber, welchen Sinn das Beobachtete ergab. Das alles war äußerst merkwürdig.

Nachdem sie vorzüglich gegessen hatten und der Nachtisch abgeräumt worden war, gingen die Besucher auf die Küchentür zu. Free klopfte vorsichtig.

»wie kann ich ihnen helfen?«, fragte eine drei Meter große Gestalt in weißem Hemd.

»Hallo derair, wir bräuchten nachher einmal deinen Rat. Hättest du nach der Arbeit kurz für uns Zeit?«

»natuerlich. In zwei oerzklonks bin ich fuer euch da. wartet einfach hier im restaurant.«

Das lief einfacher als erwartet. Alexandra bestellte eine neue Runde Getränke, und Orakel zog ein Kartenspiel hervor. yury hatte jedoch Mühe, sich auf das Spiel zu konzentrieren, denn die unverständliche Situation vor dem Außenfenster ging ihm nicht aus dem Kopf.

Eine Stunde war schnell vorbei, und bald setzte sich derair an das Kopfende des Tisches. »guten abend! dann erzaehlt mir mal, wie ich euch helfen kann.«

Free kam direkt zum Punkt. »Wir brauchen deine Fingerabdrücke, ein hochauflösendes Gesichtsfoto und den Zugangscode zu uggy-Raumschiffen oberhalb der Systemzerquetscherklasse.«

derair verstand kein Wort. »wie bitte?«

Orakel tippte Free seitlich mit einem Ellenbogen an. »Das war nicht subtil genug. Lass mal den Meister ran.« Er räusperte sich. »Wir würden gerne eine Urlaubsreise durchführen.«

»ach, wie schoen. das freut mich fuer euch. wohin soll die reise gehen?«

»Nach ugghy. Wir möchten ein paar Wochen durch die Steinwüste außerhalb der Hauptstadt wandern und das Gefängnis ausnahmsweise einmal als Besucher betreten.«

»das klingt nach einer schoenen reiseplanung. vom gefaengnis aus ist es nicht weit zum raumhafen. den solltet ihr euch auch unbedingt einmal ansehen.«

»Ah, der Raumhafen!«, sagte Orakel mit gespielter Überraschung. »Aber es wird wohl nicht möglich sein, die Raumschiffe zu betreten.«

»in der tat ist das nicht moeglich. dafuer benoetigt man schliesslich den identifikator des kommandanten.«

»Identifikator?«, fragte Orakel mit echtem Erstaunen.

»der identifikator«, erklärte derair, »ist ein sogenannter zweiter faktor. auf ugghy werden zweite faktoren verwendet, um die sicherheit gegenueber konventionellen zugangssperren zu erhoehen.«

»Was ist ein zweiter Faktor?«, fragte Free, weil Orakel schwieg. Er bildete sich ein, die Antwort längst zu kennen, und fühlte sich zunächst in dieser Ansicht bestätigt.

Bereitwillig erklärte derair, beinahe wie aus einem Lehrbuch, einige Grundlagen sicherer Zugangsverwaltung. »zugangskontrollen koennen mithilfe verschiedener faktoren implementiert werden. man unterscheidet hierbei beispielsweise zwischen besitz, wissen und inhaerenz. die kombination zweier solcher faktoren wird als zwei-faktor-authentisierung bezeichnet.«

»Ah, davon habe ich schon einmal etwas gehört«, fiel Alexandra ein. »Der Faktor ›Besitz‹ am Beispiel des uggy-Raumschiffs ist also ein Gerät namens ›Identifikator‹?«

»das ist vollkommen korrekt. der identifikator ist eine handtellergrosse quadratische metallplatte mit buntem display, das technisch viel zu schade fuer diese anwendung ist und nur in schwarz und weiß die uhrzeit anzeigt.«

»Verfügt Konrad Irby ebenfalls über einen solchen Identifikator?«, erkundigte sich yury.

»selbstverstaendlich. sein geliebtes smartphone enthaelt einen identifikator.«

»Nun«, lenkte Alexandra das Thema zurück auf ihr aktuelles Problem, »wenn der Identifikator den Faktor ›Besitz‹ verkörpert, wie werden die anderen beiden Faktoren definiert?«

»laut zweifaktorgesetz genuegen zwei faktoren vollkommen fuer einen sinnvollen zugangsschutz, da kein angreifer beide faktoren uebernehmen kann. wir haben das umgesetzt durch die anwesenheit als inhaerenz und den identifikator als besitz.«

Free nahm einen kräftigen Schluck aus der Wasserflasche und hustete. An seiner Stelle hakte yury nach: »Anwesenheit? Es genügt, wenn ich mit einem Identifikator vor einem Raumschiff stehe?«

Für derair schien es sich hierbei um eine Selbstverständlichkeit zu handeln, die er Laien geradezu mitleidig begreiflich machen wollte. »du hast das noch nicht ganz verstanden. das wuerde zwar genuegen, ist aber gesetzlich unmoeglich. ein dieb kann nicht vor einem raumschiff stehen, weil diebe sich fuer die dauer ihres lebens im gefaengnis befinden.«

»Ah, natürlich«, rief Orakel, bevor Free sich verplappern konnte. »Jetzt habe ich das endlich verstanden. Vielen Dank!«

»sehr gerne«, erwiderte derair freundlich, »ich erklaere gerne technische zusammenhaenge und gesetze. falls ihr weitere fragen habt, wendet euch gerne jederzeit an mich.«

»Eine Frage hätte ich noch«, sagte Free. Orakel biss die Zähne zusammen. »Besitzt du ebenfalls noch einen Identifikator aus deiner Zeit als Raumschiffkommandant?«

»nein, der wurde mir abgenommen. ich bin froh, von dieser last befreit worden zu sein.«

»Alles klar, vielen Dank. Einen schönen Tag noch.«

Die vier Freunde zahlten ihre Rechnung und verließen das Restaurant voller Zuversicht. Einzeln schritten sie hintereinander durch die vielen Tore: yury nachdenklich, Alexandra mit einem Smartphone am Ohr, Free mit einer Hand an der Stirn und Orakel äußerst zufrieden mit zwei Händen auf dem Bauch. Alle Torwächter ignorierten die Gäste, als existierten diese überhaupt nicht. Das letzte Tor schloss sich hinter Orakel mit einem dumpfen Knall; der Verriegelungsmechanismus quietschte und klickte. Mindestens sieben Schlösser brachten hörbar ihre massive Existenz zum Ausdruck, dann erklang eine dunkle Mahnung.

»Dieser Eingang war seit jeher nur für dich bestimmt, Orakel.«

Orakel drehte sich erschrocken nach der tiefen Stimme um und blickte dem Wächter verunsichert in das ernst blickende Gesicht. »Ich befürchte, ich verstehe nicht ganz–«

»Du bist in *Gefahr*«, warnte ihn der Wächter mit eigenartiger Betonung. »Geh jetzt und erledige, was du für notwendig hältst.«

yury, Alexandra und Free gingen derweil weiter voraus, als bemerkten sie die Unterhaltung überhaupt nicht. Langsam gerieten sie außer Sichtweite.

»Mir droht Gefahr? Bitte erklären Sie–«

»*Schweig still!*« Die beiden starrten sich eine Weile an – der eine mit verwirrtem Fassungsverlust, der andere mit drohendem Ernst. »Geh, oder du wirst deine Freunde verlieren. Gedenke meiner Worte, sobald du diese Welt verlässt.«

Im Angesicht der unheilvollen Prophezeiung trugen Orakels Beine den Nachziehenden nur zögerlich und zitternd die Straße hinter seinen Freunden entlang. Eine Katastrophe bahnte sich an; Angst füllte seinen Magen. Mit der nächsten Mahlzeit in der Bordkantine der 4-6692 verschwand endlich das merkwürdige Gefühl, und Orakel schlug sich die Szene aus dem Kopf. »Noch einmal zwei Schalen Pommes, bitte.«

∞∞∞∞

In der Asservatenkammer der zentralen Polizeistation auf Örz befand sich eine quadratische Metallplatte mit einer Seitenlänge von exakt vierzehn Zentimetern, deren Vorderseite zu achtzig Prozent aus einem quadratischen schwarzen Display bestand. Im Inneren des zwei Zentimeter dicken Geräts schlummerte hochwertige Elektronik, die von Spezialisten des Örz-Instituts für angewandte Kryptografie vorsichtig freigelegt und analysiert wurde. Der Chip enthielt ein Verschlüsselungsmodul, einen digitalen Signalprozessor und mehrere flache Spulen. Seine Stromversorgung erhielt er bei Bedarf vom auslesenden Gerät durch das Display hindurch. Ein kleiner Speicherbaustein weckte das Interesse der Ingenieure. Neben einem kleinen Betriebssystem für die Grafikausgabe und für die Identifikation befand sich darin eine Konfigurationsdatei:

```
eigentuemer: der derair
rang: 52
```

Die Datei konnte von den Kryptografen beliebig verändert werden, doch es war nicht ersichtlich, ob größere oder kleinere Zahlen einem höheren Rang entsprachen. Denkbar war, dass Konrad Irby den Rang 0 oder einen negativen Rang innehatte, während derair zweiundfünfzig Stufen davon entfernt war. Ebenso vorstellbar war, dass ein Wert von »1000« oder »65535« dem höchsten Rang entsprach. Um den vier Freunden im Einsatz eine Manipulation des Ranges zu ermöglichen, entwickelten die Ingenieure in tagelanger Arbeit ein Gerät, mit dem der Wert von außen beeinflusst werden konnte.

∞∞∞∞

Mit derairs »Identifikator« und dem von Äöüzz entwickelten »Manipulator« in den Händen schwebten yury und Free durch die Bodenschleuse der 4-6692. yury machte einen kurzen Rundgang durch das Schiff, betrat als Letzter die Zentrale und setzte sich zu seinen Freunden in einen der Sessel am Kartentisch. Nachdem er die Funktionsweise des Manipulators erklärt hatte, begann Orakel mit der Routenplanung. Die bekannte Sternenkarte mit ihrem Kugelkoordinatensystem erschien auf dem Tisch; die Geräte wurden mit einer Armbewegung zur Seite geschoben und von Free in ein Regal geräumt. Dunkelheit, endlose Weiten außerhalb der Milchstraße verschluckten das Licht am Tischrand. Über der scheinbar unendlichen Tiefe schwebte eine langsam rotierende Galaxie, die selbst die Äöüzz nur teilweise erkundet hatten. Abenteuer und Gefahren lauerten außerhalb der bewohnten Gebiete – die Raumfahrt war auf sogenannten »Langstreckenflügen« noch immer ein riskantes Unterfangen. Dazu trugen sicherlich auch die uggy-Piraten bei, die als vorgebliche Polizisten voller Überzeugung fremde Handelsschiffe plünderten.

»Wir sind startbereit«, stellte yury fest. »Älföns Ögnöwäk persönlich hat uns gerade die Starterlaubnis erteilt.«

Alexandra erhob sich aus dem Sessel, yury begab sich an das Kommandopult. Um gemeinsam mit Orakel am Kartentisch zu bleiben, reservierte Free eine kleine Ecke des Displays für seine Kontrollen. Nach kurzem Protest des geblendet aufschreienden Navigators verwendete er hierfür einen schwarzen Seitenhintergrund und grauen Text. Die Statusinformationen der Bordelektronik schwebten wie merkwürdig geformte Himmelskörper neben der Galaxis. Als die Triebwerke zu dröhnen begannen, erhoben sich auch Orakel und Free von ihren Sitzen.

»Die Bordcomputer wünschen Ihnen einen erfolgreichen Flug.«

yury schmunzelte. »Ein gewisses Eigeninteresse ist unverkennbar, ihr Heuchler.«

»Wir verzichten auf eine rhetorisch gewandte Erwiderung, da der Quantencomputer tief in der Schuld der Besatzung steht.«

Der Quantencomputer befand sich unverändert an Bord der 4-6692, da der Hersteller den ausführlichen Fehlerbericht als eine Beschreibung ordnungsgemäßen Verhaltens bezeichnet und statt einer Reparatur ausschließlich eine Rücknahme angeboten hatte. Diese hatten Alexandra, Orakel, yury und Free jedoch einstimmig abgelehnt. Man musste den Z3 Quäntüm Kömpütör so akzeptieren, wie er war: manchmal etwas eigenwillig, oft schwer verständlich, aber langfristig stets hilfreich. Auch wenn yury stets betonte, es handele sich um glückliche Zufälle, attestierte Alexandra dem Kasten hellseherische Fähigkeiten. Immerhin hatte der Quantencomputer bereits einen Diktator zu Fall gebracht und die Erde vor der nuklearen Apokalypse bewahrt. »Ich diene den Eigentümern des Raumschiffs« schien das einzige Gesetz zu sein, das hierfür benötigt wurde.

Alexandra tippte auf einen Bildschirm und die Stimme des Raumhafenadministrators erklang. *»Gute Reise, ihr vier. Habt ihr einen Moment Zeit für Erklärungen?«*

Diese Frage brachte die Besatzung ins Schwitzen, denn die Hintergründe des Fluges waren geheim. »Äh«, stammelte yury. »Hallo Älföns. Wie können wir dir helfen?«

»Werft bitte einmal einen Blick auf eure Galaxiskarte.«

Free deaktivierte verwundert seine Kontrollanzeigen. Wieder um den Kartentisch versammelt, blickten die Freunde auf die Linien des Koordinatensystems, die sich vor ihren Augen krümmten. Orakel blinzelte und korrigierte seinen ersten Gedanken. Er blickte auf Linien, die langsam ihre Krümmung *verloren*. »Was geschieht da?«

Aus dem Funkempfang war das Gelächter mehrerer Äöüzz zu hören, die sich offenbar vor dem Sendegerät versammelt hatten und den Moment auskosteten. »*Ihr Helden*«, sprach Ögnöwäk dann, »*habt es tatsächlich geschafft, mehrere Abenteuer mit einem vollkommen veralteten Koordinatensystem zu bestehen. Und es hat euch nicht einmal gestört, denn ihr habt die Optionen in dieser Hinsicht nie verändert.*«

»Könntest du bitte damit aufhören, unser Raumschiff zu hacken?«, fragte Alexandra empört.

»*Ich hacke nicht*«, widersprach der Administrator des Raumhafens. »*Euer Raumschiff reagiert auf meine Worte mit einer vor Jahren festgelegten Schaltung, die nur ausgeführt wird, weil sie aus eurer eigenen Sicht sehr wahrscheinlich eine Verbesserung darstellt.*«

Free musste zugeben, dass das rechtwinklige Koordinatensystem deutlich sinnvoller aussah als die auf Söl zentrierten Kreise. Im Ursprung des Koordinatensystems lag nun Sagittarius A*, das schwarze Loch im Zentrum der Milchstraße. Dennoch war die x-Achse weiterhin auf Söl ausgerichtet, und die »Höhe« der heimatlichen Sonne wurde zur Definition der Ebene y=0 verwendet. Stirnrunzelnd sprach er den Anrufer darauf an.

»*Ja, das hat historische Gründe und stört niemanden. Das wird nicht geändert. Sinnvoll hingegen ist, dass die Genauigkeit der Koordinaten nun nicht mehr vom Abstand zu eurer Erde abhängt.*«

»Keine krummen Kommazahlen mehr?«, hakte Orakel nach.

»*Keine krummen Kommazahlen mehr*«, bestätigte Ögnöwäk sofort. Dann korrigierte er sich etwas vorsichtiger. »*Nun gut, ein paar Nachkommastellen sind nicht zu vermeiden. Wenn du die Formate miteinander vergleichst, wirst du aber zufrieden mit dem Ergebnis sein.*«

Diese Aussage brachte Alexandra auf einen Gedanken. »Herr Ögnöwäk, –«

»*Älföns bitte, für euch alle.*«

»Älföns, die Galaxis dreht sich doch. Dabei bewegen sich die Sterne jedoch nicht mit identischer Geschwindigkeit, und nicht einmal in dieselbe Richtung. Müssten sich die Koordinaten dann nicht ständig ändern?«

Nach einigem Überlegen entgegnete Ögnöwäk, das sei durchaus korrekt, und die Koordinaten änderten sich ständig. Da die x-Achse jedoch der Bewegung von Söl folge, werde nur die Positionsänderung der Sterne untereinander im Koordinatensystem abgebildet. Die Drehbewegung der gesamten Milchstraße habe hingegen keine Auswirkung auf die Koordinaten der Sterne. Das Koordinatensystem sei für menschliche Verhältnisse stabil genug, um Routen auch für Langzeitflüge im Kopf zu berechnen. Bei der Verwendung eines Navigationscomputers erübrige sich das Problem ohnehin, da der Computer die Sternenbewegungen in seine Berechnungen mit einfließen lasse.

»Das war schon beim alten Koordinatensystem so«, hängte yury an. »Der Effekt ließ sich aber deutlich schwerer berechnen, weil der Ursprung des Koordinatensystems keinen festen Abstand zum Mittelpunkt der Drehbewegungen hatte. Warum hattet ihr uns das angetan?«

»Pff«, machte Ögnöwäk. »*Du liebst doch komplizierte mathematische Kopfverrenkungen.*« Mit diesen Worten verabschiedete sich die Bodenkontrolle von dem langsam dem Himmel entgegenstrebenden Raumschiff. Um den Landeplatz herum leuchtete ein Kreis gelber Leuchtpunkte zweimal kurz auf: ein Abschiedsgruß des Hafenbodens.

»Auf Wiedersehen«, murmelte Orakel und begab sich in einen der Glasgänge, um in die Wolkendecke über Örz einzutauchen, den Übergang von Blau zu Schwarz mitzuerleben und für ein paar Millisekunden ohne zwischengeschaltete Filter in Richtung des orangefarbenen K-Sterns zu blinzeln, der wie ein Leuchtfeuer seine neue Heimat markierte. »Auf Wiedersehen, Zöl. Du bist mir inzwischen vertrauter als die Sonne, kleiner Stern.«

Free schmunzelte, als er sah, wie Orakel dem Örz-Stern zuwinkte, und er bereitete die Sternenkarte für eine detaillierte Routenplanung vor. Als nächster Stopp wurde eine Tankstelle im Orbit von Nögnög XII vorgeschlagen, eine fliegende Einkaufshalle mit riesigem Wasserstofftank und endlosen Hallen, durch die täglich Tausende wartende Raumfahrer spazierten, um sich während des Tankvorgangs die Zeit zu vertreiben. Die Atmosphäre dort erinnerte ihn an klischeehafte Geschichten von Hafenstädten auf der Erde, in denen Seeleute sich bei Landgang die Zeit vertrieben und in relativ rauem, aber herzlichem Ton Witze und Anekdoten von ihren Abenteuern erzählten.

∞∞∞∞∞

Zur goldenen Kanone, prangte in riesigen passend gefärbten Buchstaben über dem Eingang des Tankstellenrestaurants. Musik und laute Diskussionen, Gelächter und der klirrende Klang zersplitternden Quarzglases drangen aus den Toren. Während yury und Free noch die Geräusche auf sich einwirken ließen, machte Alexandra einen Vorstoß und drückte schwungvoll beide großen Türen gleichzeitig zur Seite. Orakel folgte sofort: Ein riesiges Wildschwein wurde auf einem Tablett serviert. Hier gab es reichlich Nahrung und ein All-You-Can-Eat-Buffet. Noch.

»Zwei doppelte Donnergurgler, sechs Liter Wasser, zweimal alles, ein Wildschwein – zwei – fünf. Und das Pfeffermenü mit dreifacher Würzung. Ja, ich bin krankenversichert.«

Der Barkeeper warf den Neuankömmlingen einen misstrauischen Blick zu und stellte die Bestellung ganz unten an das Ende der Warteliste. Das änderte sich schlagartig, als Alexandra einige derbe Witze durch den Raum schleuderte und mit ungewöhnlich dunkler Stimme die Bestellung wiederholte. Free errötete, was unter der schummrigen Beleuchtung jedoch niemandem auffiel.

»Die gehören zu uns«, brüllte ein menschengroßes Eichhörnchen auf einem bedenklich wackelnden Barhocker. »Die haben den richtigen Humor. Setzt euch.«

Zwei schillernd glänzende Hirschkäfer, das Eichhörnchen und ein Äöüzz mit blaurot gefärbtem, steil abstehendem Fell bildeten die Abenteurergruppe »Ezt Indüä Kmpnö«. Die vier Freunde stellten sich vor und tauschten Kontaktfolien aus. »Schön, euch zu treffen«, bekundete Orakel. »Und jetzt hab ich Hunger.«

Die bestellten Gerichte ließen nicht lange auf sich warten. »Wildschwein?«, fragte yury verwundert seine Kollegin. »Ich dachte, alle vernünftigen Lebewesen ernährten sich vegetarisch.«

»Tun sie auch«, bestätigte Alexandra. »Pures Synthetikfleisch.« Dann trank sie ihr Getränk in einem Schluck aus und war für einige Minuten nicht ansprechbar. Irgendwann schüttelte sie sich und starrte yury an. »Das Zeug ist die Hölle. Ich kann in die Zukunft sehen.«

»Cool«, mischte sich Orakel schmatzend ein. »Was siehst du?«

»Tod und Verderben«, lautete die tief gekrächzte Antwort. »Gib mir das andere Glas. Ich muss sehen, wie diese Geschichte endet.«

yury wog das Getränk in seiner Hand hin und her. Dann nickte er: Vermutlich war es für Alexandra eher geeignet als für seinen eigenen Magen. Er reichte ihr den zweiten Donnergurgler.

»Aaaaaaaaaaaaaaaaaaaa–«

Vorsichtig hielt Orakel mit einem Fuß den Hocker fest, auf dem Alexandra mit den Augen rollte. »Dass das Zeug erlaubt ist...«

»Chitintrihalogenid macht nicht abhängig«, erklärte yury. »Es ist nur nicht für Menschen geeignet. Die beiden da hinten« – er nickte den Insekten freundlich zu – »verzehren es in großen Mengen, wahrscheinlich zur

Färbung ihrer Panzerschalen.«

Free blickte genauer hin. Die großen Getränkeflaschen, die vor den beiden erwähnten Wesen auf dem Tresen standen, enthielten jeweils das Fünffache der Menge, die Alexandra bisher vertilgt hatte. Diese erholte sich langsam von ihrem Schock.

»Na, alles klar bei dir?«, fragte Orakel lächelnd.

»Du bist in Gefahr«, antwortete sie mit leerem Blick. »Du musst tun, was du für notwendig hältst.«

Schlagartig wurde Orakel nüchtern. Er rüttelte Alexandra an den Armen. »Sag das noch mal.«

Alexandra beachtete ihn überhaupt nicht und faselte weiter vor sich hin. »Am Ende steht ein Regenbogen. Ein kleiner Äöüzz hält die Hand seiner Mutter. Alle sind glücklich. *Carina!* Es ist vorbei.«

Der Barkeeper weigerte sich, den menschlichen Gästen weitere Donnergurgler auszuschütten. Auch die Insektenwesen lehnten es ab, ihre Getränke mit dem neugierig gewordenen Orakel zu teilen; zu stark waren die langfristig zu erwartenden Nebenwirkungen bei unsachgemäßem Konsum.

Im späteren Verlauf des Abends zog dieser sein galaxiserprobtes Kartenspiel hervor und erklärte an einem runden Tisch die Spielregeln. Die angebliche Einfachheit des Doppelkopf-Spiels faszinierte den bunten Äöüzz. Die Käfer hatten eine überraschend geformte Lernkurve und dominierten nach einigen gescheiterten Versuchen vollkommen das Spiel. Das Eichhörnchen kritisierte einige vermeintlich »doofen« Regeln, beeindruckte seine Mitspieler jedoch mit einem überraschenden Farbsolo. Fröhliches Lachen erfüllte den Raum.

∞∞∞∞

Nach einer durchzechten Nacht schlenderte die Besatzung der 4-6692 durch die hell erleuchteten Metallgänge der Tankstellenhalle. Bunte OLED-Fenster wirkten wie Scheinwerfer an der Decke; zwei blaue Sterne glitzerten von außen. »Hübsch«, fand Orakel. »Und da vorne fliegt Nögnög Zwölf.«

An einem großen Panoramafenster betrachteten yury, Alexandra, Orakel und Free den Planeten. Eine örzähnliche Welt mit zwei Landmassen und einem dazwischen verlaufenden Ozean umkreiste das Doppelsternsystem. Die inneren Planeten waren unbewohnbar aufgrund ihrer Hitze; weiter außen gab es hingegen noch einige Forschungsstationen auf kälteren Felswelten. Ein buntes Volk aus gestrandeten Raumfahrern bildete den Kern der Zivilisation; immer wieder ließen sich Abenteurer spontan im Paradies unter Gleichgesinnten nieder. Deren Nachkommen, die auf Nögnög XII geborenen Nögnöger, galten in der Wirtschaftsvereinigung als gerissene Geschäftsleute und rebellische Politiker. Durch den aggressiven Erwerb von Unternehmensanteilen verschaffte die Gruppierung sich Respekt und Macht. Ein schwarzer Fels zierte das Wappen des Planeten und zahlreiche Flaggen in den Büros hoher Unternehmensvorstände. Nögnög war vielen ein Begriff; die Meinungen über die Geschäftspolitik gingen weit auseinander. Es gab Gerüchte, der Präsident der Äöüzz-Zentralbank habe zuvor im Vorstand der Felsfirma gearbeitet.

»Hm«, machte yury. »Ein in jeder Hinsicht außergewöhnlicher Planet. Die Position der Polkappen verändert sich im Verlauf der Jahre so gewaltig, dass ganze Städte umgesiedelt werden müssen, um der Eiszeit zu entgehen. Gleichzeitig gibt es stets tropische Zonen, denen die Bevölkerung hinterherwandert.«

»Sind die Kontinente irgendwie verbunden?«, fragte Free.

»Ja«, wusste Orakel. »In drei Minuten siehst du die Brücken.«

Dazu kam es jedoch nicht mehr. Mit einem Räuspern bat eine Polizeipatrouille aus drei uniformierten Äöüzz um Aufmerksamkeit. »Guten Tag. Wir würden gerne eine Routinekontrolle durchführen.«

yury erschrak. Bevor er sich eine Antwort überlegen konnte, sprang Free für ihn ein. »Guten Tag. Das ist leider nicht möglich.«

»Wie bitte?«, hakte der Polizist mit leicht verringerter Höflichkeit nach.

»Wir sind nicht anwesend«, behauptete Free. »Sie können nur Personen kontrollieren, die sich an Bord der Tankstellenstation befinden.«

Für Scherze hatte der Äöüzz wenig Verständnis. »Ich glaube, Sie kommen am besten mit auf die Wache. Alle vier.«

Alexandra riss sich zusammen und folgte der Anweisung schweigend. yury warf Free einen verwunderten Blick zu und begab sich ebenfalls auf den Weg. Orakel kämpfte energisch mit seiner Verdauung, verhielt sich den Polizisten gegenüber jedoch lammfromm.

An Bord der Tankstelle befand sich eine Zweigstelle der Imperiumspolizei. Einer von zwei Verhörräumen wurde als Ort für das Gespräch gewählt; irgendwo lief eine Gesprächsaufzeichnung im Hintergrund.

»Sie sagten vorhin, Sie seien nicht anwesend. Wie erklären Sie Ihre offensichtliche Anwesenheit?«

»Wir sind nicht anwesend«, beharrte nun auch yury auf dieser Position. »Ihre Aufzeichnung wird das nachher für das Protokoll bestätigen. Es ist angesichts der Einsamkeit im Planetenorbit nicht verwunderlich, aber wenig zielführend, dass Sie mit nicht anwesenden Gesprächspartnern eine Unterhaltung führen möchten.«

Die zweite Äöüzz im Raum, eindeutig in der Rolle eines »Bad Cops«, schlug mit einer Faust kräftig auf den Tisch. »Wir können auch anders.«

Es fiel Alexandra nicht leicht, dieses billige Theaterspiel ohne spöttische Bemerkungen zu beobachten. Dann bat sie darum, telefonieren zu dürfen.

»Mit einem Anwalt?«, fragte die Äöüzz. »Wo wollen Sie um diese Zeit einen Anwalt herbekommen?«

»Mit der Abteilung von Herrn Cör Zörg auf Örz.«

Verdutztes Schweigen folgte, doch es hielt nur für einige Sekunden. Dann zuckte die Polizistin mit den Schultern und reichte Alexandra einen ausschließlich zum Telefonieren verwendbaren Würfel. Alexandra tippte einige Ziffern ein, aktivierte die Freisprecheinrichtung und stellte das Telefon auf den Tisch.

»Polizeidirektion Alpha, Sie sprechen mit Cör Zörg. Ihrer Anruferkennung nach zu urteilen, verletzen Sie gerade den Dienstweg; bitte wenden Sie sich mit Ihrer Beschwerde über das Kantinenessen an die Direktion auf Nögnög Zwölf.«

»Unsinn«, sprach yury in den Raum. »Wir brauchen eine blaue Karte für die Qualitätssicherung.«

Zörg schaltete sofort um, begriff die Situation jedoch nicht vollständig. »Sie sollten sich doch für solche Angelegenheiten an meinen Sekretär wenden. Ich bin ein sehr beschäftigter Äöüzz.«

»Gewisse Umstände«, erklärte Orakel, »machen es erforderlich, dass Sie sich einen Moment Zeit dazu nehmen, diese Situation persönlich aufzulösen.«

»Von mir aus«, murrte der Vizepräsident. »Die Karte trifft in zwei Örzkläks bei Ihnen ein.«

Mit diesen Worten wurde das Ferngespräch beendet. Etwa zwei Minuten später flog in hohem Bogen eine blaue Folie mit weißer Schrift aus dem Folienempfänger im Nebenraum. Der dritte Äöüzz stürmte atemlos durch die Brandschutztür. »Die vier Menschen dort sind gar nicht anwesend. Hier gibt es nichts zu sehen.«

»Spinnt ihr jetzt alle?«, fragte der andere Polizist verärgert. Dann tippte er vorsichtig Orakel an der Schulter an, um sich von dessen körperlicher Existenz zu überzeugen. »Guck doch, der ist echt.«

Grummelnd nahm er die blaue Karte entgegen und las sich deren Beschriftung durch. Dann zog er alle drei Augenbrauen in die Höhe, legte das Dokument auf den Tisch und verließ eilig den Raum.

Als auch die Polizistin sich das Schreiben durchgelesen hatte, verschwand sie mit ihrem verbleibenden Kollegen und der mysteriösen Folie, ohne sich zu verabschieden. Es war schließlich niemand dort, dem der Abschiedsgruß gegolten hätte.

11. Gestrandet im Helixnebel

11.1. Level 1: Urwald

»Eigentlich«, überlegte Floating Island, »eigentlich ist es ganz schön hier.«

Er erhob sich von dem Baumstamm, lauschte den Vögeln und blickte einem Eichhörnchen nach, das ihm über die Füße flitzte.

»Immerhin habe ich einen ganzen Planeten für mich allein.«

∞∞∞∞

Am nächsten Morgen wurde Island von Regentropfen geweckt. Er hatte sich unter freiem Himmel auf Laub und Moos gelegt, und nun machte das Wetter ihn freundlich, aber bestimmt darauf aufmerksam, dass er sich zumindest eine kleine Hütte bauen musste. Seufzend ergab er sich in sein Schicksal.

»Urwald«, murmelte er vor sich hin. Er verließ die Lichtung und sammelte Äste für den Bau eines provisorischen Zeltes. An den Stamm eines großen Baumes lehnte er sein gesammeltes Material und formte daraus einen mannshohen, mehrere Meter breiten Kegel. Frustriert bemerkte er, dass es durch das Dach hindurch regnete und seine Situation sich kaum verbessert hatte. Also zog er sein Smartphone hervor und versuchte, im Internet nach einer Survival-Anleitung für Anfänger zu suchen. An Internetzugriff war jedoch nicht zu denken.

»Nur Notrufe?!«, las er entgeistert vor. Sofort tippte er eine Notrufnummer ein; die Verbindung kam umgehend zustande.

»*Level 1. Urwald.*«

»Das weiß ich doch«, antwortete Island, doch der Gesprächspartner hatte längst aufgelegt. »Ich benötige Hilfe.«

Seufzend unterbrach auch der ehemalige Diktator die Verbindung. Mit dem Smartphone kam er in diesem merkwürdigen Spiel vorerst nicht weiter. Es war erstaunlich genug, dass es im Helixnebel überhaupt Mobilfunkempfang für das irdische Gerät gab – vermutlich hatte sich der Spielmeister einen Spaß erlaubt und die Mobilfunkfrequenzen für seine Zwecke umfunktioniert.

Eine Plane musste her, um das Holzzelt von oben abzudichten. Tierfell war möglicherweise für diesen Zweck geeignet, doch Floating Island besaß keine Waffen. Auf der Suche nach Baumaterial und Nahrung durchstreifte er die Gegend: Bäume, Baumstämme, Äste. Nadeln und Blätter, teilweise bekannter Baumsorten, teilweise mit außerirdischen Formen. In der rechten Hand hielt Island ein grünes Blatt in der Form eines sechszackigen Sterns und fragte sich, zu welchem Baum es gehören könnte. Sein Blick wanderte umher, doch hier gab es nichts außer Bäumen, Wald weit und breit, schön bunt gemischt, doch nutzlos; keine Tiere, keine Menschen. Keine Nahrung. Vom Regen konnte er nicht leben – war es angebracht, Panik zu empfinden? Angst vor einem viel zu frühen Hungertod im ersten Level des Spiels?

Er wollte zumindest erfahren, wie viele Level es insgesamt gab, und tippte erneut die Notrufnummer in sein Mobilfunkgerät.

»*Level 1. Urwald.*«

»Von wie vielen?«, brüllte Island, bevor die Verbindung unterbrochen wurde. »Wie viele Level gibt es? Was steht am Ende dieses Wahnsinns?«

Das Tonsignal dafür, dass auf der anderen Seite kein Interesse an einer Fortsetzung des Gesprächs bestand, brachte ihn endgültig außer Fassung. Weil er sich nicht anders zu helfen wusste, lief er geradeaus durch den Wald, nahm sich vor, zu laufen, bis ihn die Kräfte verließen, lief, lief immer weiter und stieß mit dem Schädel gegen eine Felswand.

Island schalt sich einen Narren. Es gab nicht nur endlosen Wald auf diesem Planeten; seine Aufgabe war die Suche nach dem nächsten Level. Womöglich war er gerade buchstäblich darauf gestoßen. Mit Kopfschmerzen blickte der unfreiwillige Abenteurer an der Felswand nach oben. Ein großer Berg erhob sich aus dem Wald und erstreckte sich zu beiden Seiten scheinbar endlos. Vorsichtiger als zuvor lief Island in die Richtung, die ihm das Moos an den Bäumen wies, links an der Wand entlang.

Nach einigen Minuten eintöniger Erkundungsarbeit fand er eine Höhle, die tief in den Berg hinein reichte. Laub bedeckte den Boden des Eingangs, staubtrocken im Gegensatz zum Rest des Waldes. Das brachte Island auf eine Idee. Er schob das trockene Laub in die Höhle hinein, um es vor Regen zu schützen, und lief ein Stück zurück an der Felswand nach Süden. Ein Felsvorsprung, den er zuvor ignoriert hatte, konnte nun nützlich werden. Das Smartphone in der Hand, das Smartphone wieder in der Tasche, unsystematisch einen groben Plan verfolgend, sammelte Island das Laub unter dem Felsvorsprung und legte sich einige Äste in der Nähe parat. Mit einer Kaugummiverpackung aus Aluminium und dem Akkumulator des Smartphones ließ sich möglicherweise ein Feuer entfachen. Da es anscheinend keine sinnvollere Verwendung für die gespeicherte Energie gab, riss Island eine dünne Brückenstelle in das Papier hinein und bildete auf diese Weise einen Widerstand. Neulich hatte Island in einer Zeitung gelesen, ein großer Smartphonehersteller habe ein brandgefährliches Modell veröffentlicht, das regelmäßig in den Händen seiner Besitzer in Flammen aufging. Was dieser Hersteller versehentlich zustande brachte, wollte Island absichtlich provozieren. Eine dünne Aluminiumleitung und trockene Blätter erschienen ihm hierfür geeignet.

Zwei Minuten später brannte der Wald; Island hatte die Wirkung des Feuers und die Brennbarkeit des nassen Bodens unterschätzt. Immerhin gab es nun eine Feuerquelle: brennende Urwaldriesen.

Während sich das Feuer von der Höhle entfernte und mangels Baumdichte langsam zum Erliegen kam, rettete der frühere FBI-Agent die Wärmequelle in ein großes Lagerfeuer unter dem Felsvorsprung. Aus dicken Ästen bastelte er sich primitive Fackeln und entschloss, damit die Höhle zu erkunden.

11.2. Level 2: Ein bisschen Steinzeit

Eintönig verlief der natürliche Tunnel hunderte Meter in den Berg hinein. Einige Kurven und Engstellen erschwerten die Erkundung, aber auf jeden Knick im Gang folgte früher oder später eine Korrektur in Richtung Osten. Als Island gerade begann, sich Gedanken über die Frische der Luft zu machen, tauchte im Sichtfeld der Fackelbeleuchtung ein Hindernis auf, das sich nicht durch Ducken oder Richtungswechsel umgehen ließ. Die Höhle endete in einer Felswand, als habe jemand an dieser Stelle spontan den Tunnelbau beendet. Davor lag ein Tier, das in der Dunkelheit aussah wie ein Bär. Ein Gähnen verließ den mächtigen Körper – beide Kreaturen rissen gleichzeitig ihre Augen auf.

»Verdammt«, flüsterte Island.

Verdammt, dachte der Bär. *Er hat Feuer. Ich muss ihn vertreiben.*

Das darauffolgende Brüllen erfüllte den gewünschten Zweck: Der Mensch rannte, so schnell ihn seine Beine trugen. Um die Kurven, durch die Engstellen. Er begriff nicht, wie der Bär diese Stellen passiert hatte, doch dem Verfolger gelang das Kunststück auch auf dem Rückweg. Panisch rannte Island aus der Höhle heraus und vergaß für einige Sekunden die Höhle hinter sich. Irgendwann drehte er sich hastig um: Der Bär war verschwunden. In der Ferne lag die Höhle unverändert und schwarz.

Eine mehrminütige Verschnaufpause im verbrannten Wald beendete den Reinfall. Mit Eisengeschmack im Mund blickte Floating Island auf die erloschene Stockfackel: Das letzte Wort war noch nicht gesprochen. Geballte Fäuste und neuer Mut kehrten mit dem machtgewohnten Erdgeborenen zurück zur Feuerstelle, wo das verbleibende Material noch immer vor sich hin brannte. »Ich brauche mehr Feuer«, stellte er fest, und sammelte in mehreren Gängen große Mengen Brennholz unter dem Felsvorsprung. Als ihm das Werk gefiel, nahm er sich einen brennenden Baumstamm und legte diesen vor die Höhle. Bald entstand aus weiteren Fundsachen eine Feuerkette in die Höhle hinein. Anschließend legte sich Island einige Meter neben dem Höhleneingang auf die Lauer.

Das Ergebnis ließ eine Weile auf sich warten, trat dann aber wie gewünscht ein. Dem Bären war die verrauchte Höhle zu ungemütlich geworden; verärgert stürmte er an den Flammen vorbei nach draußen und verschwand in der Ferne. Floating Island hatte eine dauerhafte Behausung erobert, aber seinen Nahrungsmangel vergessen. Wovon hatte sich der Bär ernährt?

»He!«, rief Floating Island gen Himmel. »Dein Spiel ist total unrealistisch. Gib mir wenigstens etwas zu essen.«

Ein dunkles Lachen erklang von allen Seiten. Dann wurde Island von einer Salami am Kopf getroffen. Anstatt sich über diesen Umstand zu wundern, rief er schnell etwas hinterher: »Vegetarisch vielleicht?«

Ein dicker Laib Käse schoss annähernd bodenparallel wie eine Kanonenkugel auf den Spieler zu, traf ihn frontal auf halber Körperhöhe und schleuderte ihn gegen den nächsten Baumstumpf. Irgendein Scherzkeks beobachtete ihn vom Berggipfel aus und machte sich über seine Bauchschmerzen lustig; vom Ursprung der Nahrungsmittel war weit und breit nichts zu sehen. Der Beschenkte nahm sich vor, das Essen sorgfältig zu rationieren, um nicht erneut auf ein solches Wunder angewiesen zu sein. Er hatte das Gefühl, irgendjemand nicke ihm für diese Entscheidung wohlwollend zu.

Kopfschüttelnd öffnete Island die Käseverpackung mit seinen Fingernägeln. Er stutzte.

»Bug bounty #5«, stand im Kleingedruckten unter der Zutatenliste. »For filing issue report 5 via pleb-input.5071.ngc7293.«

Auf der Salami-Plastikhülle gab es einen ähnlichen Hinweis. »Bug bounty #4. For filing issue report 4 via pleb-input.5071.ngc7293.«

Wer, fragte sich Island, hat die vorherigen Meldungen verfasst? Ich habe nur zweimal angerufen. Er wiederholte die Frage laut. »Ich weiß, dass du mich hörst. Willst du das Rätsel für mich auflösen?«

Schweigen. Der Spielleiter meldete sich offenbar nur, wenn er es für eine belustigende Bereicherung des Spielverlaufs hielt. Immerhin war der Käse eine ausgezeichnete Mahlzeit; die Salami ließ sich als Notation sicherlich ebenfalls gebrauchen. Gegenüber dem Höhleneingang näherte sich der virtuelle Stern dem Horizont; es dämmerte und wurde kühler. Mit einem großen Lagerfeuer in geringer Entfernung zur Höhle hoffte Island, eine Rückkehr des Bären verhindern zu können. In der Höhle machte er es sich gemütlich, soweit das mit seinen beschränkten Mitteln ging. Die Nahrungsmittel verstaute er tiefer im Gang, wo langsam die Luft wieder atembar wurde.

∞∞∞∞

In tiefer Dunkelheit schnarchte Floating Island vor sich hin. Eine Stechmücke schwirrte um sein Ohr herum; ruckartig richtete er sich auf. Nichts war zu sehen; das Lagerfeuer musste erloschen sein. Regen prasselte an der natürlichen Traufe herab, und ein panischer Blick aus der Höhlenöffnung erleichterte den Geweckten: Das Feuer unter dem Felsvorsprung brannte ungestört und satt vor sich hin.

Mit nassen Haaren befand Island, dass kein Handlungsbedarf bestand, und legte sich erneut hin. Diesmal richtete er seinen Blick in den Gang hinein und lag eine Weile mit offenen Augen dort. Minutenlang lauschte er nach der Mücke, die jedoch geduldig abwartend einige Meter entfernt an der Höhlendecke auf eine Beruhigung der Situation wartete. Dafür fiel ihm etwas anderes auf: Ein Schimmern schien die Dunkelheit aus einer Richtung zu durchziehen, aus der kein Lichtstrahl dringen durfte. Es dauerte sehr lange, bis Island sich nach dem Blick in das Lagerfeuer so weit an die Umgebungshelligkeit gewöhnt hatte, dass er diese Feststellung mit ausreichender Gewissheit treffen konnte. Dort leuchtete irgendetwas. Sich am Kopf kratzend, trat Island nach draußen, blickte sich um, ging dann durch den Regen zur Feuerstelle und nahm sich ein paar brennende Stöcke heraus.

Mit diesen provisorischen Fackeln ging Island dem vermeintlichen Leuchten nach, das er nun nicht mehr sehen konnte. Auch tiefer im Gang und hinter den Kurven schien es keine Lichtquelle zu geben. Bis an das Ende der Höhle, den ehemaligen Bärenschlafplatz, lief Island verwundert und überall nach einer Erklärung für den Lichteindruck suchend – erfolglos. Er dachte sich jedoch, dass die Helligkeit seiner Fackeln ihn möglicherweise blind für den Lichtschein machte, und riskierte einen Versuch. Da es keine Abzweigungen und gefährlichen Hindernisse gab, wagte Island, seine Fackeln auf den Boden zu legen und mit seinen Schuhen auszutreten. Minutenlang sah er nichts mehr; er schloss die Augen, um nach der Gewöhnung einen eventuellen Unterschied zu bemerken. Gefühlt eine Stunde verging; Island gähnte wie zuvor der Bär. Dann öffnete er die Augen, und sein Herz machte einen Sprung. Verglichen mit dem ersten Eindruck war das Leuchten nun deutlich sichtbar; die Umrisse des Höhlenganges waren klar zu sehen. Das eigentliche Wunder war jedoch die Lichtquelle. Hinter ihm leuchtete die Felswand.

Da Steine für gewöhnlich nicht leuchteten, musste es eine andere Erklärung für das Licht geben. Bald kam der Abenteurer auf den richtigen Gedanken, nahm Anlauf und sprang mit einem Schuh voran gegen die leuchtende Wand, die krachend nachgab und ihn mit Felsstaub eindeckte. Blendendes Tageslicht ließ ihn schmerzerfüllt die Augen schließen; von der anderen Seite schien die Sonne direkt durch das Loch hinein. »Aah«, stöhnte Island hustend. Er konnte nicht klar definieren, ob ihm der Fuß oder die Augen mehr Schmerzen bereiteten. Mit der rechten Hand vor dem Gesicht und der linken Hand tastend kletterte Island durch den selbst geschaffenen Ausgang hindurch. Warme Luft kam ihm entgegen; Salzgeruch durchzog die Atmosphäre. Der nächste Tritt ging ins Leere; Island stolperte und fiel platschend in lauwarmes Wasser. Sofort riss er die Hände zu Seite und begann, Schwimmbewegungen auszuführen und sich von der Sonne wegzudrehen.

Vor Island befand sich eine aus dem Wasser ragende Felswand, die als Rampe zu seiner Linken abfiel. Das untere Ende der Felsrampe fiel mit einem Sandstrand auf Wasserhöhe zusammen; von irgendwo kreischte eine Möwe.

11.3. Level 3: Tropischer Ozean

Island fiel ein, dass sein Smartphone laut Herstellerangaben spritzwassergeschützt war. Da das Bad im tropischen Ozean eindeutig über diese Definition hinaus ging, schwamm er schnell an das Sandufer und verließ das türkisfarbene Nass. Vor der Felswand setzte er sich auf den Boden, ließ die Kleidung in der Sonne trocknen und hoffte, dass das ausgeschaltete Gerät keinen Schaden genommen hatte. Erst einige Stunden später – vermutlich mit einem gehörigen Sonnenbrand, sagte er sich – wollte er das trocknende Gerät wieder einschalten, um sich nach dem Spielstand zu erkundigen.

Da medizinische Unterstützung vom Willen des launischen Spielmeisters abhing, entschied sich der noch immer ziemlich hilflose Gestrandete zu einem Erkundungsgang in Unterwäsche. *Besser als ein Sonnenbrand*, sagte er sich, *ist das allemal.*

Der Strand ging in eine Palmenlandschaft über; auf der anderen Seite des Wassers wartete Sumpfland. Es schien, als konnte der Spieler an dieser Stelle zwischen Palmen und Morast wählen, wobei letztere Option ein Boot oder gute Schwimmfähigkeiten erforderte. Mit dem Gefühl, beobachtet zu werden und von einem Sadisten für Bequemlichkeit bestraft werden zu können, suchte Island nach Holz zum Bau eines primitiven Floßes. Als Seile würde er Kletterpflanzen verwenden, von denen auf beiden Seiten des Berges eine unbegrenzte Menge zur Verfügung stand.

∞∞∞∞

Das weiche Gras einer scheinbar gemähten Wiese gab sanft unter Floating Islands Füßen nach. Der Ankömmling blickte in das Grün, kniete nieder und riss einzelne Halme aus der Erde. Es gab keine Anzeichen für einen menschlichen Eingriff; die außerirdische Pflanzensorte schien tatsächlich so zu wachsen.

Ein Fluss rauschte in der Ferne, schien der Unendlichkeit zu entspringen und im Horizont zu verschwinden. Es war kein Gebirgsbach; der Berg stand grau und tot als unüberschreitbares Massiv in der Landschaft. Dieser Fluss hatte keinen Ursprung und kein Ziel. Langsam schritt Island über die Wiese auf das Wasser zu und betrachtete einen frei stehenden Baum, dessen Wurzeln über das Ufer hinausragten.

Unter raschelnden grünen Blättern bot der Baum seinem Besucher ein angenehmes schattiges Plätzchen und rote Äpfel für ein Frühstück. Die kleinen Früchte waren ungeeignet, um dauerhaft den Nahrungsbedarf des Spielers zu decken, doch Island griff gierig nach der ersten selbst erarbeiteten Mahlzeit. Ein erster Biss ergab den Befund: Essbar, lecker. Mit fünf Äpfeln zwischen seinem linken Arm und seinem Körper setzte sich Island in das Gras, lehnte sich an den Baumstamm und genoss erstmals seine Lage.

∞∞∞∞

Zufrieden verließen vier überhaupt nicht anwesende Gäste die leere Polizeizentrale über Nögnög XII. Das menschliche Quartett bog auf dem Außengang nach links ab, überwand eine gläserne Treppe und eine Brandschutzschleuse zur darüber gelegenen Parkhalle und schritt an zwölf anderen Raumschiffen vorbei zu einem weiß lackierten Torus mit der Aufschrift »4-6692«. Der Text war auf Alexandras Wunsch in mattschwarzer Serifenschrift gesetzt worden – vermutlich handelte es sich um das einzige

Raumschiff des Universums, das Linux Libertine auf seiner Außenhülle trug. Die Literaturkritikerin und Chemikerin verschwendete jedoch keinen Gedanken daran, als sie das Raumschiff betrat. Zu müde war die gesamte Besatzung; die Bordcomputer übernahmen die Startvorbereitungen. Mit gefülltem Wasserstofftank und acht Kilogramm »Proviant«-Süßigkeiten, die Orakel in einem Supermarkt erworben hatte, hob das Raumschiff vom Boden ab. An der Hallendecke öffnete sich ein Schleusentor zur dritten Etage, schloss sich hinter dem Schiff und blinkte zum Abschied. Die Luft entwich aus der Schleuse, denn das Dach gab den Weg ins All frei. Noch bevor sich die Außenverkleidung der Tankstelle wieder schloss, lagen yury, Alexandra und Orakel bereits schlafend in ihren Kabinen. Free stolperte im nördlichen Glasgang über eine Zeichenmappe, stieß in einem Moment plötzlicher Wachheit einen kurzen Fluch aus und lief weiter in die Zentral-kugel. Mit einem armlangen Sandwich, dessen Salatbelag nur aufgrund des unvollständigen Schnitts nicht an vier, sondern drei Seiten hervorquoll, kehrte er bald darauf zurück. Diesmal sah er sich die Mappe genauer an: In einem dunkelblauen Aktenordner befanden sich wunderschöne Ster-nenzeichnungen – eindeutig Orakels Werk. Bewundernd trug Free das Sandwich in seine eigene Kabine, kehrte erneut zurück und fotografierte sorgfältig alle Blätter.

Das Sandwich verblieb vorerst ungegessen an seinem Platz auf Frees Schreibtisch, denn sein Eigentümer war im Glasgang eingeschlafen.

∞∞∞∞

Barfuß lief der Wanderer über eine grüne Wiese; das Gras stach sanft an den Füßen. Stabiler Erdboden federte den Tritt, und ein Fluss rauschte in der Ferne. Der Tag war jung, ließ Sonnenschein aus linker Richtung blenden und den Geblendeten niesen.

Nach etwa fünf Minuten hatte er den Fluss erreicht. Ein reißender Strom durchtrennte das Land, doch einige Steine ragten aus dem Wasser hervor und boten eine Möglichkeit, das Hindernis zu überschreiten. Vorsichtig schritt der Wanderer über die natürliche Brücke und erreichte trocken das andere Ufer. Dort stand ein Apfelbaum, unter dem ein spärlich bekleideter Herr eine der Baumfrüchte genoss.

»Entschuldigen Sie«, bat der Wanderer. »Haben Sie mein Notizbuch gesehen?«

Der Angesprochene rührte sich nicht; dieser schien vielmehr durch den Wanderer hindurch in die Ferne zu blicken.

»Gnädiger Herr«, wiederholte der Wanderer seine Ansprache, »ich suche mein Notizbuch.«

Als der Mann in Unterhosen auch daraufhin nicht die Wimpern rührte, zuckte der Wanderer mit den Schultern und betrachtete stattdessen den Apfelbaum genauer. Rot glänzend im Sonnenlicht wurden etwa zehn Äpfel von den Zweigen getragen. Den elften verspeiste knackend Biss für Biss der unaufmerksame Zweite. Plötzlich kam Wind auf; einer der Äpfel löste sich wackelnd vom Baum und fiel herab. Bei genauerer Betrachtung erschien dem Wanderer dies jedoch unmöglich, denn der Apfel hatte im Windschatten gelegen. Nachdenklich bemerkte der Beobachter, dass die Frucht nur vom Wind erfasst worden war, weil er die Situation zu spät begriffen hatte: Eine physikalische Unmöglichkeit war geschehen, weil er sich der Unmöglichkeit noch nicht bewusst gewesen war. Dies, so schloss der Wanderer, konnte jedoch nur in einem Traum geschehen.

In einem Traum.

Dem Wanderer blieb die Luft weg; er litt abrupt unter Atemnot. Bewusst atmete er tief ein, brachte durch die Nase nur ein merkwürdiges Schnarchen zustande und löste auf verbesserungswürdige Weise sein Luftproblem. Jeder Atemzug war eine bewusst ausgelöste Anstrengung; die Traumwelt hatte ihren Automatismus und ihre Selbstverständlichkeit verloren.

Ich wollte schon immer einmal bewusst träumen, wusste der Wanderer, *und irgendetwas tun, das in der Realität nicht möglich ist.*

Mit diesem Gedanken wünschte sich der Wanderer, er befände sich auf der anderen Seite des Flusses. Er überquerte den Fluss, indem er zur anderen Seite starrte und sich dorthin bewegte. Drüben bemerkte er, dass er geschwebt war; diesen Vorgang hatte er nicht bewusst ausgelöst. Das Schweben war das Ergebnis des innigen Wunsches, und ein weiterer ähnlicher Wunsch beförderte den Träumenden über den Fluss hinweg fliegend zurück zum Apfelbaum. Anschließend bildete sich der Wanderer ein, er sei ein Eichhörnchen und habe das gesuchte Notizbuch im Boden vergraben wie eine Nuss. Kraft seiner Gedanken hob er ein Loch aus der Erde und brachte tatsächlich das Buch zum Vorschein. Eilig blätterte er die Seiten durch und riss wahllos zwei Zettel heraus. Der Schatz der Jahrhunderte lag in seinen Händen und verschwamm vor seinen Augen. Was dort geschrieben stand, wusste er nicht zu entziffern; die Zettel fielen zu Boden und der Traum hatte ein Ende.

Ruckartig erwachte Free, riss seinen Kopf nach hinten und stieß in der Dunkelheit des Weltalls gegen eine runde Glaswand. Eher panisch als ungläubig starrte er die blaue Mappe an, in der sich die Zeichnung eines Apfelbaums befand. Dann rief er verzweifelt nach dem Zeichner, der einige Minuten später verschlafen in den Gang torkelte.

»Was machst du mitten in der Nacht für einen Lärm?«, fragte Orakel gähnend. »Die Mappe ist noch gar nicht fertig. Die solltest du doch erst zu sehen bekommen, wenn sie druckreif ist.«

»Die Mappe enthält einen verdammten Apfelbaum«, beschwerte sich Free. »Wieso enthält die verdammte Mappe einen Apfelbaum?«

Erneutes Gähnen. »Von mir aus«, meinte Orakel. »Eigentlich habe ich nur Sterne gezeichnet. Geh endlich ins Bett.« Dann nahm er die Mappe an sich, ohne den vermeintlich bekannten Inhalt eines Blickes zu würdigen, und verabschiedete sich. Vor seiner Kabinentür kratzte er sich am Kopf, öffnete die Kabine und sah sich im Zimmerlicht die Zeichnungen an. Seite für Seite blätterte er die mit Bleistift bemalten Papiere durch, fand jedoch wie erwartet keinen Apfelbaum darunter. Enttäuscht löschte er das Licht und fiel bald wieder in einen tiefen Schlaf.

∞∞∞∞

Als Island sich erhob, um einen weiteren Apfel vom Baum zu nehmen, bemerkte er, dass er sich unachtsam auf zwei farbige Notizzettel gelegt hatte. Quadratisch und ohne Klebstoff, etwa neun Zentimeter breit und mit blauer Kugelschreibertinte beschriftet, mussten sie im Gras schwer zu übersehen gewesen sein. Dennoch fielen ihm die nun leicht verknitterten Dokumente erst jetzt auf. Einer der Zettel war blau; dieser war mit der Überschrift »Erinnerung« sowie einem Gedicht beschriftet.

Erinnerung
Willst du immer weiter schweifen?
Sieh, das Gute liegt so nah.
Lerne nur das Glück ergreifen,
Denn das Glück ist immer da.

»Papperlapapp«, meckerte Floating Island. Er knüllte den Zettel in seiner rechten Hand zu einer Papierkugel zusammen und warf diese verächtlich über seine linke Schulter. »Das wahre Glück erwartet mich draußen im All. Ich brauche ein Raumschiff, dann hält mich nichts mehr in diesem Sandkasten fest.«

Der zweite Zettel war orangerot, fast wie die Äpfel in der Höhe. Er enthielt mahnende Worte und einen kryptischen Hinweis.

Selbstbeschränkung
Etwas festhalten wollen und dabei es überfüllen:
das lohnt der Mühe nicht.
Etwas handhaben wollen und dabei es immer scharf halten:
das lässt sich nicht lange bewahren.
Mit Gold und Edelsteinen gefüllten Saal
kann niemand beschützen.
Reich und vornehm und dazu hochmütig sein:
das zieht von selbst das Unglück herbei.
Ist das Werk vollbracht, dann sich zurückziehen:
das ist der SINN des Spiels.

»Das verstehe, wer will.« Floating Island verwarf auch diesen Zettel, nahm alle Äpfel als Proviant mit und begab sich zurück auf den Weg zum Strand. Hinter ihm verblieb unbeachtet eine Brücke aus Steinen im Fluss; das Wasser strömte unermüdlich aus der Ferne in die Unendlichkeit.

∞∞∞∞

Der Wasserspiegel des türkisblauen Meeres war um mindestens zehn Meter gesunken. Ein breiter Strand lag dort, wo Floating Island ins Wasser gefallen war, und jenseits der Strandgrenze luden freigelegte Sandbänke zu einem Spaziergang ein. Beinahe hätte sich der Spieler sich dazu hinreißen lassen, sofort zum nächsten Hügel zu schwimmen, doch am unteren Ende des Strandes hielt er inne. Die Kleidung an der Felswand war inzwischen getrocknet; abwartend kehrte Island zurück und stellte zunächst seinen ursprünglichen Bekleidungszustand wieder her. Mit Schuhen bereitete das Laufen über die Sandkörner nur halb so viel Vergnügen, und das Schwimmen würde besonders unangenehm werden, aber der Stoff an seinem Körper stellte die einzige Ausrüstung dar, die er besaß. Neugierig griff er nach seinem Smartphone und betätigte den breiten Knopf an der rechten Seite – mit Erfolg. Noch bevor das Betriebssystem vollständig geladen war, wählte der Benutzer den Notruf.

»Level 3. Tropischer Ozean.«

Auch diesmal wagte Island, eine Gegenfrage in das Gerät zu brüllen.

» Von wie vielen?«

Die Antwort blieb gleich: Lästiges Piepen gab ihm zu verstehen, dass der Spielleiter ihn absichtlich im Dunkeln tappen ließ. Die Aussicht auf tausende weitere »Level« wirkte frustrierend, doch vielleicht war der Spuk nach zehn Leveln bereits beendet. Oder zumindest nach hundert Leveln, falls der Programmierer im Dezimalsystem dachte und der zehnte Level noch nicht die Erlösung brachte. Es war bei näherer Betrachtung vollkommen undenkbar, dass ein Mensch sich über neunhundert weitere Szenarien ausgedacht haben sollte. Bereits die Programmierung eines einzigen Levels wirkte auf Island wie eine Aufgabe, an der eine gesamte Planetenbevölkerung beteiligt gewesen sein musste. Technologisch war diese ungewollte Erfahrung allem überlegen, was auf der Erde jemals erforscht worden war.

Nachdem er das Smartphone wieder abgeschaltet hatte, beschloss Island, die Gezeiten zu beobachten und erst danach den Floßbau durch ein Wasserabenteuer zu ersetzen. Wenn der Wasserspiegel noch weiter sank, ließ sich das sumpfige Gebiet in der Ferne ohne Hilfsmittel erreichen, doch Island witterte eine Falle. Auf einer Sandbank fernab der Küste von Flut überrascht zu werden und zu ertrinken, war sicherlich kein schöner Abschluss für dieses Spiel. An Äpfeln knabbernd genoss Floating Island das gute Strandwetter und wurde nicht einmal von der hinter dem Berg verschwindenden Sonne geblendet. Mehr oder weniger bewusst malte er Linien in den Sand, wischte diese zur Seite, formte eine Burg, grub sich zum nassen Sand hindurch und wurde sich seiner Beobachtungsaufgabe wieder bewusst. Blinzelnd starrte er auf Sand; das Wasser war vollständig verschwunden. Das ferne Sumpfland lag dürr und leblos im Dreck.

So plötzlich, wie es verschwunden war, kehrte das türkisblaue Wasser einige Stunden später wieder zurück. Keine zehn Minuten dauerte es, bis der ursprüngliche Wasserstand wieder erreicht war; Island konnte seine Einführung in den Level nun ohne Schwierigkeiten wiederholen. Dankend verzichtete er auf diese Möglichkeit.

∞∞∞∞

Mit dem Käse beladen lief Island durch nassen Sand. Jeder Schritt ließ wie ein Pfützensprung das Wasser zu allen Seiten ausweichen und ein platschendes Geräusch ertönen. Klebrig-schmatzend blieb dann der eingetretene Sand am Schuh hängen und erschwerte den Marsch. Etwa zwei Stunden verblieben, um diese Gegend zu durchqueren; aus Sandbänken waren meterhohe Berge geworden. Zwischen den Bergen lief Island mit dem Wissen, dass selbst die Berge zu niedrig für eine Rettung vor der Flut sein würden. Der Sumpf nahte Schritt für Schritt; matschiger Untergrund würde den Sand ersetzen und weitere Schwierigkeiten bereiten. Bevor es jedoch dazu kommen konnte, schoss etwas zwischen den Bergen hervor:

Ein fahrerloser Traktor mit Strandsäuberungsanlage fraß sich lautlos und erschreckend schnell über den überhaupt nicht verschmutzten Untergrund.

Schnell riss Island sein Smartphone hervor, lief in die entgegengesetzte Richtung und kontaktierte mühsam im Lauf tippend die merkwürdige Notrufzentrale.

»Level 3. Tropischer Ozean.«

Der Traktor näherte sich und machte keine Anstalten, zu bremsen. Panisch stürmte Island über den platschenden Sand, lief ziellos zwischen den Bergen hin und her, sah eine Engstelle und passierte diese in Eile. Die Höllenmaschine blieb stecken und wurde von Sandmassen begraben. Gedanklich schickte Island eine Beschwerde über ein imaginäres Kontaktformular gen Himmel, und er erhielt tatsächlich eine Antwort: Ein grauer Kieselstein traf ihn an der Schulter: *»WONTFIX: You are the problem.«*

Verärgert riss Island das bedruckte Papierband vom Stein und schleuderte diesen – er unterbrach die Bewegung – in seine linke Hosentasche. Vielleicht ließ sich das negative Feedback als Werkzeug gebrauchen. Dann verzog er das Gesicht und begab sich auf den ursprünglichen Weg. Bald erreichte er den Schlammboden des Sumpfes, lief über knorrige Wurzeln und ertrug den modrigen Gestank der normalerweise überfluteten Umgebung. Was sagte das Smartphone?

»Level 4. Stinkesumpf.«

Diese Bezeichnung brachte den Diktator erstmals zum Lachen. Der Spielleiter hatte einen merkwürdigen Humor, aber immerhin überschnitten sich Teile davon mit Islands Geschmack. Eine Stunde verblieb, um eine höhere Ebene aufzusuchen oder buchstäblich unterzugehen.

12. Wildfalle

Auf der 4-6692 simulierten die Bordcomputer durch Variation der Helligkeit und des Blauanteils in allen Lampen und Displays einen natürlichen Tagesrhythmus. Nur in den sieben transparenten Verbindungsgängen zwischen dem Außentorus und der Zentralkugel herrschte ununterbrochen die Dunkelheit des Alls, falls nicht manuell das sanfte Ganglicht aktiviert wurde. Genau das tat Alexandra, als sie durch den Südostgang aus ihrer Kabine in die Zentralkugel ging. Vor ihr öffnete sich das äußere Kugelschott, hinter ihr verlosch das Licht.

Nun befand sich Alexandra im Außenraum der Kugel. Ein Hochsicherheitstor mit Nummernfeld lag zwischen ihr und der Kommandozentrale; Alexandra tippte rechts vier Ziffern ein und das Metall fuhr mit einem zischenden Geräusch zur linken Seite. Am Tisch saßen bereits yury und Free; Orakel betrat die Zentrale aus »Nordwesten«. In dieser Richtung lag, wie der Schokoladenmuffin in seiner Hand andeutete, die Bordkantine im Außenring. Zudem befand sich direkt daneben Orakels Kabine, von der eine Direktverbindung zur Essensausgabe bestand. Orakel war daher vermutlich auf seinem Weg zum Besprechungstisch einfach durch die Kantine hindurch gelaufen und hatte sich den Muffin im Vorübergehen vom Nachtischbuffet gegriffen. Krümel fielen zu Boden und wurden von fleißigen kleinen Putzrobotern beseitigt, bevor Orakel es sich in einem der Besprechungssessel bequem machte und den »Identifikator« vom Tisch nahm. Er betrachtete das Gerät von allen Seiten. An der Unterseite klemmte ein kleines smartphoneähnliches Gerät, der »Manipulator«. Dieser stellte weiß auf schwarz sechzehn Bits als Dezimalzahlen dar: 0000000000110100.

»Vielleicht steht jedes Bit für ein Privileg«, mutmaßte Free.

»Dann gäbe es sechzehn Privilegien«, antwortete yury. »Du hast aber von über zwanzig Raumschifftypen erzählt, für die es bestimmt einzelne Privilegien geben müsste.«

»Eine geordnete Hierarchie würde besser in meine Vorstellung von den uggys passen«, stimmte Alexandra ihm zu. »Und weil Konrad Irby bestimmt keine ›Null‹ sein möchte, hat er die Nummer 65535.«

Orakel gab zu bedenken, dass eine »Eins« symbolisch noch attraktiver sein könne als die krumme Zahl am Ende des Wertebereichs. Die Null sei dann möglicherweise ein Sonderstatus für deaktivierte Geräte.

»Das heißt, deaktivierte Geräte stehen hierarchisch über dem Diktator. Klar«, spottete Alexandra. »Das wäre passend, aber gefiele ihm bestimmt nicht.«

»Die Null bleibt einfach ungenutzt«, ging yury auf die Idee ein. »Wenn man über sechzigtausend Werte zur Verfügung hat, kann man auf die Null verzichten.«

Free versuchte, den Speicherinhalt mit seinen Fingern darzustellen, und bemerkte mit echtem Erstaunen, dass diese dafür nicht ausreichten. »Oder nur die Hälfte davon«, sagte er dann. »Mit Vorzeichenbit.«

»Dann hat man trotzdem über sechzigtausend Werte zur Verfügung«, korrigierte ihn yury. »Nur, dass diese auf einmal einen unschönen Knick in der Mitte haben.«

»Unschöne Konstruktionen passen doch zu den uggys«, fand Free. »Außerdem erinnert mich das an eine grafische Darstellung von Freimaurer-Rängen. Zwei Treppen, die sich gegenüberstehen und beide oben im höchsten Rang enden. Zwei Wege zum Ziel.«

yury hielt diese Vorstellung für absurd. »Erstens ist der Weg nach ›ganz oben‹ sicherlich in einer Diktatur nicht als erstrebenswertes Ziel für die Untertanen gewünscht, zweitens ergibt eine solche Aufteilung bei Raumschiffkommandanten keinen Sinn und drittens wäre Irby dann die ›Null‹.«

Die Bordcomputer warteten einen Moment lang, ob darauf eine Antwort folgte. Da dies nicht geschah, meldeten sie sich zu Wort. *»Für unseren nächsten Stopp bestehen zwei gleichwertige Auswahlmöglichkeiten. Eine Wasserwelt und ein örzähnlicher Planet, jeweils ohne besonderen Namen, stehen zur Verfügung. Während technisch kein Unterschied zwischen den Wasserstoffquellen besteht, gehen wir davon aus, dass ihr eine Präferenz äußern möchtet.«*

Orakel blickte lächelnd in die Runde; alle nickten. »Wir entscheiden uns selbstverständlich für den örzähnlichen Planeten und geben ihm einen passenden Namen. Das war seit jeher unser Job, und den vernachlässigen wir auch während dieser Mission nicht.«

Also flog die 4-6692 zu Ölwän HF-A c3-57 5, einem bewohnbaren Urwaldplaneten, der mit vier Nachbarn einen orangefarbenen K-Stern umkreiste.

Ölwän HF-A c3-57 5 hatte keinen Mond und bildete mit Abstand den Abschluss des Planetensystems. Ein einziger Kontinent bedeckte die aktuell der Sonne zugewandte Seite des Planeten; dunkel lag tiefes Wasser im Schatten. Mit einer Durchschnittstemperatur von nur 270 Kelvin war der Himmelskörper in Polnähe unbewohnbar, bot am Äquator jedoch ein angenehmes mediterranes Erdklima. Nach mehreren Umkreisungen ließ sich das Raumschiff im Meer vor einer Küste nieder; die Besatzung begab sich in Raumanzügen mit Jetpacks zum Strand.

yury machte sich bei dieser Gelegenheit darüber lustig, dass Orakel nun endlich seine ursprüngliche Raumfahrerausrüstung nutzen könne, diese jedoch auf Örz vergessen habe. Orakel ging – möglicherweise bewusst – nicht auf den ironischen Tonfall ein. Da die Atmosphäre gut atembar war, entledigte er sich des Raumanzugs, unter dem er Flipflops, ein buntes T-Shirt und eine kurze Hose trug. Aus einer Hosentasche zog er eine kleine Packung Sonnencreme hervor, die schnell geleert und leer zurückgesteckt wurde. Zuletzt setzte er den Sonnenhut auf seinen Kopf und grinste yury an, der sich geschlagen gab: Das Überraschungsmoment war stets auf der Seite des Navigators.

Free betätigte lachend den Entkleidungsknopf; auch sein Raumanzug faltete sich zu einem smartphoneförmigen Quader zusammen. Alexandra und yury zogen es vor, mit geöffnetem Helm noch einen gewissen Abstand zur Planetennatur zu bewahren. An Sand in den Schuhen hatten die beiden momentan kein Interesse. »Da hinten geht der Strand in einen riesigen Urwald über. Den würde ich gerne erkunden«, erklärte Alexandra.

yury stimmte zu; Free zögerte, und Orakel ließ sich das Stranderlebnis nicht so früh nehmen. »Geht ruhig in den Wald. Der Quantencomputer ist in Sichtweite und passt auf mich auf.«

Wie zur Bestätigung reflektierte ein Kraftwerksspiegel kurzzeitig das Sonnenlicht in Richtung der vier Freunde. »Also gut«, sagte Free. »Level 1: Urwald. Wer erinnert sich noch?«

»Verschone uns bloß damit«, stöhnte yury, doch sein Gesichtsausdruck verriet eine gewisse Belustigung, als er sich in Bewegung setzte.

»Du kannst ja gerne noch einmal gegen einen der Bäume laufen«, witzelte Alexandra. »Vielleicht ist er aus Papier.«

»Sehr lustig. Ich habe uns immerhin vor vierzig Leveln Albtraum-Rollenspiel gerettet.«

Dann hatten sie die Baumgrenze erreicht. yury blickte in den Wald hinein und kehrte um: Außer Orakel hatte niemand an eine Taschenlampe gedacht. Der lag entspannt im Sand, ließ sich die Sonne auf die Beine scheinen und hatte das benötigte Gerät längst neben sich abgelegt.

»Ohne mich wärt ihr wirklich aufgeschmissen – selbst, wenn ich nicht dabei bin«, spottete er, ohne seine Augen zu öffnen. yury bedankte sich und kehrte mit der Lampe zurück zum Wald.

Mehrere Stockwerke bildend, ragten Mammutbäume in die Höhe. Der Raumanzug sprang schneller aus der Hosentasche, als Free das Wort »Vogelspinne« aussprechen konnte. Reflexhaft ließ er sich wieder davon umgeben:

Ohne Schutzkleidung durch die Strauchschicht eines Urwalds begaben sich nur Verrückte. yury, Alexandra und Free klappten ihre Helme zu und schritten weiter voran. Über eine Stunde verging, in welcher die drei Erkunder immer weiter in den Wald vordrangen.

»Guck mal, eine blaue Schlange.« Alexandra hielt dem Tier neugierig einen Handschuh entgegen, doch es floh vor der merkwürdigen Besucherin. »Ich frage mich, wovon sie sich ernährt.«

»An Tiervielfalt scheint es jedenfalls nicht zu mangeln«, stellte yury fest. »Wir sollten die Paralysatoren schussbereit halten.«

Alexandra wollte gerade einwenden, das habe schon einmal nicht genügt, und machte Anstalten, ihre Laserpistole hervorzuziehen. Es blieb jedoch bei der theoretischen Überlegung, denn die drei Walderkunder lösten einen versteckten Mechanismus zwischen den Baumwurzeln aus. Ein großes, dichtes Netz bedeckte an dieser Stelle ein Loch im Boden, wurde von einem Seil gehalten und einem schweren Gegengewicht in die Höhe gezogen. Blitzschnell riss Alexandra ihren linken Nachbarn mit einem Karatewurf zu Boden und sprang einen Meter in die Höhe. Außer Protest von Free bewirkte dieser Reflex recht wenig; die Falle ließ sich davon nicht beeindrucken. Das Netz kam in drei Metern Höhe zum Stillstand und klemmte die Gruppe bewegungsunfähig an einem dicken Ast fest. Baumfarne kratzten an yurys Helm. Die transparente Kuppel verhinderte ein Kitzeln in der Nase, aber auch Hilferufe nach außen.

»Damit hätte man ein Mammut fangen können«, drang Frees Stimme aus dem Helmlautsprecher.

»Es gibt keine Mammuts in Regenwäldern«, meckerte yury, der das Rufen damit aufgab. »Und auch niemanden, der uns rettet.«

∞∞∞∞∞

Orakel lag gemütlich auf weichen, feinen Sandkörnern. Gelegentlich wälzte er sich zur Seite, ließ die Sonne auch seinen Rücken erwärmen und genoss sein Leben. Diese Form von Tankstellenentertainment übertraf alles, was in der Wirtschaftsvereinigung im Weltall angeboten wurde. Dem Solarkraftwerk bei der Arbeit zuzusehen, während Wellen rauschten und möwenähnliche Tiere hin und wieder ihre auf allen Planeten ähnlichen Laute von sich gaben, war viel schöner als ein Kneipenbesuch. Bei dieser Überlegung überkam ihn allerdings der nie ganz stillbare Hunger des chronischen Gourmets. Die Bordkantine rief nach Kunden.

Seufzend erhob sich Orakel, zunächst im Sitzen gähnend und dann halb schlaftrunken über den Sand torkelnd. Er legte den Raumanzug wieder an, streckte sich ausgiebig und flog zum Schiff.

Da er sich mit Proviant für einen längeren Strandaufenthalt eindecken wollte, machte Orakel einen Umweg durch die Kommandozentrale. Dort lag noch eine schwarze Stofftasche mit weißem »IGLS«-Werbeaufdruck, in der yury eine Ladung Bücher transportiert hatte. Diese wollte er nun mit Snacks aus der Bordküche füllen, doch die Außenansicht lenkte ihn von seinem Vorhaben ab. Breit und grün erstreckte sich der Urwald über mehrere Bildschirme; nach oben hin war kaum ein Ende erkennbar.

»Ich frage mich, wo yury, Alexandra und Free gerade sind«, sagte Orakel. »Könntet ihr mir das auf einer Karte anzeigen?«

Die Bordcomputer waren jedoch nicht allmächtig. »Wir können ungefähr schätzen, wo sich die Gruppe befände, wenn sie in gleichbleibendem Tempo immer geradeaus gelaufen wäre. Wir können zudem einen Kreisabschnitt darstellen, in dem sich die Gruppe garantiert befindet. Diese Fläche ist allerdings sehr groß.«

Orakel wollte sich bereits enttäuscht abwenden, als die Bordcomputer einen Vorschlag machten. »Deinem Wunsch kann entsprochen werden, wenn hierfür der Tankvorgang kurz unterbrochen werden darf. Wir würden dann aus der Luft eine Peilung mit den Signalen der Mobiltelefone durchführen.«

Das lehnte Orakel ab, denn die Smartphones ließen sich seiner Meinung nach viel einfacher nutzen. »Ruft Free an.«

Der Quantencomputer ließ es sich nicht nehmen, vor dem Anruf einen Hinweis abzugeben. »Es gibt keine Satellitennavigation. Free weiß sicherlich selbst nicht genau, wo er sich befindet. Er kann das auch nicht ohne Weiteres selbst ermitteln.«

Während Orakel über diese Erklärung nachdachte, meldeten sich die Bordcomputer wieder zu Wort. »Free ist per Funk durch die Bäume hinweg nicht erreichbar.«

Obwohl es sich dabei um ein vollkommen normales Resultat bei einer Urwaldexpedition handelte, weckte diese Aussage seine Neugier. »Gut, dann unterbrecht bitte den Tankvorgang und lasst uns von oben einen Überblick gewinnen.«

Die Solarspiegel und der Wasserturm wurden eingefahren; dröhnend erhob sich die 4-6692 aus dem Wasser. Dass dieser Startvorgang seine drei Kollegen erschrecken würde, falls diese ihn mitbekämen, nahm der Pilot in Kauf. Seit seiner Ankunft am Strand waren über fünf Stunden vergangen, die Sonne hatte den Zenit bereits merklich überschritten und die Situation war merkwürdig.

Hinter dem Raumschiff füllte Meerwasser die donutförmige Vertiefung im Wasserspiegel. Als die so ausgelösten Wellen den Strand erreichten, befand sich das Raumschiff bereits über den Baumkronen und strahlte starke Funksignale nach unten ab.

∞∞∞∞

Fremdartiges Geheul erschall aus der Ferne. Alexandra hörte die wolfsähnlichen Stimmen zuerst und machte ihre Mitgefangenen darauf aufmerksam. Augenblicklich unterbrach yury seinen Befreiungsversuch; die Waffe war für ihn ohnehin nicht erreichbar, weil Free und Alexandra seine Handgelenke quetschten und das dichte Lianennetz ihm alle Bewegungsmöglichkeiten nahm. »Du könntest vielleicht deinen Schuh von meinem Arm nehmen«, versuchte er sich verständlich zu machen, doch den anderen ging es nicht besser: Jeder war auf seine eigene Weise immobil und behinderte seine Nachbarn.

Aus dem Geheul wurde ein jaulender Gesang, unterbrochen von Liedtext, der heiser und tief röchelnd klang, als habe ein großer Hund zu sprechen gelernt.

»Das sind Wölfe«, teilte Free seinen Kollegen mit. Da er mit dem Gesicht in eine völlig andere Richtung blickte, traf er diese ungewichtige Feststellung mithilfe seiner Ohren; eigentlich wollte er einfach nur irgendetwas gesagt haben.

»Das sind Wolfsmenschen«, verfeinerte Alexandra. Sie bemühte sich, unbeeindruckt zu klingen; intelligente Tiere waren auf einem erdähnlichen Planeten eigentlich zu erwarten gewesen. Aufrecht laufenden Wölfen war das Erkundungsteam allerdings noch nie begegnet.

Schweigend verfolgte yury die merkwürdige Tanzzeremonie, die sich nun unter dem Netz abspielte. »Hula Hula Hula«, riefen die Wölfe; die Albernheit war ihm zuwider. Fast schien es, als herrsche unter den Wölfen eine Schadenfreude über die Unbeweglichkeit der Menschen.

»Ich habe irgendwie das Gefühl, die lachen uns aus«, ärgerte sich Free.

»Unsinn«, widersprach yury, obwohl er den gleichen Eindruck hatte. »Die freuen sich über den Fang.«

Als die Wölfe ihren Tanz beendet hatten, entriegelten zwei bewaffnete Kämpfer den Fallenmechanismus. Das verpackte Trio plumpste in ein Loch von einem halben Meter Tiefe; das Netz wurde schnell zugeknotet und mit zwei Tragestöcken verbunden. Zunächst versuchten vier Wölfe, das Paket zu tragen. Da es ihnen jedoch kaum gelang, ihre Beute überhaupt anzuheben, wurden sie von vier weiteren Wölfen beim Transport unterstützt. Von Kriegern mit primitiven Steinspeeren flankiert, setzte sich der Trupp in Bewegung.

∞∞∞∞

Ziel des Marsches war ein Urwalddorf, das die vier Freunde bei ihren Umkreisungen unter dem dichten Blätterdach selbst mit ihren Infrarotkameras
nicht entdeckt hatten. Da aus der primitiven Siedlung keine elektromagne-
tische Strahlung nach außen drang, war niemandem die Anwesenheit der
Eingeborenen aufgefallen.

Zum Entsetzen der Gefangenen nahmen die Wölfe ihnen alle elektronischen Geräte inklusive der Übersetzungsgeräte ab, bevor eine Verständi-
gung versucht werden konnte. Die drei Freunde bemühten sich vergeblich,
durch Gesten und einfache Laute zu erklären, worum es sich bei der Ausrüstung handelte; ein Missverständnis bei der Zeichensprache führte im
Gegenteil dazu, dass die Menschen in einem stabilen Holzkäfig eingesperrt
wurden. Sprachlos starrten die unfreiwilligen Insassen nach draußen.

»Wenigstens unsere Raumanzüge hat man uns gelassen«, murmelte
yury mit geöffnetem Helm.

»Nur, weil die Affen nicht wissen, wie man sie auszieht«, murrte Alexandra.

»Wölfe«, gab Free vorsichtig von sich. Er löste damit einen Orkan aus;
in Alexandra brannte eine Sicherung durch.

»*Lasst uns gefälligst hier raus*«, brüllte Alexandra wie ein wildes Tier,
gefolgt von unzitierbaren Flüchen und Verwünschungen. Fast hofften ihre
Begleiter, der Käfig halte ihren wütenden Tritten nicht stand, aber von
stabiler Holzarbeit schienen die Dorfbewohner tatsächlich etwas zu verstehen. Als die dreisprachige Hasstirade ein heiseres Ende gefunden hatte,
trat einer der Wölfe an den Käfig heran und bellte etwas Unverständliches.
Die Reißzähne des Wächters waren jedenfalls beeindruckend genug, um
weiterem Protest vorzubeugen.

∞∞∞∞

Zwei Stunden später kam Bewegung in das Dorf. Klanghölzer erschollen
von überall; manche Wölfe trugen bunte Blumenketten um ihre Hälse.
Ein großes Bankett aus Holztischen, Holzstühlen und Mooskissen wurde
errichtet.

»Super«, fand yury. »Jetzt werden wir gefressen.«

»Deinen Humor möchte ich haben«, stammelte Free.

»Falls du es noch nicht bemerkt hast«, gab Alexandra zu bedenken,
»müssen wir dafür aus dem Käfig herausgeholt werden.«

»Falls die Alternative ein brennender Ofen ist, bleibe ich gerne hier.«

Alexandra blickte angestrengt nach draußen. »Ich befürchte, man wird dir keine Wahl lassen.«

Zunächst geschah nichts dergleichen. Das Buffet wurde angerichtet; die Nahrung bestand hauptsächlich aus Obst und Gemüse. Vereinzelt waren Hummer und ähnliche Meerestiere sichtbar, doch eine wolfswürdige Fleischbeilage fehlte. Diese Feststellung ließ die Käfiginsassen mit ungutem Gefühl in die Augen der beiden Wölfe blicken, die nun den Holzbalken vor der Käfigtür entriegelten. Wieder wurde irgendetwas gebellt; mit Gesten wurden die Gefangenen zu Tisch gebeten.

yury zeigte ungläubig auf den Tisch, dann auf sich. Er blickte den Wolf verwundert an; der wiederholte seine Gesten. »Ich glaube, wir sollen an der Tafel Platz nehmen.«

»Unmöglich«, widersprach Alexandra. »Dann hätte man uns nicht einsperren müssen. Gastfreundschaft sieht anders aus.«

Als der Wolf zum dritten Mal seine Aufforderung wiederholte, wagte yury schließlich das Experiment. Er setzte sich auf einen freien Platz neben dem Kopfende; Free ließ sich gegenüber auf einem Mooskissen nieder. Am Kopfende stand Alexandra, die das gesamte Tischkonstrukt überblickte, jeden Teller aus der Ferne kritisch musterte und sich dann ebenfalls hinsetzte.

Alle weiteren Plätze wurden von Wolfsmenschen besetzt. Diese begannen jedoch nicht mit ihrer Mahlzeit, sondern starrten Alexandra erwartungsvoll an.

»Soll ich mich jetzt freiwillig aufs Buffet legen, oder wie stellt ihr Barbaren euch das vor?«, rief Alexandra in die Runde.

»Ich glaube«, gab yury spottend eine alternative Interpretation von sich, »du sollst das Tischgebet sprechen.«

Alexandra war in bester Stimmung für ein »Tischgebet«. Sie spuckte verächtlich zur Seite und hob die Stimme. »Oh großer Wischmopp, beseitige diesen Unsinn. Erlöse uns von den Wölfen und vergib uns–«

Eine Säule roten Lichts schoss vom Himmel herab, ließ das Blätterdach in Flammen aufgehen und Asche über das Dorf regnen. Brennende Vergeltung radierte alle Bäume im Umkreis von zweihundert Metern zu lebloser Holzkohle hernieder; Explosionen löschten den aufkeimenden Waldbrand. Wilder Donner zerstörte die Natur und jagte den Eingeborenen einen solchen Schreck ein, dass diese nicht davonliefen, sondern sich am Tisch festkrallten. Dann sprach Gott zu den Hinterwäldlern.

»Du sollst nicht heben deine unzivilisierte Hand gegen die heiligen Befreier des Goldes.«

Es war yury, der die Situation als Erster begriff und wissend zu dem Gebilde in den Wolken hinaufblickte. »Orakel, lass den Quatsch.«

Der ließ sich jedoch nicht durch profane Sterbliche beeindrucken. *»Du sollst nicht freveln gegen das Himmelreich des fliegenden Donuts.«*

»Orakel, hier gibt es ein reich gedecktes Buffet für dich«, stimmte nun auch Free mit ein. Orakel blieb jedoch hartnäckig.

»Du sollst nicht opfern fremde Speisen und Gewürze, nicht darbieten das Eigentum anderer in deinem Namen.«

yury wurde die Show zu bunt. »Komm jetzt endlich zu uns herunter und lass uns einsteigen.«

»Wie lautet das Zauberwort?«

»Per Antigrav ad astra. Dalli dalli.«

Darauf fiel Orakel keine göttliche Erwiderung mehr ein, und das Schiff senkte sich auf die künstlich geschaffene Lichtung hinab. Es fuhr jedoch keine Landestützen aus, sondern verharrte im schwebenden Zustand, während die drei Passagiere mit negativer Schwerkraft durch eine Bodenschleuse gehoben wurden. Die Wölfe blickten ehrfürchtig der Kugel entgegen, die im Kreisring zu schweben schien. Nur an einigen Stellen trübte die untergehende Sonne durch Lichtreflexe die Illusion einer freifliegenden Zentrale. Dafür sahen die Glasgänge im Sonnenlicht umso beeindruckender aus: Ein Regenbogen brach wunderhaft auf den Tisch herab. Als die Wölfe ihr Buffet in bunten Farben erstrahlen sahen, knieten sie ehrfürchtig nieder und waren Orakel für seine Gefangenenbefreiung sogar dankbar.

»In zweitausend Jahren gibt es hier einen weltweiten Kult des Regenbogen-Donuts«, mutmaßte Free. »Nur mit den Bäumen hättest du etwas schonender umgehen können. Vier von fünf Sternen.«

»Holz ist ein nachwachsender Rohstoff«, ließ Orakel ihn unbekümmert wissen. Er bat yury, einen Routinecheck durchzuführen und ließ das Raumschiff in sicherer Entfernung wieder im Ozean landen. Der Tankvorgang wurde über Nacht beendet.

Am nächsten Morgen hob die 4-6692 ab. Weil die Besucher ihre Ausrüstungsgegenstände im Dorf vergessen hatten, kehrten sie zur großen Überraschung der Dorfbewohner noch einmal dorthin zurück. Diesmal trugen sie Jetpacks und schwebten durch ein Spalier aus knienden Wölfen zu der Hütte, in der die Gegenstände aufbewahrt wurden. Die Tür stand offen; Waffen und Geräte lagen auf einem Holzaltar, der punktuell durch ein Loch in der Decke beleuchtet wurde. Schnell griffen yury, Alexandra und Free in den Lichtstrahl hinein und nahmen ihre Ausrüstung wieder an sich.

Kein Teil fehlte; kein Watt Strahlermunition war verbraucht worden. Zum Dank für diese nicht selbstverständliche Behandlung ließ Orakel gegenüber seiner Bordkabine ein kleines Kühlregal mit fettigem Synthetikfleisch von den Bordrobotern ausräumen und den Inhalt auf das noch immer gedeckte Bankett herabsinken. Im Gegensatz zu Äöüzz-Technik handelte es sich um ein legales Exportgut, das sich auch zu solchen Zwecken an Bord befand. Als wieder alle Raumfahrer an Bord zusammengefunden hatten, veranlasste yury den Abflug von »Wildfalle«, einem nun nicht mehr ganz gewöhnlichen Planeten irgendwo zwischen Örz und ugghy.

13. Fortsetzung der Einsamkeit

13.1. Level 4: Stinkesumpf

Mit einem guten Hörbuch, dachte sich Island, *wäre das ewige Wandern leichter zu ertragen.* Er stapfte durch matschigen Untergrund; seine Fortbewegung glich dem ständigen Ausweichen vor Pfützen in einem Gebiet, das an sich bereits eine riesige ekelhafte Pfütze darstellte. Schon wieder schmatzte der Morast, floss in die Schuhe hinein, wurde durch den nächsten Tritt wieder platschend aus der Fußöffnung verdrängt und färbte die Hose beinaufwärts kackbraun.

Eine Weile versuchte Island, auf Baumwurzeln zu stolzieren, um die Eindringtiefe seiner Schuhe in die Erde zu verringern. Das gelang mit jäh erlöschendem Erfolg, denn Island rutschte auf einer der Wurzeln aus und tauschte mit dem Gesicht voran Tiefe gegen Breite – ein schlechtes Geschäft. Mühsam befreite Island sein Gesicht, seine Haare und seine Hände vom Schlamm; Brocken bakteriendurchsetzten Sumpfbodens flogen zu beiden Seiten davon. »Zum Kotzen«, fluchte Island, ohne zuvor seine Lippen ordentlich gesäubert zu haben. Er fluchte spuckend in Gedanken weiter.

»Ich verfluche dich«, schwor er seinem Peiniger, *»du sollst mir nicht im Dunkeln begegnen.«*

Daraufhin schmiss ihm der Spielleiter eine Taschenlampe gegen den Kopf, was der Getroffene nach einigen Sekunden ohnmächtiger Wut sogar guthieß. Mit schlammbesetzten Händen steckte er den etwa handlangen Stab in die durchnässte Hosentasche. Panisch riss er sein Smartphone daraus hervor, rieb es sorgfältig an der Rückseite seiner Jeans ab und verstaute es in einer Gesäßtasche. Es galt, diese unwirtliche Gegend möglichst zügig zu verlassen.

Auf mehrere Kilometer Ekelgegend folgte eine willkommene Steigung. Nicht besonders steil, aber zur Freude genügend beschrieb der Boden eine Rampe; es ging bergauf. Nun hielt der Boden den Wanderer nicht länger von seinem Vorhaben ab; die paar fehlenden Schritte zum rettenden Ufer liefen sich wie von selbst. Ein letztes Mal platschte der Schlamm in die

Schuhe hinein, dann griff Islands linker Schuh nach festem Untergrund. Es knirschte, als kleine spitze Steine sich gegenseitig verhakten und der so verdichtete Boden den Schuhträger aus dem Stinksumpf beförderte. Sofort griff Island nach dem Telefon, wurde sich seiner Unreinheit bewusst und wischte sich die Hände vorerst notdürftig in den Kniekehlen ab. Dann wählte er die Notrufnummer.

13.2. Level 5: Pfad der neuen Hoffnung

»Level 5. Pfad der neuen Hoffnung.«

»Oh, wie schön«, sagte Island, und die Verbindung blieb bestehen. Der Ex-Diktator blinzelte. »Hallo?« Die Verbindung wurde beendet. Sofort rief Island erneut beim Spielleiter an, doch dieser legte diesmal ohne Zögern nach der Ansage auf. Auch ein dritter Versuch verblieb ohne Gesprächsverlängerung.

Schulterzuckend sagte sich Island, dass die Situation nach den vorherigen beiden Leveln eigentlich wieder recht erträglich aussah. Es gab – seines Wissens – aktuell kein Zeitlimit über den Hunger hinaus und noch genügend Käse für einige Tage sparsamen Verzehrs. Der nicht vorhandene Wasservorrat bereitete ihm allerdings Sorgen. »Ich brauche Hygieneprodukte und einen Fluss«, sprach er, und nichts geschah. Er sah sich um: Weit und breit nichts als Gegend. Nichtssagende Landschaft, karge Blumenfelder. Sträucher, vereinzelte Bäume, totes Gehölz. Wo befand sich der namensgebende Pfad?

∞∞∞∞

Weil ihm die Suche nach dem »Pfad der neuen Hoffnung« bald zu lästig wurde, entschied sich der Spieler für ein strategischeres Vorgehen. Er glaubte, in Gedanken einen Jungen lachen zu hören, als er einen ahornähnlichen Laubbaum erklomm und sich recht zügig nach oben vorarbeitete. Nach etwa fünf großen Ästen fehlte der nächste Halt, doch Island überwand auch dieses Hindernis mit Mühe und Hoffnung.

Zehn Meter weiter am Stamm aufwärts wurden die Trittstöcke langsam dünner. Mit beiden Armen riss Island sich zwischen zwei Ästen hindurch, griff oberhalb nach einem dritten Ast und blieb schwankend auf den beiden passierten Punkten stehen. Einem einzelnen Ast traute er in dieser Höhe nicht mehr zu, einen kräftigen Sprung mit seinem vollen Körpergewicht zu verkraften. Es wurde eng auf dem Baum, und so nahm er den Hinweis der

Natur zum Anlass, sich statt weiterer Kletterübungen auf seiner aktuellen Höhe umzusehen.

Erneut war es die östliche Himmelsrichtung, in welcher die gewünschte Fortsetzung sich anbot. Eine sehr primitive Straße, eher ein Trampelpfad, lockte von fern; die Sonne ließ den Schatten des Baumes wie einen Wegweiser in diese Richtung fallen. Gegen das blendende Licht hingegen erkannte Island eine Meeresoberfläche, so weit das Auge reichte. Die Flut war zurückgekehrt und hatte Rückweg und Rückblick zum Horizont hin abgeschnitten; daran änderte auch die bessere Betrachtungshöhe nichts. Das bedeutete jedoch, dass der Planet kleiner sein musste als die Erde, denn Island war nicht mehr als zehn Kilometer durch Sand- und Erdpampe gewandert. Eine Sichtweite von über zehn Kilometern wäre jedoch zu erwarten gewesen; die Spielwelt ließ sich folglich in weniger als achtzig Tagen mit 1873er Erdtechnik umrunden.

»Du spielst mit meinem Gedankeninhalt«, rief Island erschrocken. Er schüttelte sich. »Hör auf, mir so unterschwellige Tipps einzugeben.«

Nachdem er wieder herabgeklettert war, stellte er diese Forderung infrage. »Hör auf, mir deine willkommenen Tipps so unterschwellig einzugeben.« Als er bemerkte, dass derartig grammatiklastige Wortspiele überhaupt nicht seine Art waren, trat er zornig mit seinem rechten Schuh den Erdboden nach vorne. Kantige, grobe Steine kamen zum Vorschein; weitere Tritte bestätigten die von oben gemachte Beobachtung: Dort, wo er die Suche aufgegeben hatte und auf einen Baum geklettert war, lag ein Weg aus Schutt vergraben. Dieser führte vom Meer nach Osten. Auf den Steinen wuchs nur wenig Vegetation; der vermeintliche Trampelpfad war eine Erdschicht auf unwirtlichem Untergrund. Er führte quer durch jedes Gebüsch genau nach dort, wo die Schatten hinzeigten, und gab Floating Island neue Hoffnung.

Bevor er sich auf den offenbar langen Weg machte, war eine Pause angebracht. Im Dunkeln wanderte es sich schlecht, die Taschenlampenbatterien waren begrenzt und der Luxus der Sicherheit vor Überflutung und Bärenangriffen musste genutzt werden. In der Hoffnung, nicht wie zu Spielbeginn von Regenschauern geweckt zu werden, legte Island sich im Licht der untergehenden Sonne mit dem Gesicht gen Osten und dem Kopf auf einem dicht moosbewachsenen Stamm zur Ruhe.

∞∞∞∞∞

Es tröpfelte, als Floating Island erwachte. Ob es die Ausgeschlafenheit oder der Regen gewesen war, vermochte er nicht festzustellen, doch er hatte gut geschlafen und war von einem der beiden Phänomene geweckt worden. Ein trockener Hals und ein knurrender Magen trübten jedoch die Stimmung; es war an der Zeit, aufzubrechen. Es konnte nicht lange dauern, bis die Sonne aufgehen und einen neuen Tag einleiten würde. Mit der linken Hand die Stabtaschenlampe vor Wassertropfen schützend, schritt Island den bedeckten Pfad entlang.

Möglicherweise endete der Weg nach einigen Kilometern in einer Sandwüste, oder verrückte Gefahren wie der autonome Traktor warteten in diesem Gebiet. Im ersten Level hatte es einen Waldbrand gegeben, im zweiten Level einen Bären. Der dritte Level hatte zumindest brennendes Sonnenlicht geboten, um den Spieler auf Trab zu halten. Anschließend waren zwei Level in Todesangst vor dem Ertrinken durchschritten worden, und nun – Regen? War das wirklich alles?

Dunkle Wolken schluckten die ersten Sonnenstrahlen. Im Licht der Taschenlampe war es schwer, sich an den Pflanzen zu orientieren, aber die ungefähre Richtung war dem Wanderer bekannt. Abhängig von der Weglänge erschien es ihm sinnvoll, früh aufzubrechen. Falls der Spielleiter seinen Hinweis ernst gemeint hatte, standen ihm vielleicht mehrere Tage Wanderung bevor und die eigentliche Gefahr war das Verhungern.

Bald war Island an der Stelle angekommen, die er vom Baum aus erblickt hatte. Hier verlief der Weg durch Gebüsch und war zwischen Sträuchern gut erkennbar und erfühlbar. Ilexpflanzen lockten mit Beeren, die das Spiel vorzeitig beenden konnten. Dem von Stachelpalmen umringten Spieler graute davor, wie ein Verdurstender im Salzwasser nach der giftigen Speise zu greifen. Schnell lief er durch das Gestrüpp hindurch und ließ die Versuchung hinter sich. »Ha«, sagte er dann. »Das ist die Herausforderung. Giftige Beeren am Wegesrand.«

Es blieb nicht bei Beeren allein; weitere Gifte luden immer wieder zu einer letzten Mahlzeit ein. Stundenlang durchquerte Island verschiedenste Vegetationstypen, die alle ihre eigenen Tücken aufwiesen. Eine Kontrolle mit dem Telefon ergab, dass der Spielstand sich nicht verändert hatte: Der »Pfad der neuen Hoffnung« war noch lange nicht bezwungen.

Irgendwann traf Floating Island auf ein Weizenfeld. Dessen klare Abgrenzung, wenngleich ohne Zaun oder Beschilderung, wirkte künstlich und wie mit einem Lineal gezogen. Verdutzt unterbrach Island die Wanderung und inspizierte den Feldrand, konnte jedoch keine Besonderheiten entdecken. Der Levelbeginn war nicht mehr in Sichtweite, aber Island wollte erneut auf einen Baum klettern, um einen Überblick zu gewinnen. Ohne Bäume ließ sich dieses Vorhaben nicht durchführen. Da er sich notfalls von Weizenkörnern ernähren konnte und den Käseproviant anknabbern wollte, ließ Island sich zum Nachdenken vor dem Feldeingang nieder. Wasser bezog er aus einer Tasche, die er aus der Plastikverpackung des Käses gebildet und während des Laufens vor sich hin getragen hatte. Als dauerhafte Lösung war der Behälter nicht geeignet; die Ausbeute war viel zu gering.

Noch immer bedeckten Wolken den Himmel; es mochte bereits Mittag sein, doch nur graue Schleier erleuchteten die Gegend. Einigermaßen gestärkt beschloss Island, das Feld unangetastet zu belassen und zu durchschreiten. Nur im Notfall wollte er zurückkehren und auf die Körner zurückgreifen; es wäre einer Resignation gleichgekommen. Hier ließ sich mit vertretbarem Aufwand durch Handarbeit kein Magen füllen.

Mitten im Feldweg, umgeben von hohen Ähren, lag ein runder Stock, der durch Tiersehnen gespannt wurde. Unter misstrauischen Blicken wurde die Waffe aufgehoben und inspiziert: Ohne Pfeile wertlos, aber zweifellos ein menschliches Konstrukt, das sich später irgendwie verwenden ließ. Das Steinchen, das Island für seine letzte Fehlermeldung gegen den Kopf bekommen hatte, ließ sich hierfür nicht nutzen. Island ordnete den Bogen gedanklich in dieselbe Kategorie, »potenziell nützlicher Kram«, ein und hängte sich den Stock über die Schulter. Dann lief er weiter.

Am gegenüberliegenden Ende des Weizenfelds lag schließlich ein gut gefüllter Pfeilköcher, der mit einem weißen Zettel beklebt war.

Die Waffen nieder
Waffen sind unheilvolle Geräte,
alle Wesen hassen sie wohl.
Darum will der, der den SINN des Spiels versteht,
nichts von ihnen wissen.

Misstrauisch riss Island den Zettel vom Köcher und betrachtete dessen Rand genauer: Durchsichtige Klebestreifen. Ein Blitz schien durch seinen Kopf zu fahren; frenetisch schmiss er den Bogen zur Seite und ballte die Fäuste voll Zuversicht. Das war sie, die neue Hoffnung. Maschinell massengefertigte, transparente Zweckmäßigkeit, ein Produkt fortschrittlicher Zivilisationen, die das Zeitalter der Industrialisierung hinter sich gelassen hatten. Nun brauchte er auch Pfeil und Bogen nicht mehr; er hätte sie ohnehin nicht gut zu nutzen gewusst.

Eher zufällig befolgte Floating Island auf diese Weise zum ersten Mal einen Ratschlag, den er auf einem Notizzettel gelesen hatte. Sich dessen kaum bewusst, lief er ausgelassen den Weg entlang, ließ das Feld hinter sich und gelangte auf eine weite Ebene, die den Weg seiner Erkennbarkeit beraubte. Hier gab es keine Vegetation, deren Fehlen auf die Steine im Boden hindeutete; hier war Graben angesagt. Der unsichtbare Kiesweg vollzog mitten auf der Ebene eine große Kurve, bevor er in nördlicher Richtung weiterlief und tödliche Fallen umging. Diese mühsame Forschungsarbeit blieb dem Laufenden jedoch erspart, denn Mittagslicht brach durch die Wolkendecke und ließ die Erde über dem Kies leuchten. Leichter Nebel wurde von Sonnenstrahlen durchschnitten; die schwebenden Wassertröpfchen visualisierten den Weg des Lichts. Über alldem leuchtete ein doppelter Regenbogen, und Vögel zwitscherten nach Stunden der Stille.

Der Anblick des Naturwunders brachte den Spieler aus dem Konzept. Für ihn hatte festgestanden, dass der Weg stets unverändert nach Osten verlief; die schier endlose Ebene hätte er in gleicher Richtung überquert. Nun hingegen leuchtete eine Kurve vor ihm auf wie ein göttliches Zeichen.

»Ich darf nicht zu lange darüber nachdenken«, sagte Island zu sich selbst und rannte weiter den Pfad entlang. In Euphorie vergaß er Sparsamkeit und Kraftreserven; er wollte lieber erschöpft am Ziel zusammenbrechen, als dieses auch nur ein paar Minuten zu spät zu erreichen. Irgendwo musste der Weg ein Ende haben, denn irgendjemand aus der Gegend musste diesen Köcher beklebt haben. Dass die Zettel selbst ebenfalls ein typisches Billigprodukt aus technischen Gesellschaften sein konnten und dass zwei solcher Zettel bereits in Level 2 unter einem Apfelbaum gelegen hatten, vernachlässigte er bei dieser Überlegung. Dass die Zettelbeschriftung aus Kunstharz bestand und von einem Laserdrucker auf das Papier gebracht worden war, übersah er vollkommen. Weshalb ausgerechnet die Klebestreifen seinen Enthusiasmus antrieben, blieb rätselhaft – jedenfalls war dieser interessanterweise berechtigt. Am Ende des Weges stand...

»Ein Gasthaus«, keuchte Island. Er lief ohne Pause weiter. Innen brannte helles Zimmerlicht, außen eine LED-Laterne. Das Haus selbst war aus Holzfachwerk gebaut und mit einem Reetdach bedeckt. Ein nach außen gehängtes Holzschild wies das Anwesen als »Level 6« aus; einen derart offensichtlichen Sprung aus der Bezugsebene hatte er nicht erwartet. Zur Bestätigung zog er sein Handy hervor, das ihm aber außerhalb des Gasthauses noch nicht den Eintritt in den nächsten Level bestätigte. Schnell steckte Island das Gerät wieder in eine Hosentasche, starrte die schwere Holztür an und riss sie drei Sekunden später mit Schwung und Entschlossenheit nach außen auf.

14. Der ugghy-Coup

Nach zwei Zwischenstopps auf weniger gastfreundlichen Planeten steuerte die 4-6692 nun direkt auf ugghy zu. Dessen Stern war als *Germania* auf der Karte eingetragen. Trotz jahrzehntelanger Feindschaft war diese Information den Äöüzz erst vor einigen Monaten bekannt geworden, als Konrad Irby sich in einer etwas zu überheblichen Neujahrsansprache per Warpfunk an die Bewohner der Südgalaxis gewandt und diesen von seiner Macht berichtet hatte. Die Empfänger hatten tatsächlich Respekt vor der Piratentechnik und den überdimensionalen Raumschiffen der uggy. Zu einem Gegenschlag mit planetenzerstörenden Raketen würde es jedoch auch in Zukunft nicht kommen; die Zeit aggressiver Außenpolitik zur Sicherung des inneren Friedens war vorbei. Im Verwaltungsrat der Äöüzz-Wirtschaftsvereinigung setzte man derzeit auf Diplomatie und Zurückhaltung, Handel und ruhige Verwaltung.

»Wir erreichen den hässlichsten Punkt der bekannten Galaxis in zwanzig Minuten«, kündigten die Bordcomputer über Lautsprecher in allen Räumen an. Alexandra brachte das Laufband zum Stillstand und verließ das große Fitnessstudio, das in der Nähe ihrer Kabine am südwestlichen Glasgang eingerichtet worden war. Schmunzelnd betrat sie daraufhin die Bibliothek, die sich direkt neben dem Studio am Südostgang befand. Wie erwartet, saß yury darin auf einem Sofa und war so sehr in ein Mathematikbuch vertieft, dass er die Lautsprecheransage überhört hatte. »He du«, rief sie.

yury sah auf. »Wusstest du, dass das Integral von eins bis unendlich über ein Floor-x-tel minus ein X-tel nach x irrational und transzendent ist?«

»Bitte was?«

»Die Erdmenschen wissen es bis heute nicht«, fuhr yury unbeirrt fort, »weil sie den Satz von Änörp noch nicht kennen.«

»Schön. Wusstest du, dass wir in siebzehn Minuten abspringen?«

»Oh.«

»Du wusstest es bis gerade nicht«, stellte Alexandra genüsslich fest, »weil dieses Buch dich seit zwei Tagen aus der Realität in irgendwelche höherdimensionalen Sphären katapultiert.«

»Mathematik ist wichtig«, rechtfertigte sich yury. Er erhob sich ächzend vom Sofa und atmete tief durch, um seinen Kreislauf in Schwung zu bringen. »Die ganze Raumfahrt ist hauptsächlich Mathematik und ein bisschen Logik. Den Rest regelt der gesunde Menschenverstand.«

Alexandra verkniff sich einen spöttischen Kommentar zum letzten Satz und ging in ihre Kabine, um sich für die bevorstehende Mission einzukleiden und zu bewaffnen. Die größeren Geschütze waren in Lagern verstaut, aber kleinkalibrige Impulslaser und Paralysatoren befanden sich in Griffweite neben ihrem Bett. Orakel hatte einmal nachgefragt, ob sie gelegentlich schlafwandle und damit auf Gespenster schießen wolle – das sei nicht der Fall, aber man wisse nie, wann die nächste Piratentruppe an Bord erscheine. Seitdem klopfte er vor Besuchen besonders sorgfältig außen an die Kabinentür.

Free verließ gut gelaunt das Tonstudio, das sich genau im Osten des Außenrings, und wie alle Aufenthaltsräume an dessen Innenseite befand. Aus dem gegenüberliegenden Lagerraum holte er eine Tausenderspindel optischer Aufzeichnungsmedien, legte diese in einen Stapelbrenner und ließ den Produktionsvorgang in Abwesenheit weiterlaufen. Dann nahm er den kürzesten Weg zur Kantine, quer durch die Zentrale hindurch, und verpasste so Orakel, der gerade durch den Außengang lief. Als er die Kantine leer vorfand, bestellte er eine Dose Erdnüsse für seinen Freund mit, entschied sich selbst für eine Schüssel Fruchtmüsli und brachte das Essen an den Navigationstisch. Aus dem Ostgang stieß Orakel hinzu, der längst seine Mahlzeit und eine weitere Müslischüssel in der Hand hielt: »Falls du das Müsli nicht allein schaffst, helfe ich gerne.«

»Du hast Nerven«, rief yury aus dem Südwestgang. Hinter ihm überprüfte Alexandra den Sitz einer kleinen Axt. »In zehn Minuten sollten wir das Schiff verlassen.«

Orakel vertilgte eine Handvoll Erdnüsse, bevor er antwortete. »Immer mit der Ruhe. Die uggys laufen euch nicht davon.«

»Das stimmt«, bestätigte yury, »Wenn wir aber zu lange im Orbit bleiben, holt uns vielleicht ein planetares Fort vom Himmel herab.«

Als die Dose geleert war, wischte Orakel sich das Salz von den Händen und tippte etwas auf dem Tisch ein. Anstelle der Milchstraße erschien nun ein tatsächlich recht hässlicher, karg bewachsener Planet voller Wüsten und grobklotzig die Gegend verschandelnder Quaderbauten, gezeichnet vom Brutalismus der uggy-Architekten. Bei einer Etagenhöhe von vier Metern hatten selbst kleinere Häuser einen bemerkbar negativen Einfluss auf das ohnehin kaum vorhandene Naturbild des Planeten. ugghy sah aus wie die Raumschiffe, die darauf parkten: abgrundtief abscheulich und horrend hässlich.

Die Mannschaft begutachtete die Darstellung. »Ich brauche keinen Psychologen, um in die Seele dieser Wesen zu blicken«, behauptete Alexandra. »Kein Wunder, dass Irby leichtes Spiel mit seinem Planetenkauf hatte.«

»Du müsstest mir dann allerdings noch erklären, womit er die Dreckkugel bezahlt hat.« yury hatte eine andere Theorie. »Irby ist ein Hochstapler, der es durch Tricks zu etwas gebracht und die Geschichtsbücher nach seinem Gutdünken umgeschrieben hat.«

Noch dreißigtausend Lichtsekunden trennten die 4-6692 von ugghy. Der Warpantrieb war längst auf einen Bruchteil seiner Maximalleistung heruntergefahren; das Schiff näherte sich mit vierhundertfacher Lichtgeschwindigkeit dem Germania-Planetensystem. Auf den Außenmonitoren waren annähernd kreisförmige Ellipsen sichtbar: Der Anflug fand senkrecht zur Systemebene statt. Nach und nach verschwanden die äußeren Ellipsen aus dem Sichtfeld und das Müsli vom Tisch. Schnell wurden die letzten Vorbereitungen getroffen und Raumanzüge angelegt. Orakel hingegen hatte sich freiwillig dazu gemeldet, an Bord zu bleiben und die Mission aus dem Weltall zu beaufsichtigen. Irgendjemand musste das Schiff nach Örz zurückfliegen, und die düstere Prophezeiung des Türstehers hatte ihn zur Risikovermeidung veranlasst.

yury, Alexandra und Free begaben sich in eine Seitenschleuse im Vorbereich der Zentralkugel und schlossen ihre Helme. Die Szene erinnerte an Vorbereitungen für einen Fallschirmsprung und unterschied sich davon nur durch den Abstand zur Planetenoberfläche und die eingesetzten Hilfsmittel.

»Zwanzig Lichtsekunden«, rief Orakel durch die offenen Türen. »Zehn. Fünf.«

Die Schleuse wurde verschlossen; die Luft wurde in einen Ausgleichsbehälter unter dem Boden abgepumpt. Aus den Helmlautsprechern drangen Orakels Abschiedsworte.

»Dreißig Megameter. Absprung in fünf, vier, drei, zwei, eins, viel Erfolg.«

Ruckartig wurden die Außentore zur Seite gerissen. Der Raketenantrieb dreier Jetpacks ließ die drei Abenteurer auf den Planeten zuschießen, der bereits einen Großteil des Sichtfelds bedeckte. An Bord blieben Verbrennungsabgase zurück, die ebenfalls abgepumpt wurden, nachdem sich die Tore wieder geschlossen hatten. Orakel, der eine Vorliebe für mechanische Befehleingaben hatte, riss einen manuellen Steuerknüppel zu sich heran und löste auf diese Weise den computerunterstützten Abflug aus. Das Landungskommando war bereits weit genug entfernt, um beide Triebwerksarten der 4-6692 einzusetzen: Mit Antigravitation und Feuer verabschiedete

Orakel sich von seinen Kollegen. Längst hatte er eine Distanz von mehreren Lichtsekunden erreicht, als ein Funkspruch eintraf.

»mein name ist der jor-n05. ich bin verteidigungskommandant auf einem grenzschiff der lokalen uggy-systemwache. sie werden zerstoert. bitte identifizieren sie sich waehrend des angriffs, falls sie unerwartet ueber eine genehmigung fuer ihre grenzueberschreitung verfuegen. diese meldung wird nicht wiederholt.«

Das letzte Wort war noch nicht ausgesprochen worden, als ein Dutzend roter Laserstrahlen aus der Dunkelheit des Alls hervorschossen. Ausnahmsweise war Orakel für die Zielgenauigkeit seiner Gegner dankbar, denn die 4-6692 fing auf diese Weise das tödliche Feuer von den drei Anzugfliegern ab.

»Sag ihnen, wir haben Diamantplatten an Bord, die durch Hitzeeinwirkung verbrennen würden. Das wäre doch schade.«

Die Bordcomputer lenkten automatisch die Energie des zweiten Kraftwerks vom Antrieb in die Schutzschilde um, während sie die Nachricht in uggy-Sprache übersetzten und in Richtung der Laserstrahlen zurücksendeten. Orakel ließ es sich derweil nicht nehmen, eine weitere Dose Erdnüsse zu öffnen. So viel Zeit musste sein.

Das Feuer wurde tatsächlich eingestellt – und durch Kanonenbeschuss ersetzt. *»vielen dank fuer ihren hinweis«*, lautete die lapidare Antwort des überhaupt nicht zu Verhandlungen bereiten Gegners.

Orakel wurde durch diese Wendung in eine Zwangslage gebracht. Er durfte den Kurs nicht ruckartig ändern, um seine Freunde nicht durch verschossene Kanonenkugeln zu gefährden. Andererseits war das Erkundungsschiff wohl eher schlecht für einen Kampf gegen Militärschiffe ausgerüstet...

»Schildkapazität vollständig. Kraftwerksbelastung vergleichbar mit atmosphärischer Reibungshitze.«

Besser als gedacht. Ohne Terahertzstrahlung war den Mehrfachschilden schwer beizukommen, und für Kanonenbeschuss war das Raumschiff von Anfang an gut gerüstet gewesen. Orakel konnte es sich leisten, noch ein wenig zu pokern. »Hier spricht Transportkommandant Öräg von der Ändrömedeän Häüläg. Sind wir hier richtig bei... El Dörädö?«

Er konnte regelrecht spüren, wie auf den anderen Raumschiffen mehrere Zuhörer ihre großen Augen aufrissen. Bevor Rückfragen gestellt werden konnten, schickte er schnell etwas hinterher: »Wir bringen Werkstoffe und Waffen für die nächste Mission. Bitte stellen Sie das Feuer ein.«

Nun befand sich das größte Dilemma auf der anderen Seite: Selbstverständlich war man am Inhalt des Schiffs interessiert, aber die Situation ließ eine beschädigungsfreie Bergung kaum zu. Die schnelle Eingreiftruppe verfügte nicht über genug Raumschiffmasse, um Orakel an der Flucht zu hindern; eigentlich war es ein Wunder, dass dieser sich nicht längst aus dem Staub gemacht hatte. Einen Planetenanflug zu verhindern, war die durchführbare Mission; den Angreifer aus dem System zu verscheuchen, wurde als Lösung akzeptiert. Der Angreifer machte jedoch keine Fluchtanstalten und hatte alle Angriffe über sich ergehen lassen. Glaubte der Pilot des ringförmigen Schiffs wirklich, er befände sich am Ziel seiner Reise?

Orakel wusste, dass man ihn nun hinhalten wollte. Wenn größere Verstärkung eintraf, gab es keine Fluchtmöglichkeit mehr für die 4-6692. Die drei abgesprungenen Passagiere durften sich nicht per Funk melden, um eine Entdeckung zu verhindern; auch die Raketentriebwerke waren früh abgeschaltet worden. Ihre ungefähre Position ließ sich jedoch errechnen, und inzwischen hatten sie genug Abstand gewonnen, um jeder zufälligen Ortung zu entgehen. »Der Quantencomputer soll sich eine gute Ausrede überlegen, warum wir jetzt verschwinden. Vielleicht haben wir gerade noch einmal auf der Sternenkarte nachgesehen und unseren Irrtum bemerkt. Dass El Dörädö tausend Lichtjahre von ugghy entfernt ist, müssen die Möchtegern-Polizisten ja nicht wissen. Die werden jetzt alle umgebenden Systeme nach dem Generationenschiff durchkämmen, weil sie glauben, etwas übersehen zu haben.«

Der Quantencomputer benötigte nicht lange, um eine plausible Ausrede zu formulieren. Diese hatte überhaupt nichts mit Orakels Vorschlag gemeinsam, wirkte jedoch umso überzeugender. Die ursprüngliche Anfrage und die angebliche Ladung wurden durch geschickte Logikfehler enttarnbar gemacht. Den uggys wurde vorgegaukelt, der vorgebliche Händler sei ein wichtigtuerischer, halsbrecherischer Abenteurer, der bei seinen Berufsgenossen damit prahlen wollte, in das Germania-System eingedrungen zu sein. Er habe seine Ausreden aus den Tagesnachrichten zusammengebastelt und überhaupt keine wertvolle Ladung an Bord. Mit seinen Lügen wolle er die uggys dazu bewegen, ihn auf ugghy landen zu lassen, um seine Fracht dort abzuliefern. Dort habe er jedoch sicherlich mit einer Festnahme zu rechnen. Kurz nach der Landung wolle er daher wieder mit voller Geschwindigkeit starten, um einerseits noch den überraschten uggys zu entfliehen und andererseits damit angeben zu können, sogar auf ugghy gelandet zu sein.

Die Kommandanten der Systemwache waren entsetzt über den beinahe geglückten Plan, durchschauten jedoch die vermeintlichen Lügen und beschossen ohne weitere Funknachricht aus allen Waffen das Erkundungsschiff. Nun ging es Orakel tatsächlich an den Kragen, und er floh schnell aus dem System.

∞∞∞∞

Der Himmel über dem Raumhafen war bewölkt, doch zwischen den Wolken bot sich den drei Jetpackfliegern ein beeindruckender Anblick. Wie alle Gebäude auf ugghy war auch die Parkebene aus rohem Beton gegossen worden. Verzierungen waren den galaktischen Rechtsverdrehern fremd; pure Funktionalität und Wirtschaftlichkeit regierten die Architektur. Auf exakt 2500 Quadratkilometern in regelmäßigen Abständen verteilt standen Raumschiffe aller Klassen – von winzigen »Steinmühlen« über »Mondbrecher« bis hin zu »Planetenzerstörern« gab es eine große Auswahl für potenzielle Diebe, doch »Kleinkram« interessierte die Eindringlinge an diesem Tag nicht. Ziel des bislang ungestörten Flugs war die Mitte des quadratischen Betonfelds. Dort standen vier bestens gewartete, im Sonnenlicht silbern glänzende Aushängeschilder des ugghy-Militärs: Galaxievernichter. Würfelförmig, hässlich und absolut tödlich. Irdische Wolkenkratzer waren keine sinnvolle Vergleichsgröße; die vier Klötze hatten Kantenlängen von dreitausend Metern. Wolken wurden von den Monstren nicht gekratzt, sondern durchstoßen. Die oberste Etage lag beinahe in der Stratosphäre des Planeten.

»galaxievernichter 03« war die unkreative Beschriftung des Raumschiffs, vor dem Free, yury und Alexandra landeten. Sie blickten an der Metallwand empor, doch deren Ende lag außerhalb der Sichtweite und wurde von Nebel verschluckt. Auf dem Raumhafen herrschte einigermaßen reger Wartungsbetrieb, doch das Zentrum wurde momentan von Aufmerksamkeit verschont.

»Wir könnten den Identifikator unverändert vor ein Schott halten und gucken, was passiert«, schlug Free vor.

»Ja«, sagte Alexandra. »Ich befürchte aber, dass derair so weit vom benötigten Rang entfernt ist, dass ein Alarm ausgelöst würde. Kein ugghy könnte derairs Mondbrecher mit einem Galaxievernichter verwechseln. Wenn derair versucht, hier einzudringen, dann handelt es sich eindeutig um einen absichtlichen Grenzübertritt.«

yury wog das Äöüzz-Mitbringsel in den Händen. »Du meinst, wir sollten direkt den Speicher manipulieren?« Er sah sich um. »Noch wäre Zeit dazu. Wie setzen wir die Bits?«

»Alles Einsen«, beschloss Free spontan. Er schloss derairs Identifikator an den Manipulator an und tippte sechzehn Einsen ein. Der Vorgang war sofort abgeschlossen, und Free trennte die Geräte voneinander.

»Du bist jetzt Konrad Irby«, mutmaßte yury. »Dann öffne uns mal die Tür.«

Als Free daraufhin den Identifikator vor ein grün schimmerndes Lesefeld auf Kopfhöhe hielt, geschah überhaupt nichts. Der säulenlose Klotz stand unverändert mit seiner Grundseite auf dem Betonboden und verweigerte den Zutritt. Möglicherweise hatte der eingespeicherte Name ebenfalls einen Einfluss?

»derair könnte niemals den Rang des Diktators erreichen«, gab yury zu bedenken. »Die von dir eingetippte Kombination ist unlogisch und wird vielleicht deshalb abgelehnt.«

Ein zweiter Versuch mit den Daten »Konrad Irby, Rang 65535« schlug jedoch ebenfalls fehl. Langsam wurden die Abenteurer nervös; möglicherweise war bereits irgendwo ein Alarm ausgelöst worden. Das Raumhafenpersonal, das nur in der Ferne zu erahnen war, schien jedoch noch keinen Verdacht geschöpft zu haben. Auf diesem Planeten verstieß niemand gegen Gesetze, also musste auch niemand Misstrauen hegen. Die Arbeiter kümmerten sich um die Erfüllung ihrer eigenen Aufgaben und scherten sich nicht um die Tätigkeit anderer Lebewesen.

»Dann ist Konrad Irby vielleicht doch die Null«, riet Alexandra. Sie programmierte den Rang entsprechend um und hielt den Identifikator gegen das Lesefeld – ohne Erfolg. Auch ausgefallenere Bitfolgen wie »1010101010101010« oder »1000000000000001« führten nicht zum Ziel.

»Ich glaube, wir brauchen den Namen eines Galaxievernichter-Kommandanten«, sagte yury schließlich. »Und dessen Rang. Also eigentlich dessen Identifikator.«

Free begutachtete die Ausrüstung seiner Kollegen. »Vielleicht kannst du deine Axt doch noch einsetzen, Alexandra.«

»Für das Schott?«, scherzte yury.

»Für irgendeine Haustür«, erklärte Free.

∞∞∞∞∞

Wie bei ihrem letzten Besuch gab es niemanden, der den Eingang zum Hafen kontrollierte. Unbeachtet von umherlaufenden Ingenieuren verließen die Erdmenschen ihr ursprüngliches Landeziel und begaben sich auf den linken Bürgersteig einer toten Nebenstraße der anliegenden Großstadt.

yury verzog das Gesicht, blickte zwischen den beidseitig zwanzigstöckig aufragenden Brutalbauten entlang die unbemalte Betonstraße hinab und blieb vor seinen Freunden stehen. Ohne den Kopf zu wenden, erklärte er seinen Stopp. »Das ist doch Unfug. Wir finden niemals eine der wenigen

Wohnungen, in denen hochrangige Kommandanten leben. Die Informationen können wir uns vielleicht irgendwie beschaffen, aber einen Diebstahl kann es heute nicht geben. Uns fehlt ein Plan für diese unvorhergesehene Situation.«

»Wir könnten uns vielleicht tatsächlich gewaltsam Zutritt durch das Eingangsschott verschaffen«, überlegte Alexandra. »Beispielsweise mit den Bordwaffen eines anderen Schiffs, zu dem wir Zugang haben.«

»Gut – nehmen wir an, das funktioniert.« yury grübelte. »Dann haben wir ein aufgeschmolzenes oder kaputtgeballertes Tor und Zugang zu einem riesigen Würfel voller toter Elektronik.«

»Ach so, uns fehlt eine Steuerungsmöglichkeit«, erkannte sie. »Zutritt allein genügt nicht.«

»Wenn wir einmal drin sind, könnten wir die Elektronik hacken«, glomm Begeisterung in Free auf. yury dämpfte diese jedoch umgehend.

»Werd nicht überheblich«, stellte er klar. »Wir sind in Eile und können nicht zwei Jahre warten, bis du ohne Handbuch die Sprache fremder Prozessoren erlernt hast. Du bist ja schon am Eingang gescheitert.«

Free schnappte nach Luft. »Momentan scheint es, als hätten wir alle Zeit der Welt«, meckerte er dann.

yury nickte, noch immer mit dem Gesicht nach vorne gerichtet. »Noch haben wir das. Wenn wir uns gewaltsam Zutritt verschaffen, ändert sich das schlagartig.«

»Was schlägst du stattdessen vor?«

Die hinter einer Kurve hervortretende uggy-Polizeipatrouille enthob ihn einer Antwort. Niemand rührte sich; starr vor Schreck und unvorbereitet starrten sechs Augen in Richtung dreier uggys, die gemütlich die andere Straßenseite entlangliefen. In ihrer tollpatschig-unbeholfenen Art wirkten die drei Riesen, als liefen sie talentlos auf Stelzen durch die Gegend.

»Angriff ist die beste Verteidigung«, murmelte yury. Er blickte nach links, rechts, links, rechts, links, rechts, links, rechts, links und hoffte, auf diese Weise eventuellen Vorschriften Genüge zu leisten, bevor er die leere Straße überquerte. Die Patrouille wurde auf ihn aufmerksam, und seine Freunde blickten ihm verständnislos und mit wackelnden Knien hinterher. »guten tag. ich wuerde gerne zivilrechtliche ansprueche gegen einen raumschiffkommandanten geltend machen. bitte weisen sie mir den weg zur naechsten auskunftstelle.«

Alexandra und Free rissen sich zusammen, um nicht mit offenen Mündern zur anderen Straßenseite zu starren.

»guten tag. die naechste auskunftstelle befindet sich am ende der strasse rechts, drei kreuzungen geradeaus, links, rechts, fuenf geradeaus, auf der fahrtseite. haben Sie ein touristenvisum?«

yury verabschiedete sich ungerührt. »befaende ich mich sonst hier? vielen dank.« Er kehrte zu seinen Freunden zurück, nachdem er die Straße erneut penibel auf Überquerbarkeit geprüft hatte. Die Patrouille setzte ihren Weg fort und war bald verschwunden.

Alexandra fand als Erste ihre Sprache wieder. »Hast du noch alle Tassen im Schrank? Zivilrechtliche Ansprüche? Auskunftstelle?«

»Genial«, fand Free, »wie du die Straße überquert hast. Wie ein kleines Kind.«

»Vorschriftsgemäß«, korrigierte yury, ohne tatsächlich eine Vorschrift zu kennen. »Scheint zumindest nicht verboten gewesen zu sein.«

»Das heißt, wir halten uns an die Weganweisungen und landen an einem Ort, an dem es die gewünschte Information gibt?«, hakte Alexandra nach.

»Kann schon sein«, sagte yury. Dann lief er weiter in die ursprüngliche Richtung; seine Freunde folgten ihm verwirrt, aber immerhin nicht mehr planlos.

Die zweite Kreuzung nach Verlassen der Nebenstraße führte über eine stark befahrene Hauptverkehrsstraße. Selbst die Automobile der uggys hatten eine einfache geometrische Grundform: Rechtwinklige Dreiecksprismen rollten auf dicken Vollgummireifen über die beigefarbenen Straßen. Trennstreifen gab es nicht; rote Ampeln wurden durch rot leuchtende Bodenlinien an Kreuzungsmündungen ersetzt. Auch für Fußgänger gab es solche Lichtsignale. Die Bedeutung der roten Linie vor yurys Füßen war eindeutig.

Die Nachfolgenden blieben neben yury stehen und blickten über den Verkehr hinweg. Alle Straßen sahen eintönig und gleich aus. Alle Autos waren unlackiert silbergrau. Alle Häuser bestanden aus immer gleichen Glasfenstern, Glastüren und Betonwänden. Der Baustoff Holz schien auf ugghy unbekannt zu sein. Free schüttelte sich. »Danach noch eine Kreuzung geradeaus, links, rechts, und fünf geradeaus. Ich nehme an, es gibt überall merkwürdige Sonderregeln und Einbahnstraßen, die einen solchen Zickzackkurs erforderlich machen.«

»Ich würde mich hüten, irgendeinen anderen Weg zu nehmen«, bekräftigte Alexandra diese Ansicht. »Hier gibt es bestimmt auch Einbahnwege für Fußgänger.«

Dann erlosch die rote Linie; die Fahrt der Autos wurde nach dem umgekehrten Prinzip beendet. Während die Freunde die Straße überquerten, blickten sie starr geradeaus und hatten kein Interesse, Blickkontakt zu uggys aufzunehmen. Sie hätten ansonsten bemerkt, dass manche Fahrzeuge ohne Insassen unterwegs waren und dass kein Fahrzeug aktiv von einem uggy gesteuert wurde. Es handelte sich durchweg um Leihfahrzeuge, die für Einzelfahrten gemietet wurden und selbstständig ihr Ziel anfuhren. Inhaber des Taxiunternehmens war die Planetenregierung; Fahrzeugeigentum war nur Organisationen und Behörden gestattet.

Die drei Besucher kamen an mehreren Geschäften vorbei, die als solche nur an klein gedrucktem Text auf den Außenfenstern zu erkennen waren. Von Schaufenstern oder gar bunter Beleuchtung schienen die uggys nichts zu halten oder zu verstehen.

»*Bekleidung. Alle Graustufen, alle Größen.*« Alexandra lachte. »*Nahrung. Proteinwürfel, Vitamintabletten, Wasser.*«

yury zeigte auf ein besonders großes Geschäftsgebäude auf der gegenüberliegenden Straßenseite. »Das scheint eine Buchhandlung zu sein.« Es war verlockend, dem Laden einen Besuch abzustatten, aber das Risiko war zu groß, einen entscheidenden Fehler zu begehen und enttarnt zu werden.

Die Wegbeschreibung der Patrouille war korrekt gewesen: »*Adressauskunft*« stand neben fünfzig anderen Behördennamen in einer Liste an der Glastür. »*Zweites Obergeschoss.*«

Ein Bewegungssensor öffnete die doppelte Schiebetür einladend zu beiden Seiten; Treppenhaus und Aufzug waren kaum zu verfehlen. Wie Orakel an dieser Stelle sicherlich angemerkt hätte, handelte es sich bei uggy-Stockwerken und uggy-Treppen um eine besondere Herausforderung. Da man beim Treppenlaufen jedoch weniger Fehler als bei einer Aufzugfahrt mit fremder Technik machen konnte, entschieden sich die Auskunftsuchenden für den körperlich beschwerlichen Weg nach oben. Niemand kam ihnen entgegen, aber der gläserne Aufzug fuhr ein paarmal in beide Richtungen an ihnen vorbei. Die Befürchtung, die uggys im transparenten Schacht könnten Alarm schlagen, erwies sich als unbegründet: Niemand kümmerte sich um die Spione von Örz.

Im zweiten Obergeschoss führte ein breiter Gang zu beiden Seiten vom offenen Treppenhaus weg. Dem Treppenhaus gegenüber lagen Verwaltungsräume und eine Wegweisertafel: Der gesuchte Raum befand sich rechts vom Leser, vier Türen weiter, auf der linken Gangseite. Klar verständliche Laufanweisungen anstelle bunter Karten waren einer der wenigen Vorteile der uggy-Bürokratie.

Wie alle Türen bestand auch die vierte Tür links aus Glas, schob sich automatisch zur Seite und schloss sich hinter den Kunden.

Einsam vor einer Glasfront stand ein Automat mit großer Metalltastatur. Die vier Freunde traten an das wandgroße Fenster heran und ließen einen Moment lang das Bild des unten vorbeiziehenden Straßenverkehrs auf sich einwirken. Kein Geräusch drang herauf, keine Uhr tickte, kein uggy schritt über den Gang. Auch der Verkehr war erstaunlich dünn und niederfrequent.

Alexandra löste sich mit mäßigem Interesse von dem Anblick. »Vielleicht ist heute ein Feiertag oder so etwas.« Sie wandte sich dem Automaten zu. »Hoffentlich bekommt man hier rund um die Uhr eine Auskunft.«

Um den Text in uggy-Sprache zu entziffern, las sie ihn mit deutscher Aussprache vom Bildschirm vor. Das Übersetzungsgerät an ihrem Gürtel sprach daraufhin eine Übersetzung aus.

»bitte selektieren sie die kategorie ihrer auskunfterhebung aus der folgenden divisionsliste durch eingabe der entsprechenden abteilungsnummer. 1. landwirtschaftliche betriebe zur erzeugung von kartoffeln. 2. landwirtschaftliche betriebe zur erzeugung von mohrrueben.«

Stunden vergingen; die Menschen wechselten sich in zunehmender Heiserkeit mit dem Vorlesen ab. Siebenhundertdreißig Listeneinträge später horchten sie auf.

»730. militaerische raumfahrzeuge klasse steinmuehle. 731. militaerische raumfahrzeuge klasse felsteiler. 732. militaerische raumfahrzeuge klasse bergspalter. 733. militaerische raumfahrzeuge klasse gebirgsplaetter. 734. militaerische raumfahrzeuge klasse meteoroidzerstaeuber. 735. militaerische raumfahrzeuge klasse asteroidverbrenner. 736. militaerische raumfahrzeuge klasse mondbrecher. 737. militaerische raumfahrzeuge klasse zwergplanetsprenger. 738. militaerische raumfahrzeuge klasse planetenzerstoerer. 739. militaerische raumfahrzeuge klasse eisriesenschmelzer. 740. militaerische raumfahrzeuge klasse gasriesensauger. 741. militaerische raumfahrzeuge klasse braunzwergkuehler. 742. militaerische raumfahrzeuge klasse rotzwergschrumpfer. 743. militaerische raumfahrzeuge klasse weißzwergdestabilisator. 744. militaerische raumfahrzeuge klasse titansternaufloeser. 745. militaerische raumfahrzeuge klasse eisensternfresser. 746. militaerische raumfahrzeuge klasse kalziumsternverschlinger. 747. militaerische raumfahrzeuge klasse wasserstoffsternzerpfluecker. 748. militaerische raumfahrzeuge klasse heliumsternzerfetzer. 749. militaerische raumfahrzeuge klasse orbitentwurzler. 750. militaerische raumfahrzeuge klasse systemzerquetscher. 751. militaerische raumfahrzeuge klasse nebelverwuester. 752. militaerische raumfahrzeuge klasse galaxievernichter. 753. zivile raumfahrzeuge klasse steinschlepper. 754. zivile raumfahrzeuge klasse felstraeger.«

»Stopp, wir brauchen die Sieben Fünf Zwei«, rief Alexandra.

Free unterbrach seinen gelangweilten Redefluss und tippte »752« ein. Nichts geschah, bis yury sich neben ihn stellte und den grünen Bestätigungsknopf drückte. Dann las yury den neuen Bildschirminhalt vor.

»bitte geben sie die kennnummer des galaxievernichters ein.«

Eigentlich war die Nummer egal; vier Stück schien es mindestens zu geben. Da die Nummer »03« auf jeden Fall existierte, tippte Free diese ein und bestätigte seine Eingabe. »*der lord-220alpha. block 260-30.15. gesamtes gebaeude.*«

Alexandra fotografierte die Ziffern vom Bildschirm mit ihrem Smartphone ab. »Jetzt müssen wir nur noch herausfinden, wie Adressen auf ugghy aufgebaut sind. Ich finde, das sieht nach Koordinaten aus.«

»Wir könnten spaßeshalber einmal die Adresse dieser Behörde hier erfragen«, fiel Free ein. Der Vorschlag wurde sofort abgelehnt; niemand wollte die riesige Nummernliste weiter durchsuchen. Stattdessen gab es hoffentlich irgendwo draußen ein Schild, das den Gebäudeblock mit einer Nummer bezeichnete.

Ungehindert und anscheinend unbemerkt kletterten yury, Free und Alexandra die Stufen ins Erdgeschoss hinab und verließen das Gebäude. Außen bemerkten die Freunde eine Nummernfolge, die auf Fußhöhe in die Wand graviert war: »200-143.4.«

Das linke Nebengebäude trug die Bezeichnung »200-143.5«, das rechte Nebengebäude hieß »200-143.3«. Gegenüber – das erkannte yury mühsam ohne Straßenüberquerung – stand »200-142.4« am Boden.

Als sie ein Stück zurück in Richtung Raumhafen gingen, kamen sie an eine zuvor überquerte Kreuzung. Die Nummerierung auf der gleichen Seite des nächsten Gebäudeblocks begann mit »199-143.20«. Die Häuserblöcke waren zwei Häuser schmal und zwanzig Häuser lang, sodass man die zweite Koordinate deutlich schneller entlangschreiten konnte als die erste.

Mit der düsteren Vorahnung, irgendwelche unbekannten Gesetze zu übertreten, bog die Gruppe nach rechts ab. Alexandra lief voran, überquerte mehrere Straßen und freute sich über die »grüne Welle«, ungeachtet der fehlenden grünen Lichtsignale auf ugghy. Rechter Hand zogen die Hausnummern »200-142.1«, »200-141.1« und »200-140.1« vorbei. Fünfzehn weitere Straßenüberquerungen folgten, bis an der Ecke »200-111.1« ein quadratisches weißes Blechschild mit schwarzer Schrift vor dem Weitergehen warnte.

»*awud-uwnaadgn*«, las Alexandra die auf zwei Zeilen umgebrochene Beschriftung vor. »*umweltzone*«, sprach ihr Übersetzungsgerät.

»Das trifft sich gut«, fand Free. »Weniger potenzielle Begegnungen mit uggys, sauberere Luft, freier Fußweg für uns.« Mit dieser Meinung stand er jedoch allein da; seinen Freunden war die äußerlich in keiner Weise anders aussehende Straße nicht geheuer.

yury bemühte sich um eine diplomatische Lösung. »Wir müssen sowieso noch die erste Koordinate erhöhen. Vielleicht gibt es an der nächsten Kreuzung weniger Unwägbarkeiten.«

Ein Reiseführer wie die Touchfolie für Touristen auf Örz wäre hilfreich gewesen; möglicherweise gab es solche Hilfsmittel sogar im Angebot. Niemand wollte sich jedoch auf einen Einkaufsbummel unter fremden Sitten und ohne Geld einlassen; jeder Geschäftsbesuch musste unweigerlich in einer Katastrophe enden. yurys Vorschlag gefiel der gesamten Gruppe, wurde umgesetzt und endete vor einem weiteren Schild.

»*grankgrank-grank.*« Der Übersetzer konnte nur bedingt weiterhelfen: »*Mehrdeutige Beschriftung. Es ist jedoch bekannt, dass es sich um eine Warnung handeln muss.*«

Die Heuristik des Übersetzungsgeräts war praktisch unfehlbar, falls die Zielsprache bekannt und die Quellsprache einigermaßen logisch aufgebaut war. Bei der nur sehr energieintensiv übersetzbaren uggy-Sprache hätte yury gerne Witze darüber gemacht, dass dies hier nicht der Fall sei. Er gestand sich jedoch ein, dass an Gesetzmäßigkeiten und Ordnung bei diesem Volk eigentlich kein Zweifel bestand.

»202-111.1« hieß das Haus, mit dem der nächste Block begann. Auch dort hielt ein Blechschild die Wandernden von einem Abbiegen nach links ab: »*nur für diplomatische sonderfahrzeuge.*«

Der Eindruck, das Problem ließe sich umgehen, schwand mit jedem weiteren Schild. Einmal wurde sogar vor Tretminen gewarnt, bei denen es sich vollkommen uneuphemistisch um echte Sprengsätze zu handeln schien. Der Glaube an die Vernunft der Planetenbewohner war verschwunden, als links von »260-111.1« ein Umweltzonen-Schild geradezu einladend eine Alternative zu nuklearen Sperrgebieten und militärischen Schussübungsstraßen darbot. Die gesamte Blockreihe bestand aus Sonderstraßen; an der nächsten Parallelstraße fehlte gar der Bürgersteig.

Free konnte das Gefühl, von Anfang an den richtigen Vorschlag gemacht zu haben, etwa eine halbe Stunde lang genießen. Die Umweltzone erstreckte sich, wie alle ausgeschilderten Merkwürdigkeiten, über mehrere Straßen hinweg. Jede dadurch betroffene Straße war mit dem gleichen Schild gekennzeichnet, damit stets Klarheit über die Verhältnisse herrschte. Auf dem rechten Bürgersteig zwischen »260-74.1« und »259-74.1« begegneten sie erstmals einem zivilen Passanten und wurden direkt zum Ziel eines pedantischen Konflikts.

»sie tragen keine der in paragraf dreitausendfuenfhundertzweiundzwanzig a bis f strassenverkehrsordnung aufgelisteten umweltplaketten, befinden sich jedoch in einer umweltzone. sie begehen eine straftat!«

yury trat nach vorne. »guten tag. wie ist ihr name?«

»mein name ist der blockleiter-25. wie ist ihr name? sie begehen eine straftat!«

»mein name ist der nuniabiz-07. wir sind ganz umweltfreundlich zu fuss unterwegs.«

Diese Zurechtweisung brachte den uggy vollends auf die Palme. Er bellte dem frechen Touristen zwei Köpfe unter seiner Augenhöhe in das unbeeindruckt dreinblickende Gesicht: »wollen sie etwa ihren co2-ausstoss leugnen? sie begehen eine straftat!«

»leugnen sie etwa ihren eigenen sauerstoffverbrauch?«, erkundigte sich yury.

»mein verbrauch ist zertifiziert, ihrer nicht. ich zahle jeden monat ein halbes vermoegen fuer die abgasuntersuchung, und sie spazieren hier einfach so hindurch! was erlauben sie sich eigentlich? sie begehen eine straftat!«

yury lachte bloß. »ich muss ihnen wohl kaum den unterschied zwischen straftaten und ordnungswidrigkeiten erklaeren; schonen sie ihren blutdruck. sehr gerne werde ich noch heute den plakettenkauf nachholen und die ausstehenden gebuehren mit tageszinsen nachzahlen. schoenen tag noch.«

Dann duckte er sich und lief dem breitbeinig wutschnaubenden Riesen einfach zwischen den Beinen hindurch, sodass dieser beim fassungslosen Umdrehen beinahe auf die überdimensionale Nase fiel. An ihm vorbei liefen Alexandra und Free, die inzwischen ebenfalls bemerkt hatten, dass der bellende Hund keine körperliche Gefahr darstellte.

»bleiben sie gefaelligst stehen! folgen sie mir zur naechsten polizeidienststelle, um eine anzeige entgegenzunehmen! sie sind verpflichtet, meinen anweisungen folge zu leisten! sie begehen eine straftat!«, zeterte der auf der Stelle stehende uggy hinter ihnen her, ohne dadurch mehr als Belustigung zu erwirken. Die Touristen straften ihn mit Nichtbeachtung und verschwanden mit ihrer unverhohlenen Dreistigkeit bald außer Hörweite.

∞∞∞∞

Free stützte sich mit einem Knie auf dem Boden ab, um das ersehnte Schild aus der Nähe zu betrachten. Längst war die Umweltzone verlassen worden; ein halber Tagesmarsch lag hinter den Jetpackträgern. Niemand hatte es gewagt, sich Laufarbeit durch Fliegen zu ersparen; der Tankinhalt und die bei einem Jetpackflug entstehende Aufmerksamkeit wurden für Notfälle aufgespart. »260-30.1«, stand in Fußhöhe am Boden, etwa zwanzig Zentimeter hoch in den Stein gestampft. Auf der linken Seite der langen Zwischenstraße befanden sich die Hausnummern »260-30.1« bis »260-30.20«.

Das Zielgebäude unterschied sich von den angrenzenden Reihenhäusern weder durch Höhe, Breite noch Material. Darauf, dass das gesamte Gebäude für eine einzige Person reserviert war, wies jedoch die Beschriftung der Glaseingangstür hin. Die sonst von dreistelligen Mieterzahlen bewohnten Wohnungssammlungen hatten lange Bewohnerlisten an den Außentüren; diese Tür hingegen trug nur einen Namen: »der lord-220alpha.«

Da Orakel nicht anwesend war, übernahm Alexandra dessen naiv-direkte Rolle und klingelte ohne tiefere Überlegung an der Tür. Da sich auch nach einer Minute Dauerschellen niemand meldete, zog sie ihre Axt hervor und demolierte das lästige Hindernis. Ohne Verbundfolie und thermische Vorspannung bot das in großen, spitzen Stücken zersplitternde Glas dabei einen für Erdbewohner ungewohnten Anblick. Von Bruchsicherheit hielten die uggys nichts, denn das Zerstören von Haustüren war so streng verboten, dass es per Definition keine Wohnungseinbrüche geben konnte. Auch eine Alarmanlage schien zu fehlen, doch die Einbrecher gingen sicherheitshalber von einem in diesem Moment ausgelösten stillen Alarm aus.

Es knirschte, als sie das Haus betraten, und es vergingen mehrere Treppenläufe, bis die letzten Splitter von ihren Schuhen gefallen waren. Niemand achtete darauf.

Zwei Etagen waren für Wellness reserviert: Whirlpools, Badewannen und Duschen umgaben einen Saunabereich. Dekadenz im Betonmantel, so weit das Auge reichte, und das ganz ohne Schmuck und edle Verzierungen. Die pure Funktionalität der Badezimmereinrichtung bot einen nicht für möglich gehaltenen Luxus in galaxieweit einzigartiger Hässlichkeit. Fast edel wirkte dagegen der im Dauerbetrieb Strom fressende Riesenfernseher, der im fünften Obergeschoss eine Meereswelt zeigte, die aus unvermeidlicher Natürlichkeit einen Blauton im Raum verbreitete. Dass Konrad Irby dem Wasser am liebsten seine Farbe entzogen hätte, um sie an das Grau der Umgebung anzupassen, war nicht nur ironischer Gedanke der Betrachter, sondern bittere Realität.

Über zwanzig Etagen hinweg gestaltete sich die Hausdurchsuchung als ein schwieriges Unterfangen. Mit robotischer Unterstützung und etwas Geduld, sinnierte Free, ließe sich die Suche deutlich einfacher gestalten. Leider hatte niemand einen Roboter dabei, und im Haus schien es keine Allzweckdiener zu geben. Ein kleiner autonomer Staubsauger brachte yury kurzzeitig aus dem Gleichgewicht; ansonsten gab es keine besonderen Vorkommnisse.

Die Dachetage beherbergte ein karg eingerichtetes Büro ohne Zwischenwände, das über die am oberen Ende geländerlose Treppe erreicht werden konnte. Alexandra trat aus der rechteckigen Bodenöffnung hervor und sah sich um. Ihr erster Instinkt war, den uninteressanten Raum sofort wieder zu verlassen, doch der gesuchte Identifikator befand sich möglicherweise genau in einer solchen Umgebung. Vom grauen, rauen Teppich getragen schritt Alexandra über den höchsten Boden des Hauses. Weiße Schreibtafeln bedeckten die Rückwand, große Fenster ließen von der Straßenseite das Licht der langsam untergehenden Sonne darauf fallen. In ihrem eigenen Schatten unter einem der Whiteboards lag...

»keine bewegung! das haus ist umstellt! widerstand ist zwecklos! behalten sie ihre aktuelle position bei, vermeiden sie hektische reaktionen und warten sie auf ihre festnahme. wir wiederholen: das haus ist umstellt! widerstand ist zwecklos.«

Für den Fall einer überhasteten Flucht hatten die drei Freunde vereinbart, sich in der Nebenstraße zu treffen, die den Einstieg in die fremde Stadt markiert hatte. Auf diese Weise wurde durch wartende Flüchtende keine Aufmerksamkeit auf das eigentliche Ziel gelenkt, und in der unbelebten Gasse war eine zufällige Gefangennahme eher unwahrscheinlich. Alexandra verschwendete daher keinen Gedanken an den Fluchtweg ihrer Kollegen, sondern sprang in mehreren Sätzen zu der Tafel, unter der ein Identifikator lag. Die für uggy-Hände konstruierte Metallplatte stellte eine nichtssagende lokale Uhrzeit dar und war ohne Äöüzz-Zusatzgerät nicht zum Informationsgewinn zu gebrauchen. Weder Rang noch Inhabername wurden von dem billigen Standardprogramm für Menschen lesbar außen dargestellt. In der Hoffnung, nicht das wertlose Gerät eines Partygasts zu stehlen, sah sich Alexandra noch kurz im restlichen Raum um und zerschlug dann ein zweieinhalb Meter hohes Fenster. Zwei Stiefeltritte und ein paar weitere Axtschläge später war der Weg frei genug für Alexandras niedrige Ansprüche, und sie ließ sich aus dem zwanzigsten Stock in die Tiefe fallen. Das Jetpack zündete eine Fünftelsekunde später und trug die Einbrecherin fauchend, einsam und unangefochten von den ansonsten unversehrten Fenstern hinweg.

15. Der Sturm

15.1. Level 6: Eiskalte Heimsuchung

Da er die Nummer des Levels bereits kannte und sich einbildete, dessen Namen als »Das Gasthaus« zu kennen, rief Island nicht erneut bei der Notrufzentrale an. Stattdessen fand er sich mühsam mit der Enttäuschung ab, die sich hinter der Tür befand: Totenstille und angebrochene Speisen. Immerhin ließen sich letztere zum Eigenbedarf verwerten; Island setzte sich nach vergeblichem Rufen schweigend an den Platz, an dem noch kurz zuvor jemand ein Menü mit Bratkartoffeln und Spiegelei bestellt zu haben schien. Vom Ei fehlte ein Stück, und die Kartoffelscheiben waren sicherlich nicht geviertelt aus der Küche gekommen. Sicherheitshalber trug er das Besteck in die Küche, wo er es kurz abspülen wollte. Auch dort sah alles so aus, als habe vor Kurzem noch reger Betrieb stattgefunden, und alle Menschen hätten das Haus in der letzten Minute unvorbereitet verlassen. Fast, als wäre das anwesende Leben mit dem Öffnen der Tür ausgelöscht worden, und als habe der dadurch entstehende Luftzug jede Menschenseele nach draußen befördert.

»Du strafst mich mit Einsamkeit«, stellte Island fest. »Wozu dient das alles?«

Niemand antwortete. Es gab fließendes Wasser, in dem Island das Besteck und sein Gesicht wusch, und mit dem er zurückhaltend seinen Durst stillte. Zu hastig wollte er nach der Trockenperiode nicht trinken; er hatte in einem Science-Fiction-Roman gelesen, das sei ungesund.

»Ich lese selten Bücher«, stellte er ebenfalls fest. »Und schon gar keine Science-Fiction.«

»*Du hast es gerade wieder getan*«, sprach hingegen eine Stimme, »*und wenn du das begreifst, bist du am Ziel, wie schon vier Abenteurer vor dir.*«

»Hör auf, mich mit Literaturrätseln zu verwirren.« Island schüttelte den Kopf wie ein nasser Hund, und es flogen tatsächlich Wassertropfen in alle Richtungen. »Ich genieße jetzt die Bratkartoffeln, dann sehe ich weiter.«

Auf dem Rückweg aus der Küche kam er an einem schwarzen Brett vorbei. Ein echter weißer Kreidestab lag darunter, ein kleiner Naturschwamm daneben. Die Kreide war zuletzt vor einem Tag benutzt worden, um zwei Schuldposten anzuschreiben: Eine Salamiwurst und einen Laib Käse für »Spieler 1«.

Der von seinem Gefangenenstatus überhaupt nicht erfreute »Spieler« griff sofort nach dem Schwamm und ersetzte den Namen durch »Floating Island«. Kurz darauf war er sich sicher, einen entscheidenden Fehler begangen zu haben, schob diese Überlegung jedoch vorerst zur Seite. Neben den Listeneinträgen standen Preise in einer fremden Währung mit merkwürdigen Buchstaben.

Da für ihn aktuell keine Hoffnung darauf bestand, die Rechnung irgendwie begleichen zu können, setzte Island sich wieder an den gedeckten Tisch, verspeiste die Kartoffelplatte und rundete die Mahlzeit mit einem großen Birnenpudding vom Nebentisch ab. Satt blickte er zur flachen Holzdecke empor: Über ihm befand sich noch mindestens eine Etage. Diese wollte er nun erkunden. Um ein Mindestmaß an Zahnhygiene zu behalten, wusch er sich in der Küche den Mund, bevor er die knarrende Holztreppe emporstieg und oberhalb des Speisesaals einen altertümlichen Hotelflur vorfand. Die Räume waren wechselseitig von »01« bis »06« nummeriert und bis auf eine Ausnahme geschlossen. Rechts durch die offene Tür von Raum 02 blickte Island in ein geräumiges Gastzimmer mit Doppelbett und eigener Sanitäreinrichtung. Das Dach war ungedämmt zwischen großen Holzbalken sichtbar; Kronleuchter hingen von der Decke. In Blickrichtung fiel das Dach schräg ab. Unter der Dachschräge befanden sich große Fenster, durch die das letzte Sonnenlicht des Tages hereinfiel. An der Innenseite der Tür fand Floating Island einen Lichtschalter, der die LED-Kronleuchter deaktivierte. In schummrigem Rot-Orange lag das ordentlich bedeckte Bett vor ihm – das Zimmer war eindeutig frei.

Auf der anderen Seite des Ganges lag der erste Raum. Mangels Türklinke ließ sich dieser ohnehin nicht öffnen, aber die Tür wackelte im Schloss, als sei sie nicht verriegelt. Alle anderen Türen widersetzten sich dem Wackeltest. Irgendwo im Haus musste es Schlüssel zu den Räumen geben, eventuell einen Generalschlüssel für Reinigungspersonal.

Ein hoher Holztresen trennte im Untergeschoss eine kleine Kammer in zwei Teile. Neben der Küche konnte man dort Schlüssel und Schneeschaufeln ausleihen – ganzjährig. Ein Blick ins Sortiment erweckte zudem den Eindruck, hier habe vor Kurzem jemand zwei Schaufeln entliehen. Verwundert trat Island vor die Hintertür des Hauses und ließ sich von mindestens zwanzig Grad Außentemperatur aus erster Hand versichern, das Fehlen der Schaufeln im Regal sei nicht auf aktuellen Bedarf zurückzuführen. Die leeren Regalplätze mussten einen anderen Grund haben.

Nachdem er die Tür hinter sich geschlossen hatte, nahm er alle Schlüssel an sich und klimperte damit auf dem Weg nach oben herum. Vor der wackelnden Zimmertür im Obergeschoss blieb er stehen, wackelte erneut daran und schob den Schlüssel in das Türschloss. Erst jetzt fiel ihm auf, dass es sich nicht um altertümliche Bartschlüssel, sondern die Gegenstücke zu einer modernen Zylinderkonstruktion handelte. Kopfschüttelnd drehte er den Anachronismus im Schloss herum und stieß die Holztür nach innen auf. Ein Fenster war geöffnet; es war dunkel geworden und die Beleuchtung war deaktiviert.

»Ist hier jemand?«, rief der einzige Mensch des Planeten in ein leeres Hotelzimmer. Er wiederholte den Ruf noch dreimal, zuletzt aus dem Fenster hinaus, doch niemand antwortete ihm. Erneut verfluchte er in Gedanken den Spielleiter, woraufhin ein Windzug das Fenster in seinen Rücken fallen ließ. Der entsetzt beinahe aus dem Fenster gestoßene Spieler schlug das Fenster zurück; dieses krachte rückwärts gegen einen Rahmenbalken und ließ unter Hebelkräften die Verankerung im Holz ächzen. Zu einer Zerstörung hatte nicht viel Kraft gefehlt. Diese trat dann auch prompt ein, als Island mit dem Kopf von außen gegen die zurückfedernde Scheibe stieß und vor Wut tobend den Unterarm gegen das durchsichtige Hindernis rammte. Schräg hinter ihm knackte es im Gebälk, dann fiel das Glasfenster zu Boden und zersprang aus seinem Rahmen in tausende kleine Krümel. »Ich hasse dich und deinen verdammten Planeten.«

Alle Räume sahen gleich aus, doch hinter den verschlossenen Türen hingen dicke Winterjacken; Fellstiefel standen im dritten Zimmer neben dem Doppelbett und weitere Kleidung lag in den Regalen. Jedes Zimmer hatte einen modernen Hoteltresor, doch nur der fünfte war verschlossen. Vor dessen Ziffernfeld erinnerte sich Floating Island an seine Grundausbildung, tippte einen Standardcode in das Nummernfeld und lächelte hämisch, als sich die Tür öffnete. Auf schwarzem Samt lag ein lederner Geldsack, oben verschlossen mit einem dünnen braunen Seil. Es gab weit und breit niemanden, der ihn vermisste, doch Island fühlte sich wie ein Dieb, als er das zwei Fäuste große, prall gefüllte Bündel an sich nahm. Der klimpernde Inhalt war vierfarbig und wurde auf der Bettdecke ausgekippt.

Rund geriffelte Münzen aus schwarzem Holz, Kupfer, Silber und Gold lagen vor dem Spieler im Lampenlicht. Den Durchmesser schätzte Island auf vierzig Millimeter, die Dicke auf ein Zwanzigstel davon. Eine der Goldmünzen nahm er an sich, um die Beschriftung zu untersuchen. Der Schriftzug »*Helax · Helax · Helax · Helax · Helax · Helax*« umringte beide Seiten. Auf der Wertseite prangte ein großes Relief in Form einer Eins; darunter stand in kleineren Buchstaben »*gHx*«. Die Bildseite zeigte den Helixnebel, ein von Sternen durchzogenes Auge.

Die anderen Münzen sahen ähnlich aus, trugen alle die gleiche Wertzahl und unterschieden sich von der Goldmünze nur durch ihr Material und den kleinen Text unter der Nummer. Kupfermünzen der fremden Währung waren mit »kHx«, Silbermünzen mit »sHx« und Holzmünzen mit »Hx« beschriftet. Eine der Holzmünzen brach unter einem kurzen Belastungstest in zwei Teile; die Metallmünzen waren robuster.

Beim Betrachten der Bruchstelle fiel Island ein, dass er noch Schulden zu begleichen hatte. Er raffte die Münzen zusammen und vergaß schnell deren Herkunft. Mit dem prallen Geldbeutel und einem wundersam gereinigten Gewissen lief der Ex-Agent aus dem Raum und die Treppe hinab.

Draußen war Dunkelheit über die Landschaft hereingebrochen. Der Speisesaal war heller als der Hotelflur und die Zimmer; die Fenster reflektierten das Innenlicht. Vor der Tafel blieb »Spieler 1« stehen, dessen ursprüngliche Bezeichnung noch leicht verwischt erkennbar war. Er warf den Beutel spielerisch mit der rechten Hand in die Luft, fing ihn wieder auf und bemühte sich, die Tafelbeschriftung zu verstehen.

»Floating Island: Käse I t (25 et 1k) Hx; Salami I t (20 et 2k) Hx«

Seiner Interpretation nach waren fünfundzwanzig Holzmünzen und eine Kupfermünze allein für den Käse fällig, was ihm absurd erschien. In dem Geldbeutel waren nicht genug Holzmünzen enthalten, um die Rechnung für einen einzigen Käse zu bezahlen? Wozu dienten die Silbermünzen und Goldmünzen im Beutel?

»Ich hätte gerne eine Bedienungsanleitung für die Helax-Währung«, bat Island. Beinahe hoffte er, daraufhin ein dickes Handbuch gegen den Kopf geschleudert zu erhalten, doch nichts geschah. Natürlich konnte er auf das Geratewohl eine Silbermünze vor die Tafel legen und den Eintrag wegwischen, aber er war sich sicher, auf diese Weise ein Vermögen für Grundnahrungsmittel zu bezahlen. Zwei Kupfermünzen kamen dem tatsächlichen Preis vielleicht noch näher. Vorsichtshalber entschied er sich gegen solche Experimente.

An den Beinen des Rätselnden strich seit einigen Minuten kühle Luft entlang. Bewusst wurde ihm dieser Umstand erst, als die Kälte seine Hände erreichte: Der Raum kühlte von unten herauf ab. Sofort kamen ihm die Schneeschaufeln wieder in den Sinn, und nach kurzem Nachdenken erkannte Island die Quelle der kalten Luft: Aus dem Obergeschoss drang durch ein kaputtes Fenster kalte Luft ein und kroch die Treppe herab in den Speisesaal. Die Tür zu Raum 01 stand halb geöffnet, bis der frierende Hausbewohner sie zuschlug, neugierig wieder aufschloss und den Raum betrat. Hier erfüllte die Kälte bereits das gesamte Zimmer.

Eigentlich in der Hoffnung, seine Wetter-App enthalte eine Thermometerfunktion, griff Island nach langer Zeit wieder zum Smartphone. Anstelle seiner PIN wählte er jedoch direkt den Notruf, um sich Klarheit zu verschaffen.

»Level 6: Eiskalte Heimsuchung.«

»Das hätte ich früher wissen können«, teilte er dem Pfeifton mit. Dem Pfeifton war das egal.

∞∞∞

In der dicken Winterjacke sah Floating Island unbeholfen und unbeweglich aus. Die Fellstiefel aus Raum 03 waren ihm mehrere Nummern zu groß, erfüllten aber ihren Zweck. Da es schnell kälter wurde, zog Island sich die Kapuze über den Kopf und befestigte sie unter dem Kinn mit mehreren Knoten. Nun konnte der Winter kommen.

Und der Winter kam – mit erschreckender Heftigkeit. Ehe Island sich versah, zog ein Schneesturm über das Land, bedeckte die Wiese mit winzigen Eiskristallen und verdunkelte das Mondlicht. Da keine Aussicht auf eine Fensterreparatur bestand, lief Island auf den Flur hinaus, zog die Zimmertür hinter sich zu und schloss doppelt ab. Weiß drückten sich seine Fingerkuppen gegen das Schlüsselmetall; eine dritte Umdrehung ließ das Schloss auch mit Gewalt nicht zu.

Mit der Hand auf dem Boden stellte der Spieler fest, dass die Bedrohung noch nicht gebannt war. Über ihm zog der Wind über das Dach; in Bodennähe schien die Luft zu gefrieren. Eine provisorische Dämmung musste her, und ein Schal aus Zimmer 03 passte gut in den Türspalt.

In allen anderen Zimmern – davon überzeugte Island sich penibel – waren die Fenster fest verschlossen. Der Speisesaal war durch die vorherige Unaufmerksamkeit abgekühlt, aber noch bewohnbar. Vor den großen Fenstern rauschte eine fliegende Lawine horizontal vorbei, schier endlos neuen Schnee so schnell herantragend, dass die entstehenden Eiszapfen zur Seite zeigten. Blizzard nannte man das wohl, ein auf der Erde eher dem nordamerikanischen Kontinent zugeordnetes Naturproblem. Island nahm sich vor, den entsprechenden Wikipedia-Artikel dahingehend zu überarbeiten, dass das Phänomen auch im Helixnebel auftrat, wenn man seinen Spielleiter verärgerte.

»Was tun bei einem Blizzard?«, fragte Island sein Smartphone.

»Keine Datenverbindung verfügbar«, wusste dieses zu berichten.

»Was tun ohne Datenverbindung?«

»Stellen Sie eine Verbindung zu einem der WiFi-Hotspots in der Umgebung her.«

Sollte das ein Witz sein? Im Speisesaal wurde es langsam ungemütlich; Island verzog sich in Raum 06. Währenddessen ließ er sein Smartphone eine Liste der erreichbaren WLAN-Netzwerke erstellen, und das Ergebnis war weniger leer als erwartet.

»Eiskalte Heimsuchung Free WiFi 06«, las Island vor. Er tippte den Listeneintrag an.

Das Haus war nicht vollständig temperaturdicht. Beinahe hätte Island sich unter einer Bettdecke verkrochen, doch irgendwo musste es Heizmöglichkeiten geben. Diese wollte er frühestmöglich in Betrieb nehmen, anstatt sich auf die Isolierkraft der Federn zu verlassen.

Den Raum absuchend widmete der frierende Surfer seinem Smartphone nicht genug Aufmerksamkeit. Achtlos wischte er eine Warnmeldung zur Seite, schloss ein hunderte Kupfer-Helax teures Nachrichtenpaket ab und wurde auf eine Live-TV-Seite weitergeleitet. Als in voller Lautstärke eine Roboterstimme vom Eintreffen des jährlichen Darwin-Freezers berichtete, ließ er erschrocken das Gerät fallen. Unbeschadet weiter plärrend gaben die basslosen, übersteuerten Lautsprecher einen kurzen Überblick über das Weltgeschehen. Auf dem Display wurde ein bekannter Ort sichtbar, dessen Aussehen jede Bekanntheit verloren hatte.

»Sie sehen hier den aktuellen Gefrierstand des tropischen Ozeans. Die Gezeiten haben ihren Dienst eingestellt; der Stinkesumpf ist mit Hundeschlitten überquerbar.«

Es piepte kurz; das Bildschirmlicht erlosch.

»Lieber Kunde! Ihr aktuelles Guthaben beträgt minus drei Kupferhelax und ein Holzhelax. Damit Sie das Internet weiterhin nutzen können, müssen sie ihr Konto aufladen.«

Island widerstand der Versuchung, das Handy als Fußball zum Aufwärmen seiner Muskeln zu benutzen. Er joggte auf der Stelle, hob seinen elektronischen Begleiter auf und lief aus dem Raum hinaus. Die Heizung, falls es eine gab, würde über Leben oder Kältetod entscheiden.

∞∞∞∞∞

Der Herd in der Küche wurde mit Holz betrieben und diente nebenbei als Zentralheizung. Unversehrte Holzscheite und Alkoholgeruch kamen dem Öffner aus der Klappe entgegen. Ein Buch in ledernem Einband, getränkt von Spirituosen, lag auf dem Holzstapel. Island griff danach und strich über den nassen Rücken, der mit orientalischen Symbolen verziert war. »Daodejing«, stand dort. Viele Seiten waren herausgerissen worden. Eine der verbleibenden Seiten war folgendermaßen beschriftet:

Warnung vor der Stärke
Sind die Waffen stark, so siegen sie nicht.
Sind die Bäume stark, so werden sie gefällt.
Das Starke und Große ist unten.
Das Weiche und Schwache ist oben.

Ob es sich dabei um eine Anspielung auf das Holz handelte? Immerhin bestand auch das Buch indirekt daraus. Das Spruchbuch ließ sich hervorragend als Zunder verwenden, wenn es irgendwo eine Feuerquelle gab.

Streichhölzer befanden sich in einer kleinen Wandbox, ihrerseits umgeben von Papierhüllen. Einunddreißig solcher Päckchen standen dem Abenteurer zur Wahl. Der entschied sich für ein angebrochenes Exemplar.

Das Unwissen über die Gefahren weißen Phosphors war schnell behoben; der von Sicherheitshölzern verwöhnte Stadtmensch setzte mit einem Mal die ganze Packung in Brand. Eher aus Selbstschutzreflexen denn aus Heizgründen schmiss er den kleinen Feuerball in den Ofen. Das Buch fing sofort Feuer, die Holzscheite taten es ihm nach. Hinter der eilig geschlossenen Klappe nahm der Widerstand seinen Dienst auf.

Von der Heizkraft des Ofens überzeugte Island sich in Raum 06, den er inzwischen als sein persönliches Schlafgemach betrachtete. Vom kaputten Fenster weitestmöglich entfernt ließ es sich hier hoffentlich bis zum Ende des Sturms aushalten. Der »Darwin-Freezer« konnte nur dann ein jährliches Ereignis sein, wenn er irgendwann innerhalb eines Jahres endete. Vielleicht handelte es sich dabei aber um den Standardzustand der Spielwelt, der nur für einige Wochen Sommerpause unterbrochen wurde. Verständlicherweise hielt sich kein Mensch mehr in dem Haus auf, das von der Kälte bedroht war. Geflohen, nicht verschwunden, mussten die Gäste sein. Irgendwo auf diesem Planeten gab es einen Rückzugsort.

Floating Islands Gesicht spiegelte sich vor der Raumeinrichtung im dunklen Glas. Der Sturm war zu hören, durch Reflexion des Innenlichts vage zu erahnen und weniger bedrohlich als zuvor. Das lag nicht daran, dass dessen Heftigkeit nachgelassen hätte – der Ofen war schlichtweg stärker, die Fenster hielten dicht.

∞∞∞∞

Endlich fand Island eine Gelegenheit dazu, sich mit seinem Smartphone zu befassen. Er ließ sich auf der Bettkante zur Tür nieder und verbrachte einige Stunden damit, sein Nachrichtenabonnement zu kündigen und eine Rückerstattung der versehentlich entstandenen Kosten zu beantragen. Das alles ließ sich elektronisch und automatisiert bewerkstelligen; Kontakt zu menschlichem Kundenservice blieb ein Traum.

Nach all dem Stress der letzten Tage legte der unfreiwillige Spieler das Gerät im Energiesparmodus auf eine Nachtkommode. Deren Schubladen waren leer, und es klirrte hinter dem müden Abenteurer. Das Fenster in seinem Rücken zerbrach; etwas Weiches flog gegen denselben. Schockstarr stellte Island fest, dass da etwas an seinen Schultern hing. Als er nach einigen Sekunden vorsichtig seinen Kopf nach hinten wandte, blickte er in zwei schwarze Knopfaugen an einem Strohkopf. Das war zu viel für ihn. Mit einem geistig kurzgeschlossenen Entsetzensschrei sprang er wie eine Feder vom Bett weg, blickte dabei aber noch immer nach hinten und beendete seinen Flug mit dem Hinterkopf am Türrahmen. Zusammengebrochen blieb er auf dem Boden liegen.

16. Über den Dächern von Legisla

»Legisla«, murmelte Alexandra. Die einzige Stadt des Planeten hatte keinen offiziellen Namen, also musste eine Eigenkonstruktion her. Von oben betrachtet sah die Betonsiedlung beinahe aus wie Manhattan, nur ungleich hässlicher – wer dies für eine Herausforderung hielt, lernte auf ugghy die wahren Meister katastrophaler Ekelarchitektur kennen. Die Gebäude unterschieden sich voneinander äußerlich nur durch ihre Hausnummern und innerlich nur durch die Verbohrtheit ihrer Bewohner. Letztere hatte eine vergleichsweise geringe Standardabweichung und ließ selbst die Hausnummern facettenreich erscheinen.

»Legisla«, wiederholte sie. Unter ihr zog Block für Block, Straße für Straße, in tiefen Schluchten der Verkehr durch die Gegend. Grau und schräg mit der Hypotenuse voran, windschnittig auf eine minimalistisch-kindische Art, beidseitig die nicht einmal selbst fahrenden Hobbyjuristen über den zementierten Boden transportierend, schlängelte sich ein eckiges Gebilde durch die Stadt. Keine Schlange der Welt machte solche Verrenkungen, doch der Begriff »Schlange« blieb auch nach längerem Überlegen alternativlos. Eine Schlange aus eintönigen Blechkisten kroch durch Legisla.

Nicht in das Bild passte ein Konvoi aus Polizeifahrzeugen, die sich nur elektronisch und ohne blinkendes Licht einen Weg durch den Feiertagsverkehr bahnten. Alexandra beobachtete das ungewöhnliche Gebilde, erkannte dessen Funktion, war sich ihrer Erkenntnis aber nicht sicher genug für Schlussfolgerungen. Dass darin möglicherweise ihre Freunde transportiert wurden, schloss sie unbewusst bereits dadurch aus, dass sie sich schneller vom Geschehen entfernte, als jedes Bodenfahrzeug ihr eine Flucht ermöglicht hätte. Dass ihre Freunde hingegen zehn Minuten später in diesen Wagen sitzen würden, kam ihr nicht in den Sinn.

∞∞∞∞∞

Am vereinbarten Treffpunkt angekommen, gönnte Alexandra sich eine Verschnaufpause vor dem Eingang eines derzeit unbewohnten Gebäudes.

Die Tür war verschlossen, und das Eintreffen der Polizei nach ihrem letzten Einbruch konnte ihrer Meinung nach ausschließlich durch einen stillen Türalarm verursacht worden sein. Daher hütete sie sich – zu Unrecht, wie sie nie erfahren würde – vor einer Wiederholung der geglückten Straftat.

Der wütende Umweltzonenwächter hatte sich bei Polizisten über die Besucher von der Erde beschwert. Als sich herausstellte, dass aktuell kein Erdmensch über ein Touristenvisum verfügte, war ein Großeinsatz eingeleitet worden. Dabei ging es nicht um den Einbruch, sondern um eine fehlende Plakette und ein fehlendes Visum; die kaputte Wohnungstür wurde überhaupt nicht beachtet. Selbst vor Ort war keine Anzeige wegen Einbruchdiebstahls erstattet worden. Da es auf ugghy jedoch keine Strafverteidigung und keine Akteneinsicht für Angeklagte gab, erfuhren yury und Free nie, weshalb sie zu einer mehrfach lebenslänglichen Haftstrafe verurteilt wurden.

Alexandra profitierte doppelt von diesem Justizfehler. Einerseits konnte der anzeigende uggy nicht bis drei zählen und hatte sie in der Anzeige vergessen; andererseits war niemandem die Flucht einer dritten Person aufgefallen. Niemand suchte nach ihr; niemand hatte das kaputte Dachfenster bemerkt. Der Hausbesitzer war im Urlaub und Alexandra befand sich in Sicherheit. Dessen unbewusst schlich sie unruhig auf und ab, gab nach einer halben Stunde das Warten auf und lief zu Fuß zum Raumhafen weiter. Niemand schenkte ihr die verdiente Beachtung, doch sie schob dies auf den übertriebenen Arbeitsfokus und die Überlastung des Raumhafenpersonals. Unangefochten und etwas ungläubig über den ereignislosen Spaziergang stand sie schließlich vor »galaxievernichter 03«, einem waffenstarrenden Ungetüm aus der Zeit des kalten Krieges zwischen uggys und Äöüzz.

Das Monster war in einem einwandfreien Zustand und reflektierte das Sonnenlicht auf eine Weise, die Alexandra gedanklich als »makellos« beschrieben hätte – wäre da nicht die abstoßende Gestaltung der Außenwände gewesen, die jedem ästhetisch denkenden Wesen einen Schauer über den Rücken jagte und Wehmut an den Moment vor diesem grauenhaften Anblick aufkommen ließ.

»Sesam, öffne dich«, sprach Alexandra, und der Sesam öffnete sich tatsächlich. Das war dem Identifikator in ihrer rechten Hand zu verdanken, der vor ihrer Stirn mit dem Lesefeld interagierte. Schnell zog sie das Gerät zurück und lief in den kilometergroßen Würfel hinein.

∞∞∞∞

Dunkelheit, durchschnitten von dem scharfen Lichtkegel einer Präzisionstaschenlampe von Örz, umgab die Abenteurerin. Hinter ihr fiel das

Schott ins Schloss und verschluckte den ersten Erdmenschen, der dieses Schiff jemals betreten hatte. Konrad Irby hatte dem Bau beigewohnt, sich mangels Pilotenfähigkeiten jedoch immer ferngehalten von den Kontrollen interstellar verkehrender Fahrzeuge.

»Es werde Licht«, sprach Alexandra, doch dazu mangelte es ihr an Macht und technischer Kenntnis. Zwei Stunden vergingen, in denen Alexandra über Treppen und Steigleitern einige hundert Meter vertikale Entfernung zurücklegte. Eine Kletterpartie im Dunkeln statt blinkender Feuerkontrollen war nicht ihre Vorstellung von einem »Galaxievernichter« gewesen. Wo befand sich die Kommandozentrale, und wie aktivierte man zumindest die Deckenlampen?

»Es werde Licht«, brüllte Alexandra, die in der Zwischenzeit weder Macht noch Technikwissen gewonnen hatte. Dann kam jedoch der ersehnte Geistesblitz. »Übersetze auf uggy-Sprache: sie sind dazu verpflichtet, mir beleuchtung zu bieten!«

Und es ward Beleuchtung.

∞∞∞∞

Die Kommandozentrale des würfelförmigen Todessterns befand sich in dessen Zentrum. Alexandra hatte das Gefühl, das Herz eines riesigen Lebewesens zu betreten, und fühlte sich wie ein Parasit im Organismus eines schlafenden Tieres.

»Handbuch«, bat sie mit einem einzigen Wort, und der Übersetzer hatte inzwischen den benötigten Sprachstil erlernt. So fiel dann tatsächlich ein Handbuch auf einen Metalltisch, gedruckt auf weiße Plastikfolie, klassisch und ohne durchsichtige Elektronik.

Draußen wurde es Nacht, doch Alexandra bekam nichts davon mit. Irgendwann wurde ihr das Stehen zu unbequem, sie orderte einen Stuhl herbei und ließ sich auf eiskaltem Stahl nieder. Nachdem sie sich durch eine falsche Anweisung das Gesäß verbrannt und die Raumtemperatur auf ein akzeptables Niveau gehoben hatte, schlief sie über dem Buch ein.

∞∞∞∞

Am nächsten Morgen wachte Free in einer Betonzelle auf, die durch – Überraschung – Stahlstreben von der Außenwelt abgetrennt war. Neben ihm auf einem von der Wand geklappten Eisenbett lag yury, der lautlos seinen Schlaf genoss. Seine wohligen Träume fanden ein jähes Ende, als Free im Erstreben höherer Ziele durch die Gitterstäbe nach draußen brüllte: »Wir haben Hunger!«

Nachdem das Übersetzungsgerät den Wunsch in gleicher Lautstärke wiederholt hatte, kam tatsächlich jemand vorbei, um eine Mahlzeit durch die Stäbe zu reichen. Es war kein Geringerer als Konrad Irby persönlich, der selbstgefällig grinsend dem sprachlosen Besucher in die Augen blickte. »Guten Morgen, die Herren. Willkommen zurück im Paradies.«

»Das alles hier ist ein einziger Albtraum«, stöhnte yury, als er den Diktator sah.

»Sie sind noch gar nicht richtig wach«, widersprach Irby mit alarmierender Bestimmtheit. Kurz darauf schleuderte er aus einem großen grauen Plastik-Wassereimer mehrere Liter kaltes Wasser in yurys Gesicht. Eine zweite Ladung traf den kurzzeitig schadenfroh grinsenden Mitinsassen und brachte diesen so sehr aus dem Konzept, dass er dümmlich lächelnd zur Seite kippte.

yury hingegen begann schnell mit tiefen Sticheleien. »Haben Sie Ihr Handy inzwischen wiedergefunden?«

»Sie wagen es!« Konrad Irby sprang an die Gitterstäbe. »Sie sind ein Dieb! Sie sind ein elender Dieb!«

»Nein, nein«, beteuerte yury. »Ihr Handy befindet sich an Bord eines Raumschiffs, das vermutlich vergeblich von uggy-Patrouillen angesprochen und zur Landung aufgefordert wurde.«

Irby ging nicht auf den Trick ein, sondern ließ ihn im Unklaren über Orakels Zustand. »Wo ist der Planetenzerstörer, den Sie von hier geseteswidrig entwendet und unterschlagen haben? Spucken Sie es endlich aus.«

»Auf einem Recyclingplaneten unserer Wirtschaftsvereinigung«, vermutete yury. »So genau weiß ich das gar nicht.«

»Wo haben Sie ihn zuletzt gesehen?«

»Orakel?«

»Das verdammte Raumschiff«, fluchte Irby. »Ihr fetter Freund interessiert mich nicht.«

Daraufhin erhielt er von yury überhaupt keine Antwort mehr. Er hielt Free für ein leichteres Befragungsziel und wandte sich an diesen mit einer scheinheiligen Freundlichkeit, die nur unzureichend über seine herablassende Grundhaltung hinwegtäuschen konnte. Der Angesprochene wurde jedoch einer Antwort enthoben, denn der Boden erbebte und es hagelte Feuer, wie ugghy es selbst in Computersimulationen endzeitlicher Vulkanapokalypse nie gesehen hatte. Der Boden brach auf, das Dach wurde fortgefegt, die Metallstangen fielen gleich einem Dominospiel vor Irbys Füßen zu Boden. Der kreidebleich von heftigen Erschütterungen in alle Himmelsrichtungen geschleuderte Diktator röchelte an einer Seitenwand nach Luft, bis diese mangels stabiler Befestigung allein durch den Druck des Menschenkörpers nachgab und zehn Meter in die Tiefe stürzte. Draußen durchzogen Glutkrater die Planetenkruste, Magma schoss aus Erdlöchern hervor und schwarzer Rauch verhüllte die weltbeendende Szene.

Zwischen offen gebrochenen Stahlbetonträgern und Glasscherben fiel Konrad Irby in Ohnmacht. Um ihn herum war die Hölle los, ganze Gebäudeblöcke stürzten ineinander, begruben Möbel und Bücher unter sich, vernichteten Aktenberge und vor Jahrhunderten digitalisierte Dokumente der Staatsanwaltschaft. Dass niemand ernsthafte Verletzungen erlitt, lag daran, dass zwei Minuten vorher in allen umliegenden Gebäuden der Feueralarm ausgelöst worden war und die sonst betroffenen uggys sich brav an einem weit entfernten Sammelplatz tummelten.

Aus der umfassenden Zerstörung heraus schwebten zwei Erdmenschen in das Ding, das die morgendliche Sonne verdunkelt und der Befragung des Diktators ein Ende bereitet hatte. »Unwohlsein« war eine nur rudimentär angemessene Umschreibung des Gefühls, das die ungefragt von einem Monster verschlungenen Passagiere beim Eintritt in die Dunkelheit empfanden.

»Vom Regen in die Traufe«, befand Free, nachdem er sich übergeben hatte.

»Unsinn. Das ist Alexandra«, ahnte yury. »Alexandra an den Kontrollen einer Kriegsmaschine, die diesen gesamten Planeten von innen heraus aufschmelzen, in Stücke zerlegen und zur Kernfusion anheizen könnte. Wahlweise mit oder ohne großem Abschlussfeuerwerk.«

Eine Deckenklappe öffnete sich, und ein bekanntes Gesicht blickte in den Fangbehälter. »Na, ihr? Ich hoffe, ihr habt den Weg gut gefunden. Möchtet ihr ein Glas Wasser trinken oder direkt zum Geschäftlichen kommen?«

»Du musst nicht deine Drahtseilnerven unter Beweis stellen«, bat Free. »Schick ein paar Medizinroboter hierher und lass den Boden reinigen. Ich brauche neue Nahrung und etwas gegen meine Übelkeit.«

Nun lag die Überraschung auf Alexandras Seite. »Du willst dich von uggy-Robotern medizinisch beraten lassen?«

»Irby ist ein Erdmensch. Die wissen bestimmt, wie man ihrem Diktator in gesundheitlicher Schieflage helfen kann.«

»Irby hat aber vielleicht nicht deine Blutgruppe«, winkte Alexandra mit dem Zaunpfahl. »Ich stelle daher eine Frage, die dir bekannt vorkommen müsste: Sind Sie sicher?«

»Pah. Nee, bin ich nicht«, gab Free zu. »Wo ist das nächste Bett?«

∞∞∞∞∞

»Helixschild?«, las Alexandra verwundert vor. »Ich glaube, da hat sich jemand bei der Übersetzung des Wortes ›Rundumschild‹ vertan.«

»Warte, bevor du den Knopf drückst«, bat yury. »Wo liegt das Handbuch?«

Das Handbuch lag in Frees Händen. »*§987: Helixschildgenerator. Mit enormem Platzverbrauch und Energieaufwand verbundene Technologie zur Erzeugung spiralförmiger Rotationsschilde. Ermöglicht das Durchstoßen der meisten Sternkoronen und das dauerhafte Verweilen in der Photosphäre von Sternen. Das in diesem Schiff verbaute Modul ist in Kombination mit dem Treibstoffsammler ausgelegt für eine maximale Umgebungstemperatur von 10946 Kelvin bei einem Wasserstoffanteil von mindestens 55 Massenprozent. Ein bisher nicht praktisch nachgewiesener Nebeneffekt ist die Deflektion hochfrequenter Gravitationsfelder.*« Er zuckte mit den Schultern. »Ich glaube, das brauchen wir gerade nicht.«

yury lief ungläubig auf Free zu und las sich den Handbucheintrag mit eigenen Augen durch. Als der Text sich auch nach dreimaligem Lesen nicht änderte, schüttelte er den Kopf. »Diese Technologie darf nicht existieren.«

»Wieso nicht?«, fragte Free.

Alexandra stand auf und hielt einen Zeigefinger auf den Text. »Photosphäre! Du hast doch ebenfalls die Grundausbildung genossen. Wie heiß ist beispielsweise die Photosphäre von Söl?«

Langsam verbreitete sich die Erkenntnis im Raum. »Über fünftausend Kelvin Gastemperatur bei irdischer Mesosphärendichte«, dämmerte es Free. »Von der Strahlung ganz abgesehen. Deshalb machen Raumfahrer um Sterne einen großen Bogen.«

»Die uggys hingegen fliegen hinein und tanken in der Wasserstoffatmosphäre ihre Raumschiffe auf«, schlussfolgerte yury. »Das ist so unorthodox und halsbrecherisch, dass es verboten werden müsste.«

»Bei der angegebenen Temperatur müsste es möglich sein, Sterne bis zur A-Klasse anzuzapfen. Weiß leuchtende Feuerbälle mit einer Oberflächentemperatur von über zehntausend Kelvin.«

Alexandra war zufrieden. »Ihr habt die Auswirkungen dieses Paragrafen aber noch immer nicht vollständig begriffen«, schätzte sie. »Wozu sollte man ein Sonnenwärmekraftwerk installieren, wenn man Sterne anzapfen kann?«

Beide Zuhörer ließen gleichzeitig die Schultern hängen. »Nee, oder?«, fragte yury und ließ sich das Handbuch überreichen. Zwei Stunden später hatte er die Gewissheit: Eine Sternbetankung stand bevor, falls diese Mission erfolgreich abgeschlossen werden sollte. Alternativ bestand die Möglichkeit, das Schiff wieder auf ugghy abzugeben und sich einen neuen

Plan zu überlegen.

»Wir können doch nicht unser Leben dieser uggy-Technologie anvertrauen«, ärgerte er sich, stieß mit dieser Äußerung allerdings auf Belustigung bei Free.

»Dieses Raumschiff ist von einem lebensfeindlichen Vakuum umgeben. Unser Leben hängt bereits jetzt von dieser uggy-Konstruktion ab. Falls das Kraftwerk durchgeht oder ein Großbrand ausbricht, müssen wir uns auf die Sicherheitsmechanismen verlassen, die von Konrad Irbys Untertanen entwickelt wurden.«

»Eine Gruppierung, die dazu in der Lage ist, spiralförmige Hitzeschilde zu entwickeln, ist vielleicht deutlich kompetenter, als wir angenommen hatten.« Alexandra betrachtete nachdenklich die hässliche Einrichtung der Kommandozentrale. »Nur von Ästhetik verstehen sie nichts.«

»Vom Fliegen verstehen die uggys ebenfalls nichts«, postulierte Free. »Gesetzesliebende, dämliche Bruchpiloten sind das. Die technischen Schätze stehen in keinem Verhältnis dazu. Wenn ich das richtig verstehe, könnten Äöüzz-Piloten mit uggy-Schiffen die Galaxie erobern.«

»Das schreit nach einem Bündnis«, fand yury. »Mit Konrad Irby wird es das aber nicht geben.«

»Untersteh dich, schon wieder eine Regierung stürzen zu wollen«, witzelte Alexandra. »Das gehört sich nicht.«

yury verschränkte die Arme. »Ich würde mich niemals ernsthaft mit Irby anlegen. Das trauen sich trotz aller Provokationen nicht einmal die Äöüzz. Falls er tatsächlich von der Erde stammt, hat er einige Asse im Ärmel, die ihm sogar eine Sternenreise ermöglicht haben. Außerdem ist ihm anscheinend der bedingungslose Gehorsam aller uggys sicher. Es kann keine Revolution geben.«

»Wie gehen wir jetzt vor?«, fragte Free nach einigen Minuten des Grübelns. »El Dörädö wartet schließlich nicht ewig auf uns.«

Alexandra tippte auf den großen Navigationsbildschirm und vergrößerte einen gelben Stern, sodass alle ihn begutachten konnten. »Ich würde vorschlagen, wir tanken das Raumschiff auf. Wer nicht wagt, der nicht gewinnt.«

∞∞∞∞

Ein tiefes Brummen, dessen einzelne Schwingungen spürbar den Stahlboden anhoben, erfüllte jede Kammer des Raumschiffs. Nach einem schwer erträglichen Startvorgang stieg die Frequenz des Brummens schnell an. Es war, als dränge aus den Tiefen des riesigen Klotzes das Dröhnen einer immer schneller rotierenden Trommel hervor.

»Goliaths Waschmaschine«, murmelte yury. Mehr konnte er nicht sagen, denn die Außenansicht raubte allen Anwesenden mit einem Mal die Sprache. Zwei über hundert Meter dicke Spiralen aus blau leuchtender Schutzschildenergie entstanden im Weltall und begannen, sich um die Außenhülle zu drehen. Bald verschwamm die Bewegung vor den menschlichen Augen; der optische Eindruck eines dicken zylinderförmigen Schutzschilds entstand. Die kreisförmigen Seitenflächen waren geöffnet und ließen einen ungehinderten Blick in die Schwärze des Alls zu.

»Der Schild hat zwei Löcher. Das wirkt nicht besonders sicher«, bemängelte Free.

»Vielleicht ist das so beabsichtigt«, gab Alexandra zu bedenken. »Und natürlich haben die Äöüzz deshalb noch nie diese vermeintlich sinnlose Bauweise in Erwägung gezogen.«

»Willst du etwa mit dem löchrigen Schild durch die Hitze fliegen?«

»Wir können ja mal vorsichtig in die Korona eintauchen und gucken, was passiert. Falls es eine Hitzewarnung gibt, können wir fliehen.«

∞∞∞∞

Es stellte sich heraus, dass die »Öffnungen« der rotierenden Doppelhelix nicht durchsichtig, sondern pechschwarz waren. Die drei Freunde deaktivierten den Schildgenerator, schleusten mehrere kleine Roboterdrohnen mit Kameras aus und bauten den Helixschild anschließend erneut auf. Eine Funkübertragung durch den Schild hindurch erwies sich als unmöglich. Mit abgeschalteten Schilden ließ Free sich die Aufnahmen von den Kameras übermitteln und präsentierte seinen Kollegen die Bilder. Die rotierenden Spiralen sahen aus wie ein hellblau leuchtender Zylinder; aus den beiden Kreisflächen drang helles weißes Licht nach außen.

yury analysierte die Beobachtungen. »Für uns sehen die Zylinderflächen schwarz aus; nach draußen leuchten sie hell. Der Helixschild entzieht dem Raumschiff Energie. Das lässt sich wunderbar zur Abkühlung verwenden, aber tanken kann man damit sicherlich nicht. Es dringen ja nicht einmal Funkwellen hindurch.«

Währenddessen fuhr Free erneut den Helixgenerator hoch. »Wir haben nicht mehr viel Kraft für Experimente. Der Schutzschild ist eine geniale Erfindung, verbraucht aber Unmengen an Wasserstoff. Wenn wir wirklich in einer Sonne tanken wollen, müssen wir das jetzt tun.«

yury graute es bei dem Gedanken, in der Photosphäre eines Sterns zu verglühen. »Wenn uns beim Tanken die Energie ausgeht, ist das Abenteuer beendet. Vielleicht sollten wir das Raumschiff doch zurückbringen. Wir sind dieser Aufgabe nicht gewachsen.«

Langsam näherte sich der Galaxievernichter dem gelben Feuerball. In Fahrtrichtung befand sich die Mantelfläche des Zylinders; »oben« und »unten« leuchteten die Kreisflächen. Das größte Raumschiff der uggys wirkte winzig gegenüber dem riesigen Stern, der bald das gesamte Sichtfeld ausfüllte.

»Kurzer Hinweis«, rief Alexandra: »Mit der 4-6692 wären wir bereits verglüht. Die Temperatur der Außenhülle beträgt ungefähr zweihundert Kelvin.«

Die Länge des Zylinders erhöhte sich langsam. Während sie zunächst das Eineinhalbfache des Raumschiffdurchmessers betragen hatte, wuchsen die Spiralen in der Sternkorona auf das Fünffache ihrer ursprünglichen Länge an. Noch immer schluckten die Kreisflächen jedes ausfallende Photon, sodass tiefe Schwärze die blaue Wand abschloss.

»Wir fliegen gerade praktisch blind. Unsere Daten stammen aus der letzten optischen Aufzeichnung und mathematischen Berechnungen darüber, wie es draußen theoretisch aussehen müsste«, erklärte Free.

»Kann man nicht ein bisschen Licht hindurch fallen lassen?«, erkundigte sich yury.

Free verneinte. »Es ist ein Wunder, dass wir diesen Flug überleben. Vielleicht gibt es eine solche Funktion, aber bei einer Umgebungstemperatur von mehreren Millionen Kelvin habe ich wenig Interesse an Experimenten.«

»Wir sind gleich durch die heißeste Zone hindurch«, las Alexandra die Berechnungen vor. »In zwei Minuten erreichen wir die Chromosphäre, eine rötliche Schicht mit sehr geringer Dichte und einer Temperatur von ungefähr fünftausend bis zehntausend Kelvin. Nach einigen tausend Kilometern folgt dann die Photosphäre, die bei diesem Stern eine Temperatur von fünftausendzweihundert Kelvin hat.«

yury runzelte die Stirn. »Verstehe ich denn richtig, dass noch immer keine Treibstoffsammlung erfolgt?«

Es fiel Alexandra nicht leicht, diesen Umstand offen zuzugeben. »Äh. Hmm. Ja, schon. Das wollen wir erst in der Photosphäre ausprobieren, weil das so im Handbuch steht.«

Einige Schritte zum Kommandopult und ein neugieriger Blick verrieten ihm dann, dass der Treibstofftank noch zu einem Prozent gefüllt war und voraussichtlich für zehn Minuten hielt. »Wir fliegen auf Reserve?!«

»Ja...«, bestätigte Free. »Ja, das ist alles nicht besonders optimal.«

»Können wir die Sternkorona innerhalb von zehn Minuten verlassen?«

»Nein«, bestätigte Alexandra die Bedenken, »es gibt kein Zurück.«

Nervosität breitete sich aus. Free erklärte nüchtern, es ergebe keinen Sinn, nun ein Testament zu verfassen; dieses verbrenne schließlich ebenfalls. »Bordcomputer?«

»zu befehl!«

»Wie lange dauert das Starten des Tankvorgangs?«

»neun minuten.«

»Wie hoch sind unsere Überlebenschancen?«

Die Antwort erfolgte erst nach einigen Sekunden. *»sie koennen jetzt zu sehr guenstigen konditionen eine rentenversicherung abschliessen.«*

∞∞∞∞

Zwei Minuten vor Ablauf der Frist tauchte der Galaxievernichter in die Photosphäre ein. Eine halbe Minute später wurde der blaue Zylinder teilweise durchsichtig – ein kaum in Zahlen ausdrückbar kleiner Bruchteil des Außenlichts drang durch die Spiralen hindurch. Erstaunlicherweise wurde der Wasserstofftank innerhalb weniger Minuten vollständig gefüllt; anschließend verwandelte sich der Spiralschild wieder in eine undurchsichtige blaue Energiewand.

»Wir haben es geschafft«, freute sich Free. »Wir können jetzt beliebig lange hier verweilen, aber ich finde es hier ziemlich ungemütlich.«

Diese Bewertung stieß auf ungeteilte Zustimmung. Ohne Komplikationen durchstieß der Klotz die Atmosphäre, durchquerte die Korona und verschwand mit neuer Kraft im Warpraum.

17. Auf Schlittschuhen in den Abgrund

17.1. Level 7: Eiswirkung

Floating Island erwachte am nächsten Morgen mit infernalen Kopfschmerzen, einer beängstigenden Schwellung am Hinterkopf und unter den Augen der Vogelscheuche, die durch den Sturm durch das Fenster geschleudert worden war. Das leblose Ding hatte irgendwo draußen seinen Strohhut verloren, wirkte bei Tageslicht eher bemitleidenswert als beängstigend und stellte keine Gefahr dar. Der Wind wehte nur noch sanft am Haus vorbei; vielleicht stieg die Außentemperatur wieder an.

So weit durfte es nicht kommen, bemerkte der Abenteurer. Sein gesundheitlicher Zustand durfte ihn auf keinen Fall davon abhalten, den verwegenen Abkürzungsplan umzusetzen: Statt sich von Level zu Level durch die Landschaft zu kämpfen, wollte er das gefrorene Meer überqueren und nach Möglichkeit eine dreistellige Levelzahl überspringen. Gleichzeitig bemühte er sich jedoch, diesen Plan nicht allzu detailliert im Kopf auszuarbeiten, da er sich beim Denken vom Spielleiter belauscht fühlte.

Der Ofen widerstand weiterhin den Bemühungen der Außenwelt, das Haus in eine Gefriertruhe zu verwandeln. Einzig die Räume 01 und 06 waren mit ihren defekten Fenstern ungemütlich geworden; Islands Hände halfen ihm in blaugefrorenem Zustand dabei, den kalten Boden zu verlassen.

»Haben Sie gut geschlafen?«, fragte er sich selbst. »Danke, nein. Ich verlange zur Entschädigung ein kostenloses Frühstück.«

Unangenehm unaufgewärmt stolperte Island stufenweise in den Speisesaal hinab, raffte in der Küche eine morgendliche Mahlzeit zusammen, verspeiste diese an Ort und Stelle und gewann langsam, äußerst langsam, seine vollständige Besinnung zurück. Die Beule wurde unter dem Wasserhahn gekühlt, was keinen praktikablen Duschersatz darstellte und durch eine echte Dusche ergänzt wurde. Sogar warmes Wasser bot die Zimmereinrichtung in Raum 02; auch Luft und Boden dort waren wohnlich. Die

Räume waren gut genug voneinander getrennt, um einen Einfluss kaputter Fenster aus anderen Räumen zu vermeiden.

»Irgendjemand muss den Ofen auch wieder ausschalten«, dachte Island kurz. Dann schüttelte er den Kopf. Das Brennmaterial war endlich; er würde das Haus genau so verlassen.

Neu gekleidet in einen übergroßen Herrenanzug und das bekannte Winterequipment verließ der Hausbesetzer sein Domizil. Hundeschlitten, hatte es im Nachrichtenreport geheißen, waren ein mögliches Fortbewegungsmittel über den Sumpf. Woher nehmen, woher stehlen?

Der Weg, der Floating Island zum Gasthaus geführt hatte, endete nicht vor dessen Tür. In einigen Kilometern Entfernung standen Dorfhäuser und bildeten eine kleine Siedlung. Schnell stellte sich heraus, dass auch diese schneebedeckten Aufenthaltsorte derzeit nicht genutzt wurden, aber immerhin weitere Helax-Münzen enthielten. Wo immer ein Geldbeutel lag, nahm Island ihn mit. Nach drei Diebstählen plagte ihn ein schlechtes Gewissen, er brachte das Diebesgut an die Ausgangsorte zurück, entwendete aus dem prallsten Beutel etwas »Finderlohn« zum Eigengebrauch und durchschritt damit die Pforte zu einem Bekleidungsgeschäft.

Schlittschuhe! Der Anzug wurde durch praktische Alltagskleidung in der passenden Größe ersetzt, aber die Schuhe waren die wahre Sensation. »1 gHx« sollten sie kosten, ein Goldhelax. Zusammen mit den anderen Bekleidungsstücken kam eine Bestellsumme von einem Goldhelax, fünfzig Silberhelax und zweihundertelf Kupferhelax zusammen. Wieder scheiterte eine passende Bezahlung an einem Mangel an Silber- und besonders Kupfermünzen. Für die viel häufiger vorhandenen Holzmünzen erhielt man offenbar keine Kleidung.

Das Goldhelax war schnell bezahlt. Island schätzte den Wert eines Goldhelax auf das Zehnfache eines Silberhelax, auf das Hundertfache eines Kupferhelax und das Zehntausendfache eines Holzhelax. Dementsprechend legte er auf gut Glück sieben weitere Goldhelax, ein Silberhelax und ein Kupferhelax auf den Bezahltresen und verließ das Geschäft wohlgemut.

∞∞∞∞

Der Rückweg aus dem Dorf gestaltete sich aufgrund der zugeschneiten Wege beschwerlich. Da der »Pfad der neuen Hoffnung« unter dem Schnee nicht erkennbar war und Floating Island sich nicht genau an dessen Verlauf erinnerte, bog er zu früh ab und nahm unwissentlich eine Abkürzung zum Ziel. »Brieftaube müsste man sein«, sagte er laut. Die Schneedecke schluckte die Geräusche; nur das Knirschen der Eispartikel war zu hören. Sanft zog die Luft über die weiße Landschaft.

Ohne Bäume glich die ehemalige Wiese einer Schneewüste ohne Orientierungsansätze. Als Island nach einigen Minuten zurückblickte, lag hinter ihm ein kurviger Trampelpfad. Er korrigierte seine Laufrichtung, verfehlte erneut die gewünschte Linie, lief danach nur noch rückwärts weiter und scheiterte dennoch daran, mehr als hundert Meter ohne sichtbare Wegkrümmung zurückzulegen. Die Sonne bot keine dauerhafte Hilfe, war aber zumindest nicht nutzlos. Der Spieler näherte sich dem zugefrorenen Sumpf.

∞∞∞∞

Free liebte das sanfte Brummen der Triebwerke, das durch die unlackierten Stahlwände hindurch in eine der fünfzigtausend Mannschaftskabinen drang. Er blickte auf sein Smartphone – yury hatte ein Foto aus der Bordkantine herumgeschickt. Pizzen mit quadratischer Grundform und gitterförmig angeordnetem Belag lagen in verschiedenen Größen in einer begehbaren Gefrierkammer: *»mittel, 0.25 m². gross, 0.36 m². premium, 0.5 m².«*

»Gut, dass Orakel das nicht sehen kann. Iss eine für ihn mit«, tippte er belustigt auf der Displaytastatur, doch yury hatte längst zwei mittlere Pizzen in den mehrstöckigen Ofen geschoben und war damit beschäftigt, mit Alexandra über die Etymologie des Begriffs »Betthupferl« zu diskutieren.

Da keine Antwort folgte, legte Free das Gerät zur Seite und schlief kurze Zeit später ein.

∞∞∞∞

Wie eine Insel auf einem glitzernden See lag die grüne Wiese im Schnee. Das Gras hatte Ähren gebildet und ragte über die weiße Decke hinaus. Ein von Schnee unberührter Birnbaum grenzte die Insel an einer Seite ab; im Schnee versteckt lag ein endloser, zugefrorener Fluss. Keine Schneeflocke, kein Windhauch, kein Geräusch drang zur Lichtung vor. Das kleine Paradies war von der unbarmherzigen Außenwelt durch eine unsichtbare Barriere getrennt. Gemütlich lag ein Mensch im Gras, der dort nicht hingehörte.

Ein Schatten fiel auf den Liegenden herab. In dicker Winterkleidung hatte ein Umherirrender die Lichtung betreten, mehr zufällig als gezielt, und blickte sich verdutzt um. Dieser Ort konnte nicht existieren.

»Sie kommen wohl nicht von hier«, murrte der unerwartete Gastgeber. Ihm schien, als rede er mit einem körperlosen Wesen, einem Hologramm, einem Geist. Das fellbekleidete Ding blickte einfach durch ihn hindurch und ignorierte die Ansprache. Andererseits schluckte es das Sonnenlicht auf unangenehm reale Weise. »He, Sie! Können Sie mich hören?«

Um ein Haar wurde er von Schlittschuhen verfehlt, die der Mann bei sich trug. Der Gast wurde durch seine Tollpatschigkeit zu einer Gefahr. Dann endlich begann er zu sprechen, doch die Worte schienen an den Sprechenden selbst gerichtet zu sein. »So ein Unfug«, murrte dieser. »Vollkommen unrealistisch und überhaupt nicht lustig. Wo ist der Sumpf?«

Das konnte der Liegende ihm beantworten. »Der nächste Sumpf liegt westlich von hier, ungefähr fünf Kilometer entfernt. Aber Sie hören mir ja gar nicht zu.«

Trotz seiner scheinbaren Gehörlosigkeit setzte der Gast sich daraufhin tatsächlich gen Westen in Bewegung und war bald verschwunden. Am Rand der Lichtung, aufgehalten von der unsichtbaren Mauer, blieb ein rosa Notizblatt zurück. Bevor es durch das Tauwasser in den Fußspuren des Besuchers beschädigt werden konnte, hob der Wiesenbewohner das Papier auf und betrachtete dessen Beschriftung.

Von Ewigkeit her

Der SINN ist immer strömend.
Aber er läuft in seinem Wirken doch nie über.
Ein Abgrund ist er, wie der Ahn aller Dinge.
Er mildert ihre Schärfe.
Er löst ihre Wirrsale.
Er mäßigt ihren Glanz.
Er vereinigt sich mit ihrem Staub.
Tief ist er und doch wie wirklich.
Ich weiß nicht, wessen Sohn er ist.
Er scheint früher zu sein

An dieser Stelle war das Papier abgerissen.

∞∞∞∞

Am Sumpf angekommen, überzeugte Island sich von der Tragfähigkeit des Wassers. Mindestens zwei Meter dick ragte die Eisschicht in die Tiefe, spiegelglatt und makellos, endlos in Richtung Horizont. Was im Sumpf noch von Bäumen durchzogen war, wurde außerhalb des Vegetationsbereichs zu einer Fläche der Unendlichkeit.

Unbeholfen legte der Spieler die Schlittschuhe an. Es war mindestens zwanzig Jahre her, dass er zur Vergnügung ein solches Fortbewegungsmittel benutzt hatte, und daran würde sich auch in den kommenden zwanzig Jahren nichts ändern. Mit Freizeitspaß hatte diese Aktion wenig gemeinsam; es ging darum, dem elenden Spielleiter ein Schnippchen zu schlagen und möglichst viele Level zu überspringen.

Mit dem linken Fuß auf dem Eis überdachte Island seine Entscheidung erneut. Eine ganze Minute verstrich, bevor er sich mit beiden Schuhen auf das Eis wagte. Die Eisfläche hätte jeden Eiskunsthallenbetreiber beeindruckt; der Spielleiter verstand sein Werk. Oder eben nicht. Das Ganze war viel zu perfekt konstruiert worden, um einen schönen realistischen Eindruck zu hinterlassen. Wie weiße Buntstiftlinien unterbrachen die kurzen Laufspuren den nicht ganz »natürlichen« Spiegel. Allmählich gewann der Spieler den Eindruck, ein unausgereiftes Demoprogramm zu verwenden oder absichtlich aus seiner Illusion geworfen zu werden. Das auf diesen Gedankengang erwartete Lachen blieb jedoch aus.

Zwischen den Bäumen des Sumpflands begann Island damit, sich eine andere Erklärung für das Phänomen der Perfektion zu suchen: Er entfernte sich vom geplanten Spielort und erkundete die Grenzen der Spielwelt. Vermutlich gab es in der verlassenen Stadt eine neue Aufgabe und detaillierte Rätsel, doch er schummelte sich daran vorbei. Selbstverständlich war hier keine ausgefeilte Eisfläche zu erwarten; der Typ am Telefon hatte nicht mit diesem Trick gerechnet.

Zehn Minuten später war die Schlittschuhfahrt zum unerwarteten Vergnügen geworden. Island raste dem Horizont entgegen, vergrößerte und verkleinerte spielerisch den Abstand zwischen den Schuhen, blickte auf die Schlangenlinien zurück, kippte diagonal zur Fahrtrichtung hintenüber, rutschte mit dem Rücken auf dem Fellmantel weiter davon und kam langsam zum Stillstand. Die Sonne hatte ihren höchsten Punkt erreicht und blendete in sein Gesicht; er beugte sich auf dem glatten Untergrund nach vorne und sah sich im Schneidersitz um. Noch war sein Ausgangspunkt in der Ferne sichtbar; noch war vom Ziel nichts zu sehen. Da der Planet rund war, musste es irgendwo eine Landmasse in Fahrtrichtung geben, also richtete der gefallene Diktator sich auf und setzte die Flucht fort.

»Vielleicht finde ich Indien«, sagte er sich. »Oder Amerika.«

Dann überlegte er, wie wohl das Land heißen mochte, auf dem er sich bis gerade befunden hatte. Überquerte er einen Meeresarm oder einen Ozean?

Mit Rückenwind legte Island dreißig Kilometer zurück und geriet langsam an seine Ausdauergrenze. Die eintönige, perfekte Eisfläche wurde nirgends von Hindernissen unterbrochen, auch das Ziel war nicht in Sicht.

Es bestand die Gefahr, dass der Planet überhaupt nicht rund war, sondern nur einen künstlichen Horizont besaß. Der Rand einer Computerwelt konnte endlos sein; die Eintönigkeit der Umgebung sprach für diese Theorie. Ein riesiger Ozean ließ sich vielleicht bequem als unendliche Wasserfläche simulieren. Solange nicht jemand auf den Gedanken kam, ihn überqueren zu wollen, war die Illusion perfekt.

In einer der Manteltaschen steckte ein großes Stück Käse, das der Läufer als Proviant eingeplant hatte. Nun zehrte er davon. Er ahnte, dass seine Laufgeschwindigkeit stark abgenommen hatte, doch er wollte noch nicht aufgeben. Sich jetzt wieder auf das Eis zu setzen und eine »Pause« zu nehmen, wäre möglicherweise fatal gewesen. Erstens herrschte Tauwetter, und zweitens war auf dem kalten Untergrund keine ordentliche Erholung zu erwarten. Es war wichtig, Energieverlust zu vermeiden und dieses Hindernis schnellstmöglich hinter sich zu lassen.

Nur von Sonne und Wind geleitet und mit zunehmender Ermüdung verlor Floating Island das Gefühl für den zurückgelegten Weg. Vielleicht fuhr er in einem großen Kreis, ohne dies bei flüchtigen Kontrollblicken nach hinten zu bemerken. Wüsten waren tückisch; Island konnte diese Landschaftsform immer weniger leiden. Andererseits hatte die Zwischenmahlzeit seinem Körper offenbar genug Zucker zugeführt, um die eintönige Bewegung noch eine Weile zu ertragen. Der Käse hatte beflügelnde Wirkung.

Nach einer halben Stunde bröckelte etwas, doch das Eis blieb unversehrt. Was stattdessen zerbrach, war das Bild von einer perfekt waagerechten Eisfläche und dem Käse als vermeintlichem Kraftfutter. Die Leichtigkeit, mit der Island nun über das Eis glitt, ließ sich nicht mehr mit dem Energiegehalt der Nahrung erklären: Da half jemand nach, und es war nicht der Wind.

Langsam dämmerte dem geplagten Abenteurer, dass es selbst auf dem Ozean kein Entkommen geben konnte: Entweder erlebte er gerade einen lebensgefährlichen Programmfehler, oder diese Rutschpartie war Teil des wahnsinnigen Spiels. Noch gab es die Möglichkeit, die Kufen senkrecht zur Fahrtrichtung in das Eis zu treten, aber Island hatte längst die Möglichkeit einer Rückkehr zum Dorf für sich ausgeschlossen. Nur eines wollte er wissen: Was sagte das Smartphone zu diesem Ort?

»*Level 7: Eiswirkung.*«

»Das ist alles so beabsichtigt?«, interpretierte Island diese Ansage, zu gleichen Teilen mit Trübsal und Beruhigung erfüllt.

Die Verbindung bestand noch immer, doch niemand antwortete ihm.

»Was ist das nächste Level?«

Immer schneller eilte er einem unsichtbaren Ziel entgegen.

»Wie heißt das nächste Level?«

Unsichtbar und namenlos noch dazu. »Eiswirkung« war nichtssagend.

»Wann erreiche ich das nächste Level?«

Unsichtbar, namenlos und unplanbar. Warum legte der Mensch am Telefon nicht auf?

Verwirrt nahm Floating Island das Smartphone von der Wange und blickte auf dessen reflektierenden Bildschirm: Außer Sonnenlicht war darauf nichts zu erkennen. Das lag weniger an der Leuchtfähigkeit des Displays als an dessen Strombedarf: Der Akku hatte nach all der Zeit seinen Geist aufgegeben.

Ohnehin blieb kaum die Möglichkeit, sich weiter mit dem Smartphone zu befassen. Die »Eiswirkung« war zu einer Falle geworden, deren fünfprozentiges Gefälle ihn immer weiter beschleunigte. Island schob das Handy zurück in die rechte Hosentasche und gab sich dem Abgrund hin. Zu beiden Seiten wuchsen allmählich Eiswände in die Höhe; der Protagonist raste in eine Schlucht aus gefrorenem Wasser.

Brenzlig wurde die Situation, als bei sechzig Stundenkilometern die ersten Hindernisse auf der Fahrbahn auftauchten. Kleine und große Steine ragten aus dem Eis heraus und brachten den Läufer zum Schwitzen. Die instinktive Ausweichtaktik wurde durch einen Baumstamm zunichtegemacht: Ein Sprung war angesagt. Vielleicht wäre am Telefon ein kleines Jump-and-Run-Spiel angekündigt worden, falls dafür genug Akkuladung vorhanden gewesen wäre.

Island riss die Beine nach oben, flog über den Stamm und kam krachend zwanzig Meter weiter auf dem Eis auf. Die irre Fahrt setzte sich zwischen blauen Plastikeimern fort, deren Öffnung unter der Laufbahn lag und deren Fassungsvolumen etwa fünfzig Liter betrug. Ein Slalomkurs wurde ihm aufgezwungen, links, rechts, links, rechts, links, links, links, links. Die steile Klippenwand kam viel zu nahe für Islands Geschmack. Bevor ihn ein weiterer Eimer zu einer Kollision drängen konnte, entschied er sich spontan dafür, dessen Stabilität zu testen. Er riss die Kufen in einem kleinen Sprung nach vorne. Plastik barst, eine Erschütterung propagierte bis zum Schädel und Schmerz durchflutete das erschütterte Gehirn. Das zweimalige Durchstoßen der Eimerwand klang wie ein einziges Geräusch, gefolgt vom unausweichlichen Fall auf den Hintern und dem vibrierenden Kratzen der Kufenrückseiten auf dem Eis.

Froh darüber, dass momentan keine Hindernisse im Weg lagen, sammelte Island seine Sinne zusammen und verschaffte sich einen schnellen Überblick über die Situation. Er beschleunigte auf der inzwischen fünfzehn Grad steilen Rutsche trotz Bremsbemühungen immer weiter, während links in greifbarer Nähe spiegelglattes Eis in unüberschaubare Höhe ragte. Der Ozean war tief, und nur das Eis trennte die Schlucht von den blau schimmernden Wassermassen. Unten auf der Schlittschuhbahn war eine Rampe zu erkennen, welche aus dem Gefälle kurvenförmig zurück in die Horizontale führte. Island war sich noch nicht sicher, ob er diese Unterbrechung gut fand, als ihm die Wahl abgenommen wurde. Aus seiner Sicht war die Rampe zu ihm hochgeschossen; die Beine wurden in Kopfrichtung belastet und der Boden entfernte sich von seinem Rücken.

Ich fliege, fühlte Island. *Und das ist nicht gut.*

Du wolltest schon immer einmal fliegen, meldete sich der sarkastische Teil seines Verstands.

Island starrte geradeaus. *Aber nicht gegen eine Eiswand.*

17.2. Level 8: Eiswand

Er bildete sich ein, die bunten Klettergriffe mussten bereits bei seiner Abfahrt in Sichtweite gewesen sein. Er versicherte sich selbst, keiner Halluzination zu erliegen. Und er hing, unsanft gegen das Eis geklatscht, in fünfzig Metern Höhe mit beiden Händen an ebensolchen Griffen. Die Eiswand war steil, fußte in grauem Felsboden und endete in einer Höhe, die möglicherweise nicht nur für seine Augen unerreichbar war. Die geriffelten Vorderseiten seiner Schlittschuhkufen steckten zwischen zwei Griffen in Wandschlitzen fest, ließen sich aber mit mäßigem Aufwand daraus befreien. Über die ganze Eisschicht verstreut ermöglichte Kunststoff in allen denkbaren Formen und Farben einen beschwerlichen Aufstieg.

Dies war der Moment, in dem Floating Island seine Mission erstmals wirklich infrage stellte. Wozu diente das alles? Handelte es sich um eine Beschäftigungstherapie für gescheiterte Diktatoren?

Instinktiv bot sich ein Abstieg auf den festen Grund an. Dort konnte man sich eine Weile ausruhen und vor allem nicht mehr herunterfallen. Island wusste jedoch, dass kein Weg an einem Aufstieg vorbeiführte. Die Eiswände waren von temporärer Konsistenz und verbargen unter ihrem Glitzern die tonnenschwere Last des Meerwassers. Unter diesen Umständen blieb wenig Zeit für philosophische Überlegungen: Der Spieler zog seinen linken Fuß aus der Versenkung und bemühte sich, mit der Kufenspitze Halt an einem Plastikgriff zu finden. Gerade als er meinte, einigermaßen sicher zu stehen, rutschte der Schuh seitlich weg und übertrug durch das Stiefelfutter einen gedämpften Schlag gegen den rechten Knöchel.

Unter normalen Umständen hätte er versucht, sich der Schlittschuhe zu entledigen. Unter normalen Umständen hing allerdings auch niemand an einer Eiswand fest. Da es vorerst keine Alternative gab, richtete Island seine Füße parallel zur Wand aus und watschelte mit der Mitte der Kufen an den Griffen empor. Das funktionierte, solange die Oberseite der Griffe einigermaßen waagerecht verlief. Ansonsten glitt der Stahl bestimmungsgemäß nach unten.

Trotz der Einschränkung gelang es ihm Meter für Meter, einen beachtlichen Abstand zwischen sich und den Boden zu bringen. Das obere Wandende hingegen schien sich keinen Millimeter zu nähern und befand sich vermutlich in zehnfacher Höhe. Gerne hätte Island sich in ein Sicherungsseil gehängt, um zu verschnaufen – eine tödliche Idee. Für Entspannung bestand keine Grundlage.

∞∞∞∞

In etwa hundertfünfzig Metern Höhe erspähte der Kletterer eine Unregelmäßigkeit im Eis. Jeder Riss und jede Unebenheit war bedenklich in der einzigen Wand, die ihn vom Ozean trennte. Das dort oben sah allerdings eher aus wie eine kreisförmige Stufe.

Die Neugier lockte Energiereserven aus Floating Island hervor, die dieser längst für verloren gehalten hatte. Mit gelegentlichem Abrutschen auf schrägen Plastikgriffen und einer gewissen Routine zog er sich Meter für Meter am Eis vorbei. Kein Halt glich dem anderen, aber die Variation hielt sich in engen Grenzen: In verschiedensten Formen und Farben boten sie eine faktische Eintönigkeit, die auf Dauer nervenzermürbend wirkte. Nur die merkwürdige Stufe in der Wand bot Abwechslung in einer scheinbar unendlichen vertikalen Landschaft.

Je näher er der Stufe kam, desto mehr wirkte diese wie der Eingang eines Tunnels. Das konnte natürlich nicht sein, denn hinter der Kletterwand befand sich Ozeanwasser, das sicherlich nicht vollständig durchgefroren war. Solange der mysteriöse »Darwin-Freezer« die Weltmeere nicht in solide Eisklötze verwandelt hatte, gab es auf der anderen Seite flüssiges, eiskaltes Wasser, das auf keinen Fall durch den Eiswall dringen durfte. Was mit Blick auf den Ozeanboden nämlich wie eine enorme Höhe wirkte, war in Wirklichkeit ein Punkt unterhalb des Meeresspiegels, der durch den anbrechenden Frühling akut von Überflutung bedroht war. Ein Tunnel passte überhaupt nicht in dieses Konzept.

Andererseits befand Floating Island sich auf einem virtuellen Planeten im Rollenspiel eines Sadisten, der jedes Gefühl für Moral und Maßhaltung verloren hatte. Es war nicht ausgeschlossen, dass sich dort ein kreisrundes

Loch im Eis befand, das sich beim Hineinblicken in den Abflusskanal eines gewaltigen Staudamms verwandeln würde. Island sah sich in Gedanken bereits von einer siebentausend Quadratmeter dicken Wassersäule horizontal von der Wand hinfortgerissen und parabelförmig zur Erde stürzend ein unrühmliches Spielende erreichen. Der verrückte Planetenprogrammierer, dessen Aussehen dem Spieler bisher unbekannt war, hatte durch seine wahnsinnigen Spielelemente inzwischen den Eindruck hinterlassen, den Alexandra vor Jahren an den Knöpfen einer Raumschiffschleuse im Kopf gehabt hatte: Unberechenbare Gefahr für die Allgemeinheit.

Floating Island, der den Spielleiter für ein immaterielles Geisteswesen hielt, lugte mit schmerzhafter Anspannung über den Rand der Eiskante hinweg. Als ihm auch nach einer halben Minute keine Wassermassen entgegenkamen, robbte er auf die spiegelglatte Bodenfläche. Er befand sich in luftiger Höhe in einem waagrechten Eistunnel mit etwa hundert Metern Durchmesser; hinter ihm ging es an Plastiknoppen vorbei in die Tiefe. Vor ihm lag dunkles Blau, das sich steigungslos in die Ferne erstreckte und das Licht verschluckte.

Zögernd wurden die Schlittschuhe wieder ihrer ursprünglichen Bestimmung zugeführt. Der Handyakku war leer, doch in einer Hosentasche befand sich noch die Stabtaschenlampe, die dem Sumpfwanderer gegen den Kopf geflogen war. Sie hatte bereits auf dem »Pfad der neuen Hoffnung« wertvolles Licht gespendet und schien nun die Voraussetzung für eine verletzungsfreie Fortsetzung der Reise zu sein. Auch ihre Energiekapazität war jedoch begrenzt.

Gerne hätte Island gewusst, wie viele Minuten ihm blieben, um diese Höhle zu durchqueren. Dass es sich bei der Höhle um die Fortsetzung des Spielwegs handelte, stand außer Frage; die Eishöhle passte zu den bisherigen Verrücktheiten dieses Spiels.

»Hallo, Echo«, rief er in die Höhle hinein.

»Hallo, Island«, rief die Höhle zurück.

Island schlug die Hände über dem Kopf zusammen. »Das kann doch alles nicht wahr sein.« Er beschleunigte auf der beidseitig gebogenen Fahrbahn, fuhr in Schlangenlinien in die Höhle hinein und ließ sich vom Kegel der Taschenlampe führen.

17.3. Level 9: Sunshine Solitude

Der nächste Sinneseindruck traf den Schlittschuhfahrer buchstäblich unerwartet und in dessen Nacken. Mit Wassertropfen hatte er nicht gerechnet;

mit einer solchen Überraschung hatte er auch unter keinen Umständen rechnen wollen. Ein schmelzender Tunnel war von allen Seiten so grauenhaft wie eine einstürzende Brücke von unten. Die kurz zuvor noch entspannende Fortbewegung durch einen stillen, langen Weg unter der Wasseroberfläche wurde zur dauerhaften Angst, von den oben liegenden Wassermassen erschlagen oder mitgerissen zu werden. Das Gleiten über den Boden war angenehm gewesen, weil ein dünner Wasserfilm die Schuhkufen schmierte. Nun wurde dieser Wasserfilm zum Bewusstsein über die Vergänglichkeit des Eises.

In einer fragilen, von zweifelhafter Nützlichkeit geprägten Abkürzung durch die Kletterwand rannte panisch ein Mann gegen die Zeit an. Irgendwo musste die Höhle enden, selbst wenn sie den gesamten Planeten überspannte. Er hatte sie betreten und er würde sie wieder verlassen, im schlimmsten Fall nach einer Umrundung der Welt. Vom Wechsel des Aggregatzustands angetrieben zu höchster Eile brach Floating Island gefühlt mehrere olympische Rekorde, schlitterte nun ganz ohne Schlangenlinien in die blaue Tiefe hinein und sehnte sich nach dem Licht des hoffentlich existierenden Ausgangs. In all dieser Panik fiel allmählich die Taschenlampe aus.

Blau wurde zu Schwarz, und Schwarz wurde zu einem Sinneseindruck, der sich durch Farbnamen nicht mehr beschreiben ließ. Irgendetwas sagte Island, dass Menschen einzelne Photonen erspüren konnten, wenn sie sich in vollkommener Dunkelheit befanden. Es musste der gleiche Teil seines Unterbewusstseins sein, der ihn bereits vor zu schnellem Trinken nach starker Dehydrierung gewarnt hatte: Eine Art Handbuch. Der Spielleiter griff, diesmal relativ subtil, in die Gedankenwelt des Gefangenen ein und gab ihm einen entscheidenden Hinweis.

Es fühlte sich in den Augen wie Licht an, war aber nicht als solches bewusst sichtbar. Irgendetwas leitete ihn durch die dunkle Höhle, manchmal fiel ein Wassertropfen auf seine Haare. Hörbar war ununterbrochen, eintönig und ausschließlich das Fahrgeräusch der Schlittschuhe auf dem Eis.

Zum Lichteindruck gesellte sich irgendwann der Geruch karibischer Meeresluft. Das Ende des Wettrennens kündigte sich durch die Nase an. Noch bevor sichtbare Helligkeit den Gang erfüllte, wusste Floating Island, dass er am anderen Ende eine Strandlandschaft vorfinden würde. Wie das unter dem Meeresspiegel möglich sein sollte, erschloss sich ihm keineswegs; die Gewissheit hatte er dennoch.

Es war schließlich das Kreischen einer Möwe, das ihm die Bestätigung gab. Der Tunnel wurde zum Ende hin äußerst kurzfristig hell; geblendet raste Island in das Licht hinein, ohne den metertiefen Abgrund überhaupt zu sehen, über den er hinwegschoss. Mit einer Schlittenkufe stieß er gegen einen festen Gegenstand, erhielt im Flug einen Drehimpuls und krachte unelegant durch ein Strohdach hindurch rotierend in eine Strandhütte hinein. Zehn Barhocker wie eine schlecht geformte Bowlingkugel mitreißend und mit gefühlt mehreren gebrochenen Knochen sprengte er die dort laufende Geburtstagsfeier; sein Gesicht landete in einem glücklicherweise nur gezuckerten Pfannkuchen.

Tatsächlich unverletzt, aber mit Zucker in den Augen und unter mehrfachem heftigem Niesen kam der Ex-Diktator wieder zur Besinnung. Er saß an einem massiven Holztisch auf zwei schräg stehenden Stühlen und blickte augenreibend auf leckere Speisen. Ein batteriebetriebenes Radio spielte Musik; die Geburtstagsgäste waren spurlos verschwunden. Mehrere Getränkegläser standen unterschiedlich hoch gefüllt, teilweise unangebrochen an den Sitzplätzen. Ein mikrowellengroßes, rosafarben verpacktes Geschenk stand in der Mitte des Tisches und lud mit grünen Geschenkbändern zum Auspacken ein.

»Ich will es eigentlich gar nicht wissen«, murmelte Island, entschied sich für einen Stuhl und zog das Paket an sich heran. Es war ziemlich schwer für seine Größe und enthielt eindeutig Metall. Bevor er es auspackte, ließ er sich den Pfannkuchen nicht vorenthalten, auf den er ja geradezu mit der Nase gestoßen worden war. Das Besteck ließ er links liegen; er verschlang ohne Hilfsmittel die dünne Speise und zwei weitere Exemplare von seinen Nebenplätzen. Erst dann kümmerte er sich um das pinke Überraschungspaket. Es enthielt einen weißen Pappkarton, wie er zur Verpackung von Haushaltsgeräten auf der Erde üblich war.

J28 stand als große Produktbezeichnung auf der Vorderseite. Der Untertitel ließ dem Beschenkten die Haare zu Berge stehen. *Individüäl Jätpäck – prämiüm kvälity däsäint bäi KörönäFüüm ön Örz. Ässämböld ön HörriblDisästör IV.*

∞∞∞∞

Hoch über einem äquatorialen Gebirge, direkt über einer dicken Wolkenschicht, schwebte ein mittelalterliches Schloss. Die Strahlen goldener Sonnenaufgänge ließen die unendlich weite Landschaft jeden Morgen wie ein Meer aus Zuckerwatte wirken, in dem sich das Licht brach, Regenbogen hervorzauberte und den Betrachter aus allen Richtungen sehr sanft blendete. Ein immerwährendes Glitzern lag in der Luft; ewige Ruhe und ein stiller Zyklus der Tageszeiten bestimmten die Szenerie.

Das Schloss verfügte über einen großen Innenhof mit Restaurant; zwei vermummte Gestalten in schwarzen Kutten unterhielten sich an einem massiven Holztisch.

»Sie haben ihn rausgeworfen«, sagte eine.

»Zurecht«, bekundete ihr Gegenüber.

Schweigen.

∞∞∞∞

Ohne Treibstoff war das Jetpack wertlos; der von Erdtechnik geprägte Ex-Diktator ging von Kerosinmangel aus. Das war kein Problem, wenn man nicht – ein Blick aus den Fenstern – auf einer kleinen Insel fest-saß. Er nahm seine Umgebung genauer unter die Lupe: Irgendjemand hatte Helax-Münzen unter dem Nebentisch verloren. Durch das Loch im Strohdach schien die Nachmittagssonne auf den Bartresen; dieser war zu unüblicher Zeit leergefegt und von Pappuntersetzern befreit worden. Zwei Kugelschreiber lagen auf dem Boden, trugen den Schriftzug des Lokals und verrieten, dass die kleine Bar den Namen »Sunshine Solitude« trug.

Der einlagige Boden bestand aus dicken Holzbrettern, war stellenweise mit Sand bedeckt und erlaubte einen Blick auf den Untergrund. Kühl, streifenweise beleuchtet und mit der üblichen Menge Abfall dekoriert lag der Strand unter der Bar. Island schätzte den Abstand auf etwa einen Meter. Als er sich dann der Winterjacke und seiner Schlittschuhe entledigte, bemerkte er, dass seine Geschäftsschuhe in unerreichbarer Ferne lagen. Barfußlaufen entsprach aber ohnehin dem örtlichen Dresscode.

Um der Unordnung mindestens oberflächlich Herr zu werden, zog der Inselgast die beiden Kugelschreiber unter dem Esstisch hervor und legte sie zurück auf den Tresen. Dann sammelte er das Geld auf und stapel-te die Münzen auf der prall gefüllten Kassenkiste. Mit Holz und Kupfer konnte er nicht viel anfangen. Ihn dürstete nach Wasser, das er hinter der Theke anteilsweise aus einem alkoholfreien bierartigen Stärkegetränk per Selbstbedienung bezog. Neben dem Getränkefass lag ein Notizzettel:

Die Wurzel des Gesetzes
Das Edle hat das Geringe zur Wurzel.
Das Hohe hat das Niedrige zur Grundlage.
Also auch die Fürsten und Könige:
Sie nennen sich: »Einsam«, »Verwaist«, »Wenigkeit«.
Dadurch bezeichnen sie das Geringe als ihre Wurzel.
Oder ist es nicht so?
Denn: Ohne die einzelnen Bestandteile eines Wagens
gibt es keinen Wagen.
Wünsche nicht das glänzende Gleißen des Juwels,
sondern die rohe Rauheit des Steins.

Während Floating Island sich diese Zeilen durch den Kopf gehen ließ, setzte sich eine Fliege auf das Papier. Jeder andere hätte sie verscheucht, verträumt betrachtet oder ignoriert; Island sah in ihr einen Hinweis auf die Lösung des Levels.

Bevor er damit beginnen konnte, die Hütte in ihre Bestandteile zu zerlegen und aus den Brettern ein Floß zu bauen, verschwand das kleine Insekt durch die offenstehende Tür. So schnell war der Ex-Agent noch nie einem Tier hinterhergelaufen. Das kleine Geländer vor der Tür wurde unter seinen Händen zum Parcours-Hindernis, der Sand fing den Fall ab. Gegen das Sonnenlicht blieb ein kleiner schwarzer Punkt sichtbar, der über Felsen hinweg in den grünen Büschen der Insel verschwand.

Da der weitere Spielverlauf erheblich vom Ergebnis dieser Verfolgungsjagd abhängen konnte, ließ sich Island nicht durch Gestrüpp beirren und nahm mehr als nur Frisurschäden in Kauf. Wie ein zerzauster Wilder stürzte er fünf Minuten später auf der gegenüberliegenden Seite der Insel aus dem Grün hervor, stolperte über eine dünne Wurzel und fiel der Länge nach in den Sand. Vor seinen Augen lag eine rot bedruckte Aluminiumdose.

∞∞∞∞∞

Die Fliege war verschwunden, das Getränk in der Dose ebenfalls. Letztere schien mit Heißkleber verschlossen worden zu sein, bevor sie ihre Reise über das Meer angetreten hatte.

»Wer verschließt Getränkedosen mit Heißkleber?«, fragte Island sich selbst und schüttelte den Behälter. Etwas Leichtes sprang darin umher, eine Papierkugel vielleicht. Metallisch war es jedenfalls nicht. Neugieriges Knibbeln legte die Trinköffnung frei: Der Doseninhalt war tatsächlich eine Papierkugel, aber deren Durchmesser überstieg die Größe des Ausgangs. Das Papier war hinein gequetscht worden und ließ sich nicht ohne Weiteres aus seinem kleinen Boot befreien.

So eilig, dass er versucht hätte, die Dose mit den Zähnen zu zerbeißen, hatte es der Gestrandete nicht. Die Fliege hatte ihn hierhin geführt, die Eilmission war erledigt. Ruhigen Schrittes, aber innerlich berstend vor Neugier, wanderte Island über den Strand zurück zum Holzhaus, in dem noch immer ein Radio vergessene Liedzeilen in die Ferne rief.

An die Quelle der Radiomusik verschwendete Island keine großen Gedanken: Jeder Winkel des Planeten war mit Mobilfunk ausgestattet, also waren auch Radiowellen keine Überraschung. Er suchte nach Werkzeug und fand tatsächlich eine Schere, hielt die Dose kopfüber, zerdrückte sie in der Mitte und schnitt schräg nach oben in den Knick hinein. Ohne das Papier zu beschädigen, entfernte er den Dosenboden. Dann kippte er den Inhalt vorsichtig auf den Bartresen.

Die Papierkugel bestand aus mehreren ineinander geknüllten A5-Buchseiten, die mit einer seltenen Serifenschrift bedruckt waren. Die Buchstaben »Q« und »u« bildeten eine verspielte Ligatur, wo immer sie zusammen auftraten. Es waren Seitenzahlen vorhanden, an denen die Papiere sortiert werden konnten. Der Text schien aus einem billigen Roman entnommen worden zu sein, den jemand so wenig geliebt hatte, dass er ihn nur noch als Notizblock nutzen wollte.

»Und das auf beidseitig bedrucktem Papier«, wunderte sich Island. Dennoch dauerte es eine halbe Stunde, bis er in seiner Ratlosigkeit den Text erneut unter die Lupe nahm und endlich dessen Bedeutung begriff.

18. Abgehobene Gesellschaft

Der Wanderer schritt gemächlich durch die Seitengänge eines großen Schlosses. Unter ihm befand sich die Parlamentshalle, in der ein selbst für diese Tageszeit ungewöhnlich lauter Diskurs stattfand. Die sonst mindestens teilweise besonnenen Volksvertreter schlugen sich – ganz verbal, aber sehr verbal – gegenseitig die Köpfe ein.

»Die Stiftung hat nicht das Recht dazu, sich über die etablierten Meinungsfindungsprozesse unserer Gemeinschaft hinwegzusetzen. Wir fordern eine unabhängige Untersuchung durch das Schiedsgericht«, rief jemand so laut, dass es zum Wanderer nach oben drang. Dieser blieb neugierig stehen; er hatte ohnehin keinen Termin und die Sitzung war öffentlich. Sich in das Getümmel zu begeben, war ihm jedoch zuwider. Von hier oben bekam man genug mit, ohne selbst sichtbar zu sein.

»Das Schiedsgericht kann für diesen heiklen Fall keine öffentliche Sitzung durchführen. Es müsste hinter verschlossener Tür tagen, und bisher warst ausgerechnet du ein starker und lautstarker Gegner solcher Hinterzimmerdiskussionen. Hast du deine Grundprinzipien über Bord geworfen?«

»Ich verstehe überhaupt nicht, wieso du das jetzt schon wieder auf eine persönliche Ebene lenkst«, mischte sich eine dritte Stimme ein. »Diese ständige Personalisierung inhaltlicher Konflikte hast du vor zwei Wochen noch am Schwarzen Brett kritisiert.«

»Es ist aber kein inhaltlicher Konflikt, über den wir hier diskutieren«, sagte der Zweite. »Es geht um das Verhalten eines Schlossbewohners, und diese Diskussion ist inhärent persönlich.«

»Wir kommen vom Diskussionsthema ab–«, wollte jemand einwenden, doch er wurde sofort von einer heiser gebrüllten Stimme übertönt:

»Was hier diskutiert wird und was nicht, hast du ja wohl überhaupt nicht zu entscheiden!«

»Das nicht, aber–«

»Am besten wäre es, wenn du dich von dieser Diskussion fernhältst! Dir mangelt es an Erfahrung und Kompetenz, um hier sinnvolle Partizipation zu betreiben!«

Die heisere Stimme wurde leiser und entfernte sich; der Wanderer wusste, dass ihr Besitzer einige Tage im Glashaus verbringen würde. Von dort durfte man überallhin blicken, konnte sich aber selbst nicht dorthin bewegen und sich nur mit Menschen unterhalten, die sich dazu herabließen, das Glashaus zu betreten. Wer im Glashaus saß, war von der aktiven Teilnahme am Burggeschehen ausgeschlossen.

»Das Schiedsgericht ist für Angelegenheiten der Stiftung per Definition nicht zuständig«, erklärte eine Burgbewohnerin mit betont hoheitlicher Gelassenheit.

»Wenn die Gemeinschaft beschließt, dass ihr zuständig seid, dann kümmert ihr euch gefälligst um die Angelegenheit«, erwiderte eine der wenigen Personen, die der Wanderer sofort an ihrer Stimme erkannte. Das war einer der ersten Menschen gewesen, die sich im damals ziemlich kleinen Schlösschen niedergelassen und an dessen Aufbau mitgewirkt hatten. Seine Stimme hatte ein gewisses den Durchschnitt überschreitendes Gewicht, auch wenn er das stets bestritt.

»Wer hat eigentlich das Schiedsgericht ins Leben gerufen?«, fragte jemand. Die Antwort war ihm bekannt; er wollte durch die rhetorische Frage den Vorredner provozieren.

»Das tut nichts zur Sache«, gab dieser kühl zurück. »Die Gemeinschaft wählt seit Jahren in geheimer Abstimmung die Besetzung.«

»Das tut sehr wohl etwas zur Sache. Derjenige, der das Schiedsgericht gegründet hat, ist Teil der Stiftung, und er hat noch immer das letzte Wort in Streitfragen.«

Einige Zuhörende lachten. »Lächerlich«, tönte es aus der Menge. »Auf dem Papier vielleicht. Das Gericht ist etabliert und hat seinen Gründer vollkommen verdrängt. Wir brauchen gerade in solchen Situationen keinen Diktator, auch keinen vermeintlich gutmütigen.«

In einem Moment kurzer Stille schien jemand die Hand gehoben zu haben. Jedenfalls hatte die Diskussion eine gewisse Struktur zurückgewonnen. »Wer sagt, dass die Stiftung das Urteil des Gerichts anerkennen würde?«

»Wir halten es hoffentlich alle für selbstverständlich, dass die Stiftung, falls sie sich denn zu einer Befragung des Gerichts herabließe, auch dessen Urteil anerkennen würde. Der Einsatz des Schiedsgerichts ist ohnehin nur möglich, wenn das Beweismaterial an Mitglieder der Gemeinschaft herausgegeben wird.«

»An alle!«

»Ruhe auf den billigen Plätzen. Die Öffentlichkeit der Beweisdaten steht nicht zur Debatte. Könnten wir bitte eine Stellungnahme von der Stiftung erhalten?«

Schweigen.

»Die Stiftung tagt morgen in einer Sondersitzung zu dem Thema«, erwähnte jemand.

»Joseph?«

»Entschuldigung, ich dachte, es ginge um eine Getränkebestellung.«

»Gregory? Joe?«

»Kein Kommentar.«

»Dann müssen wir die Sitzung an dieser Stelle schließen. Eine Stellungnahme der Stiftung steht aus und wird der Anlass für die nächste Debatte sein.«

∞∞∞∞

In unbequemer Gefangenschaft, vom Rest der Gemeinschaft nach einem Regelbruch ausgeschlossen, fand sich jemand überhaupt nicht mit seiner Situation ab und schmiedete Ausbruchspläne.

Die Metallspule genügte seinen Anforderungen. Schließlich musste er keine Kamera installieren oder Glasfasern biegen, um an die lebenswichtige Information zu gelangen. Mit einem klassischen Hüllkurvendemodulator ließ sich das Signal in Longitudinalwellen umwandeln. Bequemerweise hatte eine andere Gefangene einen Großteil der Arbeit für ihn übernommen und das Equipment nutzungsbereit am Einsatzort abgelegt.

Mit einer Handbewegung befahl er Sheryl Crow, zu schweigen. Dies war eindeutig der falsche Moment, um Petahertzstrahlen zu absorbieren, und die Wiederholung der Ankündigung hatte das Fass zum Überlaufen gebracht. Wenige Schritte fehlten, um der ganzen Geschichte ein verdientes Ende zu bereiten. Noch hinderte ihn allerdings der zeitliche Abstand zum letzten Kühlschrankbesuch daran, sein Vorhaben in die Tat umzusetzen.

Wer es vollbracht hatte, die Speisekühlung in dieser einsamen Gegend mit dem nächsten Kraftwerk zu verbinden, verdiente Respekt. Dass es sich dabei um ein Brennstoffzellensystem im Boden handelte, schmälerte den Wert der Verbindung – dessen Installation und Betrieb waren jedoch eine beeindruckende Leistung.

Durch Müsli und Obst gestärkt, kehrte er zurück an die Arbeit. Mit einer Trägerfrequenz von siebenhundertdreißig Kilohertz fand die Übertragung der Geheimdaten im unteren Bereich des Möglichen, aber noch innerhalb der üblichen Grenzen statt. Anstelle ordentlicher siliziumunterstützter Fehlerkorrektur wurde durch zweifache Redundanz sichergestellt, dass die Übertragung störungsfrei über die Bühne gegangen war.

In den nächsten Stunden war der Gefangene damit beschäftigt, die Instruktionen möglichst genau umzusetzen. Sein Motto dabei lautete, jeder versehentlich falsche Handgriff führe zu einer Katastrophe, jeder absichtlich falsche Handgriff ende in einer Explosion, aber jede falsch klingende Instruktion sei aus höheren Gründen zunächst hinnehmbar und würde rechtzeitig als solche bemerkt.

»Man stiehlt nicht alle Tage Wasserstoff aus einem Bodentank«, wusste der Handwerker. »Aber wenn man es tut, dann muss man gehörig aufpassen.«

Quer über den Boden verteilt lag allerlei elektronische Gerätschaft. Ein Steuerungskabel führte vom Mobiltank weg, zwei ehemalige Getränkeleitungen aus Plastik ermöglichten den Transport des flüssigen Energiespeichers in den Bereich der Weiterverwendung.

∞∞∞∞

»Bitte treten Sie einen Schritt zur Seite, wir müssen da rein.«

»Sie stellen sich gefälligst hinten an wie alle anderen auch«, empörte sich der Angesprochene. »Die Warteschlange zieht sich gefühlt durch das halbe Schloss, und Sie möchten sich vordrängeln. Das ist eine Unverschämtheit gegenüber der Gemeinschaft.«

Tatsächlich standen über fünfzig Schlossbewohner vor dem Türrahmen, hinter dem eine weitere Schlange vor den vollkommen überlasteten Sachbearbeitern stand. Wie alle Burgbewohner waren die Schlangestehenden in schwarze Kutten gekleidet; manche trugen die Kapuze, oft zusätzlich mit Sonnenbrille und Perücke, andere hatten den Kapuzenteil als Zeichen für Offenheit abgeschnitten. Irgendwo empörte sich eine kapuzentragende Person darüber, dass Antragsteller mit Sonnenbrillen bevorzugt behandelt würden. Ihr wurde von ihrer Vorderfrau geraten, sich eine der kostenlosen Sonnenbrillen am Empfangsschalter abzuholen. Dieser Ratschlag stieß auf Unmut bei anderen Zuhörern, denn die angebliche Bevorzugung existierte laut Gesetz nicht und eine allgemeine Sonnenbrillenpflicht wurde von der Mehrheit der Bewohner vehement abgelehnt.

Die drei vermeintlichen Drängler baten erneut um Durchlass. Einige Umstehenden wichen bereits mit einem Schmunzeln zur Seite, doch die im Weg stehende Person versperrte nun absichtlich den Gehweg.

»Welchen Teil von ›Sie stellen sich gefälligst hinten an‹ haben Sie nicht verstanden? Und ist Ihr Unverständnis ausschließlich akustischer Natur?«

»Mein Unverständnis ist äußerst sachlicher Natur«, erhielt er als Antwort.

Das damit verbundene Grinsen verwirrte ihn. »Einer von uns beiden verhält sich gerade äußerst dämlich.«

»Das möchte ich generell nicht bestreiten. Ich befürchte aber, wenn Sie Ihre belustigten Nachbarn fragen, fällt die Wahl zu Ihren Ungunsten aus.«

Der Querulant blickte sich zur Menge um. »Kann mir mal jemand erklären, was hier gespielt wird?!«

»Das sind Sachbearbeiter, du Glühbirne«, nuschelte jemand.

∞∞∞∞

Der Wanderer hatte genug gehört. Die geordnete Sitzung war in durcheinander wirrende Einzelgespräche zerfallen, in denen auf kleinstem Raum das längst Besprochene mit maximaler Langweiligkeit durchgekaut wurde. Er nahm sein linkes Ohr vom Fußboden, richtete sich mit knackenden Gelenken auf und setzte seinen unterbrochenen Weg fort.

Um eine Gangecke bogen zwei ruhig miteinander eine fundamentale Meinungsverschiedenheit besprechende Personen mit jahrzehntealten Sonnenbrillen.

»Es geht mir gar nicht allzu sehr um den Einzelfall; hier werden Prinzipien gebrochen. Ein angesehener Sachbearbeiter im Dienst der Gemeinschaft wird von der Stiftung für ein Jahr ins Glashaus verbannt. Kein Prozess, keine Zeugen, keine Berufungsmöglichkeit. Eine Instanz, die vollkommen außerhalb der etablierten Regeln liegt, keine Konsequenzen zu fürchten hat und nach Gutdünken handeln kann, weil ihr die Burg gehört. Die Möglichkeit, sich über unsere Konsensfindung hinwegzusetzen, bestand natürlich schon immer. Dass das jetzt aber ohne erkennbaren Grund getan wird, wirft einige Fragen auf. Wer ist der Nächste? Du vielleicht. Um es mit Niemöller zu sagen: Zuerst holten sie die Kommunisten, und du bliebst still, denn du warst kein Kommunist. Dann holten sie die Gewerkschafter, und du hieltst deinen Mund, denn du warst kein Gewerkschafter. Als Nächstes holten sie die Juden, und du tatest nichts zu ihrer Verteidigung, denn du warst kein Jude. Als sie schließlich dich holten, war niemand mehr da, der dich retten konnte.«

»Ganz im Dunkeln tappen wir ja nicht«, wies die zweite Sonnenbrillenträgerin auf ein unbeachtetes Argument hin. »Die Sperre wird durch Belästigung begründet, die unter dem Radar der Gemeinschaft durch jemanden ausgeübt wurde, der bei gelegentlichen Regelübertritten in diesem Umfang keine Sanktionen zu befürchten hatte, aber großen Schaden angerichtet hat. Langfristig, gar dauerhaft. Dann lief das Fass über und der Ausschluss wurde durchgesetzt. Temporär.«

Der Gesprächspartner verschränkte im Gehen seine Arme. »In unserem Universum ist ein Jahr ein halbes Menschenleben. Das ist in etwa so ›temporär‹ wie eine fünfzigjährige Realgefängnisstrafe.«

»Na. Die Lebenserwartung von Sachbearbeitern liegt deutlich über dem relativ wenig aussagekräftigen Durchschnitt. Die ›zwei Jahre‹ lassen sich häufig für Propagandazwecke nutzen, gehen aber an der Realität vorbei: Viele bleiben für eine Woche, manche für zehn Jahre. Womit wir beim nächsten Thema wären: Ich habe gehört, das zum Ausschluss führende Verhalten habe den Aufenthalt mehrerer Personen auf inzwischen in der Vergangenheit liegende Zeiträume begrenzt.«

»Ich kann mir kaum vorstellen, dass es sich dabei um Neulinge gehandelt hat.«

»Macht denn das wirklich einen Unterschied? Stell dir vor, man habe dich aus dem Schloss herausgeekelt. Ich weiß, dass dich keine zehn Pferde nach draußen bewegen können, aber das liegt doch daran, dass du hier Zuspruch und Zugehörigkeit statt Ablehnung und Angriffen erlebst.«

»Ja. Nein. Lass uns mal ein Szenario durchspielen. Ich mache Werbung für meinen Brotladen. Mein Brot ist das Gesündeste im ganzen Land.«

Die beiden Diskutanten liefen an dem Wanderer vorbei, ohne diesen wahrzunehmen. Beide waren durch einen kleinen Anstecker an der Kutte als Sachbearbeiter erkennbar. »Hast du Belege für deine Brotwerbung?«, fragte die Frau durch den Kopf des Zuhörers hindurch.

»Ja, meine Website natürlich.«

»Das ist keine unabhängige Quelle«, erwiderte sie gelangweilt. Das begriff auch der Wanderer. Worauf wollte der Angesprochene hinaus? »Wir beide wissen das.«

»Ich stelle mich unwissend«, beharrte der Sachbearbeiter auf seiner Idee. »Ich weiß als Hersteller besser als jeder andere, dass mein Brot gesund ist. Ich kann durch eigene Tests beurteilen, dass ich dadurch besser lebe als mit Konkurrenzprodukten.«

»Nun«, sagte die Sachbearbeiterin, »gibt es also nur Primärquellen – eine einzige – zu dieser Aussage. Bestenfalls. Damit können wir aber keine Burg bauen, die sich im Tertiärbereich mit anderen Werken messen kann. Wenn wir solche Bausteine zuließen, wäre das ganze Gebäude wertlos und uninteressant für Besucher und alle potenziellen Mitbauer.«

»Darauf weist du mich nun hin.«

»Darauf habe ich dich nun hingewiesen. Du verstehst das natürlich und arbeitest stattdessen irgendwoanders mit, wo du keinen Interessenkonflikt hast.«

»Weil du das sagst?«

»Oho! Nein, weil die Gemeinschaft das als Grundwert beschlossen hat.«

Damit gab sich der rollenspielende Burgbewohner natürlich überhaupt nicht zufrieden. »Die Gemeinschaft wird in einigen Jahren untergehen, wenn sie so unaufgeschlossen gegenüber meinen Verbesserungen ist. Ich beharre auf meiner Position und lasse mir von dir in dieser freien Burg nichts vorschreiben.«

»Das ist ungut für dich, weil die Gemeinschaft mich darum gebeten hat, in solchen Fällen das Glashaus zu füllen.«

»Du drohst mir!«

»Die Gemeinschaft droht dir. Und jetzt suche dir bitte etwas anderes zu tun. Vielleicht kennst du dich mit japanischer Kunst aus und kannst dazu etwas beitragen, das nichts mit Brot zu tun hat.«

»Selbstverständlich.« Er schwieg zehn Sekunden lang. »Guck mal, ich habe einen Raum gebaut. Der Nährwert von Brot im Kontext von Mangas.«

»Den Raum werde ich selbstverständlich wieder zerlegen. Dir mangelt es an unvoreingenommenen Architekturideen, um überhaupt die Außenwände eines gemütlichen Raums zu diesem Thema zu bauen. Das ganze Konstrukt riecht nach gebackenem Weizenteig.«

»Ich finde, es riecht nach Sushi. Passend dazu werde ich den folgenden Raum konstruieren: ›Fisch vs. Brot‹.«

Nach einigem Blinzeln erhielt er die Quittung: »Da wir uns keine andere Abhilfe mehr wissen, wirst du auf unbestimmte Zeit an einen Ort umquartiert, an dem man keine Steine werfen sollte. Du kannst dein Brot dort gerne allein genießen.«

»Machtmissbrauch!«, rief der Sachbearbeiter durch den Gang. »Die internationale Fischverschwörung hat es auf meinen Brotladen abgesehen. Man will mich mundtot machen! Ich fordere eine Überprüfung durch die Gemeinschaft.«

»Das ist doch lächerlich. Sachbearbeiter sind genau dazu da, ewige Diskussionen an solchen Stellen durch schnelles Handeln verhindern zu können. Wir können nicht jedem Hausierer eine parlamentarische Diskussion über seinen Abfall zugestehen.«

Der gedanklich in das Glashaus verbannte Herr ließ sich dadurch nicht beirren. »Weil die Gemeinschaft nach mehrfacher Diskussion dein ekelhaftes Stalking nicht als solches erkannt hat, greift nun die Stiftung ein und tauscht unsere Plätze. Die dabei genannte Begründung hindert Ähnlichdenkende daran, sich auf deine Seite zu stellen, denn mit einer Stalkerin möchten selbst deine besten Freunde nichts zu tun haben.«

Darauf hatte vorerst niemand mehr eine Antwort.

∞∞∞∞

Auf einem geländerlosen Steinbogen über dem großen Innenhof spazierten vier Burgbewohner mit Sonnenbrillen durch das Sonnenlicht. Ohne eine gewisse Sehnsucht nach der Zeit vor dem Brückenbau verleugnen zu können, genossen die Spaziergänger den Sonnenuntergang hinter den rosafarbenen Wolken am Horizont.

»Dort in der Ferne geht ein Tag zu Ende«, sinnierte Berlina. »Unter uns ist niemals Nacht.«

Diskussionsfetzen stiegen an der Brücke vorbei in den Abendhimmel empor. Es war, als konnte man die Buchstaben glitzern sehen, während sie außer Hörweite gerieten.

»Ich hatte befürchtet, es würde irgendwann eintönig und langweilig«, erzählte Kron. »Das hat sich aber nicht bewahrheitet.«

»Jeden Tag geschieht etwas Unerwartetes, etwas Neues.«

An einem Brückenende transportierten Sachbearbeiter jemanden ab, der offenbar mit einem kleinen Hammer die Steine im Schatten bearbeitet hatte. Nena winkte der Gruppe zu.

»Ihr müsst zum Glashaus?«

Frustriertes Kopfschütteln schlug ihr entgegen. Eine Bearbeiterin seufzte. »Nee, das ist ein hoffnungsloser Fall. Wir sind auf dem Weg zur Gemeinschaftshalle. Vielleicht ein letztes Mal.« Gemächlich zog der Trupp von dannen.

Unausgesprochen, aber für jeden verständlich bedeutete das: Der Ausschluss dieser Person aus der Burg stand bevor. Wenn das Glashaus nicht genügte, wurden Burgverweise ausgesprochen. Klassischerweise übernahm die Stiftung diese Aufgabe, aber die Gemeinschaft hatte in den letzten Jahrzehnten das Verfahren für sich beansprucht und schloss ebenfalls Personen aus den schützenden Mauern aus, wenn keine anderen Maßnahmen eine Verhaltensänderung herbeiführen konnten.

»Wir könnten an der Sitzung teilnehmen«, schlug Kron vor.

»Nee, das gönne ich ihr nicht. Die freut sich über Zuschauer, deren Zeit sie stehlen kann.« Die Transportierte schien sich tatsächlich eher über die Aufmerksamkeit zu freuen als Widerstand zu leisten. »Ich möchte stattdessen weiter den Ausblick genießen.«

∞∞∞∞

In diesen Minuten wurde im transparenten Haus der Gefangenschaft ein verwegener Plan in die Tat umgesetzt. Die Gelegenheit war günstig: Ein eher seltenes Ereignis schien die Aufmerksamkeit aller anderen Burgbewohner vom Glashaus wegzulenken. Als sein Diebesgut zündbereit war, jagte der Insasse es zielgerichtet senkrecht zur Glasebene aus dem Gasrichter heraus und brach unter Berstgeräuschen durch die Barriere. Übereifer kam vor dem Fall, aber der Fall war nicht das nächste Ereignis. Ein großer Raumabschnitt wurde überquert, Sehenswürdigkeiten der oberen Etagen spielerisch umrundet, Freiheit genossen. Flugs entstand sogar ein neues Gebäude, nützlich und wunderschön. Erst danach nahm der Übermut die Situation in die Hand. Die Sachbearbeiter staunten nicht schlecht, als Ikarus durch die Bürotür zischte, auf dem schwarzen Marmortisch niederschlitterte und in die Augen der Umstehenden blickend recht unschuldig vor sich hin blinzelte.

»Ich habe euch vermisst«, gestand er. »Und dieser Tisch soll nach mir benannt werden.«

Die Dame am Kopfende des Tisches schüttelte genervt, aber mit schlecht unterdrückter Belustigung den Kopf. »Wann wirst du es jemals lernen? Die zwei Wochen werden jedes Mal zurückgesetzt, wenn du ausbrichst. Was du in der Zwischenzeit veranstaltet hast, wird rückgängig gemacht, als wäre es nie geschehen.«

»Aber der Tisch!«

»Von mir aus«, wollte sie ihm das Andenken bereits zugestehen, als sich aus der Menge kritische Stimmen regten.

»Wir lehnen jede Form dauerhafter Erwähnung, gar Anerkennung, von Glashausausbrüchen pauschal ab.«

Zustimmung. Gemurmel.

»Nun denn. Das neue Gebäude wird abgerissen, der Tisch bleibt namenlos und wir begeben dich auf den Rückweg.«

Tausende Jahre später wurde der Tisch offiziell »Ikaria« genannt, denn die Erinnerung an das komische Ereignis hielt länger als der Gram der Gemeinschaft und das Leben des Namensgebers.

∞∞∞∞

»Manchmal scheint es mir, die Arbeit der Sachbearbeiter bestünde zu einem Großteil aus dem Umgang mit Verrückten und der Behebung der durch sie entstandenen Schäden.« Nena wirbelte mit ihren Haaren durch die Luft wie ein Hund nach einem Regenspaziergang.

»Das ist ja auch tatsächlich so«, glaubte Berlina zu wissen.

Mit vorsichtigem Räuspern kündigte Url einen seiner seltenen Diskussionsbeiträge an. »Eine Datenbankabfrage hat ergeben, dass im letzten Jahr sechzig Prozent der Arbeitszeit allein für bürokratische Maßnahmen genutzt werden mussten. Es gibt Personen, die sich ausschließlich darum kümmern, Gebäudenamen zu korrigieren, Akten zu archivieren und Dokumentationen zu verfassen. Andere halten sich Ewigkeiten lang damit auf, syntaktische Gebäudemängel in Gemeinschaftsräumen geradezubiegen, weil diese sonst zusammenbrechen würden.«

»Sagte sie doch«, versuchte Kron sich an einer Humoreinlage. Der Witz ging in der von Sachlichkeit geprägten Atmosphäre unter wie die Sonne hinter den Wolken.

»Nein«, widersprach Nena daher, »ich meinte die Leute, die im Glashaus landen.«

»Das war der Witz«, erklärte Kron.

Besonders unangenehm schien Nena das Missverständnis nicht zu sein. »Ach so. Ha ha.«

»Ja, danke.« Kron blickte zu Url und Berlina; Letztere bekam beim Blick in die Ferne überhaupt nichts mehr mit. Von Url war ohnehin kein Lachen zu erwarten. »Manchmal fehlt mir hier die richtige Stimmung. Da unten diskutieren hunderte Menschen spät am Abend an Restauranttischen, und alles, was nach oben dringt, ist Behördenwahnsinn.«

»In der Burg gibt es keine offiziellen Behörden«, widersprach Url, ohne auch nur eine Sekunde lang darüber nachzudenken.

»Dafür, dass es keine Behörden gibt, stellen wir deren Wahnsinn aber so originalgetreu nach, dass die Einführung einer Behörde im schlimmsten Fall zu Redundanz, und im besten Fall zu einer Auslagerung von Verbohrtheit führen würde.« Kron redete sich geradezu in Rage. »Wenn man das wenigstens einen einzigen Tag lang abstellen dürfte, wäre mir bereits gedient.«

»Du darfst alles tun, was der Burg nützt. Ungeachtet aller Regeln. Oder anders gesagt, es gibt gar keine strengen Regeln.«

Ein Geduldsfaden wurde auf die Probe gespannt. »Kannst du mal einen Moment lang deine Meinung einbringen, statt Richtlinien zu zitieren?!«

Url schwieg. Das hieß, er nahm seinen Grundzustand wieder ein. Wie immer nach solchen Diskussionen erinnerte er sich daran, warum er eben diese mied.

»Keine Antwort ist auch eine Antwort«, bestimmte Kron für sein eigenes Gewissen. »In der ersten Tagphase des nächsten Blocks stelle ich absichtlich Spaßanträge bei den Sachbearbeitern.« Dass Url zu diesen gehörte, ignorierte er dabei nicht – er sprach es gerade deshalb aus.

Url schwieg. Für ihn sprang Nena ein, die eine gewisse Affinität mit der Zahnradarbeit hinter den Kulissen hatte, obgleich sie sich niemals zur Wahl stellen würde. Eher stürzte die Gemeinschaftshalle in sich zusammen, als dass Nena sich dort auf dem Podium mit ihrer Vergangenheit auseinandersetzen würde. »Das kannst du tun, aber es wäre keine gute Idee.«

Die absichtlich nicht von großer Durchdachtheit zeugende Gegenfrage folgte sofort: »Warum?«

Erneut verhallte das rhetorische Mittel unbeachtet. »Weil man dich bis zum Ende des Tages im Glashaus absetzen und dich in schlechter Erinnerung behalten würde.«

»Das ist mir herzlich egal«, lachte Kron, »denn ich strebe keine Ämter an.«

»Falls du jemals deine Ansicht zur Sachbearbeitung änderst, wirst du dich noch verfluchen.« Diesmal war es Berlina, die den Kopf schüttelte. »Das wird man dir noch jahrzehntelang nachtragen.«

»Du sprichst im Indikativ?«

»Ich kenne dich gut genug.«

»Hm.«

19. Zurück zum Helixnebel

19.1. Level 10: Die Flucht des Dädalus

Das Jetpack hatte Feuer. Seine Energie ließ sich nicht mit Pferdestärken messen, seine Geschwindigkeit nicht in Kilometern pro Stunde, seine Gerufenheit nicht in der Anzahl von Gebeten, welche die Coladose wert gewesen war, die von einer Fliege entdeckt am Strand gelegen hatte.

»*Freiheit*«, schrie Island in die Welt hinaus, »*hart erkämpfte, wohl verdiente Freiheit!*«

Schade nur, dass er keinen Sauerstoff und keinen Raumanzug besaß. So fand der Ausflug in luftige Höhen relativ bald ein vernunftgeleitetes Ende in einem dichten Nadelwald, der hinter dem Ozean gelegen hatte. Mit etwa halb vollem Flugtank auf dem Rücken fühlte Island sich zum ersten Mal seit seiner Ankunft mächtig und erhaben über das Geschehen auf dem virtuellen Planeten. Noch saß er im Gefängnis, aber mit dem Jetpack war das erste Ding im Inventar gelandet, das er mit Blick auf magieorientierte Computerspiele als »Artefakt« bezeichnen wollte. Spielziel war demnach das Finden weiterer Artefakte, die auf dem Planeten versteckt waren und in Kombination ein Verlassen der Steinkugel ermöglichten. Ein lebendiges Verlassen, korrigierte er sich sofort, denn die Möglichkeit zum Weltraumbesuch hatte er tatsächlich gerade gehabt.

Seinen endgültigen Abflug wollte Floating Island in Rotationsrichtung des Planeten an dessen dickster Stelle starten. So würde er geradezu ins Weltall katapultiert werden – ganz im Stil der von Guyane gestarteten Raumschiffe auf der Erde. Ein rabenähnlicher Vogel lachte ihn für diese Idee aus.

Der Blick zum Himmel war durch spitzes Grün fast vollständig versperrt. »Du wirst noch sehen, wer zuletzt lacht«, flüsterte Island nach oben. Dann konzentrierte er sich auf seine Aufgabe. Gedanklich hatte er eine Karte des Planeten erstellt und versuchte seit seinem Höhenflug, auch die Planetenkrümmung mit in die Skizze einzubeziehen.

Irgendwo entlang eines Längengrads gab es ein steiles Gebirge, an dessen Außenläufern ein Tunnel zum Meer geführt hatte. Der Spielweg war seitdem in Richtung Osten verlaufen. Unklar war allerdings, ob das Ziel im Norden oder im Süden lag. Angestrengt versuchte Floating Island sich zu erinnern, wie man seine Planetenhalbkugel ermitteln konnte. Außerdem mangelte es ihm akut an Schuhen.

Sohlenmaterial bot sich an, so weit das Auge reichte, doch ohne Befestigung am Fuß wurde kein Schuh daraus. Schließlich entschied er sich dazu, Farne auszureißen, Rinde von einem gefallenen Baum abzubrechen und ihre Innenseite mit Sprossachsen an seinen Füßen festzubinden. Besonders stabil war das Konstrukt nicht, aber es erleichterte die ersten Orientierungsschritte durch das Gehölz.

Die Zuordnung zu einer Halbkugel war letztendlich egal: Der Äquator lag ungefähr dort, wo die Sonne mittags stand. Gedanklich bezeichnete er diese Richtung als »Zielwärts« und begab sich dorthin.

Vorsichtig entfernt, dann angeekelt weggeschnippt flog eine kleine Zecke zurück auf den Boden. Weit entfernt in ihrer Flugrichtung stach eine grün-braune Kante aus der Wildnis hervor.

»Nanu«, machte Floating Island. Er war mehrere Stunden durch knacksendes Gehölz gelaufen; Dreiergruppen hintereinanderstehender Bäume hatte er als Orientierungshilfen verwendet. Wenn drei gleich große Bäume sich gegenseitig vor einem Auge verdeckten, standen sie ziemlich genau in einer Reihe. Hatte man den ersten erreicht, konnte man mithilfe der anderen beiden Bäume einen Ersatz finden. Island hatte diesen Trick genutzt, um nicht im Kreis zu laufen, und war kilometerweit »zielwärts« vorangekommen. Bevor er von seinem Pfad abwich, markierte er seine aktuellen Wegbäume mit kräftigen Taschenlampenschlägen gegen die Baumrinde. So war das ausgefallene Leuchtmittel doch noch als Hammer zu gebrauchen.

Die waldfarbene Kante wirkte mit zunehmender Nähe immer weniger zugehörig zur Natur des Waldes. Allmählich zeichnete sich ein Objekt ab, das von Menschen mit Tarnfarben bedruckt worden war. Ein merkwürdiges zeltartiges Ding hing zwischen zwei Bäumen an einer schwarzen Gummileine; seine Ecken waren mit primitiven Holzheringen am Boden befestigt. Das passte nicht zusammen. Wer Kunststoffplanen und Gummileinen herstellen konnte, benötigte keine grob angespitzten Stöcke zur Erdbefestigung.

Die ihm gegenüberliegende Zeltseite war mit einem Tarnnetz bedeckt, das wohl nicht für den gesamten Unterschlupf genügt hatte. Unter der Zeltplane lagen eine luftgefüllte Isoliermatte, ein Schlafsack, zwei Geländeschuhe und... ein Smartphone.

»Helden leben lange, doch Legenden sterben nie.«

Angeblich war es 03:07 Uhr nachts und ein kühler Novemberfreitag; auf die Datumsanzeige war jedenfalls kein Verlass. Den Spruch unter der Uhrzeit fand Island aber schön. Seine Gedanken schwebten in Irby'schen Höhen, als er sich als Legende bezeichnete und das Handy entsperrte. Es war kein Code erforderlich.

»Fritz« hieß der Besitzer des Geräts. Nun, wie alle anderen Menschen auf diesem merkwürdigen Spielplaneten war er spurlos sehr kurzfristig verschwunden. Der Schlafsack war sogar noch warm.

Die Karten-App fand im Helixnebel überraschenderweise keine GPS-Satelliten und zeigte eine vollkommen nutzlose Erdkugel. Der Internetbrowser war im Wald wertlos, doch einfacher Sprachempfang für Notrufe bestand. Island rief seinen Peiniger via GSM-FR an.

»Level 10: Die Flucht des Dädalus. Hinter Ihnen liegen: Level 8, Eiswand;
Level 9, Sunshine Solitude.«

»Ich hätte da einige Fragen – schade.«

Es wäre auch zu freundlich gewesen, wenn ihm jemand geantwortet hätte. Die Verbindung hatte nach dem letzten Satzzeichen aufgehört. Verwundert überlegte er, warum er nach Stunden im Wald immer noch »auf der Flucht« war. Die Insel lag meilenweit hinter ihm; er fühlte sich bewegungsfrei und fluchtunbedürftig. Nun besaß er sogar geeignete Schuhe, die er mit Wohlgefallen anlegte.

Mit einem Smartphone und einem Zelt allein begaben sich nur Amateure in den Wald. Die notdürftige Zelttarnung wirkte tatsächlich nicht besonders professionell, aber das Material ließ auf Vorbereitung schließen. Irgendwo mussten Ersatzkleidung, Nahrung und ein Wasserbehälter liegen. Daher untersuchte Island die Umgebung äußerst gründlich, drehte gefühlt jedes Blatt um und fand dann wie erwartet einen Tarnrucksack, der an einem kleinen Aststumpf in Kopfhöhe hing. »Na bitte.«

In dem Rucksack befanden sich fertig zubereitete Survival-Nahrungspakete, eine leere Plastikwasserflasche, ein breiter Metallbecher, eine überdimensionale Streichholzschachtel, fünf Kletterseile, ein Sortiment von Karabinerhaken, dünne Handschuhe, eine Militärjeans, eine graue Outdoorjacke, zwei Unterhosen, zwei olivgrüne T-Shirts, dicke Socken, eine Wollmütze und ein schwarzer Kapuzenpullover. Es vergingen ungefähr dreißig Minuten, bis Island seine gesamte Kleidung durch das genau passende Equipment ausgetauscht hatte. Die bisherige Kleidung, den Pullover und die Wollmütze verstaute er im Rucksack unter der Verpflegung. Was doppelt vorhanden war, blieb als Reserve im Inventar.

Anschließend beging Island beinahe einen folgenschweren Fehler, indem er sich zurück auf seinen ursprünglichen Weg begab. Die Markierungen halfen ihm dabei, sich viele hundert Meter in die ursprüngliche Richtung vom Zeltplatz zu entfernen. Dann schlug Island eine Hacke in die Erde, eine Hand gegen die Stirn und kehrte mit großer Vorsicht zurück. Fast verfehlte er seinen Fund – ein Rückwärtsgang war nie eingeplant gewesen. Natürlich brauchte er das Zelt und die Matte, um Wetter und Dunkelheit zu überstehen. Auch die Gummileine und die Holzheringe packte er ein. Danach sah er sich um und stutzte erneut; das Sonnenlicht fiel diesmal anders auf einen nahe gelegenen Platz zwischen den Bäumen. Eine schwache Reflexion über dem Blätterteppich traf seinen Sehnerv und machte ihn darauf aufmerksam, dass dort etwas Metallisches in einem halben Kilometer Entfernung lag.

Es stellte sich als große schwarze Pfanne heraus, die an einer Stelle eine silbern glänzende Macke hatte. Das nicht mehr vollständig beschichtete Kochwerkzeug stand auf einem provisorischen Herd, der wiederum in einem ziemlich großen, gut getarnten Zelt lag. Blätter, Äste, Erde und Grünzeug lagen um die Zeltplanen verteilt und ließen das Haus nahtlos in die Natur übergehen. Es roch nach verbranntem Holz; neben weiterer Kleidung, einem großen Taschenmesser, einem modernen Feuerstahl und zwei Sturmfeuerzeugen lag ein großer Stapel gespaltener Äste. In zwei Rucksäcken im hinteren Bereich des Zelts befanden sich gefüllte Wasserflaschen und Gemüse. Das ganze Zelt war mit Tierfellen und Schlafmatten wohnlich eingerichtet und hatte einen breiten Rauchabzug: Dort, wo die breiten Seitenplanen aufeinandertrafen, zog sich eine Lücke durch das gesamte Dach.

Dies war einer der wenigen Momente, in denen Island sich im Wald wie zu Hause fühlte. Zwar war gerade erst der Mittag vorbei, aber es gab keinen Grund zur Eile. Zumindest – Island blickte auf das Smartphone – keinen ihm bekannten Grund. Er wählte erneut die Notrufnummer und wurde nicht enttäuscht.

19.2. Level 11: Ruhe vor dem Sturm

»Level 11: Ruhe vor dem Sturm.« Fünf Sekunden Stille. »Genieße deine aktuelle Lage; du wirst die Zukunft noch oft genug verfluchen.«

Die Verbindung wurde unterbrochen. »Danke«, sagte Island trotzdem. Dann schüttelte er den Kopf. »Eigentlich hast du keinen Dank verdient. Du hast dir das alles ausgedacht.«

Lachte da ein Singvogel über ihn?

20. Verkehrte Welt

Mit einem denkbar abgehoben, aber nur einem Wort beschrifteten Zettel in der Hand wurde Free unsanft aus dem Schlaf gerissen. Um den Kreislauf ungeschlachter uggy-Wesen im Alarmfall auf Touren zu bringen, benötigte man offenbar einen Mechanismus, der das ganze Bett unangenehm erhitzte, alle fünf Sekunden mit einer an Körperverletzung grenzenden Vibration durchrüttelte und schräg zum Fußboden kippte. Jedenfalls war Free nun tatsächlich hellwach und stand mit beiden Füßen auf dem rot erleuchteten Stahlboden. Den Raumanzug hatte er auf dem fremden Schiff ohnehin nicht abgelegt, sodass er sofort in die Zentrale eilen konnte. Diese lag mehrere hundert Meter entfernt im Herzen des Schiffs.

»*Warp-Alarm: Zielgerichtete Einflussnahme durch Fremdschiff.*«

yury saß bereits auf dem Kommandosessel, als nacheinander Alexandra und Free in den Raum stürmten. »Guten Morgen. Ihr habt euch sicherlich bereits gefragt, –«

»*Warp-Alarm: Zielgerichtete Einflussnahme durch Fremd–*« Alexandra betätigte einen Kippschalter hinter ihrem Rücken; der Alarm verstummte.

»Danke schön. Ihr habt euch bestimmt gefragt, wie überhaupt im Warpraum Einfluss auf ein mondgroßes Raumschiff genommen werden kann.«

»Ein zweiter Galaxievernichter ist uns auf den Fersen«, äußerte Free seine Vermutung.

»Unwahrscheinlich«, entgegnete Alexandra. »Bis die uggys ihre Infrastruktur wieder zusammengeflickt haben, sind wir mit unserer Mission fertig. Ich bin bei eurer Befreiung recht konsequent vorgegangen.«

»Das wird noch ein übles Nachspiel haben«, prophezeite yury. »Wir wollten uns das Schiff unkompliziert ausleihen und keinen Krieg anzetteln.«

»Ihr hättet euch eben nicht von der Spezialeinheit überrumpeln lassen dürfen. Ich bin ganz bequem mit dem Jetpack geflogen und habe ordnungsgemäß den Zugangscode zum Raumschiff verwendet.«

Free grinste. »Wer hat denn mit der Axt den Alarm ausgelöst?«

»Da war kein Glasalarm. Ein uggy mit äußerst passendem Namen hat uns bei den Behörden verpfiffen.«

»Dann hätte man nach dir gesucht, Alexandra«, widersprach yury. »Und vermutlich hätte man dich bereits in der Luft abgefangen und nach deiner Pilotenlizenz gefragt. Aber um auf das Hauptthema zurückzukommen: Ein zweites Raumschiff der gleichen Masse hätte uns längst in den Normalraum zurückgeworfen. Dass wir überhaupt Zeit haben, um die Verteidigung zu besprechen, liegt daran, dass jemand sich mit vollkommen unzureichenden Mitteln an unserer Warpblase zu schaffen macht.«

Das veranlasste Free beinahe dazu, »einfach ignorieren« zu sagen, doch er wartete fünf Sekunden damit.

»Sofort anhalten und mit Thermalpatronen beschießen«, verlangte Alexandra. »Wir sind im Auftrag des Imperiums unterwegs, und wer sich uns in den Weg stellt, bekommt eine Energiespende ins Kraftwerk.«

»Wir könnten uns zumindest einmal anhören, was der Trittbrettfahrer von uns will«, vermittelte yury zwischen Stirnrunzeln und geballten Fäusten. »Vielleicht ist es ein Verkäufer.«

Die ungerade Gruppengröße erleichterte die Entscheidung: Zwei Stimmen für »Stopp« genügten zum Anhalten des Schiffs. Ungefähr ein halbes Lichtjahr entfernt lag ein karges Planetensystem mit einem schwach orangerot leuchtenden M-Stern; der Treffpunkt lag in interstellarer Dunkelheit.

Um trotzdem einen optischen Eindruck von der Umgebung zu bekommen, verwandelte sich der 27 Kubikkilometer große Würfel in eine bunt blinkende Discokugel. Das vollkommen ohne Licht fliegende Verfolgerschiff fiel kurz darauf aus dem Warpraum.

Unter kritischen Blicken der menschlichen Besatzung stellte die uggy-Elektronik eine Auflistung von Daten zusammen. »Flach pyramidenförmig, Haupttriebwerke am Pyramidenboden, Standardflugrichtung und Hauptwaffe in Richtung der Spitze ausgerichtet«, las Free vor, »etwa siebzig Meter lang und lila lackiert.«

»Damit überfällt man keine Händler«, befand yury sofort. »Da ist viel zu wenig Platz für die Beute.«

Das Schiff war noch etwa fünfhundert Kilometer entfernt und ohne Vergrößerung nicht zu erkennen. Der uggy-Klotz bot im Gegenzug bereits eine hervorragende Zielscheibe. Während sich der merkwürdige Verfolger mit fünfhundert Metern pro Sekunde näherte, erschienen drei weitere Schiffe auf der Bildfläche.

»Ist das hier eine Party, oder was?«, fragte Free verwirrt. »Wo kommen denn all die Schiffe her? Noch eins!«

Alle Schiffe kamen aus derselben Richtung wie die drei Menschen – und damit aus Richtung des M-Sterns oder aus Germania, je nach Wahl des Bezugspunkts.

Free hatte die Ankömmlinge inzwischen katalogisiert. »Die lila Pyramide fliegt im Geschwader mit drei lila Zylindern, die bei einem Durchmesser von zehn Metern und einer Länge von hundert Metern praktisch vollständig aus ihrer Bewaffnung bestehen. Das sind fliegende Railguns, vermutlich robotgesteuert von der Pyramide.«

»Die pechschwarze Kugel im Hintergrund ist wohl das Transportschiff für Beute. Das sind Piraten«, mutmaßte Alexandra. »Ich warte nur noch auf einen Funkspruch. Wir können es uns ja wohl erlauben, zu schweigen.«

yury blickte sich an den Kontrollen um. »Haben wir noch etwas anderes als den überdimensionalen Helixschild zur Verteidigung?«

»Klar«, sagte Alexandra. »Der einfache Prallschild ist längst aufgebaut.«

»Bei dem Tempo sind die in zehn Minuten noch nicht hier«, befand Free dann und ging zur Tür.

»Du kannst doch jetzt nicht auf die Toilette gehen«, protestierte yury.

»Was spricht denn dagegen?«

Darauf fiel yury keine Antwort mehr ein.

∞∞∞∞

»sie sind nach paragraf 255, absatz 5 der allgemeinen handelsverordnung fuer interstellaren raumverkehr dazu verpflichtet, uns eine aufstellung der von ihnen benoetigten waren zu liefern.«

Alexandra, die gerade dabei gewesen war, sich eine der Bordwaffen für ein möglichst schönes Feuerwerk auszusuchen, verschüttete gedanklich den gar nicht auf ihrem Kontrollpult abgestellten Kaffee.

»War das unser Bordcomputer?«, fragte Free sicherheitshalber nach. Er legte einen tatsächlich vorhandenen Müsliriegel zur Seite.

yury las flüsternd den Satz noch einmal vom Kommandobildschirm vor. »Das war ein Funkspruch auf uggly. Wir haben keinen bestimmten Bedarf, aber lassen uns die Angebotsliste natürlich nicht entgehen«, schlug er vor.

»Das ist ein vollkommen seriöses Haustürgeschäft«, spottete Alexandra. »Wir erhalten sicherlich kein Angebot über Drogen oder Raubgut.«

»Natürlich nicht«, bekräftigte yury. Er konnte ein Schmunzeln nicht unterdrücken.

Der uggy-Bordcomputer übersetzte die Antwort nach bester Möglichkeit. Das Angebot traf in eindeutig vorher ausgeklügelter und aufgezeichneter Form ein:

»wir bieten klassisch produzierte obst- und gemueserohwaren im sinne der verordnung des innenministeriums von ugghy ueber obst, gemuese, konfituere und konfituereaehnliche produkte, gestuetzt auf die artikel 33 absatz 9, 39

absaetze 1 und 2 und 40 absatz 2 der lebensmittel- und gebrauchsgegenstaen-
deverordnung von ugghy, in verschiedenen farb- und geschmacksvarianten
zu einem lokal angemessenen preis. gemaess paragraf 40, absatz 1, satz 5
des gesetzes gegen unregelmaessigkeitseinfluesse im interstellaren lebensmit-
telwettbewerb wird hierfuer das naechstliegende planetensystem mit akti-
vem lebensmittelmarkt zur preisbeurteilung herangezogen. durch ihre nach
paragraf 630 des allgemeinen definitionenbuchs als unverhaeltnismaessig
einzustufend grosse raumschiffmasse haben sie die auslieferung des angebots
an den urspruenglichen kaeufer im vereinbarten zeitrahmen unmoeglich
gemacht; zudem handelt es sich um verderbliche lebensmittel im sinne der
lebensmittelhygieneverordnung 194/1, zu deren abnahme sie nach beschaedi-
gung verpflichtet sind, vergleiche paragrafen 400 absatz 30 satz 3 und 901
absatz 1 des zivilschadensersatzpflichtgesetzes zur vermeidung interstellar
unerwuenschter verwicklungen im handelsverkehr mit nicht aus germania
stammenden entitaeten. wir fordern sie daher zur abnahme von zweihun-
dert kilogramm aepfeln und zweihundert kilogramm orangen zu einem preis
von zweitausend grossgeldeinheiten pro kilogramm, ersatzweise zahlbar in
form von edelmetallen im sinne von paragraf 20 absatz 1 des marktausglei-
chungsgesetzes zu einem mit der aktuellen zentralen orientierungstabelle fuer
waehrungsumwandlungen kompatiblen kurs, auf.«

Ihren Ohren nicht trauend, las die Besatzung das Gesetzeswirrwarr in
Ruhe durch. Zumindest musste man von den Waffen der fünf Raumschiffe
nichts befürchten. Das erleichterte die Entscheidung erheblich.

»Ich dachte, wir sind die uggys«, sagte yury schließlich. »Und wahrscheinlich denken die Händler auch genau das von uns. Ich frage mich nur,
ob echte uggys auf diese dreiste Forderung eingehen würden.«

Mit einem grau schimmernden Knopf stellte Free einen Kontakt zur
Wissensdatenbank her. »Sind Großgeldeinheiten beim Obstkauf mit Äzz
vergleichbar?«, frage Alexandra den Bordcomputer.

»Eine Großgeldeinheit entspricht auf dem Lebensmittelmarkt derzeit unge-
fähr fünf Äzz.«

»Zehntausend Äzz pro Kilogramm sind unverhohlene Piraterie«, ent-
schloss sie dann. Sie tippte dem in Gedanken versunkenen yury auf die
Schulter. »Möchtest du den Pyramidenheinis noch erklären, warum ihre
Bewaffnung verbrennt, bevor sie es tut?«

yury schrak hoch. »Verbrennt? Wieso? Das sind doch ganz sympathische
Zeitgenossen. Überfallen ein deutlich größeres uggy-Raumschiff mit ihren
eigenen Waffen.«

»Das sind Piraten«, erwiderte Alexandra kompromisslos. »Wenn wir die
unbehelligt laufen lassen, überfallen sie auch Äöüzz-Händler ›mit ihren

eigenen Waffen‹. Ich will gar nicht wissen, wie die dabei vorgehen. Die drei raumfähigen Schienenkanonen sind bestimmt keine Dekoration.«

»Fliehen können sie sowieso nicht mehr«, beruhigte yury sie. »Wir haben das Schiff ja ausgeliehen, um genau solche Fluchten zu verhindern. Also haben wir durchaus ein paar Minuten Zeit, um zu verhandeln und die Machtverhältnisse zu klären.«

Als darauf kein Protest folgte, deaktivierte er die Übersetzungsfunktion und wandte sich in Örzlängü an das Funkgerät. »Überraschung: Wir sind keine uggys und wir pfeifen auf euer Angebot. Die drei Zylinderraumschiffe sind hiermit nach Imperiumsrecht als für Piraterie missbrauchte Waffen beschlagnahmt. Da wir uns nicht mit Diplomatie und Gefangenenrecht herumschlagen möchten, sehen wir von eurer Identifizierung, Gefangennahme und Auslieferung ab; wir sind hierzu auch nicht verpflichtet. Die beschlagnahmten Waffen werden an Ort und Stelle mit Lasern verdampft. Habt ihr Einwände gegen dieses Vorgehen?«

Zwei Minuten vergingen, bevor wieder ein Funkspruch eintraf. »*Wie zur Hölle seid ihr an dieses Raumschiff gekommen?*« Und: »*Wir widersprechen der angekündigten Maßnahme. Dieses Vorgehen ist hochgradig illegal.*«

»Verklagt uns doch«, schlug yury den Piraten vor. »Sind die Zylinder besetzt?«

»*Nein, die Zylinder sind ausschließlich ferngesteuert und verfügen nicht über Besatzung.*«

Immerhin verfügten die Piraten über einen gewissen Anstand, vielleicht einen Piratenkodex. Als sich die Pyramide weit genug von den bedrohten Objekten entfernt hatte, griff Alexandra zu den Feuerkontrollen und schoss mit fünfzig grünen Laserstrahlen auf einen der Zylinder. Auf die vergleichsweise kleine Kraftwerksexplosion folgten zwei weitere; als die kleinen künstlichen Sterne verglüht waren, blieb die Pyramide mit der schwarzen Kugel zurück. Der uggy-Galaxievernichter beschleunigte auf annähernde Lichtgeschwindigkeit und verschwand wortlos im Warpraum.

21. Plutoniumbefeuerter Wahnsinn

»Wir haben ein Leck«, warnte einer der Kuriere. »Eine Wühlmaus frisst sich von oben durch unsere Etagen. Einige Leitungen wurden beschädigt.«

»Im Weltall gibt es kein Ungeziefer«, verweigerte der Prospektor den Humor. »Findet den blinden Passagier und schaltet ihn aus. Keine Warnung, keine Lautsprecherdurchsage, keine Gefangenen. Wenn mit dem gelben Misthaufen derjenige eingeflogen ist, den ich für den Piloten halte, wird es Zeit, dass wir ihm die Leviten lesen. Erbarmungslos und mit Feuer.«

∞∞∞∞

Ein goldbeschichtetes Raumnugget, die Däns Miräköl, wölbte den umgebenden Weltraum für einen Überlichtflug nach Cäribbeän, einem unbedeutenden gelben Stern ohne eigene Planeten. In dessen Nähe angekommen, wurde die Kurswahl verfeinert: Zwischen den Planetenbahnen verbarg sich ein stählernes Generationenschiff, das sich mit Solarzellen vom eintreffenden Licht ernährte. Um nicht durch Ortungssignale aufzufallen, orientierte sich der Besucher ausschließlich an der schwachen Reflexion und elektromagnetischen Streuimpulsen, die sich in den letzten Monaten einen Weg durch das umgebende All gebahnt hatten.

»In zweihundert Lichtsekunden nördlichen Kurs halten, dann haben Sie Ihr Ziel ungefähr erreicht. Das Zielobjekt ist ein Rotationsellipsoid mit einem Durchmesser von zwei bis drei Kilometern.«

Dögöbörz Nüggät rückte seine goldene Krawatte zurecht und beschleunigte das Schiff mit leichtem Aufwärtstrend in Richtung des galaktischen Nordwestens. Mit diesem Anflugkurs rechnete man auf dem »Ziel« hoffentlich nicht. Der Autopilot bekam den Auftrag, sich unauffällig zu nähern: Der Edelmetallhändler hatte zu tun.

Im dritten Folienschacht eines nicht zu deren Verarbeitung vorgesehenen Geräts befanden sich kugelrunde Gefahrgüter der Klasse Null. Man konnte sie wie Touchfolien im Drucker behandeln oder die Sache in die eigene Hand nehmen. Beide Optionen führten unweigerlich zu großem

Sachschaden. Nüggät entschied sich dafür, diesen außerhalb seines Schiffes stattfinden zu lassen.

»Die Radargeräte des Zielschiffs können den Anflug nicht detektieren, wenn er schnell genug stattfindet«, berichtete der Bordcomputer. *»Nach einem schnellen Anflug wäre jedoch ein Bremsmanöver erforderlich, das Ihre Position als kleines Leuchtfeuer auf den Empfängern aufleuchten ließe. Sie müssen nun die Ankunftgeschwindigkeit relativ zum Ziel festlegen, die Sie für vertretbar halten. Bitte wählen Sie eine Geschwindigkeit zwischen 49 und 2401 Metern pro Sekunde für eine Balance zwischen garantierter Radarentdeckung und heftigem Leuchtfeuer.«*

»Ich wäre für dreißigtausend Meter pro Sekunde«, antwortete Dögöbörz Nüggät mit Blick auf die Instrumente.

Fast wirkte es, als bliebe dem Bordcomputer ein paar Millisekunden lang der Atem weg. *»Die Zahl Dreißigtausend liegt nicht im Bereich zwischen 49 und 2401. Bitte wählen Sie eine geeignete Zahl.«*

Nüggät lächelte, als rede er mit einem Kind. »Ich möchte, dass du uns ohne weitere Abbremsung auf die El Dörädö zuschießen lässt. Nutze die Zeit bitte, um den Warpantrieb für einen Sprungstart aufzuwärmen.«

»Ich muss Sie darauf hinweisen, dass der Hersteller des Warpantriebs eine Sicherheitsschaltung nutzt, um derartige Manöver durch unbedarfte Privatpersonen zu verhindern. Das System wurde überhaupt nicht für Sprünge gebaut.«

»Ich bin als Behördenschiff der Exekutive unterwegs. Keine Diskussion. Wie viele Örzkläks bleiben uns noch bis zur optimalen Zündung?«

»Von ›optimal‹ kann gar keine Rede sein.« Die Sicherungsschaltung wurde überbrückt; im Schiffsprotokoll entstanden einige neue Einträge. *»Wenn wir in weniger als neunhundert Kilometern Entfernung in Richtung der Gravitation springen, explodiert uns der Warpantrieb noch im Aufbaustadium der Blase. Mehr als ein halbes Örzkläk kann ich Ihnen nicht geben.«*

Einundzwanzig Sekunden waren genug Zeit für ein unerhörtes Lehrkapitel im Buch der galaktischen Selbstjustiz. Es gab keine wissenschaftliche Untersuchung und kein Experiment dazu, ob dieses Manöver überhaupt mit einer Überlebenschance verbunden war. Nüggät war sich seiner Sache hingegen sehr sicher. Er ging zur Außenschleuse, die nicht zufällig auf das Generationenschiff der Piratenbande ausgerichtet war. In seiner Hand befand sich eine Planetengranate, ein gravitationsgenerierender Schwarzlochbehälter zur Zerstörung kleinerer Planetengebirge. Eine Kriegswaffe, deren bloßer Besitz durch einen zivilen Händler einen Skandal darstellte, der sich nicht allein durch materielle Korruption erklären ließ. Jemand mit den nötigen Kontakten hatte ihm den Gegenstand ganz ohne Bestechungsgeld zukommen lassen.

Mit geschlossenem Helm im luftdichten Dreiteiler tippte Island die Zahl Sieben auf einem Tastenfeld ein. Der Gang vor der Schleuse war durch Einzelschotten verriegelt und enthielt keine losen Gegenstände. Das war wichtig, denn nach der Zeitschaltung öffneten sich beide Schleusentore gleichzeitig. Dögöbörz Nüggät wurde mit der austretenden Luft nach vorne gerissen; auf seiner Brust lag seine rechte Hand mit der Planetengranate. Bevor er das erste Tor passierte, schlug er mit beiden Füßen und der linken Hand in die rundum vor der Schleuse angebrachten Notfall-Haltegriffe. Alle Muskelkraft des rechten Arms wurde dafür investiert, dem Geschoss einen zusätzlichen Stoß zu geben, bevor es die Schleuse verließ und auf das noch immer nicht sichtbare Riesenschiff zuflog. Hinter der Granate schloss sich das Außentor, und noch bevor die Atmosphäre im Gang wiederhergestellt war, wurde der Warpantrieb gezündet.

Die Auswirkungen des rücksichtslosen Warpmanövers waren nur am Zielort zu spüren: Mitten in der Dunkelheit, vier Lichttage von El Dörädö entfernt. Ob die Kopfschmerzen vom Sprung, von der körperlichen Aktion oder von den plärrenden Lautsprechern stammten, wagte Nüggät nicht für sich festzulegen.

»Rippelstromexzess beim Vorbeiflug am Gravitationszentrum. Seitenkondensator geplatzt. Seitenkondensator geplatzt. Seitenkondensator geplatzt.«

Der Warpantrieb war vorerst hinüber. Nüggät winkte ab; die Fehlermeldung war im Bereich des Erwartbaren und beschrieb ein längst durchgeplantes Szenario. Es würde eine halbe Stunde dauern, bis die Planetengranate sich nah genug am Schiff befand. Der winzige Körper würde viel zu spät bemerkt werden; er ließ sich durch rohe Waffengewalt auch nicht mehr daran hindern, in einem temporären schwarzen Loch zu explodieren.

In der Kantine stärkte Nüggät seine Kräfte, während unzählige kleine Roboter sich um die Reparatur des Fernantriebs kümmerten. Ersatzkondensatoren für die Seitenmodule waren dreifach redundant im Lager vorhanden; sie benötigten kaum Platz. Hoffentlich kümmerten sich die nasenlosen Roboter auch darum, die giftigen Elektrolytgase aus der Luft zu filtern.

Kaum mehr als eine Viertelstunde verging, bis die Kondensatoren ausgetauscht worden waren. Die Planetengranate war nur noch fünfhundert Kilometer vom Piratenschiff entfernt, für dessen Ortungsgeräte jedoch praktisch unsichtbar. Sie sendete keine Strahlung aus und war viel zu klein, um sich von Asteroidenstaub abzuheben. Noch am Essenstisch gab Nüggät die Befehle für weitere Vorbereitungen. Nachdem er sein Tablett in die Rücknahme geschoben hatte, kehrte er zurück in seine Wohnkabine. Dort zog er sich Magnetstiefel und Handschuhe an, entfernte eine Akkumulatorattrappe aus einem längst nicht mehr genutzten Örztöp, schraubte ein Tischbein auseinander und setzte eine Kamerabrille auf. Nun sah er die Welt mit anderen Augen.

»Wir fliegen mit durchschnittlich fünfhundertfacher Lichtgeschwindigkeit zurück, entziehen dem Warpgenerator allmählich die Energie und bremsen erst im letzten Moment mit Vollschub auf dreihundert Meter pro Sekunde ab. Die Hauptaußenschleuse wird so ausgerichtet, dass ich in höchstens zehn Kilometern Entfernung zum Äquator abspringen kann, während du an mir vorbei beschleunigst und dich in Polnähe verankerst. Sobald du an der Außenhülle klebst, schmilzt du mit den Bordlasern einen drei Meter durchmessenden Zylindertunnel ins Zentrum des Raumschiffs.«

Der Bordcomputer war intelligent genug, um zu erkennen, dass der Pilot einen Zusammenbruch des Schutzschirms bis zur Ankunft bereits eingeplant hatte. Es waren allerdings noch technische Details abzuklären. *»Es wird mehrere Stunden dauern, sich mit unseren Lasern durch die Stahlböden zu fressen. Was passiert, wenn wir währenddessen angegriffen werden?«*

»Die Außenwaffen des Ellipsoids haben eine sehr große Reichweite, können aber nur auf Fernziele schießen. Individualwaffen sind keine Gefahr für deine Schutzschirme; notfalls kannst du ein paar Laser auf die Waffen richten. Meine einzige Sorge sind bewaffnete Beiboote, die dich von oben herab mit Feuer bedecken. Ich zerstöre aber sowieso als Erstes alle Hangaranlagen, damit niemand flieht. Patrouillen, die ständig das Schiff umkreisen, gibt es aus Tarngründen nicht. Man verlässt sich auf die Kraft des riesigen Schutzschirms und den Warpantrieb für Verteidigung und Flucht.«

»Eine Flucht hältst du aber für ausgeschlossen?«

»Für eine Flucht ist es zu spät; von mir aus kann die Crew eine Warpblase aufbauen. Wir sind ja längst an Bord.«

»Wie soll ich mich verhalten, wenn dir etwas zustößt?«

»Du würdest es nicht mitbekommen. Wenn der Tunnel fertig ist, wartest du auf mich oder deine Zerstörung.«

∞∞∞∞∞

Als das Leuchtfeuer auf der Außenansicht der El Dörädö erschien, blieb es unbeachtet. Ein Großteil der Bevölkerung schlief zu dieser Zeit; wenige hatten Nachtdienst. Die im Kommandoraum arbeitenden Offiziere waren damit beschäftigt, einen katastrophalen Zusammenbruch des Schutzschirms zu verhindern, nachdem im Südosten vollkommen unvermittelt ein Gravitationspuls entstanden war. Der grüne Schirm wackelte an der betroffenen Stelle wie Pudding; ein kleines Erdbeben zog sich wabernd über die Außenhülle hinweg. In bedrohlicher Resonanz schlug die ehemals eng anliegende Energiehülle gegen den Schiffsrumpf, steigerte sich mit zunehmender Nordwestlichkeit in eine pochende Oszillation und erreichte unaufhaltsam den gegenüberliegenden Punkt des Ellipsoids, an dem die Wellen unter Blitzen und Funken zusammenschlugen. Sie nahmen dem Eindringling damit einige Arbeit ab, denn die Außenhülle schmolz dort malträtiert vor sich hin. Als Nüggät sich der Katastrophe bis auf fünf Kilometer genähert hatte, platzten Stahl und Schutzschirm auf; kilometerhohe Lichtbögen schlugen ihm entgegen. Die Brillenkameras gaben als »#FFFFFF« eine Strahlung wieder, die in ihrer ursprünglichen Form zur Erblindung geführt hätte.

Während der Schutzschirm ausgehend von der Bruchstelle kreisförmig zurückwich, flog Dögöbörz Nüggät durch den glühenden Ring in das für unangreifbar gehaltene Heiligtum des mafiösen Gnörk-Kartells hinein. Er landete auf einer Ebene, die durch künstliche örzähnliche Gravitation als Boden markiert wurde und sich von den Seitenwänden durch orangefarbene Beschriftungen und Wegweiserlinien abhob. Die Schwerkraft wirkte auf allen Etagen senkrecht zur Äquatorialebene. An der Decke spendeten wenige noch funktionsfähige Leuchtdioden ein Minimum blauweißen Lichts.

Nüggät sah sich in dem aufgeschmolzenen Raum um. Alle angrenzenden Gebiete waren durch Schleusen vor Druckabfall geschützt; kleine Piktogramme erklärten die Benutzung von Notkurbeln innerhalb und außerhalb der Schleusen für Stromausfälle. Hinter ihm glühte das Leck, vor ihm lag eine leere Lagerhalle. Vorsichtig legte er seine Hand auf eine violettrot leuchtende Druckplatte an der Innenwand. »Öpn Ärlök«, stand in weißer Schrift darauf. Die Besatzung sprach Örzlängü.

Auf der anderen Seite befand sich drei Meter breit ein leerer, steril erleuchteter Gang mit schwach erahnbarer Krümmung um das Raumschiffzentrum herum. Die Magnetausrüstung war nicht erforderlich gewesen, um in das Raumschiff einzudringen, und wirkte nun eher hinderlich. Nüggät entfernte die Magneten aus den Schuhsohlen, legte sie in der Schleuse ab und verschloss diese hinter sich, was dank schwereloser Schotten auf Induktionsschienen vollkommen lautlos geschah. Die Luft war atembar, doch der Raumhelm blieb vorerst geschlossen. Um die Sauerstoffvorräte des Anzugs nicht zu belasten, wurde die Außenluft gefiltert weitergereicht. Der Edelmetallhändler überprüfte die Befestigung der Planetengranate in seinem kleinen Rucksack, löste ein beidhändiges Lasergewehr von seinem Rücken und entriegelte den Reaktorschutz.

»›Nicht für die Verwendung in Innenräumen ausgelegt.‹ Höhöhö.«

Die Waffe war eines der wenigen Brennwerkzeuge, die aufgrund ihres kompakten Energiebedarfs noch mit Plutonium betrieben wurden. Ein solches Gewehr war zur Jagd vollkommen ungeeignet; kein Hobbyschütze verwandelte seine Ziele mit solchen Kanonen in Aschehäufchen. Stattdessen ließen sich damit äußerst bequem Wände aus beliebigem Material durchschmelzen, wenn ein ausreichend flacher Einfallswinkel gegeben war. Die unvermeidlichen Reflexionen stellten ein nicht unerhebliches Gesundheitsrisiko dar; Nüggät legte wenig Wert darauf, gegrillt zu werden. Tangential zur Innenwand drückte er kurz ab, verfluchte sich selbst für die Kontrasteinstellung seiner Videobrille und blinzelte gequält. In ungefähr zwanzig Metern Entfernung tropften große Teile der Verkleidung als flüssiger Stahl zu Boden. Hunderte Meter weiter glühte die Außenwand orangerot in der Ferne. Angesichts dieses Kollateralschadens drehte Nüggät vorsichtig das Rädchen für die Ausgangsleistung ein paar Stufen zurück; auch die Brille stellte er etwas sanfter ein. Anschließend begab er sich auf die andere Seite der durchschossenen Wand. Die Planetengranate wartete darauf, im Reaktorzentrum des Schiffs ihre Lebensaufgabe zu erfüllen.

Zu den Beiboothangars führten ein klassischer Aufzug und eine verschleuste Nottreppe. Da die Benutzung des Aufzugs möglicherweise registriert werden konnte, trug Nüggät seine Ausrüstung zu Fuß zwölf Etagen nach oben. An jedem Treppenausgang blickte er sich vorsichtig um: Das Raumschiff war nur spärlich besiedelt, und die wenigen hier sonst arbeitenden Techniker hatten Notdienst in der Zentrale. Unzufrieden mit seiner eigenen Ausdauer und über das von ihm erwartete Maß erschöpft erreichte der seit Ewigkeiten nicht mehr Marathon laufende Exekutor den Gang auf der Innenseite aller Hangars. Einzelne Abschnitte des Ganges waren durch Schleusen geschützt, um mit geringem Aufwand ein Minimum an Ausfallsicherheit herzustellen. Fiel hier der Luftdruck ab, blieben andere Hangarzugänge davon unberührt.

Da es sich hauptsächlich um Rettungsboote handelte, waren die Lagerplätze nicht besonders geschützt. Es war im Extremfall wichtig, dass auch einzelne Zivilisten ohne große Technikkenntnisse auf diesem Weg das Raumschiff verlassen konnten. Mit mäßigem Skrupel, eine Vollkatastrophe während der Sabotagenacht gedanklich bequem ausschließend, betrat Dögöbörz Nüggät einen mehrstöckigen Raum mit fünf zweckförmig kugelrunden Billigtransportern für Großexpeditionen. Man konnte damit bis nach Örz fliegen und jeweils mindestens zweihundert Personen irgendwie zusammengequetscht und mehrlagig gestapelt vor einem Großbrand bewahren. Vermutlich kümmerte sich im Ernstfall eine Roboterbesatzung darum, Panik zu vermeiden und den Platz optimal zu verteilen.

Effizienz, ein vermeintlich rationaler Maßstab, war manchmal subjektiv und situationsabhängig. Eine klassische Glühbirne in einem kalten Raum konnte beispielsweise mit hundert Prozent Effizienz zur Lichterzeugung und Heizung dienen. Äußerst effizient nach vielen Gesichtspunkten wäre es gewesen, die Raumschiffe mit einem gezielten Schuss in den Treibstofftank zur Explosion anzuregen. Mit minimaler Laserleistung die maximale Zerstörungskraft zu erreichen, lag aber derzeit nicht im Sinn des Angreifers. Bisher war er offenbar unbemerkt geblieben; derzeit hielt man den Schirmfehler für ein Zufallsphänomen. Nüggät begnügte sich daher mit Triebwerkssabotage; diese war aus seiner Sicht sehr effizient: Für ihn ging es darum, möglichst langfristige Unbrauchbarkeit mit möglichst geringer Aufmerksamkeit zu erreichen.

Als er das dritte Fluchtschiff zerstörte, wurde das Vorgehen zur Routine. Es gab Reparaturklappen an der Außenseite der Kugeln, hinter denen sich Steuerelemente für die Triebwerke verbargen. Geschmolzener Elektronikbrei steuerte jedoch keine Triebwerke und ließ sich nicht mit Ersatzteilen reparieren. Während er sich von den Wasserstoffleitungen fernhielt, boten die Stromleitungen ein sicheres Ziel. Die tiefer gelegenen Antigravitationsmodule waren weder für Flucht noch Angriffe zu gebrauchen; sie waren wirkungslos außerhalb von Gravitationsquellen. Für sanfte Flüge über Planeten hinweg und eine Landung am Zielhafen war dieser Antriebstyp eine schöne Erfindung, doch ohne Raketentriebwerke konnte die Besatzung niemals einen Planeten erreichen. Dieser Teil der Schiffe blieb daher unangetastet.

Raum für Raum bahnte Nüggät sich einen Weg durch die Hangars, bewegte sich auf einem Kreisgang zwischen der Außenhülle und Personenschleusen. Die Hangars waren miteinander verbunden, sodass Nüggät keine Zufallsbegegnung im Innengang befürchten musste. Pfeilförmigen Unterstützungseinheiten nahm er ihre Flug- und Schusskraft – nicht, dass irgendjemand auf die Idee kam, die Schiffe als großkalibrige Waffen im Innenraum gegen ihn einzusetzen. Mit seinem kleinen Jetpack verringerte er die auf ihn wirkende Schwerkraft, um den langen Marsch in einen Spaziergang zu verwandeln, ohne die Reserven im Flug aufzubrauchen. Viele Stunden vergingen, in denen Nüggät ausschließlich Vorbereitungen zum Schutz der Däns Miräköl traf, die hoffentlich inzwischen einen Zylindertunnel durch die Decke schmolz.

Die Nacht war noch nicht vorüber, als die ersten beschädigten Kugelraumschiffe wieder im Blickfeld lagen. Ein Schrittzähler im Head-up-Display der Videobrille berichtete von neun im Kreis gelaufenen Kilometern. Nach kurzer gedanklicher Umwandlung dieses Werts zur Orientierung im Ellipsoid gab es ein zufriedenes Nicken, der Zähler wurde zurückgesetzt und die Brille durch die Eingangsschleuse getragen. Dort war erneut das Treppenhaus neben dem Aufzug.

»Ich muss schräg nach unten geradeaus laufen«, wusste Nüggät, und das Gewehr folgte ihm dabei auf dem Rücken. Die genaue Etagenzahl war ihm unbekannt, aber er konnte anhand der Etagenhöhe und seiner Position ungefähr abschätzen, wie viele Treppen ihn vom Kraftwerkszentrum trennten. Er nahm sich vor, im Brandfall den Aufzug zu nutzen, weil ihn der gegenteilige Warnhinweis seit Kindheitstagen nervte. Bis dahin lief er zu Fuß.

Sein erstes Ziel war, einen möglichst großen Abstand zwischen sich und seinen Eintrittspunkt zu bringen. Gleichzeitig wollte er, so lange wie möglich, eine Annäherung an den Schmelztunnel vermeiden. Man konnte damit große Entfernungen auf der Polachse zurücklegen, befand sich aber sofort im Visier der aufgescheuchten Sicherheitskräfte. Nüggät spuckte verächtlich in den Helm. Die einzige Quelle legitimer »Sicherheit« in dieser Jauchegrube war er eigentlich selbst. Das ganze Spektakel war seiner Meinung nach Notwehr gegen eine zahlenmäßige Übermacht krimineller Gangster.

»Lass uns einen Agentenfilm drehen«, schlug er vor, und die längst aktivierte Aufzeichnung wurde für ihn nun auch mit klischeehaftem rotem Blinkpunkt und Zeitstempeln unterlegt. Ein sanftes Filmrauschen und gelegentliche Zoomfehler vermittelten den Eindruck einer semiprofessionellen Einsatzdokumentation durch ein Sonderkommando. Möglicherweise hatte er längst den Bezug zur Realität verloren, jedenfalls fand er Gefallen daran. Zwei schnell verzehrte Müsliriegel rundeten das Erlebnis ab.

Das erste verschlossene Schott stand eine Ebene unter den Hangars im Weg, als Nüggät bereits fünfhundert Meter tief ins Innere des Raumschiffs vorgedrungen war. »Dängär: Eläktrikäl Ekwipmänt. Äüthörizöd Pärsönnäl Önlü«, stand dort; Edelmetallhändler waren damit nicht gemeint. Rot auf Weiß und mit einem wunderschönen Blitzsymbol versehen, unmissverständlich auf elektrische Gefahr hinweisend. Es juckte den Zurückgehaltenen in den Fingern, die Verriegelung aufzuschießen und einige Sicherungsschalter umzuklappen. Noch kümmerte sich aber niemand um seine Anwesenheit, sodass er von diesem Vorhaben vorerst Abstand nahm. Er prägte sich die Position des vermeintlichen Schaltraums ein, rotierte diese gedanklich um die Polachse und zweigte einen Teil seiner Zeit dafür ab, einer Vermutung nachzugehen.

Tatsächlich befanden sich in regelmäßigen Abständen weitere gleich beschriftete Räume um das Zentrum herum. Insgesamt dreißig Stück ließen sich durch Extrapolation erahnen. Praktisch, fand der Besucher, geradezu einladend. Dann schlich er weiter voran, an den verschlossenen Räumen vorbei in Herzrichtung.

∞∞∞∞

»Sollen wir Alarm geben?«, fragte Rögü Kränk, eine Äöüzz mit weiß gefärbtem Fell, ihren gleichfarbigen Sitznachbarn. Der war allerdings mit einer Konsolenapplikation beschäftigt und ließ sich durch Nebensächlichkeiten nicht von seiner Arbeit am Schutzschirmsystem abhalten.

»Wozu? In ein paar Stunden steht der Schirm wieder.«

»Wegen der Stromversorgung der Sternengänge. Ich weiß, es war keine tolle Idee, die Glasdecken zu durchkabeln, aber mit Ausfällen hätte ich zu dieser Zeit eigentlich noch nicht gerechnet.«

Pärsüstän Täkitürn blickte verwundert zur Seite in ein besorgtes Gesicht. »Von mir aus kannst du die Sternengänge einfach reparieren lassen. Da sich momentan sowieso niemand darin aufhält, besteht auch keine Gefahr durch kaputte Beleuchtungseinheiten.«

Kränk fühlte sich missverstanden. »Es könnte ein Feuer gegeben haben, wenn die Leitungen durchgeschmolzen sind.«

»Wackelkontakte«, widersprach Täkitürn. »Da schmilzt nichts. Und da brennt dann auch nichts, im Glas.«

»Manchmal übernachten Familien in den Sternenhallen.«

»Das dürfen sie eigentlich nicht.« Das Argument war schwach. »Hier hält sich allerdings kaum jemand an Regeln. Die Anarchie lebt. Wenn Gefahren nicht nachvollziehbar sind, werden sie ignoriert.«

»Also soll ich die Stromversorgung reparieren?«, beharrte Rögü Kränk auf ihrer Idee.

»Mitten in der Nacht? Nein.«

∞∞∞∞

Irgendwann bemerken sie den Druckabfall, ahnte Nüggät. Immerhin bohrte sich da seit einigen Stunden ein Laseraggregat quer durch das Generationenschiff. Dass ein plötzlicher Luftverlust einen Notfall für anwesende Lebewesen darstellte, war ihm egal: Die nächste Druckschleuse befand sich in solchen Schiffen immer in akzeptabler Laufweite. Sobald das Verhalten der Laser bemerkt wurde, war eine Evakuierung aller Räume im Bohrbereich zu erwarten. Er fand, dies war eine hervorragende Ablenkung von der eigentlichen Gefahr.

Gerade war er damit beschäftigt, einen der wenigen Gänge zu umgehen, aus denen er Stimmen gehört hatte. Natürlich gab es auch, oder besonders, auf El Dörädö ein Nachtleben. Zwischen zwei üblichen Arbeitstagen außerhalb der Wohnebenen handelte es sich aber eher um Schiffstechniker im Schichtdienst als um betrunkene Barbesucher. Sicherheitshalber war davon auszugehen, dass die Schleusenbedienung auch ohne Geräusche und Statuslichter bemerkt worden war und dass gerade jemand neugierig auf das Schott zulief. Es war höchste Zeit, zu verschwinden und eine neue Route zu berechnen.

Zwei Etagen tiefer gab es gläserne Transportgänge für Roboter und Passagierkapseln. Die Robotergänge boten ungehindertes Vorkommen für Fußgänger, die Wert darauf legten, innerhalb kürzester Zeit von möglichst vielen Personen bemerkt zu werden. Mit einer großen Waffe über der Schulter und einem kleinen Jetpack auf dem Rücken half auch der schönste Anzug nicht dabei, über die Gefahr des Eindringlings hinwegzutäuschen. Die Kapseln hingegen boten Platz für mehrere Passagiere, die nur durch die Kapselfenster nach außen sichtbar waren. Aus Energiespargründen hing die Anzahl aktiver Fahrzeuge vom durchschnittlichen Bedarf zur aktuellen Tageszeit ab. Dadurch blieb selbst nachts keine Kapsel unbesetzt; die Fahrzeuge ließen sich ohne Paralysator nicht betreten. Einen solchen hatte Nüggät aber absichtlich an Bord seines Schiffs zurückgelassen, da er mit tödlicher Gegenwehr und abgrundtiefer Hinterlist rechnete.

Der Abstand zum Warpkern betrug ungefähr einen Kilometer. Bisher bestand kein Bedarf an speziellen Fortbewegungsmitteln, denn die unausweichliche Entdeckung stand noch aus. In einem radial ausgerichteten, stählern abgeschotteten Nebengang umging Dögöbörz Nüggät den Hauptverkehrsweg. Wo lag eigentlich das Diebesgut der Sternenbande? In Zentrumsnähe waren Schatztruhen zu vermuten, die man nicht guten Gewissens links liegen lassen konnte. Modernes Recycling stärkte die Wirtschaft; ob Golddublonen in seiner Tasche oder einer Asservatenkammer landen sollten, war durchaus eine Diskussion wert. Die ursprünglichen Besitzer waren ohnehin nicht mehr eindeutig ermittelbar.

In seinem Goldtraum beging der Diebstahlplaner einen entscheidenden Fehler. Er stieß beinahe mit einer Äöüzz-Frau zusammen, die lautlos den kreuzförmigen Gang betreten hatte und in diesem Moment von links um die Ecke bog. Glücklicherweise schien sie das gleiche Ziel vor Augen zu haben und ignorierte das hinter ihrem Rücken offen getragene Gewehr vollkommen. Unsicher schlich Nüggät einige Schritte zurück, dann hastig nach vorn und in den Seitengang. Mit unterdrückter adrenalingetriebener Atmung wartete er eine Minute hinter der Abzweigung, bevor er sich mit dem Kopf in die Kreuzungsmitte traute. Die Spaziergängerin war verschwunden.

Erneut änderte sich der Laufplan. Wo ein Äöüzz herkam, konnten mehrere folgen. Rückschritte nach außen kamen zu keinem Zeitpunkt infrage. Übrig blieb der Pfad geradeaus, rechts von der ursprünglichen Linie. Dieser Gang führte langfristig im Kreis; Abzweigungen nach links zeigten im schlimmsten Fall direkt auf die knapp verpasste Schiffsbewohnerin. Möglicherweise nur einzelne Schotten von ihr getrennt und mit einem Weglängennachteil veranstaltete Nüggät einen 200-Meter-Sprint auf dem Stahlboden. Er vermied weitestgehend den Bodenkontakt mit seinen Schuhsohlen, obwohl diese einigermaßen gepolstert waren. Die Schallübertragung durch den Boden war zu schwer abschätzbar, um sich darauf zu verlassen.

∞∞∞∞

»Die Fehler in der Stromversorgung sind nun auch in mehreren tieferen Ebenen unter der ersten Versorgungslücke aufgetreten«, berichtete Rögü Kränk dem über dessen Tastatur eingeschlafenen Vorgesetzten. Sie stieß wenig überraschend auf taube Ohren, redete sich aber ein, damit ihrer Meldepflicht Genüge getan zu haben. Und als nach fünf Minuten keine Antwort erfolgte, schlich sie aus dem Raum heraus, in den Händen einen Elektrikerkoffer von der Gangwand und einen Brandlöscher, unzureichend ausgerüstet für die vermeintliche Gefahrensituation, mit dem Gefühl, etwas Gutes im Geheimen zu tun und eine Art Geheimagentin im Namen der Spannungsversorgung zu sein. An ihrer Stirn befand sich eine breite Lampe, die noch vor sich hin schlummerte, aber selbst in diesem Zustand einsatzbereiter war als Pärsüstän Täkitürn.

»Mit destilliertem Wasser dürfen, unter bestimmten Umständen, falls nicht anders verhinderbar, mit erheblichem Abstand, auf eigenes Risiko, unter Lebensgefahr...« Die Warnhinweise waren Kränk bewusst. Sie stellte ihr Werkzeug in einem Aufzug ab, aktivierte mit einem mechanischen Schlüssel den Feuerwehrmodus und fuhr 120 Etagen nach oben. Der Aufzug beschleunigte sanft, aber kontinuierlich auf der unteren Hälfte der fast dreihundert Meter langen Strecke. Ebenso lang dauerte der Abbremsvorgang. Es wäre möglich gewesen, Aufzugskabinen zu konstruieren, die auch horizontal durch das Schiff fuhren – dreidimensionale Taxis in Magnetschächten. Aus Gründen der Betriebssicherheit war darauf verzichtet worden. Rein vertikale Aufzugschächte ermöglichten eine Absicherung durch permanent mit Seilen befestigte Gegengewichte.

Die Türen öffneten sich zu einem Gang im neunundvierzigsten Obergeschoss. Die Etagennummer war in roter Schrift im Siebenersystem an mehreren Bodenstellen, auf Augenhöhe und neben den Deckenleuchten ausgewiesen. Der Luftsektor befand sich, galaktisch betrachtet, im Norden des Generationenschiffs. Mindestens ein intern ordnungsliebender Extroanarchist hatte durchgesetzt, dass Rotpunkt und Grünpunkt parallel zur galaktischen Längsachse nach Norden und Süden ausgerichtet waren. Der Osten war gelb, der Westen blau. Alle Beschriftungen und Funktionsbeleuchtungen schimmerten in der jeweiligen Farbe; die Zwischenbereiche flossen in 7^3 Schattierungen ineinander über. »Nordöstlich« bedeutete derzeit "orange"; im Südwesten verwendete man sogar türkis leuchtende Steckdosenschalter. Das System war vor Generationen in weit entfernten Sternensystemen entwickelt und jedem Kind beigebracht worden. »85 negativ vierzig 2401« war ein Hinweis auf eine knallgrün auf der Wohnetage liegende Position mit einem Zentrumsabstand von 2401 Metern.

Der Aufzug war im Feuerwehrmodus verschließbar und als Lager für den Koffer und den Feuerlöscher geeignet. Auf »231 positiv 49 970« lag ein Techniklager mit Mechanikrobotern und zwei nachtaktiven Schiffstechnikerinnen. Die Roboter waren austauschbar, die Technikerinnen nicht.

In Gedanken spielte Kränk das Überzeugungsgespräch durch. *»Wenn da wirklich etwas im Argen ist, habt ihr es als Erste mitbekommen.«* – *»Ja, es könnten Leben in Gefahr sein.«* – *»Nein, Glas ist nicht brennbar. Glas schmilzt. Tropfendes Glas ist kein gutes Glas.«* – *»Nein, der schläft.«*

Sie bog um eine Ecke, mit sich selbst gestikulierend. *»Mehrere Ebenen, genau.«* – *»Ein Leck?«* Hinter ihr schloss sich das Schott. »Scheiße.« Diese Möglichkeit hatte sie nicht überprüft. Der im eigenen Gehirn integrierte Advocatus Diaboli lieferte die besten Ideen. Eilig sprintete Rögü Kränk den Gang entlang, so schnell ihre »überhaupt nicht kurzen« Beine sie trugen. Beide Arme zum Durchboxen der Luft verwendend, immer schneller. Dann, mit Seitenstichen und Erschöpfung, langsamer als zuvor. Nach kurzer Pause wieder gegen die Luft anboxend: Ein Mittelweg fehlte.

∞∞∞∞∞

Nüggät bemerkte, dass die Beschriftungen an der Wand über Lilatöne ins Blau wechselten. Er stellte dazu eine Vermutung an und grübelte über die bisher ignorierten Raumnummern, hatte aber wegen solcher Kleinigkeiten keine Zeit zu verlieren. Ob er das Raumschiff im Blauen oder Grünen durchschritt, spielte für seine Überlegungen keine Rolle. Er hatte sich aber, das machten die Farben ihm bewusst, viel zu lange mit seinem

Ausweichmanöver beschäftigt. Notfalls musste eben das Gewehr herhalten: Der nächste Linkszweig trug ihn entschlossen voran.

Ein gezielter Fausthieb in seine ungeschützte linke Bauchseite durch den edlen Raumanzug hindurch streckte Nüggät vollkommen ungeahnt zu Boden. Irgendetwas Weißes stolperte über ihn und flog einige Meter weit schrill fluchend nach rechts.

»Himmel, pass doch auf, wo du hinläufst«, schrien die beiden karambolierten Raumfahrer sich gegenseitig an. Ohne dem anderen auch nur einen einzigen weiteren Blick zu gönnen, rannte jeder in seine ursprüngliche Zielrichtung weiter. Individuelle Beleidigungen blieben aus: Nüggät wollte nicht auffallen; Kränk war in Gedanken noch mit Gegenmaßnahmen bei sektionalen Druckabfällen beschäftigt.

Die Front- und Rückenplatten des Anzugs hatten bewiesen, dass sie unzureichend für klassischen Nahkampf geeignet waren. Im Zeitalter interstellarer Raumkämpfe verlor man manchmal den Blick für Wesentlichkeiten. Nüggät schüttelte den Kopf, teilweise über sein Glück, teilweise über seine Unvorsicht. Obwohl es überhaupt nicht den Tatsachen entsprach, stufte er sich ab diesem Zeitpunkt als entdeckt ein. Aktive Verfolgungsmaßnahmen waren zu erwarten, der Laser wurde entsichert. An jeder Kreuzung konnte ein Todfeind lauern. Da war wieder das rote Blinken.

Ein Etagenwechsel drängte sich auf. Der Anteil vertikaler Zielentfernung am Gesamtweg nahm zu, wurde wieder verringert – diesmal erheblich – und fünfzig Etagen tiefer erneut vergrößert. Niemand stellte sich in den Weg. Das konnte daran liegen, dass noch niemand von seiner Anwesenheit wusste. Zumindest, bis ein großer abgesperrter elektrischer Versorgungsbereich zufällig im Weg lag. Diesmal hielt das Schott ihn nicht auf; diesmal hagelte es grüne Photonen.

∞∞∞∞

Zwei blaugrün gefärbte Äöüzz, deren Fellfarben in der Dämmerung nicht unterscheidbar waren, saßen sich mit Spielkarten an einem Werktisch gegenüber.

Ämändä Könströktä spielte einen Priester aus. Im Radio lief »Dies, Das, Alcatraz« von Tarnweiß. Unter Lächeln wurde Konrad Irby auf ihre Karte gelegt. Das Konterfei glomm im künstlichen Kerzenlicht. »Hast du keine Mrmbl mehr?«

»Nur noch uggys.«

»So genau hättest du es mir nicht verraten müssen«, erklärte Ämändä. Sie schob den Kartenstapel auf die Punktebank ihrer jüngeren Schwester; diese legte anschließend einen kleinen Planetenzerstörer in die Tischmitte.

»Also werfe ich eine irdische Karte ab.«

»Du hast keine uggys mehr«, begriff Läntänä.

Ämändä freute sich. »Jetzt hast du das Spiel verstanden. Hier ist dein zweiter Stapel.«

»Ich habe aber nur einen vorhergesagt!« Die Freude erhielt einen schwachen Dämpfer. »Genau wie du. Aber der fehlt dir noch.«

Das Lied erreichte seine furioseste Stelle. »Einer steht noch aus.«

Da Läntänä ohnehin Minuspunkte für ihre falsche Vorhersage erhielt, ging es nun für beide Spielerinnen darum, den letzten Stich zu vereinnahmen. Eine Wahl gab es zudem nicht mehr. Ihre Regierungszentrale war Trumpf und Bedienziel zugleich; auch der hoch bepunktete Sümsün-Konzern konnte dies nicht mehr ändern.

»Zu dritt oder viert macht das Spiel mehr Spaß«, berichtete die Erstgeborene.

Auf dieses Stichwort hin klingelte es am Garagenschott. »Seid ihr da drin?«

Die Stimme war den Technikerinnen nicht unbekannt, aber für sie dennoch nicht mit einem Gesicht verbunden. Das lag an einer gewissen Tendenz, aber auch an der Menge der Kunden.

Läntänä fuhr die Innenbeleuchtung hoch und blickte auf die Außenkamera. Dann sah sie nach rechts.

»Hm. Die war in den letzten Wochen schon einmal hier. Ich glaube, sie kommt aus der Koordinationsabteilung auf negativ siebzig.« Ämändä drückte den Sprechknopf. »Technikbereitschaft, Ämändä Könstrüktä, guten Tag?«

»Rögü Kränk, Technikkoordination, schönen Abend. Wir haben möglicherweise ein Leck.«

Das Schott öffnete sich beinahe von allein. »Ein Leck?« Läntänä musterte die Besucherin und verschloss den Eingang. »Bist du bewaffnet?«

»Ich habe Elektrikwerkzeuge und einen Feuerlöscher im roten Aufzug.«

»Akut, meine ich.«

»Akut mit zwei Fäusten.«

Ämändä zog bereits einen Werkzeuggürtel aus dem nächsten Regal und ließ sich von einem Raumanzug einkleiden. Läntänä ließ sich einen Ausweis zeigen und führte eine Datenbankabfrage durch, bevor sie drei Kinetikkurzwaffen aus einem Waffenschrank zog. »Wir haben Berichte über einen durchgeknallten Banker erhalten, der einen Transformatorenraum aufgebrochen hat. Ich nehme an, der hat etwas mit dem Schirmfehler und dem Leck zu tun.«

Als »viel zu voreilig« empfand Ämändä diese Einschätzung. »Wo ist das Leck?«

»Ungefähr auf hundertsiebzig positiv dreihundertdreißig Strich einhundert.«

Die älteste Technikerin im Raum rotzte in einen Mülleimer. »Siehst du, es hat nichts damit zu tun.«

»Wir sollten trotzdem Waffen mitnehmen«, fand Kränk. Diese Äußerung trug nicht zum Vertrauen bei; es verließen anschließend nur zwei Pistolen mit den drei Frauen den Raum.

»Du kannst dich notfalls mit einem Hammer verteidigen.«

Kränk empfand dies als Unverschämtheit, ordnete sich dem erfahrenen Notfallpersonal jedoch widerspruchslos unter. Das Trio schritt geschwind, aber ohne falsche Hast zum Aufzug. Dabei überschritt das Personal den Punkt des Zusammenstoßes, der jedoch durch nichts an den Zwischenfall erinnerte. Der Zusammenstoß war längst gedanklich verdrängt und von der Spannung des Moments überdeckt worden.

»Braucht ihr einen Feuerschlüssel?«

Es klimperte, als Ämändä ihren Schlüsselbund hervorzog. Ein geübter Handgriff beantwortete die Frage: »Nein.«

Die Sammlung verschiedenster Zugangsbereiter an einem runden Metallband erweckte die Neugier der jungen Koordinatorin. »Wofür ist der schwarze da?«

»Warpkern«, antwortete Ämändä einsilbig. Kränk starrte auf den hybriden Plastikidentifikator und wiederholte die Information wörtlich, flüsternd. »Ja.«

Spätestens jetzt war der Hilfesuchenden bewusst, dass sie sich in guten Händen befand. Die einigermaßen geschmeichelte Notfallhilfe wartete geduldig darauf, dass Kränk nun doch ihren eigenen Aufzugschlüssel nutzte. Durch Nervosität gelang ihr dies erst im dritten Anlauf.

Der Werkzeugkoffer wurde von sechs Augen kritisch begutachtet und anschließend zur Seite gestellt. »Dreihundertdreißig also«, murmelte Läntänä. Die höchste Taste des Aufzugs führte nicht ganz bis dorthin. »Viel mehr gibt es nicht. Da oben hängt die Erreichbarkeit einer Etage stark von der Zentrumsdistanz ab.«

Ich weiß, wie ein Ellipsoid funktioniert, wollte Rögü Kränk protestieren, doch sie beschloss, sich möglichst kooperativ in Zurückhaltung zu üben. Der Aufzug fuhr an, zwei Knie wackelten ein wenig. Was Menschen als »Gänsehaut« kannten, war für Äöüzz die Hölle.

∞∞∞

»Die Hölle. Bricht umgehend aus, wenn man Transformatorenöl entzündet. Führt zu einer fetten Explosion. Großer Feuerball.« Und: *»Nicht tun.«*

»Nun gut«, antwortete Dögöbörz Nüggät den Piktogrammen. »Das versteht ja wirklich jedes Kind.« Er positionierte sich schräg zur Zielfläche und schmolz das Ausgangsschott zu Brei. Der Zugang war nicht breit genug, um glühend einen Menschen hindurchzulassen, also wurde er verbreitert. Durch den Metalldampf in den nächsten Raum stampfend, dann schnellen Schrittes weiter zum Zentrum eilend gab es dort jemanden, der nicht zur erwünschten Besatzung des Generationenschiffs gehörte. Das war aber egal, denn das Schiff war ohnehin dem Untergang geweiht.

Um Spuren zu verwischen, musste auch die nähere Umgebung an Laserbeschuss glauben. Nüggät überlegte derweil, wie sich ein Transformatorenausfall taktisch zur Abwendung von Verfolgern einsetzen ließ: definitiv vielseitig.

Nüggät erinnerte sich an den Robotertunnel, doch er konnte nicht zurück nach oben laufen, um diesen zu nutzen. Die Situation war schlechter als erwartet, aber besser als befürchtet; man konnte mit den Gegebenheiten arbeiten. Noch wurden keine Schotten gezielt um ihn herum verriegelt. Ohne sich weiter mit Sicherheitstoren für Elektriker aufzuhalten, sprang Nüggät jeweils zwei Stufen gleichzeitig voran fünf Etagen in die Tiefe. Keines der Treppenhausschotten verhinderte den Ansatz.

In falschem Verfolgungswahn sprach Nüggät zu sich selbst: »Ich hätte die Transformatorwanne doch in Brand setzen sollen, zur Ablenkung meiner Verfolger.« Er irrte sich gewaltig zu eigenen Gunsten.

Der erste vermeintliche Feind stand in einem Kreisgang an einem Gangterminal und überprüfte unerwartete Messdaten an der Sensorenstelle. Zwei Örzklöks später blickte er auf glühendes Metall anstelle seiner Tastatur.

»Hände hoch«, brüllte Nüggät auf Örzlängü. »Wer bist du? Abteilungsname, Rang auf einer Skala von Null bis Neunundvierzig!«

»Kelähän Lönk«, stammelte Kewähän Lörk. Dass die Unterhaltung durch Lautsprecher und Mikrofone den fremden Raumhelm passierte, setzte er instinktiv voraus. »Radiotechnologieforschung, Vierzehn.«

»Wir sind uns nie begegnet«, legte Nüggät seine Sicht der Welt auf die Schultern des zitternden Wissenschaftlers. »Wie komme ich zu den Fluchthangars?«, fragte er in vorgeblicher Auswegsuche.

Lörk tat ohne Interessenkonflikt sein Bestes, um dem Eindringling dabei zu helfen, sich möglichst weit von ihm zu entfernen. »Sie müssen nach oben auf die Etage mit dem großen H im Aufzug, dann nach ganz außen. Die Fluchtwege sind ausgeschildert.«

»Vielen Dank.« Nüggät verbeugte sich und schnippte eine kleine Silbermünze auf den Kopf des Äöüzz. »Wenn ich außer Sichtweite bin, dürfen Sie die Hände und die Münze herunternehmen.«

Die gestammelte Bestätigungsinterjektion verhallte bereits ungehört. Natürlich dachte Nüggät nicht im Entferntesten daran, zu fliehen. Auch auf die Schweigsamkeit des Bestochenen gab er keinen Örspfennig.

Zweihundert Meter weiter im Inneren des Schiffs fehlten plötzlich Schotten zum Vorankommen. Auch auf der Ebene darunter fehlte jede Tür. Als Dögöbörz Nüggät jedoch den Laser zum Überwinden des Hindernisses nutzte, blickte er mit einer gewissen Portion Entsetzen in das freigelegte Heiligtum.

∞∞∞∞

Mit der Fehlermeldung »Druckunterschied zwischen Kabine und Außensektor« und einem Warnsymbol verweigerte die Aufzugtür den Dienst. Abgebildet war in Rot auf Stahl ein lächelndes Strichmännchen in einem aufgeblähten Kasten. Außerhalb des Kastens griff ein Strichmännchen mit aufgerissenem Mund beidhändig an den eigenen Hals. Für jeden Zivilisten war dies der Moment überraschter Umkehr mit dem Gefühl, knapp vor dem Tod gerettet worden zu sein. Läntänä hingegen drückte der unerfahrenen Koordinatorin einen Anzugswürfel in die Hand und löste die Bekleidungsautomatik ihres eigenen Anzugs aus. Ämändä beobachtete die Szene, drückte schließlich ungeduldig für Rögü Kränk auf den roten Knopf und drehte den Feuerwehrschlüssel im Schloss eine Stufe weiter gegen den Uhrzeigersinn. Mit dreifachem Druck der Taste "Null" veranlasste sie einen Druckausgleich zwischen der Aufzugskabine und deren Umgebung. Langsam wurde die Luft in einen Kompressionsbehälter gepumpt.

»Kann man mich hören?«, fragte Kränk in ihren Helm hinein.

»Klar und deutlich«, bestätigte Ämändä. Sie öffnete die Aufzugtüren und hielt ihre Waffe schussbereit. Hinter ihr griff Läntänä bereits nach dem Werkzeugkasten.

Die Beleuchtung war stellenweise ausgefallen, doch der Flur war hell genug erleuchtet, um ein kreisrundes Loch im Boden sichtbar zu machen. Dies erklärte allerdings weder den Beleuchtungsausfall noch den Luftverlust. Aufschlussreicher war das gegenüberliegende Deckenloch, an dessen Rand die durchtrennten Stromleitungen klafften. Teile der Lampenelektronik waren um das Loch herum zu Boden gefallen und wirkten merkwürdig angeschmort.

Dem naheliegenden Impuls, am Lochrand vorbei in die darunterliegende Etage zu blicken, wirkte Ämändä mit einem gezielten Ellenbogenstoß entgegen. Kränk fühlte sich nun wirklich ungerecht behandelt und setzte zu klagenden Ausrufen an. Läntänä öffnete wortlos den Werkzeugkasten, entschied sich für einen Holzkeil als Anschauungsobjekt und hielt diesen an einer Metallzange zwischen Decken- und Bodenloch. Gelbe Streustrahlung blendete das Trio, bis das Holzstück nicht mehr existierte – weniger als zwei Örzklöks nach Beginn des Experiments.

»Laserstrahlen sind im Vakuum unsichtbar. Der Leistung nach zu urteilen, wird das Gerät von einem stationären Kraftwerk gespeist. Anders lassen sich diese Energiemengen nicht als Dauerfeuer durch das Schiff jagen. Irgendetwas schmilzt sich einen Weg von oben nach unten, Stock für Stock. Wir müssen die betroffenen Etagen im Voraus evakuieren lassen und den Laser abschalten. Ich befürchte allerdings, gegen einen Angriff mit diesem Kaliber sind wir noch unzureichend ausgerüstet.«

Rögü Kränk starrte fassungslos von Läntänä zum Aschehaufen auf dem Boden und wieder zurück. »Wir müssen sofort Großalarm geben. Spätestens auf negativ vierzig kollidiert der Laserkurs mit einem Kindergarten.«

»Wir können uns keine Massenpanik leisten«, widersprach Ämändä entschieden. »Sobald es Angst vor einem Zusammenbruch der Strukturen gibt, brechen Kriegszustände aus.«

»Die Navigationsabteilung verfügt über eine Spezialeinsatzeinheit, um die Entscheidungen der demokratisch gewählten Prospektoren gegen gewalttätige Minderheiten zu verteidigen«, erinnerte sich Kränk. »Die könnten sich um den Laser kümmern. In der Zwischenzeit schicken wir unauffällig die Zivilisten nach Hause.«

Läntänä dachte angestrengt nach. »Das könnte funktionieren; wir haben den nötigen Rückhalt in der Bevölkerung. Wenn wir da mit den richtigen Worten auftauchen, wird relativ unchaotisch Platz für den Laserstrahl gemacht.«

»Du hast den Kindergarten ja nur als Anschauungsbeispiel genutzt«, stellte Ämändä das Unausgesprochene in den Raum. »Wir müssen berechnen, welchen Weg das Licht nimmt.«

Kränk ermittelte mit einem optischen Entfernungsmesser die aktuelle Position und überschlug ein paar trigonometrische Berechnungen im Kopf. »Der Eintrittsstelle und unserer aktuellen Position nach ist das Beispiel sehr realitätsnah. Der Schacht wird den Reaktorraum durchstoßen, aber ohne Gefahr für die Betriebssicherheit.«

Ämändä schnappte nach Luft. »Das Zentrum ist betroffen und du redest von Wohnräumen?«

»Bitte prüfe selbst nach, dass das wirklich nur ein peripheres Problem darstellt.«

»Mensch, du musst doch auch die Ursache im Blick behalten«, regte sich Läntänä auf. »Warum ballert jemand einen Zylinder durch ein Wohnschiff? Doch nicht, um ein paar Kinder zu terrorisieren!«

Rögü Kränk begriff nicht vollständig, worauf sie hinauswollte. »Ihr meint, der Kurs wird nachher noch korrigiert?«

»Möglich. Ich glaube eher, da will jemand durch den Schacht in den Reaktorraum eindringen. Von ganz oben bis ins Herz unseres Schiffs. Und vor allem vollkommen dreist und ohne den geringsten Hehl daraus zu machen.«

»Also müssen wir doch Großalarm geben?« Kränk griff bereits zu ihrem Smartphone; Ämändä nahm es ihr genervt aus der Hand.

»Wenn du jetzt Panik bekommst oder verursachst, sperren wir dich irgendwo ein und klären die Situation allein. Nimm ein paar Beruhigungstabletten, falls nötig, und halt mal kurz die Klappe.«

Mit zusammengebissenen Zähnen empfand sich die Koordinatorin zwar als deutlich entspannter und vernünftiger als ihre größenwahnsinnigen Mitstreiter, aber sie ließ sich auf deren Tirade ein.

»Wir informieren ausschließlich die Navigationsabteilung und das Kraftwerksteam. Beide können gut mit Angriffen umgehen und sich gegen Eindringversuche verteidigen. Es gibt zwar keine Gesetze, aber es hat sich eine ziemlich wirkungsvolle Ordnung zum Schutz der Infrastruktur etabliert. Als Erstes legen wir den gefährdeten Unbewaffneten einen Campingausflug in die grünen Außenregionen der Wohnebene mit Nachdruck in die Tagesplanung. Anschließend ermitteln wir mit binärer Etagensuche und Videobrillen, wo sich der Laser gerade befindet. Wir beobachten einen Durchschnittvorgang und berechnen die verbleibende Zeit. Mit dieser Information laufen wir entweder nach oben oder in den Reaktorraum, wo wir uns gegen den zu erwartenden Angriff verschanzen. In den Vorräumen des Zentrums gibt es fahrbare Doppelmaschinengewehre, die wir auf die Schachtöffnung ausrichten können.«

»Ich bin einverstanden«, entschied Kränk. »Und ich habe ohnehin keine Wahl.«

»Gut«, fand Läntänä, »dann hole ich mal den Aufzug.«

Der durch den Feuerwehrmodus am Herunterfahren gehinderte Aufzug befand sich wenig überraschend noch auf der Etage. Nachdem das Notfallteam ihn wieder betreten und die Türen verriegelt hatte, wurde die Luft zurück in die Kabine gelassen. Eine kilometerlange Fahrt in die Tiefe begann.

∞∞∞∞∞

In stickiger Fabrikatmosphäre verarbeitete ein Arbeiterbataillon mit Roboterunterstützung blau fluoreszierende Früchte, die je nach Blickwinkel und Umgebungsbeleuchtung königsblau bis metallisch schwarz glänzten. Im Nebenraum wurde Ethen produziert, unter dessen Einfluss die Früchte schnell reiften und ein berauschendes, unangenehm übersüßtes Aroma entwickelten. Neben einer erheblichen Lebenszeitverkürzung verursachte die Droge bei Äöüzz eine schwere psychische Abhängigkeit und Abscheu gegenüber dem nicht mehr eigenmächtig absetzbaren Pflanzenprodukt. Der Konsum war stets mit Hass auf den Hersteller verbunden – so stark, dass Betroffene und Unbetroffene in seltener Übereinstimmung die galaktische Verbannung der blauschwarzen Höllenbeeren beschlossen hatten. Auf ihrem Herkunftsplaneten war die Pflanze restlos beseitigt worden, doch das Gnörk-Kartell verfügte über mehrere Beerenlager an verschiedenen Verstecken, um selbst bei Konfiszierung des Hauptvorrats einen Neuaufbau des profitablen Geschäfts zu ermöglichen.

Ethen und Stickstoff bildeten ein vergleichsweise harmloses Reifungs-gas – das reine Ethen hingegen wurde von den Arbeitern mit einer gehö-rigen Portion Respekt behandelt. Die Fabrik war umstellt und durchsetzt von Wachpersonal, das billig angeheuert, vollkommen überbewaffnet und unterkompetent nicht wirklich darauf vorbereitet war, dass sich sechs Meter über dem Fabrikboden ein Stück Wand löste und klirrend das Dach eines geparkten Gabelstaplers entzweiteilte.

Nüggäts Paranoia äußerte sich dankend für diese Bestätigung: Zwanzig gewehrtragende Söldner blickten verwirrt durch das glühende Loch. »Vorsicht«, schrie einer. »Das sind zwei Etagen Freifall vor deinen Füßen!«

Man war dort unten ernsthaft besorgt um die Gesundheit des gut gekleideten Scheinkollegen. Das erwartete »Sorry, ich habe mich in der Tür geirrt« blieb jedoch aus; Nüggät vollzog mit halb aktiviertem Jetpack einen Sturzflug, um den ihn jeder Greifvogel beneiden konnte. Dann schoss er ohne Vorwarnung zwanzig Gewehre zu Brei, jeweils bevor deren Besitzer zum Schuss ansetzen konnten. Wer sich bewegte, anstatt erstarrt der Entwaffnung beizuwohnen, wurde bevorzugt behandelt. »Vielen Dank für den Hinweis«, antwortete Nüggät in feinstem Örzlängü, bevor er das letzte Gewehr beseitigte. »Weiterarbeiten«, befahl er, an die Arbeiter gerichtet. Er nahm sich mehrere Minuten Zeit, um die Fabrikanlagen zu begutachten, bevor er seine Entscheidung revidierte. »Arbeit einstellen, alle Personen weg von den Bändern.«

Er vergewisserte sich, dass seiner Anweisung Folge geleistet worden war und schoss die halbe Fabrik zu Asche, bis ihm auffiel, dass Beweisvernichtung einen langfristig negativen Effekt hatte. Den unverbrannten Rest ließ er daher inmitten der schockierten Verarbeiter liegen, sprang durch ein breites Schott nach draußen und versiegelte den letzten verbleibenden Ausgang hinter sich durch grobes Laserschweißen aus der Distanz. »Damit ihr seht, wohin die Scheißdrogen euch geführt haben.«

Der Nebenraum war durch eine große Temperaturschleuse vom Fabrikraum getrennt. Auf der anderen Seite stand ein mehrstöckiges Gewächshaus mit Milchglasfenstern. Vorsichtig schob Nüggät eine handbediente Tür zur Seite und schritt durch weiße Stoffvorhänge hindurch in eine blendend hell von oben erleuchtete Pflanzenanlage. Die Temperatur war erdrückend, besonders bei der hier vorherrschenden Luftfeuchtigkeit. An den Seiten scheinbar endlos langer Laufwege wuchsen Pflanzen, deren unzählige Früchte durch ihre einzigartige Farbgebung einen ästhetisch sehr ansprechenden, leicht schwindelerregenden Tiefeneindruck erweckten. Es war, als blickte Nüggät in ein breit gefächertes Gravitationszentrum, das sogar Licht zu einer Richtungsänderung verführte. Den Eindruck benommen abschüttelnd, besann sich der Edelmetallhändler seiner ursprünglichen Mission. Er tastete nach der Planetengranate, umschloss diese vorsichtig mit der linken Hand und lächelte. Dann drehte er sich in Zentrumsrichtung, lief quer zwischen den Pflanzen hindurch und stand kurz darauf vor einem Stahltor, das seinem Laser nicht lange standhielt.

Ganz ohne Chemiekenntnisse erfuhr man auf der anderen Wandseite, warum das Tor existiert hatte. Große Gasbehälter mit eindeutiger Bebilderung übten eine ähnliche Anziehung wie zuvor die Transformatoren aus, doch diesmal standen höhere Interessen einer Verwüstung entgegen. Die Behörden benötigten Beweise für das Treiben der Schiffsbesatzung; die Brille zeichnete alles auf. Da man seinem Videobeweis kaum Glauben schenken würde, mussten die Originale bestehen bleiben. Nüggät verstand, wofür das Gas benötigt wurde und welche Gefahr ungewollt davon ausging. Als er den Raum durch ein dem Zentrum zugewandtes Tor verlassen hatte, versiegelte er auch dieses hinter sich. Mehr als ein Örzröt würden die Gefangenen nicht auf ihre Befreiung warten müssen. Es ging nun darum, sicherzustellen, dass die richtigen Personen diese Befreiung durchführen würden. Nüggät joggte ungehindert weiter voran.

∞∞∞∞

In der Betreuungseinrichtung »Örzkät« bereiteten mehrere Erzieher das bevorstehende Tagesprogramm vor. Kleine Bastelarbeiten zum Elterntag gehörten seit vielen Örzbits zum liebevoll erarbeiteten Konzept. Eine Erzieherin blickte lächelnd auf die Pappvorlagen und legte abgerundete

Musterscheren und Buntstifte auf den Basteltisch. Ihr mit dem Dekorieren der Fenster beschäftigter Kollege schien jedoch nicht ganz bei der Sache zu sein. »Alles okay bei dir?«

»Ja – nein. Ich weiß nicht. Da draußen liefen gerade Ämändä und Läntänä vorbei. Ich glaube, die wollen zu uns.«

»Welche Ehre«, fand die Erzieherin. »Dann lassen wir sie natürlich herein.«

Unüblicher Pessimismus schlug ihr entgegen. »Ämändä überbringt grundsätzlich keine guten Nachrichten persönlich.« Dann ging er zur Besuchertür und blickte durch das Glas in sechs äußerst besorgte Augen. Mit dieser Bestätigung wagte er, eine konkrete Prognose anzustellen: »Es ist mindestens ein Äöüzz gestorben.«

Läntänä klopfte freundlich, aber nachdrücklich gegen das Glas. *Es eilt, Mensch.*

Die Klinke befand sich noch in der Hand des Erziehers, als die Tür ihn ein Stück zur Seite schob und über den glatten Kunststoffboden schlittern ließ. Hier war frisch geputzt worden. Ohne Nachfrage war klar, dass sein Besuch an Kaffee nicht interessiert war und sofort zur Sache kommen wollte. Eilig betrat er hinter den Besucherinnen den Raum.

»Elterntag, nicht wahr?« Ämändä sah sich in dem Betreuungsraum um. »Schön, schön. Und das bei solch herrlichem Wetter.« Kein Zufall, wie sie gedanklich anmerkte. »Bitte machen Sie mit den Kindern einen mehrtägigen Ausflug. Basteln kann man auch wunderschön im Park. Die Herbergen stehen Ihnen zur Verfügung.«

Erwarteterweise stieß sie auf gewisses Unverständnis, aber jeder Widerstand war zu diesem Zeitpunkt bereits überwunden. »Das war eigentlich anders geplant«, erklärte eine Erzieherin. Alle anderen nickten.

»Ja«, sagte Ämändä. Dann kehrte sie auf der Stelle um und verließ ohne weitere Worte das Haus.

»Können wir uns auf Sie verlassen?«, fragte Läntänä noch.

»Selbstverständlich«, hörte sie im Hinausgehen.

»Danke«, gab sie zurück. Die Tür fiel ins Schloss.

∞∞∞∞

Die Mitte des Gangbodens war schwarz, bestand aus Gummi und bewegte sich kontinuierlich vom Zentrum weg. Mit einem Laufband hatte Nüggät nicht gerechnet; offenbar gehörte dies zum Luxus der zentrumsnahen Regionen. Einige Meter weiter bewegte sich ein Band in entgegengesetzte Richtung; neben den Bändern befand sich ein schmaler Fußweg. Die Spuren waren durch Glas mit einzelnen Zwischenschotten luftdicht voneinander getrennt. Weit und breit war niemand zu sehen, also traute Nüggät sich dem geradeaus strebenden Fahrband an.

Mit sanfter Jetpack-Unterstützung und einem Laufband unter den Schuhsohlen ließ sich ein Viertelkilometer sehr bequem zurücklegen. Am Ende der Strecke führte eine Schleuse in einen Aufzugsraum mit Treppentür; hier eintreffendes Personal hatte offenbar die Wahl zwischen vier Wegen nach unten und oben.

Die »Aufzugtür« des rechtesten Aufzugs öffnete sich in diesem Moment; Nüggät atmete tief durch, ohne sein Gewehr anzulegen. Dann schritt er an vier quietschend vor sich hin lästernden Jugendlichen vorbei, ohne von diesen beachtet zu werden. In mühsam unterdrückter Eile drückte er den Verschlussknopf und durchstöberte die Etagenliste. Von negativ bis positiv 190 war alles vertreten, was das Herz begehrte. Sogar die Null sah anwählbar aus. Eine Falle witternd, entschied er sich für eine Fahrt in die einundzwanzigste Etage.

∞∞∞∞∞

Rögü Kränk stand mit erhobenen Händen an einer grau lackierten Wand und blickte relativ gelassen einem übervorsichtigen Navigatorkurier in die Augen. Sie blinzelte abwechselnd im Dreieck und lächelte dabei, was ihm offenbar ein gewisses Unbehagen bereitete. Dann wandte sie sich dessen Begleiter. »Kränk, Koordination 2. Jemand bohrt sich mit einem gelben Laser einen Tunnel von hundertzweiundsiebzig positiv dreineunundzwanzig Strich einhundert gen hundertzweiundsiebzig Null Strich Neun. Kann sich euer SEK darum kümmern?«

»Du kannst die Waffe herunternehmen, die ist harmlos.« Der Äöüzz trug schwarz gefärbtes Fell mit drei weißen Streifen an jedem Arm, was ihn vom jeweils doppelbestreiften Kollegen unterschied. Mit gehobenen Augenbrauen trat der Adjutant zurück in den Hintergrund, beide Hände am gesenkten Sturmgewehr. »Räträint Däntäst, Navigation 5. Das ist mein Kollege Hümän Träkdöy, Navigation 4. Vielen Dank für deine Benachrichtigung. Dürfen wir dich in die Nachrichtenzentrale einladen?«

Das Navigationsteam hatte eigensinnige Gepflogenheiten; die silbernen »Kurier«-Ränge waren mit Polizisten vergleichbar. Freundliche Einladungen waren als Befehle zu verstehen; Rögü Kränk hätte an ihrer Stelle ähnlich gehandelt. Sie nickte und folgte den Kurieren in ein Großraumbüro, vorbei an weiteren Polizisten in einen Bereich, in dem goldene Streifen tragende Schwarzfelle an dreidimensional nach innen leuchtenden Kartentischen saßen.

»Der Navigationsabteilung ist das Leck nicht ganz unbekannt, uns fehlen aber entscheidende Details. Wenn ich dich gerade richtig verstanden habe, handelt es sich um einen laufenden Angriff auf das Kraftwerkszentrum.«

»Das kommt darauf an, was ihr unter ›laufend‹ versteht«, schränkte Kränk ein: »Es wird wohl noch eine ganze Weile dauern, bis der Laserstrahl sich durch alle positiven Etagen hindurchgefressen hat. Ich habe die Hoffnung, dass ihr da mal ein bisschen Gegenfeuer liefern könnt.«

»Gegenfeuer ist bereits unterwegs«, meldete jemand von einem weit entfernten Tisch, »Vorerst sechsunddreißig Infanteristen und zwölf Raumfahrer. Bei der Infanterie vierundzwanzig leicht, zwölf panzerbrechend bewaffnet. Die Raumfahrer gucken von außen nach dem Rechten.«

Däntäst wies freundlich mit einer nach oben geöffneten Hand auf den nächstliegenden Gruppentisch. »Bitte übertrage dein gesamtes Wissen zu dem Thema auf das Planbrett. Ich nehme an, du hast Notizen mitgebracht.«

Kränk tat mit ihrem Smartphone wie geheißen, und rote Linien erschienen auf einer schematischen Abbildung des Raumschiffinneren. Dabei wurden auch Informationen übertragen, die ihr persönlich gar nicht aufgefallen waren.

»588 Nanometer. Vielleicht eher 589. Eine ungewöhnliche Laserfarbe, die sich nicht durch objektive Vorteile bei der Erzeugung oder der Wirkung erklären lässt. Sie passt aber ziemlich gut in das Bild, welches sich seit einigen Kläks hier abzeichnet.«

∞∞∞∞

Ämändä war vom Kindergarten in die Schule gewechselt – zumindest klang es von allen Seiten nach quietschender Tafelkreide. Im Bewusstsein der Notwendigkeit beteiligte sie sich aktiv an der Tonerzeugung. Es erforderte signifikante Muskelkraft, die Doppelmaschinengewehre in Position zu rücken. Gemeinsam mit sechs rot gefärbten Äöüzz brachte sie die minimal, aber hörbar angerosteten Fahrgestelle in Bewegung.

Der zentrale Kraftwerksraum enthielt einen quadratischen Wasserteich, an dessen blau leuchtendem Grund der Warpkern gekühlt wurde. Das Überlichtmodul lief im Standby-Betrieb, um im Notfall rechtzeitig zur Verfügung zu stehen. Mehrere Wasserstoff-Fusionskreise waren in durchsichtigen Kabinen an der Innenseite der zylinderförmigen, weiß lackierten Stahlwand verteilt. Warnhinweise fehlten: Wer Zutritt zu diesem Raum hatte, wusste genau, welche Gefahren bei der Reaktorwartung bestanden. Die meisten Aufgaben wurden von spezialisierten Robotern ausgeführt.

Läntänä markierte mit einem Jetpack und einer Sprühdose in Schwarz auf Weiß, wo der Laser voraussichtlich durch die Decke schlagen würde.

Dann unterstützte sie das Kraftwerksteam beim Einlegen der Patronengürtel.

∞∞∞∞

Mit einer großen Glasfront endete das fröhliche Vorankommen auf Etage 21. Hell erleuchtet umgab ein Parkzylinder mit Durchmessern von 220 und 230 Metern das Zentrum auf 49 Etagen, sanft unterteilt durch gläserne Zwischenpfade, die mit hohen durchsichtigen Seitenwänden mitten in der Luft schwebten. Treppenstufen und Ausgangsschotten waren mit dezenten Leuchtstreifen in der Farbe der aktuellen Farbkreisposition markiert. 135 Meter unter Nüggäts Füßen flogen Schmetterlinge über vierzehntausend Quadratmeter grüne Wiese. Zwei Mammutbäume in Sichtweite ragten mit ihren Kronen über seinen Standpunkt hinaus; die meisten Pflanzen waren deutlich kleiner. Es handelte sich ohne Frage um die schönste Möglichkeit, sich kreiswärts im Schiff zu bewegen.

Auf der aktuellen Ebene gab es nur wenige Zugänge zum Park. Nüggät sah schräg unter sich eine Plattform in der Wand enden und lief zum nächsten Treppenhaus, um dorthin zu gelangen. Niemand begegnete ihm, die Erholungszentren waren um diese Zeit wenig besucht. Trotzdem fühlte sich Nüggät nicht ganz zu Unrecht exponiert, als er den Park auf Ebene 20 betrat und in seiner Geschäftskleidung mehrere Kriegswaffen an Blumenbeeten vorbei spazieren führte. Sein Jetpack und die im Park überdies leicht verringerte Schwerkraft ermöglichten ihm, den Weg etwas abzukürzen. So unauffällig, wie eine Tarzan-Aktion im Central Park prinzipbedingt nur sein konnte, sprang Nüggät am nächsten Baumriesen herab von Ast zu Ast. Dabei wich er mit eingeschränkter Begeisterung einigen Hängematten aus, die zu allem Überfluss nicht ausnahmslos unbesetzt waren.

Belletristik, tat er die Literatur entspannter Äöüzz ab. *Ungereimtes, kunstloses Massenfutter. Die Art von Büchern, die ich auch gerne in meiner Freizeit lesen würde. Wenn ich dumm wäre und zu viel Zeit hätte.*

Zum Glück hatte er statt Zeit eine Planetengranate, mit der sich mehr Wirkung umsetzen ließ, als die Lesenden seiner Ansicht nach jemals fabrizieren würden. Vielleicht gab es in der Logistikbranche des HörriblDisästör-Systems angemessene Beschäftigungen für faulenzende Drogenprofiteure.

Vor lauter Literaturkritik verpasste Nüggät seine Zieletage – was daran liegen konnte, dass es von dieser Etage gar keinen offenen Parkzugang gab – und verließ das kleine Paradies neun Meter unter Null. Die Daten in seinem virtuellen Visier brachten ihn auf den neuesten Stand: Zweihundert Meter bis zum Ziel.

»Scheiße, der Antrieb ist defekt«, rief ein aufgebrachter Zweikurier, noch bevor seine Kollegen den Hangar betreten hatten. Der Schaden war von außen auch ohne geübte Augen sichtbar und ließ sich nur durch gezielte Fremdeinwirkung erklären. Auch die anderen Raumschiffe im Hangarabschnitt waren nicht mehr für die Verteidigung des Generationenschiffs zu gebrauchen. Der Reparaturzugang war zugeschweißt; eine Wartung war unmöglich.

Mörgü Kräwlä blieb erzürnt in der Schleuse stehen und wartete darauf, dass ihr Kollege die umliegenden Lagerräume durchsuchte, um ihr das nun zu erwartende Ergebnis mitzuteilen. Das geschah dann auch.

»Alle Antriebe sind skrupelloser Sabotage zum Opfer gefallen. Ausnahmslos. Auch auf den Notschiffen.«

»Wir sind hier eingeschlossen«, überlegte Kräwlä. »Also schließen wir uns dem Innenteam an.« Sie gab der Navigationsabteilung Bescheid, die prompt mit einem Gegenvorschlag aufwartete. »Wir könnten stattdessen in Jetpacks ausrücken.«

»Das ist viel zu gefährlich und dauert länger als der Innenweg«, argumentierte Pröfiziänt Tälgätör. Er war bereits in die Schleuse zurückgelaufen. »Ohne Rettungsboote kann uns niemand auffangen, wenn wir vom Raumschiff abtreiben. Die Jetpacks sind ungefähr zur gleichen Zeit leer, und wir fliegen möglicherweise dauerhaft von Bord. Am liebsten würde ich das Schiff gar nicht verlassen.«

Eine typische Reaktion für jemanden, der in einem Raumschiff aufgewachsen war. Auch, dass der Ausflug mit Jetpacks zu Beginn nicht in Erwägung gezogen worden war, rührte daher. Auf erneute Nachfrage bestand das Navigationskommando jedoch auf diesem Vorgehen. Es ginge möglicherweise um den Fortbestand des Schiffs, und das Risiko externer Jetpackmissionen sei der Situation eindeutig angemessen.

Im Abstand von jeweils zehn Örzklöks verließen Doppelteams die eigentlich für Raumschiffe gedachte Außenschleuse. Die bereits außen befindlichen Äöüzz schwebten ohne Treibstoffverbrauch nach einer kurzen Bremsung vor dem Ausgang und verteilten sich im Vakuum. Als alle zwölf Polizisten das Schiff verlassen hatten, setzte sich der Trupp breit gefächert in Bewegung. Vier der Hauptwaffen waren rückstoßlos – drei Lasergewehre und ein Raketenwerfer ließen sich im Weltall geschickter einsetzen als kinetische Sturmgewehre. Die so bevorteilten Krieger sicherten ihre Kollegen von hinten ab.

»Wir hätten uns die Zeit nehmen können, alle mit Lasern auszurüsten«, funkte Üplöäd Dämätsch, der Raketenträger. »Oder mit Panzerfäusten.«

»Das Waffenlager war zu weit entfernt, es geht möglicherweise um Örzklöks, und außerdem wissen wir gar nicht, was uns erwartet«, widersprach Kräwlä. Sie war mit ihrer rückstoßbehafteten Bewaffnung zufrieden und flog ein kleines Stück vor dem Rest des Trupps. Das Ziel war noch nicht sichtbar; unten zog eine eintönige Solarzellfläche vorbei. Der Schutzschirm war noch immer deaktiviert; die Generatoren hatten durch den Gravitationspuls langfristigen Schaden genommen. Wenn sich der Feind bereits im Schiff befand, war es ohnehin zu spät für äußerliche Schutzmaßnahmen.

∞∞∞∞

Der Einsatz des Spezialkommandos blieb nicht unbemerkt. Die Raumfahrer hatten sich bestmöglich auf unbelebte Gänge verteilt, aber dem Infanterieteam war Geschwindigkeit wichtiger als Diskretion. Unter den erstaunten Blicken zweier Industriemechaniker beanspruchte das Team einen gesamten Aufzug zweimal hintereinander für sich und kündigte bereits an, dieser sei voraussichtlich in den nächsten vier Örzklünks nicht verwendbar.

»Gibt es denn wieder einen Aufstand?«, fragte einer der Mechaniker. »Selbst die ewigen Nörgler sind doch momentan mit der Lage ganz zufrieden.«

»Wir können dazu erst nach dem Einsatz Auskunft geben«, erklärte ein Dreikurier durch seine Helmlautsprecher. Die Fahrstuhltüren schlossen sich; die Kabine fuhr empor. Oben wartete bereits die andere Hälfte des Teams und begutachtete aus sicherer Entfernung das Laserloch. Inzwischen wusste man, dass der Bohrvorgang noch zwanzig Etagen über dem Zentrumsraum stattfand und sich kaum blockieren ließ. Der Versuch, einen Hohlspiegel gegen den Angreifer einzusetzen, scheiterte an der unvermeidbaren Absorption des Spiegels: Die Gegenmaßnahme verpuffte regelrecht. Hinter den Strahlen arbeitete ein Kraftwerk, mit dem man mehrere Frachtraumschiffe durch die Galaxis befördern konnte. Sündhaft teuer und überdimensioniert – dieser Streich trug Nüggäts Handschrift. Der Edelmetallhändler war älteren Semestern nicht unbekannt: Vor Jahrhunderten hatte Nüggät die mafiöse Vereinigung um eine große Menge Gold betrogen und wähnte sich seither nach dem Motto »Dann erzählt der Polizei doch mal, dass ihr beim Schmuggeln gefoppt wurdet« unbehelligt. Vermutlich waren die Ansprüche inzwischen verjährt, sodass Dögöbörz Nüggät sich bei seiner Racheaktion keine Strafverfolgung zu befürchten hatte. Rechtlich gesehen, vermuteten die Prospektoren, trug Nüggät eine absolut schusssichere Weste. Recht und Realität lagen in dieser Hinsicht jedoch weit auseinander.

Mit entsicherten Waffen stürmten zwölf Äöüzz eine Treppe zur Dachetage des Generationenschiffs empor. Jeweils um 120 Grad versetzt vollzogen gleichgroße Gruppen ein identisches Manöver. Ein Drittel der Emporstürmenden trug Gegenstände bei sich, die im Inneren eines Raumschiffs üblicherweise nicht eingesetzt wurden, da sie die empfindliche Umgebung in Mitleidenschaft ziehen konnten und in Atmosphäre zu viel Druck erzeugten. Die Umgebung war allerdings bereits kritisch beschädigt; die letzten Atmosphärenreste der betroffenen Bereiche waren ins All entwichen.

Die obersten Etagen des Schiffs bestanden aus Glas. Man hatte von hier einen wunderschönen Ausblick über das Sternensystem und auf das Leuchten der Milchstraße. Der Genuss blieb den daran interessierten Äöüzz aus der Wohnabteilung derzeit »aus Wartungsgründen« verwehrt, was weder ungewöhnlich noch problematisch war. Die Ursache für die »Wartungsarbeiten« war jedoch neu. Inzwischen stand unter den eingeweihten Personen die Befürchtung im Raum, das Paradies befände sich in ernsthafter Gefahr. Ein Irrtum, wie Nüggät sofort korrigiert hätte: In Gefahr waren nur die Nutzer. Diese durften aber gerne um ihre Freiheit bangen und befanden sich praktisch bereits in einem überdimensionalen Gefängnis.

»Ein goldenes Raumschiff mit sieben individuell justierbaren Lasern, die langsam im Kreis rotieren«, beschrieb ein Frontpolizist das Zielobjekt. »Wir müssten längst in Sichtweite sein, aber man ignoriert unsere Anwesenheit.«

Die Glasdecke war kein Hindernis für optischen Beschuss; die Äöüzz lagen geduckt am oberen Treppenende hinter geöffneten Drucktoren und warteten auf irgendeine sichtbare Reaktion des Angreifers. Der schien sich jedoch unantastbar zu fühlen.

Irgendwann wurde es Füll Kärnäk zu bunt. »Tore schließen, ich werfe eine Fünfzehn-Splitter.« Er entsicherte eine kleine Kugel und schmiss sie in die Nähe des Laserzylinders. Jemand trug eine zweite Sprengladung zu der Aktion bei, dann waren die Drucktore verschlossen. Elf Örzklöks später flogen Metall- und Glassplitter durch die Gegend, manche drangen in die Tore ein, viele durchlöcherten Decke und Boden. Zu hören waren nur die Einschläge, denn draußen war keine Luft zur Schallübertragung vorhanden. »Tore öffnen, Lageanalyse!«

Die Decke war größtenteils zerstört worden, der Boden existierte praktisch nicht mehr. Das zuvor außen neben dem Bohrkreis geparkte Raumschiff hatte seine Position zwei Etagen nach unten verlagert, wo eine letzte

Glasplatte angebrochen die Trümmer ihrer Ex-Nachbarn trug. Das Raumschiff bohrte munter weiter vor sich hin, als ließe sich dessen Pilot so kurz vor der Vollendung des Angriffs nicht durch Nebensächlichkeiten aufhalten.

»Eiskalt« fand Kärnäk dieses Verhalten. Er schleuderte zwei Granaten direkt unter den mit Saugnäpfen befestigten Goldklumpen. Von den anderen beiden Seiten wurden sieben weitere Splitterbomben spendiert. Eine der Granaten geriet in das Laserfeld und explodierte sofort, regte die anderen Kugeln durch chemiegetriebene Impaktwirkung zur Spontanzündung an und verursachte eine Kettenreaktion infernalen Ausmaßes. Kärnäk und seine Kollegen konnten sich gerade noch rechtzeitig in die Treppe ducken, während Treppenhäuser und restliche Umgebung gesprenkelt tätowiert wurden. Das Raumschiff fiel durch den nun endgültig zerborstenen Glasboden auf den darunter wartenden Stahl, befand sich nun sechs Meter unter den Äöüzz und bohrte stupide in die Tiefe. So schmolz es Etage für Etage Löcher in Decken, ließ immer mehr Sauerstoff aus abgeschleusten Bereichen nach außen entweichen, entzog El Dörädö seine wertvollste Lebenssubstanz und kümmerte sich einen Dreck um die Verteidiger, die etwas ratlos hinab blickten.

Nun gab es wirklich nichts mehr zu verlieren, beschloss der Truppleiter. »Feuer frei.« Er brachte sein eigenes Kinetikgewehr in Anschlag, erhoffte sich aber keinen Erfolg mit diesem Vorgehen. Das Raumschiff schien über einen guten Schirm zu verfügen und war physischen Angriffen gegenüber unangreifbar. Auch mit Raketen ließ sich zwar Schaden anrichten, aber nur an der Umgebung. Größere Hoffnung setzte er auf die schweren Lasergewehre seiner Kollegen. Durch Videoschutzbrillen blickten sechsunddreißig Äöüzz auf acht rote Punkte, die leicht zitternd den blau aufleuchtenden Schutzschirm traktierten. Langsam konzentrierte sich das Feuer in einem einzigen Punkt.

∞∞∞∞

Die nullte und die direkt darunterliegende Etage unterschieden sich vom Rest unter anderem dadurch, dass es keinen sichtbaren Zugang dorthin gab. Zwischen -2 und +1 verlief in jedem Treppenhaus eine einzige ungewöhnlich große Treppe ohne Zwischenstation. Nüggät, der über die Höhe der passierten Treppenstufen penibel Buch hielt, bemerkte schnell, dass er buchstäblich am Ziel vorbeilief. Er hatte ein grundlegendes Verständnis davon, wie Raumschiffe mit Warpkern und Fusionskraftwerken aufgebaut waren, und hütete sich davor, sich von unten durch die Decke des ersten Kellergeschosses zu bohren. Dort verliefen in Kraftwerksnähe vermutlich Stromleitungen, deren Spannung auf geschmolzenes Metall recht ungehalten reagierte. Vielversprechender war ein Seitenangriff aus dem Treppenhaus auf die Null.

Ungefähr dort, wo er mit seinem Laserstrahl ansetzte, befand sich eine Geheimtür für das Kraftwerkspersonal. Das wurde dadurch erkennbar, dass das freigeschmolzene Loch von Leuchtdioden beleuchtet wurde, als habe sich rechtmäßig die Tür geöffnet. Von spöttischem Luftausstoß begleitet stieg der Edelmetallhändler in die Hochsicherheitsebene des Raumschiffs. Hier waren alle Wände weiß lackiert und die Zahl Null für diejenigen, die sich ihre eigene Firmenadresse nicht merken konnten, gut sichtbar an jeder zweiten Wand aufgemalt. Nüggät bewegte sich eine Weile radial durch die Gänge, um vom Orange- in den Grünbereich zu geraten, dann stieß er ins Zentrum vor.

Vor einer alarmgesicherten Glastür mit Hologrammbeschriftung befand sich eine Identifikationskamera – eine ungünstige Begebenheit, die Nüggät durch Wahl eines anderen Gangs umgehen wollte. Leider führten alle Gänge in einen zylinderförmigen Raum voller solcher Türen.

»Da hilft nichts.« Nüggät montierte ein optisches Wolframgitter in einem glühbirnenähnlichen Aufsatz an der Laseröffnung, hielt die Mündung in den Raum hinein und drückte ab. Der Laserstrahl beugte sich seitwärts in vierundzwanzig Einzelstrahlen auf, die einige Kameras direkt verdampfen ließen. Durch Schwenken der Waffe wurde der Rest überstrichen. Ohne potenzielle Beobachter stellte der Raum kein Hindernis mehr dar: Nüggät entfernte das Gitter und bohrte sich einen Tunnel quer an der nächsten Tür vorbei. Er war – de facto – zutrittsberechtigt.

Schwarz verkohlter Lack, nachglühendes Metall und die Glastür im Hintergrund: Das Ziel lag nur noch fünfzig Meter voraus und befand sich endlich in Sichtweite. Hinter einer zweiten Tür, die automatisch zur Seite wich, lag der Vorraum der Kraftwerksmaschinen. Große ölgekühlte Transformatoren wandelten das Kraftwerksprodukt für den Transport über Fernkabel in Hochspannung um. Dicke Glaswände trennten das Geschehen vom Beobachter. Nebenan wartete eine kleine Armee auf den Durchbruch goldener Laserstrahlen in das Herz des Ellipsoidriesen.

Gerne hätte Nüggät wie in einem klischeehaften Italowestern die Klapptüren zum Saloon aufgestoßen, doch das Tor wich nur auf Knopfdruck sanft zur Seite. Noch war der Raum mit Luft gefüllt, doch jeder Anwesende trug einen Raumanzug mit geschlossenem Helm. Zwei Äöüzz in blauer Kleidung schritten zwischen vollständig rot gefärbten Kollegen umher. Insgesamt befanden sich dreiundzwanzig Gegner an drei Doppelmaschinengewehren und starrten zu einem schwarzen Graffitikreis an der Decke empor. Die roten Äöüzz trugen leistungsfähig aussehende Laserpistolen teilweise an Gürteln, teilweise in den Händen. Die grün-blauen Äöüzz wirkten mit kleinkalibrigen Kinetikwaffen nicht ausreichend vorbereitet auf das, was sie nun erwartete.

Die Hitze des grünen Laserstrahls traf zuerst Luftpartikel, dann die am weitesten entfernte Doppelgun. Die Explosion mehrerer Patronen schreckte die Gruppe gehörig auf; die meisten begriffen jedoch nicht, was gerade geschah. War die Munition nicht in Ordnung? Die zweite Großwaffe verglühte unter gefährlichen Patronenzündungen. Wenn der schwarze Ankunftskreis korrekt berechnet worden war, bestand für die dritte Waffe vorerst kein Handlungsbedarf. Das schwere Ding neu zu justieren, kam taktisch nicht infrage. Einer der roten Äöüzz blickte endlich in die richtige Richtung, wodurch er die Ehre der ersten zerschossenen Handfeuerwaffe erhielt. Sein Warnschrei erhöhte die Gefahr für Nüggät erheblich.

Da er für das weitere Gefecht deutlich zu exponiert im Türrahmen stand, sprintete Nüggät mit gedrücktem Laserabzug an der Wand entlang und verschanzte sich hinter einem Fusionskraftwerk. Zwischen ihm und den Angreifern lag eine Glasbox, in der eine torusähnliche Metallkonstruktion ein wild waberndes Wasserstoffplasma in Zaum hielt. Schüsse gegen das Metall konnten katastrophale Auswirkungen haben; dem direkt an der Gefahr sitzenden Schützen war ein Zielvorteil gegeben. Das Glas blockierte kinetische Angriffe; es war stark genug, um Kraftwerksexplosionen an Kettenreaktionen zu hindern. Das Gesamtkonstrukt wirkte wie mittelalterliche Schießscharten.

Zwei gezielte Schüsse über den Torus hinweg entwaffneten unvorsichtige Äöüzz, die es beinahe gewagt hatten, mit Lasern ohne Eigenschutz durch das Glas zu schießen. Der Rest der Besatzung begriff den Schutzbedarf und suchte sich Barrikaden. Manche verließen durch Seitentore den Raum, hielten die Tore durch eine Zusatzschaltung geöffnet und hielten sich für Überraschungsangriffe bereit. Die blauen Äöüzz teilten sich zu beiden Seiten auf und kesselten Nüggät in seiner Nische ein.

Die Glasüberlegenheit ausnutzend, nahm sich Nüggät einen Moment Zeit, um Ämändä zu entwaffnen. Als die Pistole in ihrer Hand glühte, ließ sie diese mit einem Schrei fallen, der eher nach Empörung als Schmerz klang. Nüggät wandte sich bereits Läntänä zu, als Ämändä kurzerhand eine Granate aus einer Tasche zog und diese hinter das Fusionskraftwerk schleuderte. Läntänäs Waffe glühte auf, der Schütze wurde am Helm getroffen und riss vor Schreck das Gewehr zur Seite. Rechts von einem versteckten Äöüzz schlugen Photonen in die Wand. Der Edelmetallhändler hatte andere

Sorgen: Er lief Läntänä geradezu in die Arme. Ein gewisser Masseunterschied zu ihrem Nachteil beförderte sie einen halben Meter zurück, was sie nicht an Faustschlägen gegen den Rüpel hinderte. Mit Nahkampf hatte Dögöbörz Nüggät nicht gerechnet; er verpasste der Äöüzz spontan eine milde Helmfeige und floh aus dem Raum. Das war den dort eigentlich auf ihren eigenen Zugriff wartenden Äöüzz überhaupt nicht geheuer; drei Kraftwerkswächter flohen Hals über Kopf vor dem aktuell nicht bewaffneten Eindringling. Schnell griff Nüggät nach dem herabbaumelnden Gewehr und drehte sich hastig im Kreis.

Läntänä wich zurück: Die Mündung des Lasers war ein gutes Argument gegen eine Fortsetzung des Handkampfs. Sie sprang in den Kraftwerksraum, schlug mit einer Hand gegen den Verriegelungsknopf und griff mit ihrer Linken nach der erstbesten Laserpistole. Der Umgang mit Laserwaffen war ihr relativ fremd, da sie in jeder Hinsicht Kinetik bevorzugte. Es würde sich nun zeigen, ob der Grundkurs genügte, um ein Raumschiffzentrum zu verteidigen.

Als deutlich wurde, dass die Granate gesichert gewesen war, wurde das noch kurz zuvor verschlossene Schott kurzerhand aufgeschmolzen: Nüggät stand seitlich an der Außenwand und ließ den Laserstrahl im Kreisring um das Zentrum herum reflektieren. Hauptziel war das Schott, Nebenziele standen reihum sicherlich noch verteilt. Der Blindschuss scheuchte fünf weitere Äöüzz auf, die schreiend die Flucht ergriffen, weil ihnen der Boden unter den Füßen brannte.

»Was willst du überhaupt von uns?«, brüllte jemand von hinten. Anstelle einer Antwort erhielt er grünfarbige Aufmerksamkeit gegen das eigene Waffenarsenal.

Gutes Stichwort, fand Nüggät. Er stellte einen Moment lang das Feuer ein; der Fragende lief ohnehin bereits in den Zentralraum zurück. *Wo bleibt mein Fluchtfahrzeug?* Er eilte dem roten Äöüzz hinterher und schoss zwischen zwei Plasmakreisen hindurch einen weiteren Laser zu Brei. Die Decke war unbeschädigt. Aus einem Augenwinkel nahm er Ämändä wahr, die auf einer der Glasboxen ein Scharfschützengewehr in Position gebracht hatte. Vollkommener Unsinn auf diese Distanz, wie er ihr durch Gegenfeuer bewies. Dann kümmerte er sich um zwei Äöüzz, die sich nun tatsächlich am Doppelmaschinengewehr zu schaffen machten. Bevor die Kanone auf ihn ausgerichtet war, wurden bereits die Griffe etwas stärker erhitzt, als Nutzer von Lenkradheizungen es erwartet hätten. »Finger weg«, gab Nüggät ihnen zu verstehen. »Verschwindet.«

Die beiden Äöüzz waren zäh und dachten überhaupt nicht an Flucht. Ob das an den dünnen weißen Streifen lag, die sie sich auf die Arme gemalt hatten? Was war die Ursache, was war die Wirkung? Jedenfalls hatte nun auch Dögöbörz Nüggät waffentechnisch Interesse an Abwechslung. Er stürmte auf die beiden Krieger zu und riss ihnen die Pistolen aus den Händen. Zwei Warnschüsse genügten offenbar, um die Streifen zu überstimmen. Dann wurde eine der Pistolen plötzlich brennend heiß: Läntänä grinste Nüggät durch das Glas hindurch an. Das hinderte Nüggät nicht an einigen wütenden Schüssen, die im durchsichtigen Panzer stecken blieben. Also musste doch wieder der Laser herhalten. Läntänä versteckte sich, bevor der Verrückte wieder auf sie zielen konnte. Langsam fand sie Gefallen daran, ihn durch überraschendes Auftauchen im Kreis herumlaufen zu lassen. Worauf wartete der Clown überhaupt?

∞∞∞∞

»Ist das Rögü Kränk?!«, rief Ämändä über Funk. »Gelber Eingang.«
»Positiv«, funkte Rögü Kränk persönlich. »Was geht denn hier ab?«
»Nichts Besonderes«, mischte sich Läntänä ein, »Ämändä schießt mal wieder mit Distanzwaffen auf durchgeknallte Investmentbanker.«
»Ach so«, antwortete Kränk, »dann kommt ihr ja gut ohne mich zurecht. Ansonsten hätte ich hier ein paar Flammenwerfer für euch.«
»Immer her damit«, bat Ämändä. »Danke. Wie sieht es oben aus?«
Kränk druckste herum. »Mäßig.« Sie seufzte. »Der Angriff lässt sich vermutlich nicht von oben verhindern, bevor es zu spät ist. Ich habe gebeten, hier mithelfen zu dürfen.«
»Und das hat man dir erlaubt?«, spottete Ämändä sanft. »Hier, nimm die Laserpistole. Optische Waffen haben sich zwischen den Glasboxen als hilfreich erwiesen. Du darfst nur auf keinen Fall gegen die Metallringe schießen, sonst geht hier die Hölle los. Wir müssen jetzt da rein und Läntänä helfen.«
Läntänä befand sich mit Nüggät in einer Pattsituation. Die anderen Äöüzz hatten es zwischen den erbitterten Kämpfern nicht lange ausgehalten; Läntänä ging allmählich die Laserenergie aus. Nüggät schien über ein eigenes Kraftwerk zu verfügen oder besser mit seiner Energie zu haushalten, als sein Verhalten es erahnen ließ. Die noch immer nutzbare, aber wenig nützliche Doppelkanone stand zwischen den Kombattanten und schien derzeit das umkämpfte Objekt zu sein. Das ergab keinen Sinn, aber Läntänä verstand das ganze Vorgehen ohnehin nicht. An einer Sabotage der Stromversorgung schien es dem Anzugträger gar nicht gelegen zu sein; diese hätte er deutlich leichter an den Transformatoren durchführen können. Und dann war da noch der merkwürdige Laser, der sich fortwährend

durch das Schiff bohrte. Sinnlos, denn der Angreifer befand sich ja bereits am Ziel. Ein Ablenkungsmanöver? Wozu?

Endlich stürmten Kränk und Ämändä in den Raum und umgaben Nügg-äts Position mit Sperrfeuer. Dem blieb nichts anderes übrig, als sich hinter einen Kraftwerkssockel zu ducken und einen Ausfall zu planen. Mit der hinzugestoßenen Dame in Weiß hatten sich die Machtverhältnisse zu seinen Ungunsten verschoben. Fast befürchtete Nüggät sogar, bis zum Eintreffen des Laserstrahls eine Kapitulation vortäuschen zu müssen, was ihm moralisch extrem widerstrebte und gegen den innersten Ehrenkodex selbst der korruptesten Äöüzz verstieß.

»Spinnst du?«, rief Ämändä so laut, dass es ohne Lautsprecher aus ihrem Helm dröhnte. Der Angegriffene konnte kaum gemeint sein, wenn es sich um eine absichtlich per Funk gesendete Nachricht handelte. »Ich bin nicht das Ziel!«

Läntänä traute ihren Augen nicht. Rögü Kränk schoss ihrer Schwester die Pistole aus der Hand und drängte sie mit vorgehaltenem Laser zurück. Mit zusammengekniffenen Augen bemühte sie sich, den Angreifer und die Verratene gleichzeitig im Blick zu behalten.

»Wir haben uns auf dich verlassen, du Miststück«, fluchte Ämändä. »Koordination, eh? Was willst du?«

»Ich habe mir erklären lassen, wer da unser Anwesen besucht. Eine ganz üble Gestalt, wenn man den Prospektoren glauben darf«, erklärte Rögü Kränk mit ohnmachterzeugender Gelassenheit. Nüggät, der die Gespräche nur fetzenhaft mithören konnte, blickte verdattert zwischen den drei Äöüzz hin und her. Immerhin schien die Faustkämpferin ebenso verwirrt zu sein wie er selbst. Geradezu entsetzt. Vorsichtig floh Nüggät einige Boxen zur Seite.

»Dögöbörz Nüggät«, antwortete Ämändä. »Das hättest du mich ebenfalls fragen können. Ich hätte es dir sogar ungefragt gesagt, wenn es für deine Aufgaben irgendetwas zur Sache getan hätte.«

»Anders formuliert: Du hast mir Informationen vorenthalten, weil du mich für unwichtig gehalten hast.« Rögü Kränk schien vollkommen durchgeknallt zu sein.

»Äh, nein. Das ist faktisch inkorrekt. Würdest du bitte die Waffe herunternehmen und mir endlich erklären, was du willst?« Sie formulierte die Aufforderung bewusst im Singular, um sie nicht an die Technikerin in ihrem Rücken zu erinnern.

Mit ernster Stimme forderte Kränk: »Ich will Gerechtigkeit.«

Perplex entgegnete Ämändä, daran sei sie direkt beteiligt, wenn sie ihre Aufmerksamkeit endlich wieder dem Angreifer zuwende.

»Der ist harmlos«, befand Kränk. »Er hätte längst schießen können.«
Eine gewisse Abgebrühtheit schien zum Koordinationsjob dazuzugehö-
ren. Oder zu dem Wahnsinn, der in der Sprecherin ausgebrochen war.
»Wir wandern alle ins Gefängnis, wie es sich gehört. Und ich werde ohne
Gehirnwäsche entlassen, weil ich bereits in Ordnung bin.«

Daher wehte also der Wind. Unglaublich. Läntänä befand sich in guter
Schussposition, als eine Gravitationswelle alle Anwesenden zu Boden
stampfte. Kränks Pistole schlug vor ihr auf dem Boden auf und flog zur
Seite; mit dem Gesicht voran erhielt jeder der Anwesenden die Gelegenheit,
seine Position grundlegend zu überdenken. Nüggät begriff als Erster, was
geschehen war; er kümmerte sich in jahrhundertelanger Raumerfahrung
nicht um seinen angeknacksten Kiefer, sondern schnellte empor. In all den
Jahren war es allerdings noch nicht zu einem Nachbeben gekommen –
zwei Zähne fielen der nächsten Attacke zum Opfer.

Kränk lag mit einem halb durch Verwirrung verursachten Knock-out
bäuchlings auf dem Boden. Ämändä stotterte, Läntänä suchte kriechend
nach ihrem Laser. Alle Knochen taten ihr weh.

∞∞∞∞

Dort, wo sonst der helle Stern Cäribbeän die Solarpaneele erleuchtete, verschlang ein Ungetüm das Licht. An Hässlichkeit interstellar nicht
zu überbieten, siebenundzwanzig Kubikkilometer umfassend, stahlgebaut
und waffenstarrend, für maximale Zerstörung durch minimale Kompetenz ausgelegt: Ein Galaxievernichter der uggy-Flotte, ekelhafte Grüße aus
dem Germania-System. Daneben: Schlichte Eleganz eines torusförmigen
Raumschiffs mit Zentralkugel, kompakt auf 140 Metern Breite die Effizienz
moderner Äöüzz-Technik präsentierend, die 4-6692 mit Kapitän Orakel, der
sich neben Goliath wie ein König fühlte, der mit seinem Gefolge eingetroffen war. Dementsprechend schickte Orakel auch den ersten Funkspruch:
»Hier spricht euer Gott. Ihr seid verhaftet.«

Es dauerte nicht lange, bis man den Möchtegern-Merkur mit kleinen
Metallkugeln beschoss, woraufhin das uggy-Kriegsschiff seine Sub-Omni-
Kanone sprechen ließ. Diese Vorrichtung war als Infrarotstrahler verhältnismäßig schwach durchschlagend, aber dem hauptsächlich zivil ausge-
legten Generationenschiff gegenüber verheerend genug, um die Feuerleit-
zentrale zu einem Einstellen der Kampfhandlungen zu bewegen. Flucht
war angesagt. Schwierig nur, wenn der Warpkern unter der Masse des
Monstrums litt. Ein langsamer Fluchtkurs schien jedoch machbar zu sein,
und auf dem uggy-Schiff geriet man ins Schwitzen.

Endlich hatte der Laserzylinder seinen Weg in den Kraftwerksraum gefunden. Mit der Luft der gesamten Zentrumsregion wurde das aufgeschnittene Deckenstück emporgerissen; ohne Trägermedium blieb der sonst scheppernde Niederfall des Büchsendeckels auf der ersten Ebene ungehört. Die Laser lösten noch das verbleibende Doppelgewehr in Luft auf und stellten anschließend ihren Dienst ein, was das Kurierteam auf der Dachebene in Jubel über seine vermeintliche Eigenleistung versetzte. Bevor das geballte Feuer dem Schutzschirm des goldenen Raumschiffs gefährlich werden konnte, wurde es zugunsten friedlicher Beobachtung eingestellt. Füll Kärnäk bildete sich gar ein, per Funk mit dem überhaupt nicht anwesenden Piloten verhandeln zu können, und redete buchstäblich gegen eine Wand.

Nüggät sah in all dem Chaos und dem endlich hinzugekommenen Fluchtweg seine Gelegenheit, das Blatt zu wenden. Dass die vier Menschen von Örz ernsthaft dazu in der Lage waren, mit einem geklauten uggy-Piratenschiff die Mafiabande am Warpflug zu hindern, war fraglich. Der Reaktor glühte bereits verdächtig auf; die Ratten wollten mit ihrem sinkenden Schiff fliehen. Leicht lädiert zog Nüggät die Planetengranate hervor, entfernte mehrere Sicherungsmechanismen, von denen jeder einzelne ihn gefühlt für seine Entscheidung geißelte, und vollführte einen Dunking-Wurf in den Warpkühlteich, der jeden irdischen Basketballer neidisch gemacht hätte. Ämändä und Läntänä begriffen endlich den Ernst der Stunde und den Sinn der Aktion, hatten in diesem Moment aber keinen anderen Wunsch mehr, als sich so schnell wie irgendwie möglich aus der Umgebung zu entfernen. Rögü Kränk begriff nichts, wurde von ihren vermeintlichen Gegenspielern durch die Fluchtgänge geschubst und dann durch einen Schwerkraftsog zurückgezogen. Sie flog regelrecht mit den anderen beiden Äöüzz in Richtung des Kraftwerkraums, aus dem sie längst geflohen sein wollte. Dann explodierte der Warpkern in einer violenten Kernspaltung; große Teile der Poolverkleidung platzten ab und stoppten dumpf den Flug der Flüchtenden. Nüggät schoss mit seinem Jetpack den Schacht empor, an hunderten ausgestorbenen Etagen vorbei mit einem gebrochenen Bein, zwei reparaturbedürftigen Schneidezähnen und mehreren Splitterschnittwunden. Oben angekommen, stieg er in sein Raumschiff ein, ignorierte die Popcornfraktion und schoss ins All hinaus. Während er seine Wunden verarztete, setzte er panisch immer wieder den gleichen Notruf ab, bis man ihm endlich lapidar antwortete: »Das Problem ist seit einigen Örzkläks bekannt. Wir arbeiten daran.«

Im Kraftwerksraum war die Hölle los. Es gab keine ernsthaften Verletzungen, aber die Stromversorgung des Raumschiffs wankte. Zwei Fusionskraftwerke hatten die Hitzeentwicklung im Boden nicht überlebt und waren vom Stromnetz abgeschnitten. Ämändä und Läntänä fesselten die Meuterin mit Kabelbindern aus einem Werkzeugkoffer und kümmerten sich mit pochenden Rückenschmerzen darum, den Schaden zu begrenzen. Sie erhielten bald Hilfe von einem zweiten Team aus roten Äöüzz, die vom Kraftwerksteam als Reserve ausgesandt worden waren, als die ersten Geflohenen vom Geschehen berichtet hatten. Durch den doppelten Warpschlag und die instabil gewordene Netzspannung breiteten sich Verunsicherung und Apokalypsetheorien in der Bevölkerung aus.

∞∞∞∞

»Nüggät ist hier, und er flieht«, rief yury über Funk.

»Das ist mir nicht entgangen«, rief Orakel zurück. »Die Computer streiten sich gerade darum, ob wir ihn unbehelligt lassen sollen.«

Drüben folgte eine kurze Beratung, dann antwortete Free. »Wir können uns nicht um ihn kümmern, finden aber, du solltest die Gelegenheit für eine Verfolgungsjagd nutzen. Der feine Herr war hier offenbar nicht ganz unbeteiligt, und die Imperiumsanwaltschaft interessiert sich für ihn. Lass dir die Fahndungsdaten geben, es winkt sogar eine Belohnung.«

»Na, wenn das so ist«, antwortete Orakel lachend, »dann wollen wir den Imperiumsanwälten gerne Amtshilfe leisten.« An die Bordcomputer gerichtet, fügte er hinzu: »Hinterher! Diskutieren könnt ihr später.«

Die 4-6692 setzte zur Verfolgung des goldenen Raumnuggets an; Raketentriebwerke und Warpantrieb, letzterer stark beeinträchtigt, lieferten sich einen Wettstreit der Beschleunigungswirkungen zwischen zwei maßgeblichen Gravitationsquellen.

∞∞∞∞

»Keine Panik«, zeigte das Display anstelle des Nachrichtentickers an.

»Keine Panik«, äffte Nüggät dem Bordcomputer nach. Er ließ einen besonders unangenehmen Schnitt am linken Unterschenkel durch einen Medizinroboter zusammennähen. Dann meldete sich zu allem Überfluss auch noch der Vielfraß über Funk. »Volle Kraft voraus in den Carinanebel«, befahl Nüggät, bevor er den Anruf entgegennahm. Er wusste genau, was Orakel von ihm fordern würde, und er wusste ebenso gut, dass er die Forderungen in den Wind schlagen musste, um ein freier Äöüzz zu bleiben.

»Guten Morgen«, begrüßte Orakel den diesmal am anderen Ende des Tresens stehenden Händler. »Es ist sieben Uhr fünfundvierzig, und hier sind Ihre Nachrichten.«

Nüggät stöhnte.

»Ein interstellar gesuchter Edelmetallhändler versucht nach einem terroristischen Anschlag auf die Infrastruktur eines zivilen Generationenschiffs, vor den Behörden zu fliehen. Die Behörden sind zuversichtlich, eine friedliche Einigung herbeiführen zu können.«

»Scher dich zum Teufel«, flehte der Goldpilot. »Die ganze Angelegenheit geht dich überhaupt nichts an!«

»Das ist eine sehr subjektive Verallgemeinerung«, las Orakel grinsend von einem Teleprompter ab. Dann wischte er die Formulierungshilfen zur Seite. »Für mich sind jedenfalls eine Menge Nervenkitzel und ein Kopfgeld mit drin. Kommen wir zur Sache: Halte bitte dein Raumschiff an, sonst fahre ich die Nämäsis-Kanone aus.«

Die Nämäsis-Kanone war in der Tat ein schlagkräftiges Argument, mit dem selbst die leistungsfähigen Schutzschilde des Nuggets in die Bredouille gebracht werden konnten. Nicht jedoch, wenn sich das Ziel schneller entfernte, als der Jäger hinterherkam. Mit einem schmerzignorierenden Fußtritt auf eine entsprechende Steuerfläche leitete Nüggät Reserveenergien in das Kraftwerk ein. Orakel bemerkte dies an dem noch schneller steigenden Abstand zwischen den Schiffen, der nicht den Vorausberechnungen der Bordcomputer entsprach. Kurz darauf wurde ihm mitgeteilt, dass Nüggät voraussichtlich in den Warpraum entkommen würde. Eine Verfolgung mit Überlichtgeschwindigkeit stand bevor.

»Du gibst dich geschlagen?«, fragte Nüggät, der das plötzliche Schweigen genau richtig interpretierte.

Orakel murmelte irgendetwas ins Funkgerät. »Vorerst.« Dann wurde die Verbindung unterbrochen.

Teil III.

Bonusmaterial

22. Postskriptum

Von den galaktischen Ereignissen nicht ganz unbeeinflusst, hauptsächlich jedoch an persönlichem Profit orientiert, ertrugen zwei Gestalten im Zwielicht einer künstlichen Waldlichtung den ortsüblichen Nieselregen. Sie hatten den Weg der vier Raumfahrer nachverfolgt und standen vor einem knallrot lackierten Rennraumschiff, dessen Tarnung durch die umliegenden Bäume überschätzt worden war. Entgegen allen Vorschriften standen beide Seitentüren offen und luden zu einer Besichtigung ein.

»Wo sollen wir zuerst hinfliegen?«, fragte Wolfgang begeistert. »Zum Mars?«

»Ihr fliegt heute nirgendwohin«, sprach ein vollkommen in Schwarz gekleideter Junge mit einer schwarzen Brille, der plötzlich neben dem Raumschiff aufgetaucht war. »Ihr geht wieder nach Hause und lasst die Finger von Dingen, die euch nichts angehen.«

Ein Blitz schlug in unmittelbarer Nähe in einen Baum ein; geblendet schloss das kriminelle Duo die Augen. Als Marcor Schreiner seine Augen wieder öffnete, war der Junge verschwunden. Er blickte sich um: das Raumschiff ebenfalls.

Wolfgang kratzte sich am Kopf. »Wir standen doch gerade noch vor einem roten Raumschiff. Wieso brennt der Wald? Was ist passiert?«

»Keine Ahnung«, stammelte Schreiner. »Lass uns von hier verschwinden. Die Gegend ist nicht geheuer.«

23. Titelmelodie

4-6692

A Spaceship That Looks Like a Giant Donut

Tobias "ToBeFree" Frei

2

3

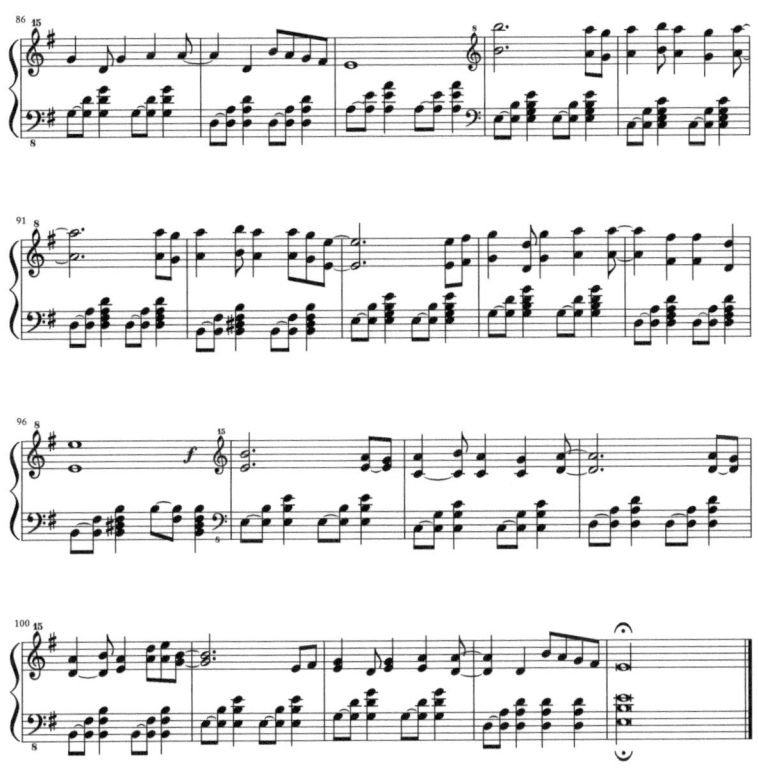

4

24. Musikliste

Für Filmproduzenten, Träumer und Multitasking-Genies.

- Falls Du ernsthaft einen Film zu diesem Buch drehen möchtest.

- Falls Du das gesamte Buch bereits ausgelesen hast und die genannten Lieder vielleicht noch nicht kennst. Höre die Lieder und stelle Dir dabei die Szenen vor. Wenn es schon keinen IA-Film gibt, kannst Du wenigstens einen Film in deinem Kopf laufen lassen.

- Falls Du beim Lesen Musik hören möchtest, die zur aktuellen Szene passt.

Diese Liste wurde von Tobias Frei zusammengestellt und impliziert keinerlei Unterstützung oder Befürwortung durch die Komponisten der Lieder. Eines Tages wird jedes dieser Lieder in die Gemeinfreiheit übergehen; der genaue Zeitpunkt hängt von verschiedenen Gesetzen ab.

1. Titelmelodie:
   »4-6692« – Tobias »ToBeFree« Frei

2. **Teil 1: Befreiung der Erde.**
   Intromelodie; Titelmelodie der Seele des Internets:
   »The Great Unknown« – Jason Shaw (Audionautix)

3. Lkw zum Pentagon:
   »Piledriver« – Jason Shaw (Audionautix)

4. In den Gängen des Pentagons:
   »Alien Sunset« – Jason Shaw (Audionautix)

5. Das leere Büro:
   »What I've Done (Instrumental)« – Linkin Park

6. yurys Mission:
   »Think Tank« – Jason Shaw (Audionautix)

7. Das Netcat-Skript:
   »Chiptune« – Dubmood

8. Reise nach Kanada:
   »Feuer und Flamme« – dArtagnan

9. Toronto City Hall:
   »Megaton Drop« – Jason Shaw (Audionautix)

10. Der Trick mit Raum 500:
    »Glücksritter« – dArtagnan

11. Elevator Hacking:
    »Night Runner« – Jason Shaw (Audionautix)

12. Äürüm-Geschäft vor dem Barrenwurf:
    »Quiet« – Jason Shaw (Audionautix)

13. Äürüm-Geschäft nach dem Barrenwurf:
    »Long Live Death« – Jason Shaw (Audionautix)

14. Serverraum 101:
    »Shield of Fate« – Collosal Trailer Music

15. Abflugvorbereitungen:
    »I Told You So« – New Order

16. Abflug der 4-6692:
    »April Rain« – Delain

17. Abflug der Däns Miräköl:
    »Stardust« – Delain

18. Alle Wasserplaneten:
    »Secret Of Mana, Seiken Densetsu: Fear Of The Heavens« – Hiroki
    Kikuta

19. HörriblDisästör IV:
    »Juppe« – Kraftklub

20. Dönkwön II:
    »Ectoplasm« – Jason Shaw (Audionautix)

21. Quantenwillkür:
    »Stalking Prey« – Jason Shaw (Audionautix)

22. Wolfgang und die Konsole:
»Zeta Force« – Zabutom

23. Nüggäts Coup:
»The Assasins« (sic) – Jason Shaw (Audionautix)

24. Nüggät vs. Island:
»What Have You Done« – Within Temptation

25. Nüggät verabschiedet sich:
»Surf Rider« – The Lively Ones

26. Floating Island wird von SOTI begrüßt:
»Apologize« – OneRepublic

27. **Teil 2: Das Gnörk-Kartell.**
Intromelodie / Prolog:
»Opus One« – Jason Shaw (Audionautix)

28. Nukleare Eskalation:
»King for a Day« – Battle Beast

29. Fortschrittsdrang:
»Blinding Lights« – The Weeknd

30. Das Gesetz:
»Résiste« – France Gall

31. Raumschiffstart:
»Modern Jesus« – Portugal. The Man

32. uggy-Schiffdiebstahl, Teil 1:
»Rising Wave« – Zabutom und Dubmood

33. Zur Goldenen Kanone:
»Yuve Yuve Yu« – The Hu

34. Chitintrihalogenid:
»White Sands« – Still Corners

35. Morgendlicher Spaziergang:
Für kurze Zeit läuft das Lied »Depassement« – Gem Tos and Dubmood

36. Nach abruptem Musikabbruch (Schallplatten-Geräusch beim Räuspern) Verhör:
ohne Musik, bis die Folie aus dem Drucker fliegt. Ab diesem Zeitpunkt:

37. Fließender Szenenübergang zu SOTIs Planet, Level 1:
»Ohm« – Jason Shaw (Audionautix)

38. Brennende Urwaldriesen:
»Don't Let Go« – Delain

39. Bärenhöhle:
»Stranglehold« – Jeroen Tel

40. Türkisblaues Wasser:
»Green Leaves« – Jason Shaw (Audionautix)

41. Der Baum am Fluss:
»The Riddle« – Nik Kershaw

42. Pfeile im Weizenfeld:
»Dragonwing« – Two Steps From Hell

43. Eiskalte Heimsuchung:
»Wenn die Kälte kommt« – Santiano

44. Schlittschuhfahrt auf dem Ozean:
»Sorrow Expert« – Iris

45. Mit Jetpacks nach ugghy:
»La Libertad« – Alvaro Soler

46. Brutalismus und Blechkarren:
»Event Horizon« – Jason Shaw (Audionautix)

47. Flucht durch das Fenster:
»Edge of the Blade« – Epica

48. Legislane Einöde:
»Horror 13« – Jason Shaw (Audionautix)

49. Feuer und Stahl:
»When The Devil Calls« – Blues Saraceno

50. Eiswand:
»D'You Know What I Mean?« – Oasis

51. Ozeantunnel:
»Self Awareness« – Dubmood feat. MisfitChris

52. Luftschloss:
»Oceandeep« – Beast in Black

53. Radiomusik im Sonnenlicht:
»Soak Up the Sun« – Sheryl Crow

54. Mit dem Jetpack durch das Schloss:
»Breakin Outta Hell« – Airbourne

55. Rückkehr zur Strandbar:
»Phase Shifter« – Jason Shaw (Audionautix)

56. Dädalus im Nadelwald:
»Call Me When You're Sober« – Evanescence

57. Warp-Alarm am frühen Morgen:
»Alga« – Ignea

58. uggy-Schiffdiebstahl, Teil 2:
»Sonic Robo Blast 2 v2.2: Toxic Plateau Zone« – CobaltBW, Sonic Team Junior

59. Durch die Wand von El Dörädö:
»Going Under« – Evanescence

60. Neun Kilometer im Kreis:
»As Above, So Below« – In This Moment

61. Realitätsverlust:
»Final Blast« – Zabutom

62. Rögü Kränk:
»Cornflake Girl« – Tori Amos

63. Das Techniktrio entsteht:
»Make A Move« – Icon for Hire

64. Dreimal die Null:
»Ready to Go« – Republica

25. Zeitrechnung der Äöüzz

Die Zeitrechnung der Menschen auf Örs wird als UTC-Zeitrechnung (von »Coordinated Universal Time«) bezeichnet. Für die Abkürzung »UTC« haben sich die Menschen übrigens entschieden, um weder Französisch noch Örslängü zu bevorzugen. Außerhalb der Erde wird diese Zeitrechnung nicht genutzt.

Auf jedem Planeten der Äöüzz-Wirtschaftsvereinigung gilt die ÄÜC-Zeitrechnung. Es gibt keine Zeitzonen; der Zeitbegriff ist überall identisch. Die wissenschaftliche Definition wird nicht durch Schaltsekunden oder ähnliche Regelungen an historische Begriffsherkunften angepasst. Auf Örz und Planeten mit ähnlichen Rotationsgeschwindigkeiten orientieren sich die Arbeitszeiten am natürlichen Tageslicht; bei starker Abweichung verwendet die Bevölkerung künstliche Lichtquellen, um einen örzähnlichen Tagesrhythmus herzustellen. Die extremste Form solcher Abweichung ist die »gebundene Rotation« mancher Himmelskörper, auf denen keine natürlichen Tageszeiten existieren.

Der Name des Zeitsystems »ÄÜC« ist eine Abkürzung für »Ännö Ürbizz Cöndität«, abgeleitet aus dem lateinischen »anno urbis conditae«, »im Jahr der Stadtgründung«. Diese Abkürzung wird Jahreszahlen nachgestellt, beispielsweise als »1984 ÄÜC«.

Die vollständige Zeitdarstellung der Äöüzz für ÄÜC-Daten ist »Örzbit-Örzmön-Örzröt Örzklünk:Örzkläk:Örzklök ÄÜC«. Alle sechs Darstellungsfelder beginnen der mathematischen Einfachheit halber bei 0, anders als die mit 1 beginnende Monats- und Tagesnummerierung der UTC-Zeitrechnung. UTC-Daten werden als »JJJJ-MM-TT HH:MM:SS UTC« dargestellt. Kürzung an beiden Enden ist möglich, aber die Reihenfolge darf nie vertauscht werden.

Die ÄÜC-Begriffsdefinitionen lauten:

- **Örzklök**, n., Plural Örzklöks, ugs. Klök/Klöks:
  Ein Örzklök ist das 4×7^{11}-fache der Periodendauer der Strahlung, die beim Übergang zwischen den beiden Hyperfeinstrukturniveaus des Grundzustands eines Cäsium-133-Atoms entsteht. Es gilt daher:
  1 Örzklök = (7909306972 / 9192631770) Sekunden ≈ 0.8603 Sekunden.

- **Örzkläk**, n., Plural Örzkläks, ugs. Kläk/Kläks:
  Ein Örzkläk entspricht
  7^2 Örzklöks = 49 Örzklöks. Es gilt daher:
  1 Örzkläk = 49 × (7909306972 / 9192631770) Sekunden ≈ 42 Sekunden
  ≈ 0.7027 Minuten.

- **Örzklünk**, n., Plural »Örzklünks«, ugs. Klünk/Klünks:
  Ein Örzklünk entspricht
  7^4 Örzklöks = 2401 Örzklöks = 7^2 Örzkläks. Es gilt daher:
  1 Örzklünk = 2401 × (7909306972 / 9192631770) Sekunden ≈ 2066
  Sekunden ≈ 34 Minuten ≈ 0.5738 Stunden.

- **Örzröt**, n., Plural Örzröts, ugs. Röt/Röts:
  Ein Örzröt entspricht
  7^6 Örzklöks = 49 Örzklünks. Es gilt daher:
  1 Örzröt = 117649 × (7909306972 / 9192631770) Sekunden ≈ 101225
  Sekunden ≈ 1687 Minuten ≈ 28 Stunden ≈ 1.1716 Tage.

- **Örzwök**, n., Plural Örzwöks, ugs. Wök/Wöks:
  Ein Örzwök entspricht
  7^7 Örzklöks = 7 Örzröts. Es gilt daher:
  1 Örzwök = 823543 × (7909306972 / 9192631770) Sekunden ≈ 708573
  Sekunden ≈ 11810 Minuten ≈ 197 Stunden ≈ 8.201 Tage ≈ 1.1716
  Wochen.

- **Örzmön**, n., Plural Örzmöns, ugs. Mön/Möns:
  Ein Örzmön entspricht
  7^8 Örzklöks = 7 Örzwöks = 49 Örzröts. Es gilt daher:
  1 Örzmön = 5764801 × (7909306972 / 9192631770) Sekunden ≈
  4960014 Sekunden ≈ 82667 Minuten ≈ 1378 Stunden ≈ 57.41 Tage ≈
  8.201 Wochen ≈ 1.9 × 30 Tage.

- **Örzbit**, n., Plural Örzbits:
  Ein Örzbit entspricht
  7^9 Örzklöks = 7 Örzmöns = 49 Örzwöks = 343 Örzröts. Es gilt daher:
  1 Örzbit = 40353607 × (7909306972 / 9192631770) Sekunden ≈
  34720097 Sekunden ≈ 578668 Minuten ≈ 9644 Stunden ≈ 402 Tage ≈
  1.1002 × 365.25 Tage.
  Um eine Verwechslung mit binären Ziffern zu vermeiden, werden
  die Begriffe »Bit« und »Bits« nicht als Abkürzungen genutzt.

Der Beginn des ÄÜC-Kalenders ist definiert als der Beginn des irdischen Jahres »Minus 752« irdischer astronomischer Zeitrechnung. Es gilt daher grob:

- Jahr x UTC
  $= (x+752)/(40353607\times(7909306972/9192631770)/60/60/24/365.25)$ ÄÜC

- Jahr x ÄÜC
  $= x\times40353607\times(7909306972/9192631770)/60/60/24/365.25-752$ UTC

Die sekundengenaue Umrechnung zwischen den beiden Datumsformaten wird durch Schaltjahre und unterschiedliche Monatslängen der irdischen Zeitrechnung verkompliziert: Wie viele Sekunden sind seit Beginn der Zeitrechnung vergangen? Für ÄÜC-Daten lässt sich diese Frage durch eine statische Formel beantworten, bei UTC-Angaben muss die Anzahl der Sekunden pro Jahr inklusive Schaltsekunden berechnet werden. Verzichtet man auf die Berücksichtigung der Schaltsekunden, kann zumindest ein einfacher Algorithmus die Schaltjahre berücksichtigen.

Beispieldaten:

- -752-01-01, 00:00:00 UTC = -752 UTC
  = 0 ÄÜC = 0000-00-00, 00:00:00 ÄÜC

- -047-01-01, 00:00:00 UTC = -47 UTC
  ≈ 640.7716692 ÄÜC ≈ 640-5-19, 33:21:35 ÄÜC

- 1430-11-14, 07:08:34 UTC ≈ 1430.8693085 UTC
  ≈ 1984.0000000 ÄÜC ≈ 1984-00-00, 00:00:00 ÄÜC

- 2012-07-09, 14:10:01 UTC ≈ 2012.5207385 UTC
  ≈ 2512.6617424 ÄÜC ≈ 2512-04-30, 47:44:15 ÄÜC

- 2019-04-01, 00:00:00 UTC ≈ 2019.2465753 UTC
  ≈ 2518.7744500 ÄÜC ≈ 2518-05-20, 31:08:42 ÄÜC

- 2021-04-01, 00:00:00 UTC ≈ 2021.2465753 UTC
  ≈ 2520.5935232 ÄÜC ≈ 2520-04-07, 28:16:44 ÄÜC

- 2022-04-01, 00:00:00 UTC ≈ 2022.2465753 UTC
  ≈ 2521.5018156 ÄÜC ≈ 2521-03-25, 06:00:37 ÄÜC

- 2046-06-09, 02:13:37 UTC ≈ 2046.4358707 UTC
  ≈ 2543.4876995 ÄÜC ≈ 2543-03-20, 13:37:25 ÄÜC

- 4669-02-05, 00:07:01 UTC ≈ 4669.0959038 UTC
  ≈ 4927.2125378 ÄÜC ≈ 4927-01-23, 44:06:00 ÄÜC

25.1. Kalender mit Umrechnungshinweisen

Ohne Computerskript ist die Umrechnung zwar aufwendig, aber durchführbar. Als klassisches Hilfsmittel kann ein Kalender dienen, in dem die Anzahl der Tage seit Jahresbeginn dargestellt wird.

25.1.1. Irdischer UTC-Kalender

Die Nachkommastellen der UTC-Jahreszahl sind »x/365« in Nicht-Schaltjahren und »x/366« in Schaltjahren, wobei x der Anzahl der seit Jahresbeginn vergangenen Tage entspricht. Diese Anzahl ergibt sich durch Addition der Tageszahl im Datum und der Anzahl der Tage aller vorhergehenden Monate. Zwei negativ wirkende Effekte sind zu beachten: Die Tageszahlen im aktuellen Monat beginnen mit 1 statt 0, und der erste Tag des Jahres ist der »erste« Januar. Auf eine März-Tageszahl muss daher in einem Nicht-Schaltjahr 31+28-1-1 = 57 addiert werden, um die Anzahl der bis dahin vergangenen Tage zu errechnen. Am 15. März sind 31+28+15-1-1 = 73 Tage im laufenden Jahr vergangen. Der Beginn des 15. März 2019 UTC ist exakt »2019.2 UTC«.

- **Januar** (+0 Tage):
  xxxx-01-01 UTC bis xxxx-01-31 UTC

- **Februar** (+31 Tage):
  xxxx-02-01 UTC bis xxxx-02-28 UTC (Nicht-Schaltjahr), oder
  xxxx-02-01 UTC bis xxxx-02-29 UTC (Schaltjahr)

- **März** (+59/+60 Tage):
  xxxx-03-01 UTC bis xxxx-03-31 UTC

- **April** (+90/+91 Tage):
  xxxx-04-01 UTC bis xxxx-04-30 UTC

- **Mai** (+120/+121 Tage):
  xxxx-05-01 UTC bis xxxx-05-31 UTC

- **Juni** (+151/+152 Tage):
  xxxx-06-01 UTC bis xxxx-06-30 UTC

- **Juli** (+181/+182 Tage):
  xxxx-07-01 UTC bis xxxx-07-31 UTC

- **August** (+212/+213 Tage):
  xxxx-08-01 UTC bis xxxx-08-31 UTC

- **September** (+243/+244 Tage):
  xxxx-09-01 UTC bis xxxx-09-30 UTC

- **Oktober** (+273/+274 Tage):
  xxxx-10-01 UTC bis xxxx-10-31 UTC

- **November** (+304/+305 Tage):
  xxxx-11-01 UTC bis xxxx-11-30 UTC

- **Dezember** (+334/+335 Tage):
  xxxx-12-01 UTC bis xxxx-12-31 UTC

25.1.2. Äöüzz-ÄÜC-Kalender

Der Kalender der Äöüzz ist dankenswerterweise deutlich simpler gehalten. Da die Tageszahlen bei Null beginnen, ist keine Subtraktion erforderlich. Auf eine Tageszahl im dritten Örzmön muss daher nur 49+49 addiert werden, um die Anzahl der bis dahin vergangenen Tage zu berechnen.

- Örzmön 0 (+0 Tage):
  xxxx-00-00 ÄÜC bis xxxx-00-48 ÄÜC

- Örzmön 1 (+49 Tage):
  xxxx-01-00 ÄÜC bis xxxx-01-48 ÄÜC

- Örzmön 2 (+98 Tage):
  xxxx-02-00 ÄÜC bis xxxx-02-48 ÄÜC

- Örzmön 3 (+147 Tage):
  xxxx-03-00 ÄÜC bis xxxx-03-48 ÄÜC

- Örzmön 4 (+196 Tage):
  xxxx-04-00 ÄÜC bis xxxx-04-48 ÄÜC

- Örzmön 5 (+245 Tage):
  xxxx-05-00 ÄÜC bis xxxx-05-48 ÄÜC

- Örzmön 6 (+294 Tage):
  xxxx-06-00 ÄÜC bis xxxx-06-48 ÄÜC

25.2. Skript zur Umrechnung

Geschrieben in Python 3.9, ohne Berücksichtigung von Schaltsekunden.

```python
#!/bin/python3
# AeUeCalendar, urspruenglich erstellt fuer die Infinite Adventures
# Dieses Python-Skript ist gemeinfrei / public domain / CC0.
# Tobias Frei, 2022

# This is free and unencumbered software released into the public domain.

# THE SOFTWARE IS PROVIDED "AS IS", WITHOUT WARRANTY OF ANY KIND,
# EXPRESS OR IMPLIED, INCLUDING BUT NOT LIMITED TO THE WARRANTIES OF
# MERCHANTABILITY, FITNESS FOR A PARTICULAR PURPOSE AND NONINFRINGEMENT.
# IN NO EVENT SHALL THE AUTHORS BE LIABLE FOR ANY CLAIM, DAMAGES OR
# OTHER LIABILITY, WHETHER IN AN ACTION OF CONTRACT, TORT OR OTHERWISE,
# ARISING FROM, OUT OF OR IN CONNECTION WITH THE SOFTWARE OR THE USE OR
# OTHER DEALINGS IN THE SOFTWARE.

TF_SECONDS_PER_OERZKLOEK: float = 7909306972 / 9192631770
TF_SECONDS_PER_OERZBIT: float = 343 * 49 * 49 * 49 * TF_SECONDS_PER_OERZKLOEK


def tf_convert_utc_auc(tf_in_date: dict) -> dict:
    # UTC -> AUC
    tf_out_date: dict[str, int] = {
        "year": -5000,
        "month": 1,
        "day": 1,
        "hour": 0,
        "minute": 0,
        "second": 0
    }

    if (((tf_in_date["year"] % 4 == 0)
            and (tf_in_date["year"] % 100 != 0))
            or (tf_in_date["year"] % 400 == 0)):
        # leap year
        tf_calendar: list[int] = [31, 29, 31, 30, 31, 30, 31, 31, 30, 31, 30, 31]
        tf_current_year_days: int = 366
    else:
        tf_calendar: list[int] = [31, 28, 31, 30, 31, 30, 31, 31, 30, 31, 30, 31]
        tf_current_year_days: int = 365
    tf_current_year_hours: int = tf_current_year_days * 24
    tf_current_year_minutes: int = tf_current_year_hours * 60
    tf_current_year_seconds: int = tf_current_year_minutes * 60
    tf_past_days: int = 0
    # Months start at 1, so "1" means no month has passed and "12" means 11 have passed
    tf_past_months: int = tf_in_date["month"] - 1
    for x in tf_calendar:
        if tf_past_months < 1:
            break
        tf_past_days += x
        tf_past_months -= 1

    # Days start at 1 as well
    tf_in_year_decimal: float = tf_in_date["year"]
    tf_in_year_decimal += (tf_past_days + tf_in_date["day"] - 1) / tf_current_year_days
    tf_in_year_decimal += tf_in_date["hour"] / tf_current_year_hours
    tf_in_year_decimal += tf_in_date["minute"] / tf_current_year_minutes
    tf_in_year_decimal += tf_in_date["second"] / tf_current_year_seconds
    tf_out_year_decimal: float = tf_seconds_ab_urbe_condita(tf_in_date["year"])
    tf_out_year_decimal += (tf_past_days + tf_in_date["day"] - 1) * 24 * 60 * 60
    tf_out_year_decimal += tf_in_date["hour"] * 60 * 60
    tf_out_year_decimal += tf_in_date["minute"] * 60
    tf_out_year_decimal += tf_in_date["second"]
    tf_out_year_decimal /= TF_SECONDS_PER_OERZBIT

    # Exporting to AUC is simple as there are no leap years,
    # each month has the same length and all fields start at 0.
    tf_rest = tf_out_year_decimal  # e.g. 2033.4029528
    tf_out_date["year"] = int(tf_out_year_decimal // 1)  # e.g. 2033
    tf_rest -= tf_out_date["year"]  # e.g. 0.4029528
    tf_out_date["month"] = int((tf_rest * 7) // 1)  # AUC y = 7 M
    tf_rest -= tf_out_date["month"] / 7
    tf_out_date["day"] = int((tf_rest * 343) // 1)  # AUC y = 343 d
```

```python
        tf_rest -= tf_out_date["day"] / 343
        tf_out_date["hour"] = int((tf_rest * 343 * 49) // 1)    # AUC d = 49 h
        tf_rest -= tf_out_date["hour"] / (343 * 49)
        tf_out_date["minute"] = int((tf_rest * 343 * 49 * 49) // 1)    # AUC h = 49 m
        tf_rest -= tf_out_date["minute"] / (343 * 49 * 49)
        tf_out_date["second"] = int((tf_rest * 343 * 49 * 49 * 49) // 1)    # AUC m = 49 s
        tf_rest -= tf_out_date["second"] / (343 * 49 * 49 * 49)

        return tf_out_date


def tf_seconds_ab_urbe_condita(tf_in_year: int) -> int:
        # How many seconds have passed
        # between the start of "-752" and the start of the current year?
        tf_out_seconds: int = 0
        tf_loop_begin: int = min(tf_in_year, (-752))
        tf_loop_end: int = max(tf_in_year, (-752))
        tf_loop_sign: int = (tf_in_year > (-752)) - (tf_in_year < (-752))
        for y in range(tf_loop_begin, tf_loop_end):
            if ((y % 4 == 0) and (y % 100 != 0)) or (y % 400 == 0):
                # leap year
                tf_out_seconds += 366 * 24 * 60 * 60
            else:
                tf_out_seconds += 365 * 24 * 60 * 60
        return tf_loop_sign * tf_out_seconds


def main() -> None:
        tf_calendar_main: list[int] = [31, 29, 31, 30, 31, 30, 31, 31, 30, 31, 30, 31]
        tf_in_date: dict[str, int] = {
            "year": -999,
            "month": 1,
            "day": 1,
            "hour": 0,
            "minute": 0,
            "second": 0
        }

        while tf_in_date["year"] <= 3000:
            tf_out_date = tf_convert_utc_auc(tf_in_date)
            tf_out_string = str(int(tf_in_date["year"])).zfill(4) + "-"
            tf_out_string += str(int(tf_in_date["month"])).zfill(2) + "-"
            tf_out_string += str(int(tf_in_date["day"])).zfill(2) + ", "
            tf_out_string += str(int(tf_in_date["hour"])).zfill(2) + ":"
            tf_out_string += str(int(tf_in_date["minute"])).zfill(2) + ":"
            tf_out_string += str(int(tf_in_date["second"])).zfill(2) + " UTC = "
            tf_out_string += str(int(tf_out_date["year"])).zfill(4) + "-"
            tf_out_string += str(int(tf_out_date["month"])).zfill(2) + "-"
            tf_out_string += str(int(tf_out_date["day"])).zfill(2) + ", "
            tf_out_string += str(int(tf_out_date["hour"])).zfill(2) + ":"
            tf_out_string += str(int(tf_out_date["minute"])).zfill(2) + ":"
            tf_out_string += str(int(tf_out_date["second"])).zfill(2) + " AUC"
            print(tf_out_string)

            if (((tf_in_date["year"] % 4 == 0)
                    and (tf_in_date["year"] % 100 != 0))
                        or (tf_in_date["year"] % 400 == 0)):
                # leap year
                tf_calendar_main[1] = 29
            else:
                tf_calendar_main[1] = 28

            tf_in_date["hour"] += 1
            if tf_in_date["hour"] > 23:
                tf_in_date["hour"] = 0
                tf_in_date["day"] += 1
            if tf_in_date["day"] > tf_calendar_main[tf_in_date["month"] - 1]:
                tf_in_date["day"] = 1
                tf_in_date["month"] += 1
            if tf_in_date["month"] > 12:
                tf_in_date["month"] = 1
                tf_in_date["year"] += 1


if __name__ == "__main__":
    main()
```

26. Kleines Lexikon

- **2001:db8:1:1a0:539:7ff3:65:29a:**
  IPv6-Dokumentationspräfix (»2001:db8«), Telefonvorwahlen von Kanada (1) und Toronto (416 = $1a0_{16}$), Leet (1337 = 539_{16}), Etagennummer (32767-12 = $7ff3_{16}$), Raumnummer (101 = 65_{16}), Computernummer (666 = $29a_{16}$)

- **4.6692:**
  Feigenbaum-Konstante (Chaoskonstante) $\delta \approx 4.6692016091$

- **55, 987 und 10946:**
  Fibonacci-Zahlen (wegen »Helix«/»Spirale«)

- **216:**
  6^3

- **376.730313667:**
  Wellenwiderstand des Vakuums in Ohm ($\approx 120\pi$)

- **539:**
  1400_7

- **3087:**
  12000_7

- **117648:**
  666666_7

- **ÄÜC:**
  »Ännö Ürbizz Cönditä«. Siehe Bonus-Kapitel »Zeitrechnung der Äöüzz«.

- **Integral von eins bis unendlich über ein Floor-x-tel minus ein X-tel nach x:**
  Euler-Mascheroni-Konstante $\gamma \approx 0{,}5772156649$

- **ISG:**
  IntärStällär Gräm, InterStellare Gewichtseinheit.
  1 ISG ist die Masse von 3×7^{29} Silicium-28-Atomen. Daher gilt:
  1 ISG ≈ 0.4487593 Kilogramm.

- **Meter:**
  Die Länge der Strecke, die das Licht im Vakuum während der Dauer von
  93802365/24195414063392012 Örzklöks
  zurücklegt. Daher gilt:
  1 Lichtjahr = 9460730472580800 Meter.

- **Örzklök:**
  Das 4×7^{11}-fache der Periodendauer der Strahlung, die beim Übergang zwischen den beiden Hyperfeinstrukturniveaus des Grundzustands eines Cäsium-133-Atoms entsteht. Daher gilt:
  1 Örzklök = (7909306972 / 9192631770) Sekunden,
  1 Örzklök ≈ 0.8603 Sekunden.

  - **Örzkläk:**
    7^2 Örzklöks, ca. 42 Sekunden, ca. 0.7027 Minuten.

  - **Örzklünk:**
    7^4 Örzklöks, ca. 34 Minuten, ca. 0.5738 Stunden.

  - **Örzröt:**
    7^6 Örzklöks, ca. 28 Stunden, ca. 1.1716 Tage.

  - **Örzwök:**
    7^7 Örzklöks, ca. 8.201 Tage, ca. 1.1716 Wochen.

  - **Örzmön:**
    7^8 Örzklöks, ca. 57.41 Tage, ca. 8.201 Wochen, ca. 1.9 × 30 Tage.

  - **Örzbit:**
    7^9 Örzklöks, ca. 402 Tage, ca. 1.1002 × 365.25 Tage.

- **Örztemp:**
  Absolute Temperaturskala der Äöüzz. 1 Örztemp ist die thermodynamische Temperatur des Tripelpunktes des Wassers geteilt durch 7^3. Daher gilt:
  1 Örztemp = (343/273.16) Kelvin.

- **Serverraum 101:**
  Anspielung auf Orwell's »Room 101« im Roman »1984«.

27. Bildquellen

Alle verwendeten Bilder sind gemeinfrei. Die Verwendung der Bilder in diesem Roman impliziert keinerlei Unterstützung oder Befürwortung durch ihre Schöpfer.

- **Buchcover:** CC0-Lizenz / Public Domain.
  Leandro Barco (Wortley, pixabay.com)

- **Toronto City Hall von oben:** CC0-Lizenz / Public Domain.
  Daniel Lobo, aufgenommen 2018-04-03T12:51:59. Abruf über Wikimedia Commons 2022-02-02.
  https://commons.wikimedia.org/w/index.php?title=
  File:City_Hall_(41647547975).jpg
  &oldid=492749408

- **Toronto City Hall von unten:** CC0-Lizenz / Public Domain.
  Scott Webb, aufgenommen 2015-08-30T13:32:20, veröffentlicht 2015-11-06. Abruf über Wikimedia Commons 2022-02-02.
  https://commons.wikimedia.org/w/index.php?title=
  File:Curved_city_hall_buildings_(Unsplash).jpg
  &oldid=529215751

- **Glen Ellis Falls:** Public Domain.
  Albert Bierstadt, 1869. Abruf über Wikimedia Commons 2022-02-02.
  https://commons.wikimedia.org/w/index.php?title=
  File:Albert_Bierstadt_-_Glen_Ellis_Falls_-_Google_Art_Project.jpg
  &oldid=617832651

- **Galaxiskarte:** CC0-Lizenz / Public Domain.
  Die galaktischen Kartenbilder basieren auf einem Bild von NASA/JPL-Caltech/R. Hurt (SSC/Caltech). Abruf über Wikimedia Commons 2022-02-02.
  https://commons.wikimedia.org/w/index.php?title=
  File:Ssc2008-10a1.tif
  &oldid=481274511

- **Helixnebel:** CC0-Lizenz / Public Domain.
  NASA/JPL-Caltech.
  Veröffentlicht 2012-10-02. Abruf über Wikimedia Commons 2017-12-30.
  https://commons.wikimedia.org/w/index.php?title=
  File:Helix_Nebula_-_Unraveling_at_the_Seams.jpg
  &oldid=224022245

Bei den Bildern in diesem Roman handelt es sich nicht um die exakten Originalbilder, sondern um Abwandlungen (Weißabgleich, Helligkeit, Kontrast, Sättigung, Schärfung, Zuschnitt etc.) erstellt durch Tobias Frei.

Für die Infinite Adventures erstellte Abwandlungen frei lizenzierter Werke wurden auf Wikimedia Commons hochgeladen und auf diese Weise an die Gemeinschaft zurückgegeben.

28. Lizenz des Buchinhalts

Infinite Adventures 2 © by
Tobias Frei, infiniteadventures.de

Dies ist eine offizielle Ausgabe der Infinite Adventures 2, herausgegeben von Tobias Frei. Veränderte Versionen und unautorisierte Nachdrucke müssen deutlich als solche erkennbar sein. Auch das Impressum muss angepasst werden, wenn das Dokument verändert wird.

Falls Du die Rechte in dieser Lizenz nutzen möchtest, musst Du sie vollständig gelesen und verstanden haben. Es genügt nicht, nur eine Zusammenfassung zu lesen. Aus diesem Grund wird in diesem Buch keine Zusammenfassung angeboten.

in which the Licensed Material is translated, altered, arranged, transformed, or otherwise modified in a manner requiring permission under the Copyright and Similar Rights held by the Licensor. For purposes of this Public License, where the Licensed Material is a musical work, performance, or sound recording, Adapted Material is always produced where the Licensed Material is synched in timed relation with a moving image.

b. **Adapter's License** means the license You apply to Your Copyright and Similar Rights in Your contributions to Adapted Material in accordance with the terms and conditions of this Public License.

c. **BY-SA Compatible License** means a license listed at creativecommons.org/compatiblelicenses, approved by Creative Commons as essentially the equivalent of this Public License.

d. **Copyright and Similar Rights** means copyright and/or similar rights closely related to copyright including, without limitation, performance, broadcast, sound recording, and Sui Generis Database Rights, without regard to how the rights are labeled or categorized. For purposes of this Public License, the rights specified in Section 2(b)(1)-(2) are not Copyright and Similar Rights.

e. **Effective Technological Measures** means those measures that, in the absence of proper authority, may not be circumvented under laws fulfilling obligations under Article 11 of the WIPO Copyright Treaty adopted on December 20, 1996, and/or similar international agreements.

f. **Exceptions and Limitations** means fair use, fair dealing, and/or any other exception or limitation to Copyright and Similar Rights that applies to Your use of the Licensed Material.

g. **License Elements** means the license attributes listed in the name of a Creative Commons Public License. The License Elements of this Public License are Attribution and ShareAlike.

h. **Licensed Material** means the artistic or literary work, database, or other material to which the Licensor applied this Public License.

i. **Licensed Rights** means the rights granted to You subject to the terms and conditions of this Public License, which are limited to all

Copyright and Similar Rights that apply to Your use of the Licensed Material and that the Licensor has authority to license.

j. **Licensor** means the individual(s) or entity(ies) granting rights under this Public License.

k. **Share** means to provide material to the public by any means or process that requires permission under the Licensed Rights, such as reproduction, public display, public performance, distribution, dissemination, communication, or importation, and to make material available to the public including in ways that members of the public may access the material from a place and at a time individually chosen by them.

l. **Sui Generis Database Rights** means rights other than copyright resulting from Directive 96/9/EC of the European Parliament and of the Council of 11 March 1996 on the legal protection of databases, as amended and/or succeeded, as well as other essentially equivalent rights anywhere in the world.

m. **You** means the individual or entity exercising the Licensed Rights under this Public License. Your has a corresponding meaning.

Section 2 – Scope.

a. **License grant.**

1. Subject to the terms and conditions of this Public License, the Licensor hereby grants You a worldwide, royalty-free, non-sublicensable, non-exclusive, irrevocable license to exercise the Licensed Rights in the Licensed Material to:

   A. reproduce and Share the Licensed Material, in whole or in part; and

   B. produce, reproduce, and Share Adapted Material.

2. Exceptions and Limitations. For the avoidance of doubt, where Exceptions and Limitations apply to Your use, this Public License does not apply, and You do not need to comply with its terms and conditions.

3. Term. The term of this Public License is specified in Section 6(a).

4. Media and formats; technical modifications allowed. The Licensor authorizes You to exercise the Licensed Rights in all media and formats whether now known or hereafter created, and to make technical modifications necessary to do so. The Licensor waives and/or agrees not to assert any right or authority to forbid You from making technical modifications necessary to exercise the Licensed Rights, including technical modifications necessary to circumvent Effective Technological Measures. For purposes of this Public License, simply making modifications authorized by this Section 2(a)(4) never produces Adapted Material.

5. Downstream recipients.

   A. *Offer from the Licensor – Licensed Material. Every recipient of the Licensed Material automatically receives an offer from the Licensor to exercise the Licensed Rights under the terms and conditions of this Public License.*

   B. *Additional offer from the Licensor – Adapted Material. Every recipient of Adapted Material from You automatically receives an offer from the Licensor to exercise the Licensed Rights in the Adapted Material under the conditions of the Adapter's License You apply.*

   C. *No downstream restrictions. You may not offer or impose any additional or different terms or conditions on, or apply any Effective Technological Measures to, the Licensed Material if doing so restricts exercise of the Licensed Rights by any recipient of the Licensed Material.*

6. No endorsement. Nothing in this Public License constitutes or may be construed as permission to assert or imply that You are, or that Your use of the Licensed Material is, connected with, or sponsored, endorsed, or granted official status by, the Licensor or others designated to receive attribution as provided in Section 3(a)(1)(A)(i).

b. **Other rights.**

1. Moral rights, such as the right of integrity, are not licensed under this Public License, nor are publicity, privacy, and/or other similar personality rights; however, to the extent possible, the Licensor waives and/or agrees not to assert any such rights

held by the Licensor to the limited extent necessary to allow You to exercise the Licensed Rights, but not otherwise.

2. Patent and trademark rights are not licensed under this Public License.

3. To the extent possible, the Licensor waives any right to collect royalties from You for the exercise of the Licensed Rights, whether directly or through a collecting society under any voluntary or waivable statutory or compulsory licensing scheme. In all other cases the Licensor expressly reserves any right to collect such royalties.

Section 3 – License Conditions.

Your exercise of the Licensed Rights is expressly made subject to the following conditions.

a. **Attribution.**

1. If You Share the Licensed Material (including in modified form), You must:

    A. retain the following if it is supplied by the Licensor with the Licensed Material:

        i. identification of the creator(s) of the Licensed Material and any others designated to receive attribution, in any reasonable manner requested by the Licensor (including by pseudonym if designated);

        ii. a copyright notice;

        iii. a notice that refers to this Public License;

        iv. a notice that refers to the disclaimer of warranties;

        v. a URI or hyperlink to the Licensed Material to the extent reasonably practicable;

    B. indicate if You modified the Licensed Material and retain an indication of any previous modifications; and

    C. indicate the Licensed Material is licensed under this Public License, and include the text of, or the URI or hyperlink to, this Public License.

2. You may satisfy the conditions in Section 3(a)(1) in any reasonable manner based on the medium, means, and context in which You Share the Licensed Material. For example, it may be reasonable to satisfy the conditions by providing a URI or hyperlink to a resource that includes the required information.

3. If requested by the Licensor, You must remove any of the information required by Section 3(a)(1)(A) to the extent reasonably practicable.

b. **ShareAlike.**

In addition to the conditions in Section 3(a), if You Share Adapted Material You produce, the following conditions also apply.

1. The Adapter's License You apply must be a Creative Commons license with the same License Elements, this version or later, or a BY-SA Compatible License.

2. You must include the text of, or the URI or hyperlink to, the Adapter's License You apply. You may satisfy this condition in any reasonable manner based on the medium, means, and context in which You Share Adapted Material.

3. You may not offer or impose any additional or different terms or conditions on, or apply any Effective Technological Measures to, Adapted Material that restrict exercise of the rights granted under the Adapter's License You apply.

Section 4 – Sui Generis Database Rights.

Where the Licensed Rights include Sui Generis Database Rights that apply to Your use of the Licensed Material:

a. for the avoidance of doubt, Section 2(a)(1) grants You the right to extract, reuse, reproduce, and Share all or a substantial portion of the contents of the database;

b. if You include all or a substantial portion of the database contents in a database in which You have Sui Generis Database Rights, then the database in which You have Sui Generis Database Rights (but not its individual contents) is Adapted Material, including for purposes of Section 3(b); and

c. You must comply with the conditions in Section 3(a) if You Share all or a substantial portion of the contents of the database.

For the avoidance of doubt, this Section 4 supplements and does not replace Your obligations under this Public License where the Licensed Rights include other Copyright and Similar Rights.

Section 5 – Disclaimer of Warranties and Limitation of Liability.

a. **Unless otherwise separately undertaken by the Licensor, to the extent possible, the Licensor offers the Licensed Material as-is and as-available, and makes no representations or warranties of any kind concerning the Licensed Material, whether express, implied, statutory, or other. This includes, without limitation, warranties of title, merchantability, fitness for a particular purpose, non-infringement, absence of latent or other defects, accuracy, or the presence or absence of errors, whether or not known or discoverable. Where disclaimers of warranties are not allowed in full or in part, this disclaimer may not apply to You.**

b. **To the extent possible, in no event will the Licensor be liable to You on any legal theory (including, without limitation, negligence) or otherwise for any direct, special, indirect, incidental, consequential, punitive, exemplary, or other losses, costs, expenses, or damages arising out of this Public License or use of the Licensed Material, even if the Licensor has been advised of the possibility of such losses, costs, expenses, or damages. Where a limitation of liability is not allowed in full or in part, this limitation may not apply to You.**

c. The disclaimer of warranties and limitation of liability provided above shall be interpreted in a manner that, to the extent possible, most closely approximates an absolute disclaimer and waiver of all liability.

Section 6 – Term and Termination.

a. This Public License applies for the term of the Copyright and Similar Rights licensed here. However, if You fail to comply with this Public License, then Your rights under this Public License terminate automatically.

b. Where Your right to use the Licensed Material has terminated under Section 6(a), it reinstates:

   1. automatically as of the date the violation is cured, provided it is cured within 30 days of Your discovery of the violation; or

   2. upon express reinstatement by the Licensor.

   For the avoidance of doubt, this Section 6(b) does not affect any right the Licensor may have to seek remedies for Your violations of this Public License.

c. For the avoidance of doubt, the Licensor may also offer the Licensed Material under separate terms or conditions or stop distributing the Licensed Material at any time; however, doing so will not terminate this Public License.

d. Sections 1, 5, 6, 7, and 8 survive termination of this Public License.

Section 7 – Other Terms and Conditions.

a. The Licensor shall not be bound by any additional or different terms or conditions communicated by You unless expressly agreed.

b. Any arrangements, understandings, or agreements regarding the Licensed Material not stated herein are separate from and independent of the terms and conditions of this Public License.

Section 8 – Interpretation.

a. For the avoidance of doubt, this Public License does not, and shall not be interpreted to, reduce, limit, restrict, or impose conditions on any use of the Licensed Material that could lawfully be made without permission under this Public License.

b. To the extent possible, if any provision of this Public License is deemed unenforceable, it shall be automatically reformed to the minimum extent necessary to make it enforceable. If the provision cannot be reformed, it shall be severed from this Public License without affecting the enforceability of the remaining terms and conditions.

c. No term or condition of this Public License will be waived and no failure to comply consented to unless expressly agreed to by the Licensor.

d. Nothing in this Public License constitutes or may be interpreted as a limitation upon, or waiver of, any privileges and immunities that apply to the Licensor or You, including from the legal processes of any jurisdiction or authority.

ISBN 978-3-7549-5378-5

www.epubli.de